Paula Quinn est l'heureuse épouse de son petit ami d'enfance. Ils élèvent ensemble leurs trois enfants en compagnie de leurs deux chiens et de leurs nombreux oiseaux. Elle vit à New York où elle travaille actuellement à son nouveau roman. N'hésitez pas à lui écrire à l'adresse suivante : paula@paulaquinn.com.

Du même auteur, chez Milady :

Héritiers des Highlands :
1. *Le Ravisseur*
2. *Le Charmeur*

Paula Quinn

Le Charmeur

Héritiers des Highlands – 2

Traduit de l'anglais (États-Unis) par Lise Capitan

Milady Romance

Milady est un label des éditions Bragelonne

Titre original : *Seduced by a Highlander*

ISBN : 978-2-8112-1272-8

Bragelonne – Milady
60-62, rue d'Hauteville – 75010 Paris

Email : info@milady.fr
Site Internet : www.milady.fr

Aux chevaliers et aux damoiselles qui les aiment…
et à Dan, mon seul et unique.

Prologue

Fort Campbell
Glen Orchy, Écosse
1675

— Nous savons tous que Tristan aurait remporté la compétition sans ce contretemps. Personne ne court plus vite que lui.

Robert Campbell, onzième comte d'Argyll, se tourna vers son neveu, assis à ses côtés, puis lui adressa un sourire et un clin d'œil.

En face d'eux, dans le salon particulier du comte, était installé Callum MacGregor qui grogna en guise d'acquiescement.

— Oui, c'est pour ça que ce bâtard de Fergusson lui a fait un croche-pied et a provoqué une bagarre. C'est lui qui devrait avoir le nez cassé, pas mon fils.

— Mais j'ai réussi à lui décocher une bonne droite dans les dents, papa, se défendit Tristan. En plus, j'ai même plus mal, ajouta-t-il en désignant du doigt son nez blessé.

Cela faisait toujours un mal de chien, mais les MacGregor n'étaient pas du genre à pleurnicher pour quelques os brisés.

— C'est l'honneur d'Alex Fergusson qui en a pris un sacré coup, précisa le garçon.

— Bien dit, décréta son oncle en lui tapotant l'épaule. Du sang de chevalier coule dans tes veines, et tu vas devenir un homme d'honneur.

Tristan se gonfla de fierté.

— J'aime bien la façon dont l'arête de ton nez est légèrement brisée maintenant, fit remarquer Kate MacGregor avant de poser sa broderie pour adresser son sourire le plus aimant à son fils. À présent, tu ressembles encore plus à ton oncle. N'est-ce pas, Anne ?

La magnifique épouse de Robert leva les yeux de son ouvrage et acquiesça.

— Il est toujours aussi beau. Même avec un œil au beurre noir.

Tristan rougit et donna un coup d'épaule à sa sœur quand celle-ci s'esclaffa.

— Je crois qu'il va devoir encore se casser le nez plusieurs fois avant d'avoir le même que moi, déclara Robert Campbell en prenant le petit poing de son neveu pour le couvrir de sa main.

— Souviens-toi, la parade est aussi importante que la vitesse de ton coup de poing.

Sirotant sa bière au coin du feu, Graham Grant, l'ami le plus proche des MacGregor et des Campbell d'Argyll, donna un coup de botte dans la cheville du chef MacGregor.

— Callum, tu ne laisses quand même pas Robbie apprendre à ton fils l'art du combat à mains nues j'espère !

— Que tu doutes de mes compétences suffit à prouver que tu es un bien piètre professeur, Graham, répliqua Robert d'un ton doucereux.

— J'admets que tes compétences se sont grandement améliorées grâce à mon enseignement au fil des ans, rétorqua Graham d'une voix enjouée. Mais si j'avais moi-même entraîné Tristan, le jeune Alex Fergusson aurait quelques dents en moins à l'heure où nous parlons, et peut-être même un ou deux doigts.

Robert esquissa un sourire et posa les yeux sur Tristan pendant que les guerriers qui l'entouraient tombaient tous d'accord sur le fait que ce pénible Fergusson se trouverait un jour empalé sur une de leurs lames – de préférence celle de Tristan.

— Souviens-toi aussi qu'il y a plusieurs moments dans la vie d'un homme où les choix qu'il fait décident de sa destinée, murmura-t-il en se penchant pour que seul Tristan puisse l'entendre.

Le garçon acquiesça. Il comprenait que même si du sang de guerrier coulait dans ses veines, il n'était pas toujours nécessaire de causer un maximum de dégâts à l'ennemi – le fait était que son père n'était pas toujours d'accord avec cette vision des choses, ce qui poussait parfois Tristan à souhaiter que le comte soit son père à la place du chef. Il songea au choix qu'il avait fait, celui de combattre Alex après s'être relevé de sa chute. Il ne s'était pas attendu à ce que les poings de son adversaire soient si rapides que cela. Tout ce qu'il se rappelait, c'était qu'après avoir été frappé par Alex, il avait senti le goût du sang se répandre dans sa bouche, et entendu son père et celui d'Alex se crier dessus. Après cela, sa mère ne l'avait laissé participer à aucune autre épreuve des jeux – alors qu'il savait qu'il aurait pu en remporter au moins trois. Il avait changé sa destinée, certes, mais n'était rentré avec rien de plus qu'un nez ensanglanté.

Le fracas soudain qui retentit à la porte fit bondir sur leurs pieds les hommes réunis dans le salon particulier. Les cris provenant de l'extérieur les incitèrent à poser la main sur la garde de leurs épées.

— MacGregor ! rugissait quelqu'un au-dehors. Viens m'affronter, si tu en as le courage ! Tu ne vas pas m'insulter moi et ma famille, et t'en tirer comme ça !

Tristan entendit tout juste son père ordonner aux femmes et aux enfants de monter à l'étage. Blêmissant, il observa Graham et son oncle s'avancer vers la porte. Le père d'Alex Fergusson se tenait dehors. Était-il venu tuer le père de Tristan pour une simple bagarre d'enfants ?

— Tristan, file ! intima son père, mais le garçon était paralysé.

Il pouvait à peine respirer. C'était de sa faute. Les hommes allaient se battre ; son père mourrait peut-être à cause de lui. Il tendit la main, comme s'il voulait arrêter son père alors qu'il s'avançait vers la porte.

— T'en va pas, avait envie de crier le garçon, mais la prière ne sortit de sa bouche que sous la forme d'un murmure.

Il n'avait que quatorze ans. Personne ne l'écouterait.

— Montre-toi, Fergusson ! cria Callum, en bousculant son beau-frère et meilleur ami pour ouvrir en grand la lourde porte. Montre-toi et je vais t'expliquer une fois de plus que tu ne vaux pas mieux qu'un porcelet !

D'autres cris s'ensuivirent, mais la mère de Tristan tira sur son bras pour le détourner du spectacle. Tandis qu'elle le conduisait à une chambre à l'étage, il regarda par-dessus son épaule juste à temps pour voir Graham et son oncle sortir du fort à la suite de son père.

— Je devrais aller avec eux, affirma le frère aîné de Tristan qui tenta de pousser leur mère pour passer, mais elle bloqua l'issue de son corps et leva une main pour l'arrêter.

— Ton père va se débrouiller, Rob. Assieds-toi avec tes frères, s'il te plaît, mon fils.

Oh, Dieu, faites qu'il se débrouille, implora Tristan. Il fut gagné par la nausée et par un léger étourdissement tandis que plusieurs vagues de crainte l'envahissaient l'une après l'autre. Sa sœur pleurait sur les genoux de lady Anne. Au son de ses sanglots, Tristan eut envie de partir en courant, de se ruer à l'extérieur. Le père d'Alex rentrerait-il chez lui s'il lui présentait ses excuses ? Il serait prêt à tout... vraiment tout pour que cette douleur étreignant sa tête, ses viscères et son cœur disparaisse. S'il arrivait quoi que ce soit à son père…

Un funeste rugissement transperça ses idées noires et accentua le silence qui régnait dans la chambre. L'épouse de Graham blêmit et tira son épée.

— Je descends, décréta-t-elle.

Sans attendre l'approbation des autres, elle ouvrit la porte et dévala l'escalier. Les cris qu'elle poussa un instant plus tard plongèrent le fort dans la terreur, jusqu'au plus profond des cœurs de ceux qui étaient demeurés à l'intérieur.

Tristan ne fut pas le premier à quitter la pièce. Toutefois quand il sortit, il regretta de n'y être pas resté et de n'avoir pas verrouillé la porte à double tour, pour ne jamais en ressortir. Il avait craint pour la vie de son père. Il ne lui avait pas traversé l'esprit que quelqu'un d'autre pourrait mourir. Et jamais, au grand jamais lui.

— Ils vont payer ça de leur vie ! entendit-il son père s'exclamer à pleins poumons. Ils vont tous y passer.

Tristan descendit l'escalier si lentement qu'il avait l'impression de flotter au-dessus du sol. Tout lui semblait… irréel. Ce devait l'être. Ce ne pouvait pas être le corps affaibli de son oncle qui était étendu par terre, près des mains tremblantes de son père, une flèche saillant de sa poitrine. Robert Campbell ne pouvait être mort. Il était trop fort, trop courageux et trop vaillant pour avoir été frappé au milieu de la nuit, à cause du choix d'un enfant qui avait voulu se battre. Trop choqué pour pleurer, empli d'un désespoir et d'une culpabilité l'empêchant de rien faire d'autre que de demeurer immobile en ce terrible instant, il observa sa mère et Anne tomber à genoux, leurs plaintes horrifiées résonnant dans tout Fort Campbell.

L'homme qu'il avait aimé plus que personne au monde avait été blessé au cœur et avait expiré en quelques minutes. Cet instant altéra le cours de nombreuses vies, en particulier celles de Tristan et de la jeune femme qui un jour panserait ses blessures.

Chapitre premier

Angleterre, 1685

— Espèce d'imbécile arrogant ! s'écria Isobel Fergusson en poussant les lourdes portes en bois pour pénétrer dans les vastes jardins privés du palais de Whitehall, et en laissant échapper un chapelet de jurons venimeux entre ses lèvres.

Onze ans après la disparition de sa mère, et dix ans après que son père avait laissé derrière lui sept enfants orphelins, la charge de prendre soin de sa famille était devenue trop lourde pour elle. Son frère Alex allait tous les faire tuer. Oh, pourquoi diable étaient-ils venus en Angleterre ? Enfer et damnation ! Quand bien même ils devraient assister au couronnement du duc d'York, c'était Patrick, son frère aîné et l'héritier de feu son père, le chef des Fergusson, qui aurait dû se trouver là avec elle, et non Alex. Ils n'étaient censés rester qu'une quinzaine ou deux, mais quand le futur roi proposa à tous ses invités de prolonger leur séjour à Whitehall d'un mois, Alex accepta. Elle donna un coup de pied dans un caillou sur son chemin et jura de plus belle. Comment avait-elle pu élever un garnement aussi imprudent et aussi maladroit ?

Isobel n'était pas indifférente au charme des épais matelas de plume de Whitehall, ni à ses grandes galeries voûtées où résonnaient même les plus imperceptibles murmures prononcés par les élégants lords et ladies, poudrés au point de ressembler à des statues. Tout cela était assez… inhabituel, et captivant d'une façon des plus étranges. Mais Alex avait accepté l'invitation en sachant que les MacGregor de Skye seraient là aussi ! Oh, comment avait-il pu faire ça ? Avait-il oublié la haine que se vouaient leurs clans respectifs ? Ou le cortège de morts subis par les chefs Fergusson après une féroce expédition vengeresse, dix ans auparavant ?

— Mon Dieu, implora-t-elle en s'arrêtant devant un grand cadran solaire au centre du jardin. Donnez-moi la force, et remettez mon imbécile de frère dans le droit chemin avant qu'il déclenche une autre guerre !

Sur sa droite, un mouvement attira son attention vers une rangée d'immenses statues de bronze luisant au soleil. Quand l'une d'entre elles se mut, Isobel tressaillit et recula, heurtant sa hanche contre le cadran solaire.

— Gare à vous, mademoiselle.

Ce n'était pas une statue, mais un homme – pourtant son visage aurait très bien pu être gravé par le même artiste qui avait sculpté les chefs-d'œuvre éparpillés dans tout le jardin. Isobel l'observa de pied en cap tandis qu'il s'éloignait d'une silhouette dorée aux airs d'archange, les ailes à tout jamais figées en plein vol, comme s'il venait de se poser sur son piédestal. Le jeune homme arborait les atours des Anglais, mais il ne présentait pas la même finesse que ces derniers… et n'avait pas de perruque. Ses cheveux tombaient librement sur ses épaules dans de chaleureuses teintes châtaines parsemées de mèches dorées par le soleil, quasiment de la même couleur que celle qui illuminait son regard. Il portait une chemise en lin couleur crème amplement nouée autour de ses hanches étroites. Son jabot s'ouvrait sur sa gorge, lui conférant un air plus voyou que noble. Il était grand et svelte, ses longues jambes musclées revêtues de culottes ajustées qui disparaissaient sous de sobres bottes noires. C'est d'un pas léger, mais décidé qu'il s'avança vers elle.

— Je ne voulais pas vous effrayer.

La musicalité de sa voix trahissait ses origines écossaises, peut-être était-ce même un Highlander.

— Je pensais que vous étiez ma sœur, mais Dieu soit loué, ce n'est pas le cas.

Son sourire était sans malice aucune, si ce n'est qu'il faisait saillir une malicieuse fossette sur une de ses joues, et cela le dotait d'une mine aussi chaleureuse et aussi avenante que l'augurait son corps de rêve. Mais la façon dont ses yeux passaient du brun à un doré éclatant, comme ceux d'un faucon ayant repéré sa proie, dénotait qu'il y avait en lui quelque chose de bien plus sauvage derrière ce charme désinvolte.

L'espace d'un instant qui échappa totalement à son emprise, Isobel fut incapable de bouger tandis qu'elle prenait toute la mesure de son port altier. En dehors d'un léger défaut sur l'arête, son nez avait une forme classique, surplombant une bouche vouée à dépouiller toutes les femmes de leur réserve, et même de leur raison.

Elle fit un pas pour contourner le cadran solaire, gardant instinctivement ses distances avec cette puissance virile qui affaiblissait son esprit logique et lui coupait le souffle.

Damnation, il fallait qu'elle dise quelque chose avant qu'il la prenne pour une idiote titubante – ce qu'elle était précisément à cet instant, comme toute autre femme normalement constituée à la vue de ce jeune homme. D'un mouvement du menton indiquant qu'elle n'était pas du genre à se laisser berner par les séducteurs, elle repoussa sa tresse auburn par-dessus son épaule et lança :

— Votre sœur pense aussi que vous êtes un imbécile arrogant ?

— Oh oui, répliqua-t-il dans un sourire empreint de la plus pure innocence, mais aussi doté d'un intense pouvoir de séduction. Elle pense cela, et bien pire encore.

Comme pour prouver qu'il disait vrai, un mouvement derrière la statue attira l'attention d'Isobel. Elle tourna la tête à temps pour entrapercevoir un éclat de jupons couleur saphir et une femme aux boucles blondes filer en direction du palais.

— Laissez-moi deviner, murmura Isobel en regardant dans le dos du jeune homme pour observer le départ de la demoiselle. Votre sœur doit avoir bien raison.

— Assurément, concéda-t-il sans se soucier de lancer un regard derrière lui.

Son intonation se fit plus grave quand il sourit.

— Mais je ne suis pas une cause complètement perdue.

Au lieu d'entrer dans ce débat avec un tel libertin, à un moment où elle ferait mieux de penser à une manière de convaincre Alex de partir avec elle et Cameron, Isobel haussa un sourcil dubitatif et tourna les talons.

— Si difficile que cela puisse paraître, monsieur, je vais devoir vous croire sur parole. Bonne journée.

Son souffle se fit haletant un instant plus tard, quand l'inconnu apparut à son côté et se pencha à son oreille.

— Ou vous pourriez passer l'après-midi avec moi et découvrir cela par vous-même.

Sa proximité emplissait l'air qui entourait Isobel de chaleur et de la senteur familière des bruyères. C'était sans nul doute un Highlander, peut-être bien du clan Gordon ou Donaldson, bien qu'il ne portât nul plaid. Elle songea à lui demander son nom, mais se ravisa. Il pourrait considérer cet intérêt comme une acceptation de son invitation. Elle ne pouvait permettre à sa raison de se laisser embrouiller par un après-midi entier passé en galante compagnie alors que la sécurité de toute sa famille était en jeu.

— Merci, monsieur, mais j'ai d'autres affaires à régler.

Elle accéléra le pas, mais il ne se laissa pas congédier si aisément.

— Ces affaires auraient-elles à voir avec cet imbécile de frère que vous insultiez à l'instant ?

— Pourquoi cela ? s'enquit Isobel, tâchant de ne pas paraître affectée qu'il ait l'audace de la suivre. Craignez-vous qu'il ne mérite mieux ce titre que vous ?

Elle ne s'était pas attendue à entendre le jeune homme éclater de rire, tout comme elle fut surprise de la façon dont cette hilarité franche et insouciante enflammait son corps. D'aucuns se seraient renfrognés face à une telle accusation, même si elle désirait seulement signifier par là son manque d'intérêt. Mais cet envoûtant étranger y avait trouvé une pointe d'humour. Elle aimait qu'il ait assez confiance en lui pour en rire, même si c'était à ses dépens.

— Pourquoi est-ce si compliqué d'avoir des frères ? poursuivit-elle avec un sourire, reprenant sa marche aux côtés du jeune homme. À la vérité, s'il existe un titre de frère le plus stupide, le mien l'a déjà remporté depuis bien longtemps.

Elle éprouva une légère culpabilité à parler ainsi d'Alex à un homme qu'elle ne connaissait même pas, mais peut-être que c'était justement cela qui facilitait ses confidences. Elle avait besoin de quelqu'un à qui confier ses tourments. Non, ce dont elle avait vraiment besoin, c'était de disposer de quelques instants où elle aurait le loisir de ne plus y penser. Cet inconnu la faisait sourire, et cela ne lui était pas arrivé de toute la matinée.

Il se pencha à côté d'elle pour ramasser un caillou et le lancer dans une petite mare, quelques pieds devant eux.

— Et qu'a donc fait votre frère de si terrible ?

— Il refuse de quitter Whitehall pour rentrer à la maison.

— Ah, c'est impardonnable.

Isobel lui décocha un regard en coin et le découvrit en train de lui adresser un grand sourire.

— Vous ne comprenez pas, indiqua-t-elle.

Il leva un sourcil brun et attendit qu'elle poursuive.

— Bien, si vous voulez tout savoir, nos ennemis jurés sont arrivés il y a peu pour rendre hommage au roi. Mon frère est effronté et prétentieux en général, et si nous restons ici, il risque de les insulter et de pousser ces barbares à nous pourchasser une fois de plus.

Il hocha la tête, la guidant pour contourner la mare.

— Maintenant, j'y vois plus clair. Mais quelle affaire avez-vous à régler exactement ? s'enquit-il en se tournant vers elle. Où se trouve votre père pour que son fils prenne des décisions mettant sa vie en péril ?

— Il est mort, répliqua Isobel, rivant ses yeux sur les portes du palais et les démons qui devaient rôder à l'intérieur. Tué par ces atroces ennemis. Je jure que si je parviens à en voir un seul en tête à tête, je lui trancherai la gorge et le renverrai au diable qui lui a un jour donné la vie.

Elle fut quelque peu surprise de découvrir une expression de sympathie et d'amusement sur le visage du jeune homme quand elle tourna son regard vers lui.

— Moi, j'ai l'impression que vos ennemis ont plus à craindre de vous que l'inverse, mademoiselle.

Isobel secoua la tête.

— Je ne suis pas téméraire comme mon frère. Nos ennemis nous ont laissés tranquilles, et je souhaite que la situation demeure ainsi.

— Voilà qui est sage, déclara-t-il, et Isobel se sentit heureuse de lui en avoir parlé.

Il lui concédait qu'elle avait raison de vouloir partir.

— Je pourrais lui toucher deux mots si vous le souhaitez, peut-être même pourrais-je lui faire entendre raison, suggéra-t-il.

Isobel ne put s'empêcher de se fendre d'un large sourire. Il avait l'air de lire dans ses pensées. Elle avait besoin d'aide et à ce stade, elle était prête à prendre conseil auprès de n'importe qui, même un parfait étranger.

— C'est très aimable à vous, mais je ne voudrais pas vous imposer de…

— Vous ne m'imposez rien. Je veux bien vous aider si je le peux.

Elle cessa d'avancer et leva les yeux vers lui tandis qu'il s'immobilisait à ses côtés.

— Vous ne me connaissez même pas. Pourquoi voulez-vous m'aider ?

La fossette du jeune homme se creusa, et les reflets de miel de ses prunelles s'accentuèrent.

— C'est ce que je sais faire de mieux.

Après avoir volé des baisers et Dieu sait quoi d'autre auprès de jeunes femmes derrière des statues dans des jardins ? Il fallait avouer qu'il était malin, ce garçon, mais c'était si charmant.

— Comme c'est galant de votre part.

Il s'inclina légèrement et adressa une moue à Isobel qui sentit son cœur battre la chamade.

— Vous voyez ? Il me reste encore un petit espoir, fit-il remarquer.

— Pas selon votre sœur, qui doit bien vous connaître.

— Que voulez-vous savoir ? lança-t-il en tendant son bras à la jeune femme qui l'accepta cette fois-ci.

— Je n'ai pas beaucoup de temps…

— Oh, alors vous feriez mieux de trouver une bonne question.

Elle tapota son menton du doigt pendant qu'ils passaient devant les vastes pelouses.

— Fort bien, je sais. Pourquoi votre sœur pense-t-elle que vous êtes un imbécile arrogant… entre autres choses ?

— Bien, déclara-t-il, son front hâlé soudain barré d'une ride soucieuse. Vous êtes intelligente en plus d'être belle.

Elle plissa les yeux et lui sourit d'un air entendu avant d'ajouter :

— Tout comme vous.

Elle eut presque le souffle coupé de s'être montrée si audacieuse, mais cette désarmante candeur la mettait à l'aise.

— Comment puis-je répondre à votre demande sincèrement maintenant que vous m'avez qualifié de beau ? Choisissez une autre question.

Elle éclata de rire et cette sensation fut merveilleuse.

— Non, je reste sur ma question. Répondez s'il vous plaît.

— Diable, voyons cela. Elle pense que je suis toujours imprudent.

— L'êtes-vous ?

— Non, je suis seulement peu inquiet de toutes les conséquences de mes actes.

— Alors, vous êtes vraiment imprudent.

Il hocha la tête et leva un doigt.

— Mais pas tout le temps. J'ai dit peu inquiet, pas complètement inconscient.

Elle lui concéda ce point, appréciant cet habile badinage.

— Êtes-vous peu inquiet ou complètement inconscient des conséquences que cela a pour la réputation d'une dame de s'enfuir d'un jardin pour retourner au palais, la coiffure de travers et les joues rouges ?

Il pivota légèrement, comme s'il venait tout juste de se souvenir de celle avec qui il s'était caché derrière la sculpture.

— Si elle est désireuse de mettre sa réputation entre mes mains un jour après avoir fait ma connaissance, déclara-t-il en reposant les yeux sur Isobel, je dirais que je suis plutôt enclin à me montrer peu inquiet.

— Je vois. À tout le moins, vous faites preuve d'honnêteté.

— Poursuivez, la taquina-t-il. Je préfère de loin vous écouter dresser la liste de mes vertus, plutôt que celle de mes défauts.

— Y en a-t-il beaucoup d'autres ?

— Cela dépend à qui vous posez la question.

— Je crois que dans ce cas précis, j'aimerais me faire ma propre opinion.

— Voilà qui est agréable à entendre.

Il avait l'air surpris et si sincèrement soulagé que l'espace d'un instant, Isobel se demanda à quel point cet homme était véritablement un fauteur de troubles.

Elle ferait mieux de rentrer retrouver ses frères, mais que diable, elle s'amusait bien. Quel mal pouvait-il y avoir à se contenter de se promener avec lui ? Ce n'était pas comme si elle allait le laisser l'embrasser derrière le prochain abri qu'ils trouveraient, même si elle pouvait assurément comprendre pourquoi certaines dames, habituellement dignes et guindées à la cour, étaient prêtes à ruiner leur réputation pour quelques moments volés en sa compagnie. Plus elle l'observait, plus il devenait irrésistible. Elle ignorait si son charme provenait de ses surprenants sourires, ou de la façon dont il parcourait les moindres détails de son visage lorsqu'il lui accordait toute son attention. En cet instant, elle ne s'en souciait guère. Elle aimait la façon dont il la regardait, elle avait l'impression d'être plus qu'une mère, une infirmière et une cuisinière pour sa flopée de frères. Non pas qu'elle regrettât d'endosser tous ces rôles pour eux. Elle aimait sa famille plus que tout au monde, mais il était plaisant d'oublier ses devoirs un bref instant, surtout sachant que cet homme pourrait lui venir en aide avec Alex.

—Et vous alors ? s'enquit-il quand ils approchèrent du portail ouest. Que dirait votre frère de vous ?

—Cela dépend auquel d'entre eux vous posez la question, répliqua-t-elle dans un sourire en songeant à ceux qu'elle avait laissés à la maison, avec Patrick. J'en ai six.

Elle leva les yeux au ciel et acquiesça lorsque son compagnon lui lança un regard horrifié.

—Les trois benjamins vous diront certainement que je leur assigne trop de corvées, mais cela est exagéré, car ils passent plus de temps à jouer qu'à les exécuter. Cam pourrait vous dire que je suis trop gentille, tandis que Patrick pense que je suis aussi entêtée que notre taureau.

—Votre taureau, l'interrogea-t-il en lui décochant un sourire empreint d'ironie. Y en a-t-il un en particulier auquel vous lui faites penser ?

—Nous n'en avons qu'un, mais cela nous suffit, vu que nous n'avons que deux vaches.

Elle regretta aussitôt de lui avoir avoué cela, quand elle vit le sourire du jeune homme s'affaiblir quelque peu. Au vu de sa tenue vestimentaire, il n'était pas dans le besoin. La prendrait-il de haut maintenant qu'il savait qu'elle l'était ?

— Ce doit être difficile pour votre mère d'élever tous ces fils avec si peu de bétail pour assurer votre subsistance, déclara-t-il, se montrant plus intéressé par sa situation que par le caractère opportun d'embrasser les dames dans les jardins.

— Ma mère est morte en donnant naissance à Tamas.

Il s'arrêta quand ils arrivèrent à un long banc près du portail.

— Vous les avez tous élevés toute seule alors ?

— Oui, Patrick et moi l'avons fait. Et nous y sommes encore : Tamas n'a que onze ans. Nous avons connu des passages difficiles, mais aussi des instants merveilleux.

Elle lui adressa un sourire quand il l'invita à s'asseoir avant de faire de même.

— Avez-vous souffert de la faim ?

L'inquiétude qui se lisait sur son visage était assez touchante maintenant qu'elle savait ce qu'il faisait « de mieux ».

— Vous pouvez ranger votre armure éclatante, chevalier. Inutile de nous proposer votre aide. Patrick s'est toujours assuré que l'on ait tous de quoi manger.

Il esquissa derechef son sourire envoûtant en capturant le regard de la jeune femme, la convainquant une fois de plus que dans toute l'Écosse ou l'Angleterre, nulle femme ne serait capable de lui résister.

— Les armures sont des tenues bien trop encombrantes à porter. En outre, la mienne doit être assez rouillée.

— On peut toujours la lustrer.

Elle ne s'était pas attendue à la tendresse qu'elle lut dans ses yeux, ni au soudain silence qui s'ensuivit.

— C'est vrai, poursuivit-il après un long moment au cours duquel la jeune femme reprit son souffle. Il est étrange que vous évoquiez de telles choses.

— Je suppose que personne d'autre ne l'a déjà fait.

Ils échangèrent le même sourire énigmatique avant qu'il réponde :

— Mon oncle parlait constamment des chevaliers et de leurs hauts faits. Cela faisait très longtemps que je ne m'étais pas souvenu de ses récits.

— Alors vous connaissez l'histoire d'Arthur Pendragon ?

— Bien sûr. Vous voulez que je vous la raconte ?

Elle n'aurait vraiment pas dû se laisser prendre à ce jeu-là. Alex et Cameron étaient certainement à sa recherche.

— Je veux bien.

Les quelques instants qu'Isobel avait prévu de passer avec son bel inconnu se muèrent en des heures, mais ce n'est que lorsque le soleil entreprit de baisser dans le ciel qu'elle se rendit compte du temps qu'avait duré son absence.

— Je dois y aller. Mes frères doivent se faire un sang d'encre.

— Retrouvez-moi demain.

Il saisit la main de la jeune femme alors qu'elle se levait du banc et commençait à tourner les talons.

— Dans le jardin, près du cadran solaire, précisa-t-il.

Elle secoua la tête, sentant avec une conscience accrue les doigts du jeune homme quitter les siens alors qu'elle reculait.

— Je ne devrais pas. Je ne connais même pas votre nom.

— Tristan, lui répondit-il.

Elle ébaucha un sourire joueur, se sentant d'humeur plus légère qu'elle ne l'avait été depuis des mois… voire des années.

— Je ne connais pas l'histoire de ce chevalier, clama-t-elle tandis que la distance qui les séparait grandissait. Mais vous pouvez m'appeler Guenièvre.

— Non, rit-il. C'était Yseult, la bien-aimée de Tristan.

Tandis qu'Isobel retournait vers le palais, son sourire s'élargit.

— Encore mieux.

Chapitre 2

Tristan l'observa quitter les lieux, appréciant les ondulations de ses hanches à mesure que sa silhouette se faisait de plus en plus petite au loin. Mais qui diantre était-ce donc ? *Certainement une fille des Lowlands.* Il se demanda brièvement à quel clan elle pouvait appartenir. Malgré la couleur safran délavé de sa robe et le fait qu'elle ne possède qu'un taureau, elle avait été invitée au couronnement. Elle ne pouvait donc pas être une paysanne. Quelle que soit son identité, il l'avait trouvée absolument ravissante. Lorsqu'il avait fait son apparition de derrière la statue et l'avait surprise, il avait été frappé par le vert intense de ses grands yeux. Elle n'était pas aussi belle que d'autres femmes à la cour, mais Tristan était tombé sous le charme des quelques taches de rousseur qui parsemaient son nez non poudré, et de la vivacité de son tempérament quand elle avait menacé de faire rôtir son ennemi en enfer.

Comme c'était son habitude lorsqu'il découvrait une jeune fille qui piquait son intérêt, sa première pensée se tourna vers la façon de la voir nue le plus rapidement possible. En temps normal, il ne s'attardait pas plus que cela sur une femme. La plupart d'entre elles ne se souciaient guère de sa vie, quelques sourires éclatants et d'habiles compliments lui suffisaient amplement à obtenir ce qu'il désirait. Mais celle-ci l'avait mis au défi avec ses questions pleines d'esprit et ses reparties presque aussi vives que les siennes. Ses lèvres naturellement corail ne s'étaient jamais fendues en un sourire faussement timide. La légère coloration de ses joues était sincère et sans arrière-pensée. Elle savait qu'il était un peu libertin, étant donné le départ précipité d'Eleanor Hartley en direction du palais. Mais assez étonnamment, elle remarqua ses vertus au lieu de s'arrêter sur ses défauts.

Il sourit en se levant du banc. Elle était innocente et l'idée de la séduire lui émoustillait les sens tant cela relevait du défi.

Mais que diable, elle l'avait bien qualifié de galant. En l'espace de dix ans, nul ne l'avait jamais considéré ainsi, de près ou de loin. Elle avait évoqué son armure éclatante et cela remua des souvenirs qu'il avait enfouis dans un recoin de son esprit qu'il pensait ne jamais revisiter. Il n'avait nulle envie de les exhumer en ce moment. Quelle que soit la personne qu'il avait voulu être dans son enfance, tout cela avait volé en éclats le jour où il s'était battu contre Alex Fergusson.

Il posa les yeux sur le pavillon des banquets, où le souper était probablement en train d'être servi. Les siens devaient être installés à la table des invités, riant autour d'hydromel ou de bière tiède, peut-être même étaient-ils en train de se remémorer un ancien combat ou discutaient-ils de la nouvelle que leur avait portée leur cousin Angus la veille au sujet du frère de Tristan, Rob, qui avait sauvé une bonne sœur dans une abbaye. Il n'avait aucune envie de s'attarder là-dessus non plus. Même s'il maniait l'épée aussi habilement que n'importe lequel des guerriers du Camlochlin, il n'avait nul désir de se conformer au code des Highlands de sa lignée, prônant fierté, arrogance et vengeance. Il préférait désarmer un homme – ou une femme – à l'aide de son esprit plutôt que de sa lame. C'était une nuance qui, parfois à son plus grand regret, le différenciait de son père, une nuance qu'il avait tout de même perfectionnée, jusqu'à être capable d'obtenir toutes les faveurs, de manipuler toutes les opinions à son sujet – si tel était son souhait.

L'espace d'un instant, il se tint seul au clair de lune, partagé entre le monde qu'il avait choisi et celui qu'il avait rejeté. Ses pensées revinrent à cette jeune fille… Yseult… et à la façon dont elle avait souri quand il lui avait offert son aide. Il aurait pu se délecter de ce moment à tout jamais. Mais elle se trompait à son sujet. Il aurait dû lui avouer la vérité, s'assurer qu'elle le croie. C'était un libertin sans scrupules qui avait pour seule envie de la mettre dans son lit et de la quitter avant qu'elle commence à s'attacher à lui.

Ou pire encore, avant que lui commence à s'attacher.

Il finit par se décider sur la marche à suivre. Il tourna les talons et était sur le point de quitter

Whitehall en passant par le portail ouest lorsqu'une voix suave appela son nom.

Il se retourna pour voir lady Pricilla Hollingsworth, une belle brune qui avait attiré son attention dès son arrivée au palais.

— Vous m'avez manqué au pavillon des banquets, déclara-t-elle en s'empressant de le rejoindre. Êtes-vous seul ?

Son regard se posa sur les lèvres entrouvertes de la jeune femme, puis descendit vers les courbes blanches et poudrées de sa poitrine enserrée dans sa robe décolletée.

— Heureusement plus maintenant.

Il baissa lentement les yeux vers ceux de lady Pricilla et esquissa un sourire.

— Exquis, commenta-t-elle en faisant une moue aussi libertine que l'était l'œillade de Tristan. Faisons un tour, voulez-vous ?

Sans attendre que Tristan réponde, elle glissa son bras sous le sien.

— Lady Hartley m'a indiqué que vous étiez un Highlander. J'ai entendu moult histoires salaces sur les hommes des Highlands.

— Certainement pas plus salaces que celles que j'ai entendues sur ces dames d'Angleterre, j'en suis sûr.

La jeune femme gloussa, exagérant le frisson qu'il venait apparemment de déclencher en elle.

— Oh, j'adore cet accent que vous avez. C'est à la fois sauvage et charmant, tout à votre image.

Diantre, elle était entreprenante. Celle-ci n'avait pas besoin de mots doux, mais semblait rechercher quelque chose d'un peu plus bestial. Comme il l'avait affirmé plus tôt, venir en aide aux demoiselles était ce qu'il faisait de mieux.

— Ne vous laissez pas berner par mon apparence désinvolte et mes manières, mademoiselle. À l'intérieur, je suis une bête sauvage prête à rugir.

— Oh, Mr MacGregor ! s'exclama-t-elle en portant une main à sa poitrine, feignant d'avoir été offensée. Je suis une dame de la société !

Quand elle retira brusquement ses doigts de son décolleté laiteux, il lui vint à l'esprit qu'elle pourrait aller un peu plus loin dans leur petit jeu du chat et de la souris et lui administrer une claque. Mais elle préféra presser sa paume délicate contre son torse pour le pousser un peu plus loin dans les ombres.

— Mais je vous en prie, ne vous arrêtez pas à ce détail, ronronna-t-elle, le souffle chaud contre sa pomme d'Adam.

Refermant ses bras autour de la taille de la jeune femme, il serra ses hanches contre les siennes et murmura tout près de ses lèvres avant de l'embrasser :

— Cela ne m'a même pas effleuré.

— Pricilla ! cria un homme, fendant l'atmosphère comme une flèche.

— Diable ! jura Tristan en relâchant Isobel.

— C'est mon mari !

Il lui adressa une mine renfrognée tandis qu'il s'avançait pour rendre des comptes à l'époux.

— Vous ne m'avez pas dit que vous étiez mariée.

— Vous ne me l'avez pas demandé.

C'était vrai. Il ne lui avait pas posé la question.

— Mon cher lord Hollingsworth. Je…

Tristan esquiva quand il vit le diplomate bien en chair tirer une lame de son fourreau avec une surprenante dextérité et la brandir en direction de sa gorge.

— Inutile d'en arriver là, déclara-t-il en évitant un autre coup visant son flanc. Posez votre épée et parlons-en comme…

Diantre, cette attaque-ci l'avait presque touché. Il ne parviendrait visiblement pas à faire entendre raison à cet homme enragé. Il aurait accepté de bonne grâce un coup de poing au visage en guise de punition pour avoir embrassé une femme mariée, mais il était hors de question de mourir pour cela.

La quatrième estocade siffla au-dessus de la tête de Tristan un instant avant que son poing s'écrase sur la joue adipeuse de Hollingsworth. Un coup au menton et le noble s'effondra à genoux, ce qui laissa à Tristan une fraction de seconde pour s'emparer de l'arme que son adversaire avait commencé à lâcher.

Il lança l'épée par-dessus le portail et elle termina son vol dans la rue. Puis il se tourna, courroucé, vers le mari de lady Hollingsworth.

— Si vous levez une fois de plus une épée sur moi, je vous jure que je vous tuerai avec. Vous feriez mieux de vous demander pourquoi votre femme se comporte ainsi au lieu de vous ruer sur moi ou sur le prochain que vous trouverez avec elle.

Furieux, Tristan regagna le portail, ouvrit sa lourde porte et disparut dans King's Street, laissant l'épée de Hollingsworth là où elle était tombée. Il passa devant une dizaine de femmes se tenant dans l'ombre, lui offrant des promesses de plaisirs dépassant son imagination. Il ne s'arrêta pour aucune d'entre elles. Le jeune homme ne désirait nulle compagnie, pas de doigts avides s'agrippant à ses vêtements, pas d'implorations à revenir alors qu'il savait qu'il ne reviendrait jamais. Ce soir, il ne voulait pas qu'on lui rappelle ce qu'il était devenu.

Tristan leva les yeux vers le ciel de ce nouvel après-midi puis adressa au cadran solaire un regard curieux. Comment diable les gens pouvaient-ils dire l'heure du jour en regardant une flèche fichée dans un morceau de pierre ? Mieux encore : que diantre faisait-il là à attendre une demoiselle avec des taches de rousseur sur le nez et un rire cristallin ? Il avait songé à elle toute la soirée, et au moment où il se coucha, il se trouva fort perturbé, car elle ne semblait pas vouloir quitter ses pensées. Mais le lendemain, il désira la revoir.

Malheureusement, dans un palais disposant de pas moins de quinze cents chambres, il était difficile de retrouver quelqu'un. Il se félicita d'avoir planifié le lieu où ils se rencontreraient.

— Salutations, sir Tristan.

Il ne l'avait pas entendue arriver derrière lui et esquissa un sourire malgré lui en raison du titre qu'elle lui avait attribué. Il se tourna et prit ses mains dans les siennes. Il fut surpris et quelque peu ému de les sentir rugueuses.

— Lady Yseult.

Il inclina vivement la tête pour déposer un bref baiser sur ses doigts.

— Vos frères se sont-ils inquiétés pour vous hier, comme vous le redoutiez ?

Elle secoua la tête, et il observa la façon dont les rayons du soleil jouaient dans les riches tons roux et dorés de sa chevelure.

— Leur attention était autrement accaparée par deux dames françaises qui ont passé la soirée à ricaner au son de mots qu'elles ne comprenaient assurément pas.

— On dit que l'amour se passe de mots.

Tristan présenta son bras à la jeune femme et se surprit à haleter quand elle le toucha de sa chaude main.

— Pour moi, les bons mots sont les compagnons de l'amour véritable.

— Vous vous y connaissez en amour véritable, n'est-ce pas ? s'enquit-elle, une pointe d'humour dansant dans ses yeux d'un vert éclatant.

— Je n'y connais rien du tout, admit-il, la guidant sur un chemin éloigné des pelouses bondées.

Il songea à lord et lady Hollingsworth.

— Mais nul besoin d'être extrêmement intelligent pour savoir que toutes les dames aiment qu'on leur assure tout leur donner de notre personne : notre corps, notre esprit, notre cœur. Et qu'elles règnent sur tout cela.

— Oui, acquiesça-t-elle en s'approchant un peu de lui. Je trouverais cela fort joli à entendre. Mais comment faites-vous pour savoir ce que les femmes veulent en secret, alors que tant d'autres messieurs en ignorent tout ?

— Sir Gauvain, répliqua-t-il, heureux de s'être souvenu de la légende la veille. Il avait promis d'épouser cette vieille bique, dame Ragnell, quand elle fournit au roi Arthur la réponse à l'éternelle question et lui sauva la vie.

— Tint-il sa promesse ?

— Bien sûr que oui, répondit Tristan. C'était…

Il marqua une pause, se sentant étrangement ému par ce qu'il était sur le point de dire, et les anciens sentiments que cela faisait émerger.

— C'était un homme d'honneur.

Il changea rapidement de sujet.

— Avez-vous un homme qui vous attend à la maison, belle Yseult ? Un époux peut-être ?

Cette fois-ci, il poserait la question avant toute chose.

— Non, s'esclaffa-t-elle doucement. Personne ne m'a accordé le privilège de régner sur son cœur.

— Quel dommage !

Ils échangèrent un regard, puis un sourire. Elle semblait ne pas être dupe de son attitude et atteindre une part de lui qu'il avait préservée de tous pendant dix ans. Lui voyait une femme, peut-être la seule capable de lui faire baisser sa garde. Il détourna les yeux, car il avait besoin de préserver ses défenses pour survivre et être heureux dans ce monde.

— Je l'ai vu hier soir dans le pavillon des banquets.

— Qui donc ? s'enquit-il en se tournant vers elle une nouvelle fois.

Il avait envie de l'embrasser – de se prouver à lui-même qu'il était capable de le faire sans en être affecté.

— Le diable qui a tué mon père. Je n'ai jamais oublié son visage. Quand je l'ai aperçu, je n'ai pas pu supporter de le regarder plus longtemps.

— Vous l'avez vu commettre l'assassinat ? demanda Tristan, son cœur se serrant quelque peu de compassion pour elle.

Lui-même avait contemplé un homme qu'il admirait étendu et sans vie au sol. Ce n'était pas le genre de chose qu'on pouvait aisément oublier.

— Je regardais par la fenêtre quand il a transpercé le cœur de mon père de son épée.

Diantre ! Il cessa d'avancer et tendit les doigts vers sa joue, comme pour en effacer les larmes qu'il s'imaginait qu'elle avait versées en ce funeste jour.

— Vous ne m'avez pas dit pourquoi ce monstre avait assassiné votre père.

Elle ferma les yeux un instant sous l'effet de sa douce caresse.

— Il pensait que mon père avait tué le comte d'Argyll lors d'un raid.

La main de Tristan s'immobilisa, en même temps que son cœur.

— Le comte faisait partie de son clan, poursuivit-elle sans ménagement. On m'a dit que c'était le beau-frère du diable MacGregor. S'il avait un quelconque lien avec ces barbares, alors il avait bien mérité de mourir.

Non! L'esprit de Tristan lutta pour nier ce qu'il était en train d'entendre. Cette charmante demoiselle pleine d'esprit et qui lui faisait penser à tant de choses qu'il s'était contraint à oublier ne pouvait être la fille d'Archibald Fergusson! Elle ne pouvait pas venir d'affirmer que son oncle avait mérité la mort! Laissant choir sa main sur le côté, il s'éloigna d'elle. Il voulait expédier la famille de cette jeune femme aux bons soins de Hadès mais comment le pouvait-il, si le trépas de son oncle n'était survenu que par sa faute? Elle se fourvoyait au sujet de Robert Campbell, mais il était trop courroucé par cette accusation pour le lui dire, trop abasourdi pour rien faire d'autre que l'observer.

— Il faut que j'y aille.

— Quoi? s'exclama-t-elle, surprise et tendant les bras vers lui.

Il s'éloigna des mains de la jeune femme.

— Quel est le problème?

Il aurait dû lui révéler son identité, lui avouer que tous les malheurs de sa vie étaient dus à ses actes. Mais il n'en avait pas le cœur, ni le courage.

— Je viens de me rappeler que j'avais promis à ma sœur de lui montrer le théâtre du roi. Bonne journée, mademoiselle.

Il la quitta sans rien ajouter ni se retourner. Elle était une Fergusson, et pour préserver sa sécurité, il décida d'oublier qu'il l'avait jamais rencontrée.

Chapitre 3

— Et un petit peu plus loin sur la droite, vous pouvez admirer *L'Apothéose de Charles Ier*.

Tristan leva les yeux sur le plafond peint du pavillon des banquets où Henry De Vere, fils du comte d'Oxford, guidait le regard de Mairi. Tristan se sentait un tantinet triste pour sa sœur, contrainte par le plan de table d'accorder son attention au noble Anglais tout au long de ce repas où huit plats seraient servis. Tristan ne se souciait guère des glorifications des rois morts – ni des vivants par ailleurs. Mais en écoutant le babillage insouciant de cet homme, il parvenait à se sortir de la tête la fille d'Archie Fergusson.

Il avait l'intention de l'effacer de son esprit pour toujours, mais ces six dernières heures, depuis qu'il l'avait quittée, elle était demeurée présente dans ses pensées. *Pourquoi cela ? Pourquoi elle ?* Auparavant, il n'avait jamais éprouvé la moindre difficulté à oublier une demoiselle à la seconde où il la laissait. Même celles avec qui il avait couché ne le hantaient pas comme cette Miss Fergusson. Ses sourires délicats, ses mains rugueuses, tout ce bavardage sur la galanterie et son quotidien difficile qui donnait à Tristan envie de se plonger à corps perdu dans sa vie pour la sauver de tout cela.

Mais que lui arrivait-il ?

Il n'avait rien des chevaliers tout droit sortis des livres que sa mère et son oncle avaient l'habitude de lui lire. Il avait abandonné tout espoir d'en devenir un, et quand bien même, comment pouvait-il sauver Yseult de la haine qu'elle éprouvait à l'encontre de sa famille ? Car s'il ne tenait pas le père de la jeune fille pour responsable de ce qui était survenu, tous les autres MacGregor pensaient l'inverse.

— Et voici *L'Union de l'Angleterre et de l'Écosse*, débita encore Oxford, désignant du doigt un emplacement en haut à gauche.

Tristan but son verre de vin d'un trait et demanda à un serviteur de lui en apporter un autre. La soirée s'annonçait longue avec cet être insignifiant qui était assis entre lui et sa sœur. Il songea brièvement à s'échapper pour s'installer à la table de lady Eleanor Hartley. Il pourrait s'accorder le plaisir d'admirer son charmant décolleté, mais la malheureuse était sotte comme ses pieds. Avant de pouvoir s'en empêcher, il se surprit à parcourir du regard le pavillon bondé, à la recherche d'un autre visage. Un visage qui serait dénué de poudre, et de duplicité.

— Voilà qui est fort intéressant, milord.

Heureusement la voix de sa sœur éloigna ses pensées de l'une des ennemis jurés de sa famille.

— Je suis abasourdie par votre si vaste connaissance de l'histoire de Whitehall, chanta-t-elle quasiment. J'adorerais en savoir davantage.

Tristan haussa les yeux au ciel et s'agita nerveusement sur son siège, s'apprêtant à entendre un autre long discours sur le passé de Whitehall. Au moment précis où il songea qu'il ferait peut-être mieux de partir avant de se mettre à insulter Oxford et tous les autres Anglais présents, l'assommant noble se leva de sa chaise.

— Et je vais vous en dire bien plus, chère madame, chantonna Oxford. Mais avant toute chose, je dois toucher deux mots à lord Huntington qui, je le vois, vient d'arriver pour le souper.

Il s'excusa. Tristan leva à peine les yeux.

— Dis-moi la vérité, Mairi, lança-t-il en se tournant vers sa sœur. Tu n'as pas trouvé sa leçon d'histoire sur ces lieux aussi dépourvue d'intérêt que la cicatrice qui court de son œil à sa joue ?

— Je trouve que sa cicatrice est assez intrigante.

Mairi ébaucha un sourire évasif en portant son verre à ses lèvres.

— Et si tu avais un tant soit peu de plomb dans la cervelle, tu saurais que l'on peut soutirer beaucoup d'informations aux bavards admirateurs tels que lui.

— Sœurette, soupira Tristan, sachant trop bien ce qu'elle voulait dire. Ton avidité à pourchasser les covenantaires commence à me causer du souci. Sans parler de notre père, qui se fait des cheveux blancs à cause de toi depuis l'année dernière. Il n'est toujours pas convaincu que tu n'aies rien à voir avec la milice rebelle qui a tué deux Cameroniens par-delà les côtes de Skye au printemps dernier.

— Tu sais que je ne souffre pas les traîtres à l'Écosse, affirma-t-elle aussi doucement qu'un chat qui ronronne. Mais je n'abattrais jamais mon épée sur un homme.

Tristan captura le regard de sa sœur, qui était aussi narquois que le sien, sachant que quelque part sous ses jupons se trouvaient pas moins de cinq dagues qu'elle maniait presque aussi bien que celle qui lui faisait office de langue.

Il était sur le point de lui conseiller de se montrer prudente dans sa quête consistant à sauver l'Écosse de ses ennemis politiques et religieux quand il aperçut Miss Fergusson sur le seuil de la pièce, un homme à chaque bras, attendant d'être annoncée. Elle semblait nerveuse, et peinait à trouver sa place parmi les dames de la cour, plus majestueuses et plus raffinées. Diable, qu'il avait été bête de penser qu'elle n'était pas aussi belle que les autres. Elle était aussi jolie que toutes les autres. Même plus jolie que la plupart d'entre elles à la vérité, avec ses longues boucles rousses tombant en cascade sur ses épaules, tandis qu'elle parcourait des yeux tout le raffinement des lieux qui s'offrait à elle. Elle ne portait nul ornement sur les mains ni autour du cou. Elle n'en avait aucunement besoin. L'albâtre pur de son décolleté souligné par sa robe vert émeraude attirerait bien plus l'attention que n'importe quel joyau.

— Qui est-ce ? s'enquit Mairi en suivant le regard fixe de son frère.

Le garçon à sa droite devait être Alex Fergusson. Ces dix dernières années, Tristan n'avait pas oublié son regard bleu perçant des plus menaçants.

— J'ignore qui c'est. Personne, indiqua-t-il en détournant la tête de l'entrée.

Ils étaient ennemis. Cette jeune fille pouvait bien penser ce qu'elle voulait de l'oncle de Tristan. Il ne lui accorderait plus aucune pensée.

— Elle est ravissante, commenta Mairi en l'observant de pied en cap.

Bien sûr qu'elle l'est. Tristan jeta un nouveau coup d'œil dans sa direction pour découvrir qu'elle le contemplait. Elle lui adressa un sourire au moment où l'on proclama son nom. Isobel Fergusson et ses frères, Alex et Cameron. *Isobel.* Son nom était Isobel.

— Les Fergusson !

Le regard appréciateur de Mairi se mua en une œillade glaciale.

— Que diable font-ils ici ?

Tristan aurait pu lui offrir une dizaine de réponses logiques, mais Miss Fergusson et ses frères se dirigeaient vers sa table et il ne put rien faire d'autre que de se demander pourquoi diable il ne lui avait pas révélé son identité cet après-midi-là.

— Je rêve ou ils sont vraiment en train de s'approcher de notre table ?

— Mairi, ne fais rien qui puisse causer un autre bain de sang, lança Tristan tandis qu'il parvenait enfin à détourner son attention d'Isobel. Ils ont déjà assez souffert. Ne dis rien et laisse-les repartir.

Mairi leva un sourcil interrogateur.

— Tu la connais, Tristan ?

— Bonsoir, milord, milady, les salua Miss Fergusson avec tout le respect qu'il se devait.

Maudit soit-il, il aurait dû lui avouer la vérité et l'empêcher de se ridiculiser comme elle était sur le point de le faire.

— J'espère que vous voudrez bien pardonner cette intrusion, milord, mais je voulais vous présenter les frères dont je vous avais parlé.

Le sourire de la jeune femme s'anima quelque peu quand elle se rapprocha du plus âgé des deux hommes qui l'accompagnaient et lui adressa un regard pétillant.

S'il n'avait pas craint que l'un d'eux ne soit capable de tirer une épée sur-le-champ, Tristan aurait souri face au désespoir de sa situation, et il lui serait venu en aide. Après ce que le clan du jeune homme avait fait à celui d'Isobel, il aurait été prêt à tout lui accorder.

Mais les choses étant ce qu'elles étaient, Alex lui adressa un regard acéré par-dessous ses sourcils bruns et maussades.

— Isobel, tu connais ce bâtard ?

— Tu lui as parlé ce matin ? s'enquit Mairi dans le même temps.

Elle virevolta vers Alex.

— Prenez garde à qui vous traitez de bâtard, sinon je...

Tristan posa la main sur le bras de Mairi, l'arrêtant avant qu'elle prononce des paroles qu'ils regretteraient tous.

— Miss Fergusson, dit-il doucement en se tournant vers la jeune femme, pourquoi ne pas…

— Garder vos distances avec la table de ma famille, finit Mairi pour lui en se redressant.

Tristan se leva à son tour, mais elle ne remarqua pas l'avertissement qui se lisait dans les yeux du jeune homme quand lord Oxford revint à la table et se tint entre eux.

— Vous avez entendu cette dame, déclara Oxford d'un air méprisant pendant que son regard hautain s'attardait sur le plaid élimé d'Alex Fergusson. Reculez avant que j'en appelle à la garde royale.

Tristan pivota pour river le regard sur lui. Il n'avait aucune envie de tuer un homme de sang-froid, mais cela ne l'empêchait pas de vouloir broyer chacune des dents qu'exhibait fièrement Oxford. Malheureusement, s'il se laissait aller à ce désir, il ne ferait que prouver à Miss Fergusson qu'il n'était rien de plus qu'un barbare.

— Je suis navré de vous avoir quittée précipitamment.

L'Anglais se tourna, sentant les yeux de Tristan posés sur sa personne.

— Je suis revenu aussi vite que j'ai pu, poursuivit-il.

— Quelle chance pour nous tous, lança Tristan, son visage se fendant d'un sourire glacial qui devint de plus en plus menaçant. Pourquoi ne reprenez-vous pas votre place maintenant ?

Oxford cligna des paupières, et Tristan attendit patiemment la réponse que le noble parviendrait à former de son morne esprit. Comme rien ne vint, Oxford s'inclina vers son siège.

Tristan tira profit de ce laps de temps. Se tournant vers Isobel, il coinça subrepticement sa cheville autour du pied de la chaise d'Oxford et la recula de quelques pouces. Son sourire se fit plus sincère quand il croisa le regard d'Isobel, au moment où l'auguste séant d'Oxford heurta le sol.

— Mon frère, tu es fou ? s'enquit Mairi pendant que son champion pataugeait à ses pieds. Ce sont nos ennemis ! pesta-t-elle.

Le léger rougissement qui avait envahi le nez mutin d'Isobel s'évanouit, laissant sa chair blême et son regard luisant d'inquiétude tandis qu'elle le dévisageait.

— Vous êtes…, haleta-t-elle avant de se reprendre. Veuillez m'indiquer votre nom véritable, milord !

Il savait pourquoi il ne le lui avait pas révélé plus tôt. C'était pour cette même raison qu'il n'avait aucune envie de le lui apprendre maintenant. Diantre, son père avait tué celui de cette jeune femme, et sous ses yeux qui plus est. Que pourrait-il bien dire pour la faire changer d'avis à son égard après cela ? Et pourquoi donc se souciait-il tant de ce qu'elle penserait de lui ?

— Pardonnez-moi si je ne me suis pas présenté plus tôt. Je suis…

Il marqua une pause, apercevant sur la gauche son père qui s'avançait vers leur table, son grand plaid drapant ses épaules aussi larges qu'elles l'avaient été dix ans plus tôt, quand le diable émergea de la brume pour chercher à venger les Campbell… en s'attaquant aux Fergusson. Damnation, cela ne pouvait vraiment pas être pire.

— … Je suis Tristan MacGregor.

Il observa cette effroyable vérité accabler le visage d'Isobel au moment où son père s'arrêtait derrière la chaise la plus proche de lui, et posait sur Alex un regard empreint à la fois de terreur et de haine. Comme par instinct, elle se plaça devant son frère et dirigea la pointe de son mépris le plus cinglant vers Tristan.

— Toutes mes excuses, lança-t-elle en portant une main à sa poitrine et en poussant Alex vers l'arrière, hors de portée d'une éventuelle épée. Je me suis gravement méprise.

Bon sang !

Tristan l'observa quitter les lieux, tirant sur les manches de ses deux frères pour hâter leur départ. À présent elle ne lui adresserait plus jamais la parole. Il ne pouvait lui en vouloir, mais la façon dont elle l'avait regardé, comme s'il était le plus infâme pourceau qu'elle ait jamais vu, lui avait donné envie de lui dire à quel point elle se trompait – tout comme elle se trompait au sujet de son oncle.

— Qu'est-ce que les rejetons d'Archibald Fergusson faisaient à notre table ?

— La fille pensait connaître Tristan, répliqua Mairi.

— Je l'ai rencontrée dans les jardins hier, rectifia Tristan un peu raide. Je ne savais pas qui elle était, et *vice versa*.

— C'est pour cela que vous m'avez ridiculisé devant elle ?

Callum jeta un coup d'œil par-dessus l'épaule de Tristan pour voir le noble titubant en train de rajuster sa perruque poudrée.

— Qui est cet homme ? s'enquit son père en observant le comte des pieds à la tête, remarquant qu'il s'asseyait près de Mairi, et n'ayant pas l'air ravi de ce fait.

— C'est lord Oxford, le fils du comte, répliqua Tristan d'un ton neutre, se tournant à peine pour lui jeter un œil. Quelqu'un qui n'a pas besoin de mon aide pour se ridiculiser.

Son père adressa à Oxford un regard lui intimant de se taire et de décamper pendant qu'il pouvait encore le faire de son propre chef.

— Je n'ai aucune confiance dans les Anglais, déclara Callum en observant l'aristocrate déguerpir.

Il reporta son regard impérieux vers Tristan et fronça les sourcils d'un air entendu.

— Et j'aime encore moins les Fergusson. Maintenant, tu sais qui est cette fille. Il y a assez de femmes ici pour t'occuper, mon fils. Tu ne diras pas un mot de plus à celle-là.

Et il n'en avait pas l'intention : Tristan avait l'habitude de faire ce qu'il voulait sans jamais se soucier des répercussions. C'était ce qui lui avait valu le titre bien mérité de « rejeton du diable », décerné par la moitié des pères de famille de Skye. Il ne se souciait guère de l'avis des gens qu'il pouvait croiser. Pour la plupart, ils avaient raison. C'était le fils du diable après tout… et dans une forteresse regorgeant de guerriers, il était plus aisé d'être une insouciante crapule plutôt que… Son regard s'arrêta sur la table d'Isobel, à l'autre bout de la grande pièce… Un preux chevalier. Mais que diantre, il n'était pas un barbare, et il avait la ferme intention de le lui dire.

— Vous savez ce qui me contrarie le plus dans la façon dont vous voyez les choses ? lança-t-il d'abord à son père, puis à Mairi. L'homme que vous avez vengé dans un tel bain de sang ne vous l'aurait jamais pardonné. Robert Campbell n'embrochait pas quiconque le mettait au défi.

— Ce n'est pas seulement lui que j'ai vengé, Tristan, objecta son père en posant les yeux sur son épouse, qui était revenue à ses côtés et s'était assise en face de lui.

Oui, Tristan savait ce que les Fergusson avaient pris à sa famille. La mort de son frère avait lourdement affecté sa mère, Kate MacGregor. Pendant très longtemps, Tristan avait craint de ne plus jamais entendre le son de son rire. La femme du comte d'Argyll, lady Anne, avait quasiment cédé à la folie tant elle était en peine, et elle avait fini par trouver répit auprès de Dieu dans un couvent français. Depuis lors, ils ne l'avaient jamais revue. Et quant à lui, le neveu qui avait perdu bien plus qu'un oncle, il avait perdu sa soif de devenir ce que son mentor lui avait enseigné : un homme intègre. Un homme d'honneur. Car quel honneur un homme peut-il trouver en présence de ceux à qui il a fait le plus de mal ? C'était impossible. En un clin d'œil, il avait changé sa destinée, et au lieu de devenir ce qu'il avait toujours rêvé d'être, Tristan s'était mué en ce qu'il était facile d'être. *Un voyou sans foi ni loi.*

Oui, il comprenait la fureur et la douleur que sa famille ressentait, mais Archibald Fergusson était mort. Ses enfants devaient-ils payer le prix du crime de leur père ?

— Tu en as fait des orphelins.

Callum ne lui adressa pas un regard en s'asseyant.

— Je l'ignorais à l'époque.

— Est-ce que ça aurait changé quoi que ce soit ?

— Assez, Tristan ! s'écria sa mère. Je comprends ta façon de voir les choses, peut-être mieux que quiconque à cette table. Mais même ton oncle ne contestait pas les décisions de ton père. Tu ne vas pas t'y mettre.

— Très bien, répliqua calmement Tristan alors que l'éclat des tresses auburn d'Isobel captivait toute son attention. Alors, il n'y a pas à contester les miennes non plus.

— Quoi qu'il se soit passé entre vous, déclara Callum en suivant le regard de son fils, tu serais bien avisé de l'oublier.

Oh oui, bien sûr. Mais comme tous ceux le connaissant pouvaient l'affirmer, Tristan n'était pas du genre à se montrer avisé.

Chapitre 4

Isobel serra une cuillère en argent dans son poing et riva les yeux sur son assiette. Elle sentit sa poitrine se crisper, l'empêchant de respirer, au point qu'elle en eut la tête qui tournait. Damnation, cela faisait trois ans qu'elle n'avait plus eu de spasmes, et elle n'allait pas commencer maintenant ! Ses mains tremblèrent. Son regard s'embua de larmes d'humiliation et de colère. Des larmes qu'elle refusait de laisser s'écouler. Elle avait envie de crier, de quitter sa chaise, de retourner en trombe vers la table des MacGregor et d'enfoncer sa cuillère dans les prunelles de Tristan MacGregor. Elle voulait le voir mort. Non, elle voulait qu'il meure sous ses yeux. Dieu du ciel, et elle qui l'avait qualifié de galant. Elle avait ri en sa compagnie, avait parlé d'amour avec lui ! Elle lui avait fait part de ses craintes au sujet d'Alex. Oh, quel serpent cruel et insidieux il était ! Il avait probablement su qui elle était tout du long. Il l'avait ridiculisée, la laissant évoquer sa famille, sa vie, son père ! *Le bâtard !* Oh, il avait dû bien rire quand il l'avait entendue parler de son père défunt. Combien de temps comptait-il faire durer cette farce ? Qu'attendait-il qu'elle dise d'autre ? Est-ce que le diable MacGregor soupçonnait ce qu'elle et ses frères savaient sur la mort du comte ?

— Tu affirmes que c'est moi qui suis inconséquent, Isobel, lui fit remarquer Alex en se penchant pour murmurer à son oreille. Pourtant, c'est toi qui t'associes à nos ennemis. Que lui as-tu raconté ?

— Rien ! jura Isobel.

Elle toussa et maudit son corps tandis qu'elle cherchait à reprendre son souffle avec peine. La jeune femme ferma les paupières et tâcha de se détendre avant de poursuivre :

— J'ignorais qui il était. Je pensais que c'était un noble gentleman.

— Tristan MacGregor, un gentleman ? s'esclaffa son frère. Ça ne fait que quelques jours qu'il est là, et il court déjà dans tous les couloirs des rumeurs sur ses aventures avec des dames. Vraiment, sœurette, tu ferais mieux d'ouvrir tes oreilles si tu as l'intention de nous préserver du mal.

— Ton aide ne serait pas malvenue sur ce terrain, lança-t-elle comme une pique en se tournant vers lui. Alex, maintenant plus que jamais, j'insiste pour que l'on quitte Whitehall à l'instant même où James sera couronné.

— Tu veux que l'on refuse une invitation du roi ?

— Oui ! rétorqua-t-elle sans hâte. Tu n'as pas vu ce diable de MacGregor, ou la haine que l'on pouvait lire dans son regard quand il a posé les yeux sur toi ? Il t'en veut toujours d'avoir commencé la querelle.

Alex haussa les épaules et porta sa cuillère à la bouche.

— Ce n'est pas moi qui ai tué le comte.

Bonté divine, elle était sur le point de s'évanouir.

— Alex, je t'en supplie, ne parle pas de cela, murmura-t-elle d'une voix paniquée et implorante.

— Nous ne pouvons pas faire comme si rien ne s'était passé, Bel.

Isobel ferma les paupières en entendant le reproche discret de Cameron. *Ce cher Cam.* De ses six frères, il était le plus posé, n'étant plus que l'ombre de la personne qu'il avait été auparavant, n'offrant plus rien à voir et plus rien à entendre. Il n'avait connu que huit étés quand son père fut assassiné, et il ne s'était jamais complètement remis de ce deuil.

— Nous ne pouvons pas faire semblant, déclara Isobel en ébauchant un sourire, feignant de trouver du courage pour le réconforter. Mais nous pouvons tâcher d'oublier. Nous devons rentrer à la maison, Cameron. Il faut juste que je vous ramène tous les deux sains et saufs.

Des ombres parcoururent son beau visage, quelques mèches auburn assombrissant son regard vert. Il hocha une nouvelle fois la tête et ne prononça pas un mot de plus.

Satisfaite qu'au moins un de ses frères ait quelque plomb dans la cervelle, Isobel plongea sa cuillère dans son potage et la porta à ses lèvres. D'une façon ou d'une autre, elle convaincrait Alex de rentrer avec elle, mais elle s'en occuperait plus tard, une fois qu'elle…

Son regard repéra la figure de Tristan par-dessus la série de tables qui les séparaient. La lueur du feu dansait sur les traits du jeune homme, adoucissant les angles de sa mâchoire, rehaussant la sensualité naturelle de sa lèvre supérieure. Après son départ précipité de l'après-midi, elle s'était attendue à le trouver en la charmante compagnie d'une dizaine de dames frôlant la pâmoison, toutes s'arrachant ses faveurs. À la place elle avait fait face à un MacGregor doté d'un tempérament ombrageux et d'un sourire ensorceleur, ces deux caractéristiques étant aussi dangereuses l'une que l'autre. Bonté divine, l'espace d'un tout petit instant, après que l'Anglais ayant insulté ses frères fut tombé sur les fesses, elle ne s'était presque plus souciée de l'identité de son chevaleresque étranger du parc. Elle détourna les yeux, le haïssant encore plus que le reste de sa famille.

Isobel ne lui accorderait plus aucune pensée. Elle profiterait plutôt de la fête du roi et de toutes les épices qui enchantaient son palais. La jeune femme tenta de nommer chacune d'entre elles et se souvint de quelques-unes à ajouter à son jardin, mais il ne lui fut pas aisé d'ignorer le loup qui rôdait dans la bergerie. Elle avait su que c'était un vaurien seulement quelques instants après l'avoir rencontré. Comment avait-elle pu se laisser berner par ses sourires passionnés et ses reparties spirituelles ? Comment avait-elle pu le penser noble, attentionné et plus intéressant que n'importe lequel des hommes qu'elle avait jamais connus ?

Plus souvent qu'elle ne l'aurait voulu, son regard dériva en direction de la table du jeune MacGregor. Elle l'observait, partagée entre l'incrédulité et le dégoût, alors qu'au fil du dîner, quatre dames s'assirent sur la chaise vide séparant Tristan de sa sœur pour lui glisser quelques mots. Voici ce qu'il leur accordait, entre autres choses : son attention tout entière, et ce sourire furtif empreint de frivolité qui, bizarrement, lui conférait encore plus de charme. Toutes ces dames quittèrent sa table en pouffant, comme des paysannes surexcitées.

Bien, songea Isobel en rompant son pain, *je ne suis pas un mouton de Panurge.* Elle savait précisément quel genre d'homme se cachait derrière ces grands sourires ravageurs. Son regard se posa sur le père de Tristan qui était assis à sa droite. C'étaient des MacGregor, et ils étaient tous pareils : de détestables bâtards meurtriers. Elle leur souhaitait à tous de mourir dans d'atroces souffrances.

Plus tard, quand leurs tables furent débarrassées et que les musiciens se mirent à jouer, Isobel se tint à l'extrémité du pavillon des banquets et observa les danseurs investir la piste. Elle n'avait nulle intention de se mêler aux élégants invités du roi. Elle ne savait pas danser, et même si cela avait été le cas, elle préférait de loin regarder plutôt que de participer. Elle n'avait jamais vu de si belles robes et se demanda si elle serait capable de coudre quoi que ce soit qui s'en approche si elle disposait du matériel nécessaire. Les couleurs tourbillonnaient près du grand feu de cheminée et l'envoûtaient à mesure que toutes ces jolies femmes s'entremêlaient à des rangées d'hommes élégants sur une musique qui lui faisait oublier la vie toute différente qu'elle menait.

Son cœur se réchauffa quand elle vit lady FitzSimmons, une ravissante jeune Française, rougir – ou peut-être était-ce le maquillage rouge qu'elle avait apposé sur son teint d'ivoire – au sourire enflammé que Cameron lui adressa en passant son bras sous le sien.

Isobel était enchantée de voir son frère s'amuser – cela lui arrivait si rarement à la maison. En vérité, elle regrettait d'avoir à écourter son séjour ici. Elle aurait accepté de le laisser rester avec Alex si les MacGregor n'avaient pas été là. Cameron était le frère dont elle savait avec certitude qu'il ne tirerait jamais son épée pour un simple regard de travers. Toutefois, elle ne faisait nullement confiance à ses ennemis qui pourraient fort bien passer ses frères au fil de leur lame dans l'unique dessein d'étancher leur soif de vengeance. Et si jamais ils découvraient la vérité... Bonté divine, elle n'osait y songer. Et elle n'en ferait rien. Pas maintenant, enveloppée qu'elle était dans les mélodies du luth et de la harpe.

Elle adressa un sourire à Cameron qui était en train de contourner sa partenaire, puis elle maudit cette soirée en apercevant Tristan qui se frayait un chemin à travers la foule. Une boule se forma dans son ventre quand elle se rendit compte que cet imbécile s'avançait droit vers elle, au mépris du danger auquel il les soumettait tous deux. Elle jeta un coup d'œil vers Alex, priant Dieu que son frère ne se rue pas à ses côtés, la main sur son épée, paré à défendre sa sœur. Soulagée de le voir occupé par une invitée du roi, elle dirigea son regard nerveux vers Tristan. Sa destination ne faisait aucun doute. Il coupait la trajectoire des danseurs d'un air délibéré, prédateur, ignorant les œillades engageantes des dames devant lesquelles il passait. Les yeux du jeune homme étaient rivés uniquement sur Isobel, comme si elle était la seule autre personne dans cette pièce. *Un vrai loup dans la bergerie.* Que lui voulait-il ? Isobel expira, portant ses doigts à sa poitrine qui se serrait. Malgré son identité, elle ne pouvait nier sa beauté purement virile ni la tendresse avec laquelle il avait posé ses doigts sur sa joue quand elle lui avait annoncé qu'elle avait vu son père mourir. Il avait paru si sincèrement désolé pour elle. Mais tout cela n'était que mensonge, et elle ne s'y laisserait pas prendre à deux fois.

Quand il fut sur le point de la rejoindre, elle tourna le dos.

— Je voudrais vous dire un mot, Miss Fergusson, murmura-t-il contre ses cheveux alors qu'il se tenait derrière elle.

Elle sentit ses épaules puis son dos se raidir.

— Pour que vous puissiez derechef m'emberlificoter de belles paroles ? Très peu pour moi !

Le son du rire décontracté du jeune homme eut un effet des plus irritants sur les nerfs d'Isobel qui ferma les paupières, tâchant de ne pas faire volte-face pour lui arracher les yeux.

— Allez donc au diable, MacGregor, lança-t-elle sans ambages.

S'il y avait bien une chose qu'elle ne souhaitait pas, c'était de donner à quiconque de ces sauvages une raison de chercher réparation, même pour une simple insulte, mais elle ne pouvait ignorer une telle audace.

— Venez avec moi dans le jardin, Isobel.

Avait-il perdu la raison, ou était-il demeuré ? Ou avait-il d'autres plans plus vils encore en tête ?

— Avez-vous l'intention de déclencher une autre querelle de clans ?

— Non.

Derrière elle, le souffle du jeune homme effleurait doucement son oreille, aussi chaud que la tonalité caressante de sa voix.

— C'est pourquoi je vous suggère de sortir. Si nous dansons ici, des couteaux vont voler.

Danser ? Isobel serra les poings et lui lança un regard par-dessus son épaule.

— Vous croyez vraiment que je vous laisserais poser ne serait-ce que le petit doigt sur moi ?

Elle fut tentée de lui administrer une bonne paire de claques quand sa fossette se creusa, mais en songeant à ses frères, elle réprima son impulsion.

— Je vous assure, MacGregor, reprit-elle en adoucissant le ton de sa voix et en lui présentant un sourire désinvolte à sa façon. Je préférerais être décapitée dans la cour plutôt que de danser avec vous. Maintenant, je vous en prie, disparaissez de ma vue.

Elle se tourna, concentrant de nouveau son attention sur les danseurs.

— Alors, pardonnez-moi, dit-il en ignorant sa requête. Je pensais que vous auriez peut-être envie de me remercier d'avoir défendu votre frère auprès de mon père…

Le remercier ? Le remercier d'avoir dit à son père tout ce qu'elle lui avait innocemment confié au sujet d'Alex ? Oh, elle avait envie de le tuer, et tant pis pour les conséquences ! Elle pivota sur ses talons avec une telle force qu'il se tut et recula d'un pas.

— Ne vous approchez pas de mes frères, Tristan MacGregor, ou je vous arracherai le cœur et l'accrocherai à ma porte en guise d'avertissement pour les autres démons de votre famille.

Isobel ne souhaitait pas provoquer d'effusions de sang, mais ce désir fut mis à rude épreuve quand un sourire plus lumineux, plus vibrant que les précédents fendit le visage du jeune homme.

— Vous êtes bien hardie pour quelqu'un qui clame avoir peur des miens.

— Je n'ai jamais clamé en avoir peur, le contredit-elle, dardant ses yeux sur lui pour prouver ses dires. J'ai dit que je les détestais.

— Eh bien, c'est inacceptable à mon sens, rétorqua-t-il, complètement indifférent à la réplique cinglante de la jeune femme. Nos deux familles sont coupables du même crime. Je souhaite…

— Nos crimes ne sont pas les mêmes ! cria-t-elle presque, puis elle regarda alentour, priant pour ne pas avoir attiré l'attention de tous les invités du pavillon.

Satisfaite de constater qu'il n'en était rien, elle reposa le regard sur l'homme qui lui faisait face.

— Votre famille nous a arraché notre père.

— Je sais, et votre père m'a arraché mon oncle, répliqua-t-il sur-le-champ. Mais ni vous ni moi ne gagnerons quoi que ce soit en nous vouant une haine sans bornes.

Maudit soit-il, songea Isobel en observant les cils épais et sombres qui surplombaient ses yeux aux couleurs topaze. Il était si beau que c'en était presque un délit. *Quel gâchis que ce corps appartienne à un cœur de pierre de MacGregor !*

— Vous ne devez pas avoir beaucoup aimé votre oncle pour parvenir à accepter sa mort si aisément.

— Je l'ai aimé plus que quiconque ne le saura jamais, enfin, maintenant, vous le savez. Il était… comme un père pour moi.

Isobel battit des paupières pour fuir le regard fixe du jeune homme. Son oncle – celui qui lui avait raconté toutes ces histoires de chevaliers. Ils avaient donc tous deux souffert en raison de la fierté de leurs familles. Mais cela ne signifiait en rien qu'ils étaient semblables. Cela n'en faisait pas moins des ennemis l'un pour l'autre. Si Tristan aimait véritablement son oncle, alors elle était désolée qu'il l'ait perdu. Mais c'était tout ce qu'elle était disposée à lui concéder.

Que voulait-il de plus ? Pourquoi se tenait-il là, déterminé à parler à une demoiselle qu'il haïssait et risquant encore cinq ou six ans de raids vengeurs alors qu'il pourrait passer une soirée autrement plus plaisante en compagnie d'une dizaine de femmes plus belles qu'elle ? Quel objectif visait-il en s'efforçant de la convaincre de l'apprécier ?

— Que voulez-vous de moi ? s'enquit-elle dans un long soupir silencieux, craignant qu'il n'en ait après une vérité qu'elle ne souhaitait lui révéler en aucun cas.

— Une promenade, affirma-t-il en abaissant ses longs cils tout en se penchant vers elle. Un sourire, une chance de regagner vos faveurs.

Isobel secoua la tête, s'éloignant de lui de quelques pas.

— Alors, vous devez penser que je suis aussi folle que vous.

— Octroyez-moi ne serait-ce qu'une infime partie de votre temps et je vous dirai ce que je pense de vous.

Elle ne laisserait pas son souffle se faire haletant au son des tonalités chaleureuses de la voix du jeune homme, ni face à la façon dont le regard de Tristan s'échauffait à sa vue, la laissant deviner à quoi il songeait. Elle avait admiré son honnêteté, mais à présent, elle doutait qu'il y ait une once de vérité dans ses paroles. Il était intelligent et versé dans l'art de la séduction. Croyait-il vraiment qu'elle accorderait ses faveurs à un MacGregor ? Si tel était le cas, cela signifiait qu'il était l'homme le plus arrogant qu'elle ait jamais croisé. Elle en apprécia d'autant plus la joie de rejeter sa requête.

— Je n'ai nulle envie d'entendre ce que vous avez à dire.

Il sembla sur le point d'ajouter quelque chose, mais son sourire se mua en une expression plus travaillée et courtoise. S'inclinant légèrement, il capitula :

— Très bien alors, Miss Fergusson. Adieu.

Isobel ne répondit pas, mais l'observa quitter le pavillon des banquets seul.

— Adieu, Mr MacGregor, et bon débarras.

Quand elle posa de nouveau les yeux sur Cameron qui terminait sa danse avec lady FitzSimmons, elle se força à sourire. Cela faisait fort longtemps qu'elle ne s'était pas sentie aussi pitoyable.

Chapitre 5

— Que pensez-vous du couronnement qui doit avoir lieu demain ? demanda lady Margaret Ashley à Tristan tandis qu'ils se promenaient le long de la galerie de pierre de Whitehall surplombant la Tamise. Tristan ? fit-elle en tirant sur la manche du jeune homme.

Il s'attarda sur ses ravissants yeux bleus, bien qu'un peu ternes, puis sur sa bouche.

— Oui ? Le couronnement ? Demain, notre roi sera catholique.

— C'est vrai. Et qu'en pensez-vous ?

Il s'en souciait comme d'une guigne. La seule chose qui occupait les pensées de Tristan, c'étaient les lèvres de lady Ashley. Il était assez difficile de se concentrer sur le désir de l'embrasser elle, et non pas cette autre demoiselle aux taches de rousseur et à la langue de vipère, alors s'il fallait en plus s'encombrer de politique… La veille, il avait su que réussir à parler à Isobel constituerait une gageure. Elle le haïssait, et il ne pouvait lui en vouloir. Mais qu'il se trouve encore sous son charme, voilà qui était inattendu.

Il n'avait jamais tenté de conquérir une demoiselle qui le détestait.

Diable, il ne connaissait nulle femme qui le haïssait. Il se surprit à désirer relever ce défi de tout son être.

— Vous ne m'écoutez même pas, constata lady Ashley en faisant la moue de ses lèvres rubis tout en lui donnant une tape sur le bras.

À quoi ressembleraient les insultes d'Isobel Fergusson contre sa bouche ?

— Mon père affirme que l'intelligence qui manque aux Highlanders est compensée par leur bravoure. Que répondez-vous à cela ?

Tristan leva un sourcil et lui sourit. Peut-être que cette tourterelle anglaise avait un peu d'esprit tout compte fait.

— On pourrait dire cela de tous les hommes manquant d'intelligence. Qu'ils soient des Highlanders ou des Anglais.

— Humm.

Elle émit un charmant petit son et lui adressa un grand sourire, rendant les armes avant même d'avoir entamé la joute.

— Êtes-vous sans cœur, Tristan ?

Assez pour la renvoyer à son père en piteux état… ou du moins éreintée par leurs ébats. Il se demandait ce qu'elle penserait de cela. Elle était prête à lui tomber dans les bras, participant ainsi à la réputation des Écossais. Cela ne faisait que quelques jours qu'il se trouvait en Angleterre, mais il savait déjà comme il était facile de mettre ces dames raffinées et poudrées dans son lit – exploit qui lui laissait la sensation d'un vide encore plus grand que celui qui devait régner dans les têtes de tous les invités de Whitehall. Il pouvait prendre lady Ashley ici même, contre cet énorme tableau d'Oliver Cromwell menant sa *New Model Army* en Écosse. Un mois plus tôt, il aurait même adressé à Cromwell un sourire moqueur en enfonçant sa virilité entre les cuisses d'une fille d'Angleterre, mais depuis le cinglant rejet d'Isobel, il se sentait comme un lion voyant toutes les gazelles mourir à ses pieds sans qu'il ait seulement eu l'occasion de les chasser.

— Tristan.

Lady Ashley suspendit ses pas et approcha sa bouche de celle du jeune homme.

— Vous pouvez m'embrasser maintenant si vous le voulez.

Il préférerait ne rien en faire. Mais comment le lui dire sans l'insulter ?

— Je sais que je devrais me montrer plus prudente, roucoula-t-elle en nouant ses bras autour du cou du Highlander, mais les rumeurs sur vos prouesses au lit m'intriguent.

Tristan libéra sa nuque des bras qui l'emprisonnaient.

— Hélas, douce Margaret.

Elle porta ses mains aux lèvres de Tristan qui embrassa chacune d'elles pour adoucir son refus.

— Je crains que ma réputation de libertin sans vergogne ne se fane au contact de vos doigts délicats.

Quand elle eut rougi puis souri sous ses pâles cils dorés, il poussa un soupir intérieur ; pas de soulagement, mais de regret, car elle ne pouvait connaître le sens plus profond de ses paroles.

Relâchant les mains de la jeune femme, il aperçut un éclat ardent au coin de son œil. Instinctivement, il se tourna pour suivre du regard la belle Miss Fergusson tandis qu'elle passait son chemin pour se rendre à la galerie des boucliers.

— Pardonnez-moi, dit-il en s'éloignant de lady Ashley, ne quittant pas sa proie des yeux. Il est une affaire que je dois régler.

Mais même en pressant le pas pour suivre Isobel au plus près, Tristan savait que son désir de lui parler de nouveau tenait moins de la défense de sa cause que d'autre chose de bien moins raisonnable. La facilité qu'ils avaient à bavarder lui manquait déjà, tout comme l'étincelle d'intelligence qui illuminait ses prunelles émeraude, sa capacité à ne voir que le meilleur en lui alors que personne d'autre ne s'était donné la peine de s'y attarder.

En silence, il l'observa parcourir le long couloir, franchissant la galerie sans marquer de pause. Il considéra la silhouette de la jeune femme et pencha légèrement la tête en apercevant la douce ondulation de ses hanches. L'ourlet de ses jupons était quelque peu abîmé, mais elle passa devant une demi-douzaine de dames bien plus dignement vêtues en gardant la tête haute. La fierté qu'elle affichait le laissait sans voix.

Il s'interrogeait sur la meilleure façon de l'aborder quand elle se retourna subitement, l'immobilisant d'un regard ardent.

— Avez-vous l'intention de me suivre pendant toute la durée de mon séjour, MacGregor ?

Détournant son attention des rondeurs de ses hanches, il ne put s'empêcher de sourire face à ce ton caustique et ses grands yeux las. Elle lui faisait l'effet d'une grande bouffée d'air frais, et il en redemandait.

— Maintenant que j'ai pu apprécier cette vue imprenable, Miss Fergusson, je dois avouer qu'il y a de fortes chances que oui, déclara-t-il en s'avançant doucement vers elle.

Il ne manqua pas de remarquer la coloration rouge vif qui gagna les joues d'Isobel, ni la façon dont elle tremblait presque sous l'effort qu'elle faisait pour s'empêcher de tirer une des vieilles épées accrochées au mur pour l'attaquer.

— Et c'est là que je suis censée vous tomber dans les bras comme une frêle colombe ? s'enquit-elle, l'assaillant plutôt de ses piques.

Elle s'en sortait avec les honneurs.

— Les autres femmes peuvent penser que vous êtes un bel étalon, mais je connais à présent votre véritable nature.

Nul ne pouvait connaître cela, pas même lui, songea Tristan tandis que son petit jeu consistant à tenter de la mettre hors d'elle parvenait à une fin abrupte. De l'extérieur, il pouvait être des tas de personnages, s'adapter à son environnement tel un caméléon. Mais il n'avait rien en lui d'un tueur de sang-froid.

— Tristan ? lança quelqu'un à l'autre bout du couloir.

C'était la voix de Mairi. *Bon sang!* Les autres membres de sa famille ignoreraient l'intérêt qu'il portait à Isobel, croyant que cela ne durerait guère et sachant qu'ils ne pouvaient rien y faire, à moins de l'enfermer quelque part, mais Mairi avait une tendance à céder à la violence.

— Retrouvez-moi dans les jardins privés à minuit, glissa-t-il prestement, comptant les secondes jusqu'à ce que sa sœur voie qu'ils étaient ensemble. Et laissez-moi vous prouver que vous avez tort.

Isobel sembla être sur le point d'éclater de rire, et l'espace d'un instant, Tristan songea à tout abandonner rien que pour la regarder faire.

— Ma réponse est la même que la dernière fois que vous m'avez invitée à me promener en votre compagnie, rétorqua Isobel entre ses dents. Vous n'avez pas toute votre tête si vous pensez vraiment que je vais accepter un rendez-vous clandestin avec mon pire ennemi, Mr MacGregor.

Il devait avouer qu'elle n'avait pas tort. S'intéresser à une jolie demoiselle était une chose. Mais tenter de gagner les faveurs de la fille d'Archibald Fergusson, voilà qui était une autre paire de manches. Il pouvait tout à fait se faire expulser du Camlochlin pour une telle trahison. Il ignorait pourquoi son père ne l'avait pas déjà fait, vu tous les ennuis qu'il avait causés à sa famille au fil des ans.

— Je vous en prie, faites cela pour vos frères alors.

Il agrémenta sa folle requête d'un sourire et s'éloigna d'elle qui ne le quittait pas des yeux.

Quatre heures plus tard, Isobel passa sa cape et jura entre ses dents pendant qu'elle se dirigeait vers le jardin privé. Qu'est-ce qui lui prenait d'aller à la rencontre de Tristan seule, en pleine nuit ? Elle devait avoir elle aussi perdu l'esprit, mais pour ses frères, elle serait prête à tout. *Oh, le scélérat !* Ses paroles constituaient-elles une menace, ou une promesse de protection ? Non, pas de protection. Il n'était pas l'homme qu'elle avait d'abord pensé. Pourquoi est-ce qu'un MacGregor promettrait à une Fergusson la sécurité ? Aucun membre de la famille de Tristan ne s'était soucié de ce qui leur était arrivé à elle et ses frères après qu'ils eurent tué son père. Et pourquoi l'auraient-ils fait ? Les MacGregor n'avaient aucune idée de ce qu'ils avaient véritablement arraché aux rejetons d'Archibald Fergusson. Ils se figuraient avoir fait preuve de clémence en épargnant les enfants, ce qu'Isobel avait trouvé particulièrement dénué de charité pendant de nombreuses années.

Un courant d'air frais projeta une partie de sa chevelure sur l'arête de son nez. Elle balaya la mèche de son petit doigt et observa alentour. Sous les rayons laiteux de la lune basse, les statues ressemblaient à des sentinelles fantomatiques dont la mission consistait à surveiller le jardin d'Éden de Whitehall. Tandis que sa vision s'adaptait peu à peu au faible éclairage, elle étudia chaque sculpture, s'attendant à ce que Tristan émerge de derrière l'une d'entre elles.

Elle n'aurait pas dû venir. Tristan MacGregor était trop dangereux, non seulement pour ses frères, mais pour elle aussi. Elle ne pouvait nier le charme dangereusement ensorceleur de ce jeune homme qui attirait les femmes comme des mouches – elle y comprise, avant qu'elle découvre sa véritable identité.

Elle faillit pousser un soupir de soulagement quand elle se rendit compte qu'il ne viendrait pas. Il semblait avoir finalement plus de sagesse qu'elle. Elle retournerait au palais, rentrerait chez elle avec sa famille et se sortirait ce Tristan MacGregor de la tête une bonne fois pour toutes.

— Isobel.

La voix grave de Tristan fit vibrer tout le corps de la jeune femme, comme si elle avait été son instrument. Ou peut-être était-ce son propre cœur qu'Isobel entendait battre à tout rompre. Elle détestait le fait que cet homme se permette de prononcer son nom avec une telle tendresse, une telle intimité qu'elle avait l'impression qu'il posait les mains sur elle, alors qu'il n'en était rien. Cela lui rappela à quel point elle s'était sentie à l'aise le jour où elle l'avait rencontré pour la première fois. Comment le regard de Tristan s'était attardé sur ses traits, comme si la simple vue de son minois le ravissait. Ce soir-là, elle s'était couchée en ayant envie de mieux le connaître, souhaitant se perdre dans les doux échos de son rire.

— Vous êtes encore plus charmante au clair de lune.

Oui, c'était donc son cœur qui battait la chamade. Ses mains devinrent moites, et elle peina à reprendre son souffle. Les souvenirs involontaires des tendres sourires qu'ils avaient échangés, sa voix douce et musicale quand il lui avait raconté l'histoire d'Arthur et de ses valeureux chevaliers, tout cela lui revint d'un coup, affaiblissant ses genoux, la faisant fondre de tout son être. *Maudit scélérat!* Il lui avait offert le charme et les manières des nobles les plus éloquents, mais ses sourires entendus avaient pour seul but d'encourager des réactions enflammées. Il était comme un chat jouant avec sa proie. Ce qui intriguait Isobel, c'était de savoir pourquoi il continuait de jouer avec elle.

— Pourquoi perdez-vous votre temps en beaux discours avec moi, alors qu'à l'intérieur du palais, vous avez au moins une centaine de dames, et qui sait, peut-être même quelques hommes, qui seraient heureux de les entendre, cingla-t-elle en finissant par se tourner pour lui faire face.

Une hilarité sincère releva les commissures de ses lèvres tandis qu'il posait un regard aussi lumineux qu'un lever de soleil sur elle, réchauffant de son éclat toutes les parties de son corps sur lesquelles il s'attardait.

— Parce que ce n'est pas à eux que j'ai envie de faire plaisir, mais à moi-même. C'est pour cette raison que je préfère être en votre compagnie plutôt qu'avec quiconque.

Elle lui adressa un air dubitatif. Il parlait bien, certes – ses paroles étaient toutes teintées d'un accent des Highlands qui le rendait encore plus singulier. La famille d'Isobel était responsable de la mort de son oncle. Il devait détester la jeune femme et recherchait sûrement quelque chose. Elle en était à présent convaincue, et elle était presque sûre de ce que cette chose était. Et si la vengeance que les proches de Tristan avaient menée contre son père ne leur avait pas suffi ? Et si, dix ans plus tard, leur désir de justice était revenu, et s'ils voulaient trouver la preuve que la flèche fatale provenait bien du carquois du père d'Isobel ? Elle avait vu de ses yeux le chef du clan MacGregor tuer son père. Elle avait entendu ce que Kevin Kennedy, l'ami le plus proche d'Archibald, lui avait crié quelques instants avant que ce dernier meure. Elle était sûre que le diable MacGregor l'avait lui aussi entendu. Avait-il envoyé son fils en mission pour découvrir la vérité ? Pour quelle autre raison Tristan MacGregor la poursuivrait-il ainsi à travers tout le palais ? Elle n'aurait pas dû venir. Bonté divine, il était capable de faire flancher n'importe quelle femme, de l'éloigner de ses convictions les plus résolues. Isobel allait devoir s'accrocher aux siennes.

Raidissant ses épaules, la jeune femme invoqua sa volonté la plus farouche. Les tentatives des MacGregor visant à découvrir la vérité seraient vouées à l'échec, quelle que soit l'opiniâtreté de Tristan à ce sujet.

— Promenons-nous, suggéra-t-il en s'avançant vers elle.

À la vérité, il se trouvait si près que son décolleté frôlait son torse. Elle recula, s'efforçant d'ignorer l'odeur de bruyère qu'il exhalait.

— Non, je dois retourner auprès de mes frères.

— Dans ce cas, je vous raccompagne.

Il passa son bras sous celui de sa compagne en attendant qu'elle accepte.

Elle le dévisagea, une colère teintée de mépris colorant ses joues.

— C'est ce que vous voulez, n'est-ce pas ?

Elle eut presque le souffle coupé en voyant Tristan s'attarder sur son décolleté qui se soulevait au rythme de sa respiration saccadée.

— Vous voulez offrir à mes frères une raison de se battre avec vous.

Relevant son regard admiratif vers celui d'Isobel, il déclara :

— Mais de votre propre aveu, c'est Alex qui est assez stupide pour aller rouvrir d'anciennes plaies. Tout ce que je veux, c'est marcher avec vous, et si je dois vous escorter à l'intérieur pour cela, je suis prêt à le faire.

— Donc, si je vous écoute bien, cela veut dire que je n'ai pas le choix, l'accusa-t-elle en repliant son bras sur sa poitrine.

— Non, vous en avez deux, rectifia-t-il.

Étrangement, il n'y avait nulle trace de victoire dans sa voix.

— Vous pouvez choisir de marcher seule avec moi, ou de vous afficher en ma compagnie au vu et au su de tous. Pour ma part, j'ai une préférence pour la première option. Je prends tout autant de risques que vous, car si quelqu'un de ma famille nous voyait ensemble…

— Permettez-moi d'en douter.

Isobel lança un regard vers le palais, puis reporta son attention sur lui, tâchant de se décider sur la marche à suivre. Serait-il vraiment prêt à l'escorter jusqu'à sa chambre ? Inutile de s'appesantir sur cette question. Bien évidemment qu'il le ferait. Cet homme avait fait tomber un Anglais de sa chaise devant tout le monde.

— Je pense que votre père a vu assez de vos passades pour s'attendre au pire de votre part.

L'expression du visage de Tristan changea si rapidement et si complètement qu'Isobel répéta ses paroles dans sa tête à trois reprises, tentant de découvrir ce qui provoquait un tel accès de froideur.

— Vous avez certainement raison, admit-il au bout d'un moment qui sembla indiquer qu'il n'avait plus aucune envie de se promener avec elle.

Son sourire revint pourtant, artificiel, faux.

— Mais ce soir, j'aimerais me montrer imprévisible.

Il se détourna du château et lui offrit son bras pour la seconde fois. Isobel ne l'accepta pas, mais elle lui emboîta le pas quand il se mit à avancer sur le sentier du jardin. De quel autre choix disposait-elle ?

— Ce sera pire si l'on nous surprend ici, en tête à tête, fit-elle remarquer, adaptant son pas pour suivre sa déambulation nonchalante.

— Oui, mais une petite pointe de danger, ça met du piment, n'est-ce pas ?

Il inclina juste assez la tête pour qu'elle surprenne l'apparition de sa fossette enjouée.

— C'est tout ce qui est en jeu pour vous alors ? s'enquit-elle en les désignant tous deux du doigt. Du danger ?

Se tournant pour faire face à Isobel, le jeune homme afficha un sourire plus large, et un regard empreint d'amusement à l'état pur.

— Pourquoi tenez-vous tant à croire qu'une raison futile telle qu'une revanche ou un quelconque danger soit la seule à me pousser à vouloir passer du temps avec vous ?

— Parce que la plupart des MacGregor ne pensent pas qu'une revanche soit quelque chose de futile.

— Je ne suis pas comme la plupart des MacGregor.

Voilà une affirmation dont elle doutait fortement.

— Alors pourquoi ?

Il fallait qu'elle sache pourquoi cet homme l'avait distinguée elle, alors qu'il n'avait que l'embarras du choix parmi une foule de belles femmes au palais.

— Qu'est-ce qui vous pousse à vous intéresser à moi, Tristan MacGregor ? Vous prétendez être quelqu'un d'honnête, alors dites-moi la vérité.

— La vérité, c'est que c'est vous qui avez souligné mon honnêteté.

— Je vois, s'irrita-t-elle, mais elle refusait de sombrer dans son astucieux piège. Pourquoi avez-vous évoqué mes frères quand vous m'avez demandé de vous rencontrer ici ? Nos clans sont ennemis jurés. Toute votre famille prononce mon nom avec mépris, tout comme les miens le font avec le vôtre. C'est mon père qui a tué votre oncle, et votre clan a exercé sa vengeance. Il n'y a rien à ajouter. Alors, dites-moi pourquoi ?

À en juger par la façon dont il la dévisageait, comme s'il se trouvait enfin à court de mots, Isobel pressentit que nulle autre femme n'avait remis en cause ses marques d'intérêt auparavant. Mais ensuite, il contempla la chevelure de la jeune fille, l'arête de son nez, et s'adoucit à la vue de ses lèvres.

— Vous êtes une flamme, Isobel, déclara-t-il en levant les yeux pour capturer son regard. Et cela est bien plus attrayant qu'un amas de braises éteintes

Oh, il n'avait nul besoin d'aller chercher le danger, songea Isobel, tâchant de reprendre son souffle. *Il est le danger à l'état pur. Mon Dieu qui est en haut du ciel, empêche-moi de lui tomber dans les bras comme une misérable idiote.* Pauvre, pauvre lady Ashley, et malheur à toute autre femme sur laquelle cet homme posait les yeux. Ses paroles étaient aussi enchanteresses que le soupçon de vulnérabilité tapi sous son sourire canaille. S'il n'était pas un MacGregor, elle aurait été tentée de capituler face à son habile séduction. Il était fort à ce jeu-là. Mais il faisait partie du clan MacGregor, et elle n'avait rien d'une misérable idiote. Elle décida donc de poser son poing sur sa hanche et de lui lancer un regard accusateur.

— Vous êtes aguerri à ce genre de conversations.

Le sourire de Tristan s'élargit d'une pointe d'étonnement – probablement due au fait qu'elle ne lui tombe pas dans les bras sur-le-champ.

— En vérité, vous voyez clair dans mon jeu, admit-il avant de tendre une main pour l'arrêter quand elle tourna les talons. Mais en général, je ne me soucie guère de savoir si les femmes croient tout ce que je leur dis.

Pourquoi tenait-il tant à ce qu'elle le croie ? Et pourquoi trouvait-elle sa candeur si désarmante… diablement charmante. Dieu lui vienne en aide. Il fallait qu'elle écourte cette promenade pour retrouver la sécurité de sa chambre et ne plus être si près de lui.

— Et mes frères ? Pourquoi m'avez-vous demandé de vous rencontrer pour eux ?

— Je voulais vous donner ma parole que je ne trahirais pas votre confiance quant à ce que vous m'avez dévoilé à propos d'Alex. Quand j'ai expliqué à mon père que votre frère avait perdu la raison après être tombé de son cheval il y a quelques années, il a accepté de ne s'offusquer en rien de tout ce qu'Alex pourrait bien dire tout au long de son séjour ici. Donc vous n'avez plus de souci à vous faire si Alex veut rester ici plus longtemps.

Isobel fit de son mieux pour réprimer le sourire qu'elle avait apparemment laissé échapper et dont il se délectait. Affirmer qu'Alex avait perdu l'esprit était grossier bien entendu, mais si cela pouvait assurer la sécurité de son frère, les MacGregor pouvaient bien penser ce qu'ils voulaient.

— Vous avez toute ma gratitude pour cela.

— Mais de rien, répliqua-t-il d'un sourire attendri.

Maîtrisant le rythme de sa respiration, elle se libéra de son étreinte. Quel était l'élément le plus dangereux en lui ? Son charme inné, sa sincérité apparemment authentique, ou la légèreté qu'il paraissait adopter sur à peu près tous les sujets ? Elle n'avait pas envie de le savoir.

— Bien, déclara-t-elle en avançant le long du chemin. Vous avez demandé une promenade. Qu'on en finisse.

— Si vous vous souvenez bien, j'ai aussi demandé un sourire, repartit-il, visiblement indifférent au rejet de la jeune femme.

Isobel lui aurait ri au nez si elle avait eu assez confiance en elle pour le regarder dans les yeux sans céder à une seule de ses requêtes.

— Vous n'obtiendrez ni l'un ni l'autre.

Il haussa les épaules en réponse à cette conviction pendant qu'ils marchaient.

— C'est un grand jardin.

Elle savait qu'elle aurait mieux fait de partir en cet instant, au moment où elle sentait ce sourire gagner ses lèvres. Elle aurait mieux fait de courir trouver ses frères, mais ses pieds semblaient refuser de lui obéir. Quelque part au plus profond d'elle, elle n'était pas sûre de ce qu'elle voulait.

— Maintenant, vous avez ma gratitude.

— Et pourquoi ça ? lança Isobel qui ne lui prêtait qu'une attention distraite, se concentrant en partie sur les lanternes qui éclairaient leur chemin. Tout ce que vous avez vu, c'est de l'exaspération sur mon visage. Le genre de grimace qu'on fait quand on implore Dieu de nous accorder de la patience. Je crains que vous n'ayez confondu cela avec autre chose qui n'a rien à voir.

Elle sentit le regard ardent du jeune homme se poser sur elle, cherchant à capturer le sien.

— Vous êtes si rafraîchissante à mes yeux, Isobel. Vous ne ressemblez à aucune autre femme que j'aie rencontrée, et je…

Elle entendit des bruits de pas sur sa gauche, mais elle eut à peine le temps de les remarquer qu'ils avaient déjà cessé. Elle aurait dû s'enfuir. Un instant il lui parlait aussi doucement que le serpent s'adressant à Ève, et l'instant d'après, elle se retrouvait dans ses bras, légèrement penchée en arrière au creux de son coude, levant les yeux sur son visage – extrêmement proche du sien. Elle recula et ouvrit la bouche pour lui demander de la relâcher, mais elle ne parvint pas à prononcer ces paroles quand il posa sa bouche contre la sienne. Tout d'abord horrifiée, Isobel tambourina contre sa poitrine de ses poings, mais ses tentatives de se libérer de son étreinte ne semblaient qu'accentuer ses ardeurs. En l'attirant encore plus près, il l'écrasa contre lui, la dévorant d'un baiser qui coupa le souffle de la jeune femme, la laissant pantelante. Il plaqua ses lèvres contre les siennes et se mit à jouer avec elle. De sa langue, il caressa chaque recoin de sa bouche jusqu'à ce qu'elle sente toute velléité de lui résister l'abandonner. Quand il finit par se retirer, le souffle d'Isobel était court et saccadé.

Il ébaucha un sourire, paraissant assez content de lui, malgré son essoufflement et les vestiges embrasés de désir qui demeuraient dans ses prunelles.

— C'était juste…

Le reste de sa phrase fut interrompu par la claque qu'elle lui assena. Mais Isobel n'en fut pas satisfaite et le gifla une seconde fois, puis elle le dévisagea tandis qu'il portait ses doigts à sa joue douloureuse. La jeune femme n'avait pas assez confiance en elle pour prendre la parole. Elle n'était même pas sûre que ses lèvres tremblantes soient capables de laisser s'échapper les jurons qu'il méritait.

Elle se mit alors à courir, et ne s'arrêta pas avant d'avoir atteint sa chambre et verrouillé la porte derrière elle.

Oh, Dieu du ciel, il l'avait embrassée ! Tristan MacGregor l'avait embrassée, et elle avait trouvé cela merveilleux.

Chapitre 6

Tristan laissa lady Elizabeth Sutherland traverser la cour en direction des pelouses avec un chapelet d'injures aux lèvres. Il s'en voulait, mais c'était Isobel qui était à blâmer pour son manque d'intérêt soudain, et quelque peu effrayant, pour la gent féminine. Peu importait qu'elle l'ait évité comme la peste depuis leur baiser dans le jardin, l'ignorant parfaitement lors du couronnement la veille. Elle hantait ses pensées à chaque instant, et même dans ses rêves. Pourquoi cela ? Était-ce sa résistance rafraîchissante à ses techniques les plus habiles qui piquait l'intérêt du jeune homme ? Ou l'exquise flamme qui avait entremêlé leurs langues et lui donnait une folle envie d'en avoir davantage ?

Quand il avait entendu des pas dans le jardin ce soir-là et qu'il avait vu de qui il s'agissait, il l'avait attirée dans ses bras et l'avait embrassée pour dissimuler le visage de sa compagne aux yeux de son frère. Il le lui aurait expliqué si elle ne l'avait pas giflé. Il eut mal aux joues pendant deux jours, mais ce baiser en valait largement la peine.

Peut-être était-ce cette voie oubliée depuis si longtemps qu'il distinguait dans les prunelles de la jeune femme, cette voie qui l'attirait de nouveau. Elle avait remarqué des vertus qu'il n'avait pas mesuré posséder jusque-là – infimes vestiges de la destinée à laquelle il avait rêvé autrefois, et qui étaient si bien ancrés en lui que c'était comme une seconde nature. C'était la raison pour laquelle il ne tirait jamais son épée à moins d'y être contraint, pourquoi il disait toujours la vérité, sauf s'il était cruel de le faire, et pourquoi il se trouvait toujours à vouloir porter secours aux jeunes filles, quel que soit le problème.

Sa belle Yseult lui avait fait entrevoir une voie menant à l'honneur. Mais était-ce encore ce qu'il désirait ? Était-il encore capable de l'atteindre ? Il tenta de ne pas trop y songer.

Au lieu de cela, il se surprit à sourire fréquemment dans la journée, se souvenant du trouble qui avait gagné Isobel quand elle lui avait demandé pourquoi il la courtisait elle plutôt que toutes les autres jeunes filles prêtes à faire une promenade dans le parc avec lui. Diantre, elle l'avait accusé de tout hormis de la vérité : elle ne se rendait pas compte à quel point elle était charmante – ce qui ne donnait au jeune homme que plus envie encore de le lui dire, le lui montrer.

— Tristan !

Ses pensées concernant Isobel volèrent en éclats au son de la voix suraiguë qui s'approchait de lui.

— Lady FitzSimmons, dit Tristan dans un sourire, faisant claquer ses bottes en pressant le pas pour la dépasser.

— Mais où allez-vous ? gazouilla-t-elle tandis qu'elle l'attrapait par le bras et battait de ses longs cils noirs pour lui offrir plus qu'une simple compagnie.

— Au terrain de joute, lui répondit-il en tentant de se dégager tout en se demandant ce qu'il pouvait bien lui prendre. Ma famille m'y attend.

— Ah bon ? s'étonna-t-elle en levant les yeux vers lui, son intérêt renouvelé. Participez-vous ? Je n'ai jamais vu de Highlander se battre auparavant.

— Non, je vais me contenter de regarder.

— C'est justement par là que je vais moi-même. Vous pouvez m'escorter si tel est votre désir.

— Bien sûr, répliqua-t-il avec un sourire neutre, souhaitant se débarrasser d'elle au plus vite.

Le parcours de la vaste superficie de Whitehall fut tout aussi fastidieux qu'il l'avait craint aux côtés de lady FitzSimmons. Elle connaissait la plupart des gens dont ils croisaient le chemin, et elle lui indiqua leurs noms ainsi que tous les ragots les concernant. Ce qui faisait étrangement beaucoup d'informations. Tristan fut heureux quand il trouva enfin sa famille qui observait la joute derrière la petite barrière. Il se défit de son admiratrice avec une salutation hâtive.

— Lady Hollingsworth te cherchait, lança Mairi en laissant à Tristan une place entre elle et son père. C'est son mari qui est sur le terrain, précisa-t-elle en désignant du doigt l'homme que Tristan connaissait déjà, et qui était adossé à un poteau et affûtait son épée.

Le jeune homme décocha un regard glacial à sa sœur.

— Voilà une précision qui me va droit au cœur, Mairi. Mais je ne prête aucun intérêt à lady Hollingsworth, tout comme je ne me soucie guère de savoir qui est son époux.

— Tristan, pourquoi ne participes-tu pas ? s'enquit en lui souriant sa mère qui se tenait près du large torse de son époux. Graham s'est déjà porté volontaire.

— Et toi, père ? s'enquit Tristan en levant les yeux vers lui. Tu ne saisis pas cette occasion de briser quelques crânes d'Anglais ?

— Si c'est la bonne personne qui se présente, je pourrais bien m'y mettre.

— Certainement pas ! s'écria Kate MacGregor en pinçant le bras de son mari. C'est une joute amicale et toi, mon cher et tendre, tu es incapable de te battre en restant amical.

Tristan se retourna vers le terrain où les deux combattants se préparaient à livrer bataille. Dépossédé de la rage d'avoir trouvé son épouse dans les bras d'un autre homme, lord Hollingsworth semblait quelque peu maladroit avec son épée. Toutefois, la puissance de ses coups épuisa son adversaire.

Quel ennui !

Tristan fouilla du regard les nombreux visages de la foule qui encerclait le terrain ; plus de la moitié d'entre eux lui adressèrent un sourire. Il était capable de séduire presque n'importe quelle femme du public en usant de la bonne dose de charme et des mots savamment choisis qui lui venaient naturellement. Seulement, depuis qu'il avait rencontré Isobel, chaque sourire en coin que lui destinaient les dames qu'il trouvait auparavant si attirantes s'entremêlait pour ne former qu'un même visage poudré et sans vie. Le ciel lui vienne en aide, comment pouvait-il éprouver du plaisir avec ces faces monotones alors qu'il avait goûté à quelque chose de tellement plus épicé ? Pire, comment le fait de désirer une demoiselle pouvait-il le tenir éloigné des autres ?

On annonça les combattants suivants, et quand il entendit sa sœur murmurer un juron, il reporta son attention sur le terrain.

Alex Fergusson l'observait dans le vaste enclos, les manches relevées, et une envie de meurtre au fond des yeux.

— J'ai une requête à faire ! cria-t-il en levant les mains pour faire taire la foule. Je souhaite appeler quelqu'un d'autre que mon adversaire désigné.

Tristan ferma immédiatement les paupières, se doutant de ce qui allait suivre.

— Tristan MacGregor ! Finissons ici ce que tu as commencé autrefois, sur un terrain neutre.

Était-il soûl ? Tristan ébaucha un sourire posé et secoua la tête.

— Nous en avons déjà fini, Alex. C'est toi qui as gagné. Tu m'as cassé le nez.

Du coin de l'œil, il vit Isobel se frayer un passage jusqu'à proximité de la barrière. *Bon sang!*

— Et je le casserai de nouveau si tu as le courage d'entrer dans l'arène.

— Alex ! s'écria-t-elle.

Pour toute réponse, il se contenta de lui adresser un avertissement rapide et sombre, l'encourageant à garder le silence.

— Allez, viens un peu, lâche. Ou devrais-je appeler ton père, l'assassin, pour me combattre ? Voyons un peu comment il se débrouille sans sa claymore.

Tristan s'avança d'un pas avant que son père le fasse.

— Je m'en occupe, déclara-t-il en se tournant vers lui et en se demandant à quelle vitesse Alex rendrait les armes, ou mourrait même, s'il le laissait affronter son père.

Il entra dans l'enclos et croisa le regard terrorisé d'Isobel. *Le diable soit d'Alex de la mettre dans un tel état !*

— Pas d'épées, lança-t-il aux organisateurs avant de planter son regard dans celui de son adversaire sur le terrain. Nous allons en finir exactement de la même façon que cela a commencé.

Alex hocha la tête et s'avança vers lui, les poings levés. Tristan para trois attaques avec une relative aisance et en esquiva une quatrième. Ils se séparèrent un instant, puis Alex plongea de nouveau vers l'avant. Tristan était capable de se battre avec n'importe quelle arme, grâce à l'entraînement complet dispensé par son père, mais c'était son oncle qui lui avait appris à se battre à mains nues – et avec ses coudes. Il en donna un coup au nez d'Alex avec fermeté, et observa, relativement satisfait, le sang couler de toutes parts.

Son père l'acclama. Isobel couvrit son visage de ses mains. C'était terminé.

— Merci bien de m'avoir permis de te rendre la monnaie de ta pièce, Alex, lâcha Tristan avant de commencer à tourner les talons.

— Ce n'est pas encore fini, s'écria Alex, attrapant une épée d'un spectateur des Lowlands.

— Ne sois pas idiot, l'avertit Tristan. Laisse tomber pendant que tu peux encore t'en tirer la tête haute.

Alex agita la lame devant lui, ayant l'air assez maladroit et manquant d'entraînement. Tristan leva les yeux au ciel et secoua la tête.

Le frère d'Isobel ne se rua pas sur Tristan avec la même fureur que lord Hollingsworth. Ses mouvements étaient plus lents, mais l'arme lui donnait le courage d'avancer. Callum lança à Tristan son épée, et quand ce dernier se baissa pour la ramasser, il entendit Isobel crier son nom. Il n'avait nulle intention de tuer cet imbécile. Elle ne le lui pardonnerait jamais. Il souhaitait simplement arrêter Alex avant qu'il soit blessé.

À l'inverse de celle de son adversaire, la lame de Tristan dansa entre ses mains, jouant avec les rayons du soleil. Ils attaquèrent tous deux en même temps, et Alex perdit l'équilibre face à la puissance du coup de Tristan. Patiemment, le jeune homme attendit qu'il se redresse et recouvre sa stabilité. Au moment où ce fut le cas, Tristan abaissa sa claymore dans un mouvement tranchant qui provoqua des étincelles. Encaissant coup sur coup, Alex opposait une piètre défense à Tristan. Ce dernier aurait pu l'écorcher une bonne dizaine de fois, mais il n'en fit rien. Au lieu de cela, il mit Alex à genoux devant lui, leurs épées croisées, jusqu'à ce que d'un habile coup de poignet Tristan détache les doigts d'Alex de la garde et que l'arme tombe brusquement dans l'herbe.

La foule les acclama, et certains encouragèrent Tristan à finir le combat dans le sang. Il croisa le regard d'Isobel et s'inclina légèrement, lui indiquant ainsi qu'il faisait preuve de merci pour elle.

Il sortit de l'enclos et remit son épée à son père.

— Bien joué, déclara le chef en lui donnant une tape dans le dos.

Tristan fut content et quelque peu surpris de constater que son père ne faisait pas partie des spectateurs assoiffés de sang.

Ses yeux rencontrèrent ceux d'Isobel, qui se tenait debout de l'autre côté des tribunes, près de son frère dont le nez saignait. Il ne pouvait entendre ce qu'elle lui disait, mais elle semblait assez en colère pour lui recasser le nez de ses propres mains. Elle l'envoya rejoindre son frère Cameron puis se tourna pour regarder Tristan. Elle inclina la tête vers lui en guise de remerciement de n'avoir pas fait de mal à Alex, puis quitta le terrain de joute.

— Voilà lady Hartley, lança Tristan à ses parents avant de disparaître avant même qu'ils aient l'occasion de vérifier ses dires.

Il s'avança d'une allure décidée jusqu'à ce qu'Isobel atteigne l'allée bordée d'arbres du jardin. Il la rattrapa prestement dès qu'ils se trouvèrent hors de vue de chacune de leurs familles.

Son pas était rapide et léger, ses grands yeux verts rivés droit devant elle, sans intention de lui accorder le moindre regard.

Il n'en obtiendrait pas tant de sa part.

— Bonjour, Miss Fergusson, la salua-t-il en lui barrant la route, l'empêchant de continuer. Je crois bien que vous êtes partie ce matin en omettant de me dire « adieu ».

Le temps qu'elle regarde autour de lui, il remarqua le rythme soutenu auquel la poitrine de la jeune femme se soulevait sous sa robe, sa peau laiteuse palpitant à l'unisson de son souffle court. Il avait envie de la goûter ici même.

— Mes frères m'attendent. Laissez-moi tranquille s'il vous plaît.

Il leva sur elle un œil impénitent et fit un pas de côté.

— Vous m'en voulez encore de vous avoir embrassée alors ? s'enquit-il en la suivant. Je n'ai fait que…

— Vous avez toute ma gratitude pour avoir épargné la vie de mon imbécile de frère, mais ne parlez plus jamais de m'embrasser ou alors, c'est mon poing que je vous envoie à la figure.

— Diantre, je ne pensais pas que c'était si grave.

Il réprima le sourire qui se formait subrepticement sur ses lèvres quand elle se retourna et le foudroya de son regard vert.

— Et vous croyiez que c'était grave à quel point, précisément ?

Ah, voilà l'embrasement qu'il avait recherché. Un homme moins audacieux que lui se serait poliment incliné et aurait abandonné ce combat bêtement entamé. Mais Tristan poursuivit de plus belle, attiré par elle comme un voyageur assoiffé découvrant une oasis dans les dunes arides.

— Je pensais que c'était votre première fois, donc il est compréhensible que cela ne vous ait pas tout à fait plu.

Elle leva le menton dans sa direction, ses lèvres pulpeuses finement dessinées inspirant de courtes bouffées qui faisaient palpiter ses narines et lui raidissaient les épaules. Elle évoquait à Tristan une jument sauvage et infatigable, et il se repaissait de la superbe vue qu'elle lui offrait.

— Je me ferais un grand plaisir, et ce n'est rien de le dire, de vous aider à vous améliorer.

Elle était sur le point de le gifler, peut-être même allait-elle tenir parole et lui donner un coup de poing s'il en croyait le rouge qui lui était monté aux joues.

— Je préfère qu'on me roule dans une cuve de goudron brûlant plutôt que de me retrouver avec votre bouche sur la mienne. J'ai détesté cela, tout comme je vous déteste, MacGregor.

— Mon nom est Tristan, rectifia-t-il, tâchant ainsi de lui montrer celui qu'il avait été dans le jardin, lors de leur première rencontre. Et si nous n'avions pas été interrompus l'autre soir, je vous aurais dit que je ne cautionne pas les actes de ma famille.

Elle éclata de rire, mais ce son ne laissa transparaître qu'une intense colère qui emplit la cour humide.

— Vous êtes le fils du diable.

— Mais j'ai été élevé par un autre homme.

Elle ne l'entendit pas, ou peut-être ne se souciait-elle pas de ses paroles. Ses lèvres se fendirent en un sourire méprisant.

— Quel que soit le sombre motif qui vous pousse à tenter de gagner mes faveurs, mettons tout de suite les choses au clair : vous n'y parviendrez jamais.

Tristan se dit qu'elle avait raison. Il lui faudrait plus de temps que ce séjour à Whitehall pour la mettre dans son lit. Maintenant, il comprenait pourquoi il la désirait avec tant de force. Il voulait sentir toute sa passion sous lui, la voir hostile et brûlante, ronronnante de plaisir tandis qu'il la chevaucherait.

Un sombre motif ? Bien sûr, c'était toujours là son but quand il voyait une jeune fille désirable. Isobel ne dérogeait pas à la règle.

Si, dans une certaine mesure. Elle le détestait en raison de ses origines, et non pas en raison de ce qu'il lui murmurait à l'oreille. Pour la première fois de sa vie, il n'était pas sûr de pouvoir agir sur l'opinion de quelqu'un sur lui, mais il était bien décidé à essayer.

— Isobel, est-ce que vouloir vous convaincre que je ne suis pas le sauvage que vous pensez constitue un sombre motif ? s'enquit-il en refermant ses doigts autour du poignet de la jeune femme, l'arrêtant alors qu'elle faisait mine de partir.

— C'est dans ces moments-là que je me demande pourquoi vous voulez me convaincre de quoi que ce soit, rétorqua-t-elle. Nous sommes ennemis. Rien de ce que vous dites ni faites n'y changera jamais rien.

— Peut-être que si, objecta-t-il, les mots se déversant de ses lèvres avant même qu'il ait le temps d'y réfléchir. Peut-être que vous et moi sommes destinés à enfin mettre un terme à toute cette haine et toutes ces souffrances.

L'air intriguée, elle haussa les sourcils et releva les commissures de ses lèvres.

— Vous offrez votre aide, une fois de plus.

— Oui, avoua-t-il.

— Vous voulez que je croie que vous vous souciez vraiment de telles choses ?

Il s'en souciait, et pour plus de raisons qu'il ne pouvait le lui expliquer.

— Vous y croirez quand vous m'aurez donné une chance de vous le prouver.

Elle éclata de rire et tira sur son poignet pour se libérer de son étreinte.

— En faisant de vous mon amant ?

Cette fois, il la laissa le dépasser.

— Votre ami plutôt.

Elle s'arrêta net, et au moment où elle se retourna, Tristan ignorait quelle réaction il attendait d'elle. Il était mentalement préparé à tout ce qui pourrait survenir.

Dans les éclats dorés du jour qui traversaient les frondaisons, elle se tenait, ses joues rougissant sous les vagues enflammées qui la gagnaient. Mais au cœur de ce brasier résidait de la glace.

— Cela impliquerait de vous faire confiance, et je ne pourrai jamais vous accorder cela. En vérité, commença-t-elle en s'avançant vers lui, les poings posés sur les hanches, le simple fait que vous pensiez cela possible est insultant. Cela démontre que vous n'avez rien compris à ce que votre famille a arraché à la mienne.

Quand il ouvrit la bouche pour répliquer, elle le coupa.

— Vous parlez de haine et de douleur, mais vous n'avez pas eu à regarder votre frère creuser une tombe assez grande pour contenir votre père. Votre sœur n'a jamais eu à se soucier de ce que ses frères et sœurs allaient manger à chaque repas, ni à veiller toute la nuit, craignant pour leur sécurité, parce qu'un clan rival les a délaissés une fois qu'ils se sont retrouvés avec un simple enfant en guise de chef. Combien de fois a-t-on attaqué votre foyer et détruit ce que vous aviez bâti de vos propres mains ? Les vôtres ne se sont pas contentés de prendre la vie de mon père. Ils ont pris aussi la mienne, et celle de mes frères. Que voulez-vous de plus ?

Sa réponse fut immédiate et empreinte d'une sincérité qu'il n'avait pas souvent offerte auparavant.

— Pardonnez-moi. Mon intention n'est pas de minimiser la perte que vous avez subie, mais de vous prouver qu'il existe un MacGregor qui pense différemment des autres.

Elle recula tandis qu'il s'avançait vers elle, la pâleur de ses yeux se muant en une froide indifférence.

— Si vous dites vrai, alors, vous trahissez votre clan de façon encore plus grave en m'adressant la parole. Pourquoi voudrais-je d'un « ami » qui ne porte nulle allégeance à sa propre famille ?

Elle n'attendit pas sa réponse et fit volte-face pour le laisser seul, le regard perdu dans le vague pendant qu'elle soulevait ses jupons pour s'empresser de rejoindre l'escalier menant à la galerie supérieure.

Pour la première fois de son existence, Tristan n'avait pas trouvé les mots ; ni les bons, ni les mauvais, aucun mot. Comment diable avait-il pu devenir une espèce de toutou collé aux basques d'Isobel ? En vérité, le jeune homme l'avait été depuis le début. Il brûlait de lui courir après, de lui dire à quel point elle se trompait à son sujet, qu'il n'était pas en train de trahir son clan. S'il trahissait quelqu'un, c'était plutôt lui-même, à toujours tâcher de refouler l'homme qu'il était destiné à devenir.

Tristan voulait lui enlever cette idée qu'elle s'était mise en tête : une image de lui en train de violenter des innocents, de rire pendant que le sang de ses victimes coulait au sol. Il n'était pas cet homme. Sa famille n'était pas ainsi. Il parviendrait à la convaincre s'il avait quelques semaines de plus à passer avec elle, peut-être un mois. Ce serait difficile, le jeune Highlander le savait. Alors, il leva la tête vers la galerie en souriant. Les nobles quêtes sont-elles jamais aisées ?

Chapitre 7

Au lieu de se rendre directement à la chambre de son frère, Isobel entra dans le pavillon des banquets. *Qu'Alex se soigne tout seul.* Cette fois-ci, il était allé trop loin. Espérait-il ainsi faire tuer encore plus de membres de leur petite famille ? *Oh, et attendons un peu que je dise à Patrick ce qu'il a fait. Devrais-je seulement le dire à Patrick ?* Il avait bien assez à faire à la maison pour devoir s'inquiéter au sujet de leur frère imprudent et irresponsable. Elle était occupée à maudire Alex quand elle se heurta subitement à un bras musclé.

— Vous êtes la sœur de Patrick Fergusson, c'est ça ?

Isobel leva les yeux pour découvrir un regard injecté de sang et une épaisse barbe rousse parsemée de morceaux de nourriture. Un torse massif dissimulait à sa vue un tiers des invités du roi.

— Je suis John Douglas, déclara l'homme en enroulant son robuste avant-bras autour de ses épaules et en la guidant vers un coin moins bondé. Je vous ai vue avec Patrick au marché de Dumfries. Est-il ici ?

— Non, je regrette, répondit Isobel dans un sourire poli avant de se soustraire à son étreinte. Mais mon autre…

— Duncan ! hurla le costaud Lowlander, empoignant le coude de la jeune femme pour l'arrêter. Regarde un peu qui vient de me tomber dans les bras.

Comme son ami s'avançait, un large sourire aux lèvres, exhibant plusieurs dents manquantes, John Douglas remit son bras autour des épaules d'Isobel et approcha son visage du sien.

— Vous feriez mieux de dire à Duncan comment vous vous appelez, minette. Il voudra s'en souvenir demain, j'en suis sûr.

Isobel toussa en sentant le nauséabond effluve de bière qui s'échappait de la bouche de Mr Douglas tandis qu'il s'approchait encore d'elle. Elle eut la chair de poule quand le malotru resserra son bras autour d'elle, l'attirant encore plus vers lui. Un sentiment de danger l'envahit. D'instinct, elle regarda alentour, cherchant de l'aide. Aucun des autres invités du roi ne semblait particulièrement intéressé par sa situation, et même si cela avait été le cas, Isobel n'imaginait personne risquer de se battre contre ces deux-là. Douglas et son ami étaient peut-être trop imbibés pour manier une épée avec la moindre précision, mais ils étaient grands et seraient capables de briser une mâchoire d'un simple coup de poing.

— Allez, parlez plus fort, petite, lança Duncan en se penchant vers elle. On ne mord pas.

Isobel riva ses yeux sur son sourire édenté. En vérité, elle ne voulait pas commencer une chose que ses frères devraient ensuite conclure, mais elle n'allait pas laisser ces deux malotrus la voir trembler.

— Je n'en doute pas un instant, lâcha-t-elle en retirant le bras de Douglas de ses épaules.

Puis elle s'éloigna.

— Si vous voulez bien m'excuser…

Des doigts se serrèrent autour de son poignet, l'empêchant encore d'avancer. Seulement cette fois, elle fut projetée assez violemment contre le torse de John Douglas.

— Non, je crois que j'ai pas envie. Et toi, Duncan ? s'enquit-il en se tournant vers son comparse. Tu as envie d'excuser la belle Miss Fergusson ?

Duncan secoua la tête, son regard avide se posant sur la poitrine saillante d'Isobel.

— Peut-être qu'on pourrait la convaincre de venir dans nos appartements.

— John Douglas !

L'homme qui retenait Isobel se retourna, l'emportant avec lui pour faire face à l'aimable sourire de Tristan.

Elle n'était pas sûre d'être heureuse de le voir. Elle n'en avait pas envie et préférait continuer à le détester, mais cela se révélait plus difficile chaque fois qu'il se portait à son secours. Elle avait trop perdu à cause de la famille de Tristan, et cela la mettait en colère qu'il puisse croire qu'en devenant son ami, il lui ferait tout oublier. Son baiser de l'autre soir dans le jardin lui avait presque fait changer d'avis. Mais elle avait rejeté tout souvenir de sa bouche contre la sienne. Ou du moins avait-elle tenté de le faire. Les lèvres de Tristan MacGregor n'étaient pas chose aisée à occulter. L'aspect charnu de sa bouche posée contre la sienne, l'avidité de sa langue qui par ses incursions était capable de lui faire abdiquer toute détermination.

Plus jamais ça. Elle ne se soumettrait plus jamais à ses élans de virilité. Il avait l'habitude d'obtenir tout ce qu'il voulait des femmes, et comme elle s'en doutait, il désirait lui soutirer bien plus qu'un baiser. Il voulait son « amitié », voire sa confiance. Peut-être cherchait-il à connaître ses secrets, mais il n'en saurait jamais rien.

— Aux dernières nouvelles, ce vieux Martin MacRae vous a tiré dessus quand il vous a surpris en train de vous introduire dans la chambre de sa fille par la fenêtre, reprit Tristan d'une voix enjouée.

Douglas lui lança un regard perçant.

— Les rumeurs circulent drôlement, MacGregor.

La fossette de Tristan se creusa.

— Oh que oui !

— Il m'a tiré sur le cul, finit par admettre Douglas, ne se sentant apparemment pas du tout menacé par l'attitude joviale de Tristan. Mais vous nous connaissez, nous les Douglas, on ne se laisse pas abattre pour si peu.

Isobel maudit Tristan quand il se mit à rire et qu'il donna une tape enthousiaste sur l'épaule de la brute.

Elle aurait dû se douter que ces sauvages étaient des amis. MacGregor n'était pas là pour lui venir en aide, mais plutôt pour participer à ce qui était en train de se passer.

— Ma famille sera contente d'entendre ça, commenta Tristan avant de poser les yeux sur elle sans afficher le moindre signe de reconnaissance.

— On prend un verre ? lança-t-il en adressant un grand sourire à Duncan. Pour fêter notre robustesse tout écossaise.

Avant que Duncan ait une chance de donner sa réponse – qui aurait été un retentissant « oui », selon Isobel –, Tristan agita son bras en direction d'un serviteur de passage et préleva deux verres sur son plateau. Il en tendit un à Duncan et l'autre à John Douglas, dont l'emprise sur Isobel se desserra quelque peu. Il prit un autre gobelet pour lui-même.

— À la santé du roi, lança Tristan en levant son verre.

Les deux comparses acquiescèrent et suivirent allégrement le mouvement quand Tristan rejeta la tête en arrière pour avaler le contenu de sa coupe cul sec.

Il était vraiment fascinant à observer. Isobel était contrainte de l'admettre tandis qu'il essuyait sa bouche qui affichait un autre de ses sourires éclatants. À un moment, précisément quand le verre du jeune homme atteignit ses lèvres, son regard langoureux se posa sur elle. Sous l'ombre de ses longs cils, ses pupilles pétillaient de détermination et de confiance dans la réussite de sa mission. Mais sa mission consistait-elle à s'enivrer avec ces deux imbéciles pour ensuite la traîner dans un lieu où personne ne pourrait entendre ses cris ? Non. En le regardant avaler sa boisson, elle se dit que ce ne devait pas être le cas. Depuis qu'ils s'étaient rencontrés, il avait toujours cherché à lui venir en aide. Elle peinait à croire qu'il soit vraiment l'homme le plus galant qu'elle ait jamais croisé. Elle préférait de loin le considérer comme la canaille sans scrupules connu comme le loup parmi les dames de la cour. Elle aurait été idiote de refuser son aide en cet instant précis, mais elle ne le remercierait pas une nouvelle fois.

— Parfait.

La tonalité rauque de sa voix calma un peu les nerfs de la jeune femme, d'une touche subtile qui lui fit monter le rouge aux joues, comme s'il s'était adressé à elle.

— Une autre tournée, les amis ! lança-t-il en recouvrant son ton jovial.

Tristan s'empara de trois autres verres qu'il répartit entre eux.

— Cette fois, continua-t-il, buvons en l'honneur des nobles invités du roi.

Le visage d'Isobel s'empourpra de plus belle. Elle sentait le regard du jeune homme se faire plus intense en se posant sur son corsage et ses jupons.

Les hommes vidèrent leurs verres et John Douglas titubait quand il tourna son regard confus vers elle.

— Vous allez être bien déçu d'avoir gâché un toast pour celle-là, MacGregor. C'est la sœur de Patrick Fergusson.

Le sourire de Tristan s'évanouit, et Isobel jura que s'il prononçait quelque grossièreté sur son frère, elle lui donnerait un coup de pied dans les tibias, et tant pis pour les conséquences.

— Patrick Fergusson, vous dites ?

Tristan lança aux deux brutes un œil inquiet puis recula d'un pas en l'observant.

— Oh, Douglas, vous avez plus de courage que moi pour vous attaquer à la sœur de ce bâtard dans votre état.

Douglas éclata de rire, mais quand il reprit la parole, sa voix était teintée d'inquiétude.

— Pourquoi dites-vous cela ?

— Vous n'avez pas entendu parler de ce qu'il avait fait à Jamie Mackenzie quand ce malheureux a essayé d'embrasser Miss Fergusson ?

— Qui diable est Jamie Mackenzie ?

— Vous savez que nous, les MacGregor, nous ne craignons personne, poursuivit Tristan en regardant alentour comme s'il s'attendait à ce que Patrick sorte subitement de la foule. Mais quand Fergusson a pris sa hache pour s'attaquer à dix Mackenzie pendant qu'ils dormaient…

— Pendant qu'ils dormaient ? s'enquit Duncan, une pointe d'inquiétude dans la voix, son regard se faisant plus neutre.

— Il les a mis en pièces dans leurs lits parce qu'ils avaient pris des libertés avec une demoiselle qui n'était pas à eux. N'est-ce pas, Miss Fergusson ?

Isobel lui décocha son regard le plus méprisant – ce qu'il ignora.

— Je parierais qu'elle ne vous a pas parlé des traces de sang que Patrick laissa derrière lui quand il rentra ensuite chez lui ce soir maudit. Vous a-t-elle dit qu'il avait arraché la bouche de Jamie et se l'était attachée autour du cou en guise de trophée ?

Le teint un peu verdâtre, Duncan secoua la tête et recula pour se rapprocher de Tristan.

— Tu ferais mieux de la laisser tranquille, John.

John Douglas commençait à avoir des sueurs froides. Une goutte tomba sur le poignet d'Isobel, toujours emprisonné dans la main de l'homme. Elle l'observa, se sentant elle-même un peu nauséeuse. Si cette brute ne la relâchait pas sur-le-champ, elle allait sortir sa dague de sa ceinture et la planter dans son bras.

— Je dois admettre que j'ai peut-être un peu bousculé cette demoiselle, déclara Douglas d'une voix chevrotante.

De nouvelles gouttes de transpiration perlèrent sur ses tempes livides.

— Vous croyez qu'il m'en voudra ?

Le prenant en pitié, Tristan posa une main sur l'épaule de John.

— Non, pas si vous suivez mon conseil.

— Je vous en vaudrais une belle, MacGregor.

— Bien sûr. Quel genre d'ami serais-je si je laissais vos parents, et probablement vos sœurs aussi, se faire réduire en miettes par un fou ?

Alors que Douglas pesait cette horrible pensée, Tristan glissa son bras autour de son épaule, l'attirant plus près. Dans le même temps, il tendit sa main libre pour libérer Isobel de l'emprise de son ravisseur et la fit reculer derrière lui. Il exécuta tout cela avec la gracieuse fluidité d'un danseur changeant de partenaire sur la piste.

— Voici ce que vous allez faire.

Pendant qu'il parlait, il plaça Duncan sous son autre bras.

— Quittez le palais ce soir. Tous les deux, avant qu'elle raconte à ses deux autres frères ce que vous avez fait, d'accord ? Bon !

Quand les deux hommes acquiescèrent nerveusement, il afficha un large sourire et leur donna une grande tape dans le dos, les faisant presque vaciller sur leurs pieds, les amenant quasiment à se rentrer dedans.

— Alors bon voyage, les gars !

Prenant le coude d'Isobel dans sa main, il la guida à travers la foule, l'air assez satisfait de lui-même.

L'espace d'un instant, Isobel songea à prendre un verre sur le plateau d'un serviteur de passage et à le fracasser sur le crâne de son sauveur.

Chapitre 8

— Ça me ferait le plus grand plaisir de vous entendre vous justifier péniblement face aux reproches de mes frères, mais il est hors de question qu'ils nous voient ensemble s'ils reviennent, lança Isobel qui tentait de libérer son coude de l'emprise de Tristan.

— Dans ce cas, allons dans un endroit où ils ne nous verront pas.

Il pivota sur la droite, en direction de l'entrée du pavillon des banquets, l'attirant dans son sillage. Il marqua une brève pause puis vacilla sur ses pieds, et secoua la tête comme pour se débarrasser d'une mauvaise idée.

— Vous ne valez pas mieux que Douglas et son ami, déclara Isobel entre ses dents quand il la traîna avec lui. Peut-être même pire, mais je pense que vous vous en doutez déjà, ajouta-t-elle, les yeux rivés sur la nuque du jeune homme, hochant la tête pendant qu'il la guidait hors du pavillon.

Il parcourut la galerie d'un pas rapide et léger, et à deux reprises, il regarda par-dessus son épaule pour voir si l'un de ses frères les suivait.

— Lâchez-moi ! Vous allez tous nous faire tuer !

— N'importe quoi, je…

Il fit une autre halte et s'agrippa à la lourde rampe.

Isobel baissa les yeux sur le long escalier et songea à lui donner un coup de pied pour le lui faire dévaler.

— Vous êtes soûl.

— Sacrifice que j'ai bien voulu faire pour vous, répliqua-t-il en lui faisant un clin d'œil par-dessus son épaule avant de poursuivre sa descente.

— Je n'avais pas besoin de votre aide.

Il demeura silencieux cette fois, ayant au moins la décence de ne pas nier sa déclaration ou de lui rire au nez. Les intentions éhontées qu'elle avait lues dans le regard de John Douglas lui retournaient l'estomac. À un moment, avant que la brute la traîne dans un coin sombre du palais, talonnée de près par son comparse baveux, elle aurait crié à l'aide. Dieu seul savait ce qui lui serait arrivé. Pourtant, se retrouver entraînée dans la cour extérieure par Tristan MacGregor ne valait guère mieux. Mais alors, pourquoi ne ressentait-elle aucune crainte ? Du moins, pas pour sa sécurité physique. Il cherchait à obtenir quelque chose d'elle, et comme il l'avait prouvé quelques instants plus tôt, il n'avait pas besoin de recourir à la force ni aux menaces pour l'avoir. C'était de sa langue de vipère qu'elle devait se méfier, l'éclair enjoué et la pointe d'humilité qu'elle percevait dans son sourire ravageur l'avaient poussée à l'apprécier en dépit de son identité.

— Voilà, fit-il doucement tandis qu'ils marchaient dans l'air frais de l'après-midi.

Sa main était chaude et bien plus grande que la sienne, remarqua-t-elle quand il la fit glisser sur son avant-bras pour la refermer sur ses doigts. Ce geste intime et osé à la fois échauffa les sangs et le caractère d'Isobel.

— On n'est pas mieux ici qu'entre ces quatre murs avec tous ces visages inconnus ? lança Tristan.

— Vous avez l'air d'apprécier la foule, déclara-t-elle, revêche, retirant sa main et dissimulant soigneusement l'effet que provoquait en elle le fait de se trouver seule avec lui.

— Pas tout le temps.

Oh, oui, et ces soupçons de vulnérabilité qui affleuraient parfois dans sa voix de façon aussi inattendue que les averses estivales… cela faisait-il aussi partie de son charme magique ?

Isobel s'interdit de le regarder.

— Si vous osez m'embrasser encore, je vous mets à genoux.

— Je n'en doute pas un instant.

Son rire franc déclencha une vague de chaleur dans le ventre de la jeune femme.

— Le goût de vos lèvres m'a déjà quasiment mis à terre la première fois. Mais vous avez ma parole : je veux seulement vous parler.

Désir qui pourrait se révéler tout aussi périlleux.

— Je ne suis pas si facile à manipuler que vos deux derniers adversaires, MacGregor.

— Et Dieu merci, murmura-t-il entre ses dents avant de presser le pas.

Comme elle ne le suivit pas sur-le-champ, il s'arrêta et se tourna vers elle, affichant un sourire doux, ensorcelant dans les lueurs du jour.

— Allez, venez maintenant, mademoiselle. Installez-vous avec moi près du portail, parce que si je ne m'assieds pas rapidement, je risque de me casser le nez à nouveau en tombant raide d'ébriété.

Comme elle ne faisait mine ni d'avancer vers lui ni de retourner vers l'escalier, il se dirigea vers le banc sans elle, en l'interpellant :

— Je sais que vous avez peur de ma famille, mais vous n'avez rien à craindre de moi.

Elle remonta ses jupons et passa devant lui en marmonnant :

— Je ne redoute aucun MacGregor.

Quand elle atteignit le banc, elle pivota sur ses talons, et s'assit gracieusement sur la dure pierre. Elle observa son approche moins délicate puis détourna le regard quand il se glissa à côté d'elle.

— Et pour que les choses soient claires, lança-t-elle un peu raide et à bout de souffle, mon frère Patrick ne découperait jamais des familles entières en morceaux dans leur sommeil. C'était une accusation terrible.

— Pour des hommes comme John Douglas et son ami, la crainte confère le respect, répliqua-t-il en posant sa tête contre la grille derrière eux.

— Patrick n'a rien à voir avec ce que vous leur avez raconté, fit-elle remarquer en le regardant du coin de l'œil. Il est sérieux, et profondément dévoué à notre famille. Il travaille nos terres jour et nuit, et c'est lui qui nous a nourris pendant dix ans.

— Il a l'air de beaucoup ressembler à mon frère Rob.

Il sembla sur le point d'en dire davantage, mais son teint se fit subitement verdâtre.

— Les nuages tournent.

— Peut-être serait-il préférable que vous ne les regardiez pas.

Il plongea la tête en avant et lui offrit un sourire reconnaissant.

Isobel détourna le regard.

— Quel genre de Highlander ne tient pas l'alcool ?

— Ceux qui préfèrent avoir l'esprit à l'affût.

— Et pourtant, vous voilà aussi inoffensif qu'un pétale de rose fanée, rétorqua-t-elle en se tournant, arborant son sourire le plus mordant, rien que pour lui rappeler qu'il n'était pas en compagnie d'une admiratrice écervelée.

— Voilà qui veut tout dire, n'est-ce pas ?

Il ferma les paupières et rejeta sa tête en arrière une nouvelle fois.

— C'est seulement pour vous que j'ai sacrifié ma vivacité d'esprit, reprit-il.

Isobel le regarda et secoua la tête, incrédule. Comment était-il parvenu à repousser toutes les insultes qu'elle lui avait adressées, comme s'il avait été de marbre ? En outre, elle se trompait à son sujet. Il n'avait rien d'une rose fanée : même dans une telle confusion, il maniait ses reparties avec finesse.

— Vous répétez ces belles paroles à toutes les femmes que vous croisez, ou est-ce encore une chose que vous ne réservez qu'à moi ?

— Je dis la vérité… la plupart du temps, clama-t-il sans ouvrir les yeux. Sauf quand elle se fait trop cruelle.

— Comme c'est aimable de votre part.

Il émit un bref rire en entendant le ton sec sur lequel Isobel avait parlé, mais il n'ajouta rien.

Ayant l'occasion de l'observer sans être vue, Isobel laissa son regard s'attarder sur son profil digne de celui auquel Michel-Ange avait probablement rêvé en sculptant son David. Elle balaya des yeux le reste de sa personne, tandis que le jeune homme était affalé sur le banc, tel un prince alangui, attendant d'être servi. Bonté divine, il y avait tant à examiner… et à admirer. Son torse se soulevait et s'abaissait lentement sous une chemise blanche vaporeuse, taillée pour souligner parfaitement les contours de son corps ferme. Sur son ventre plat, ses doigts semblaient solides et fins, empreints d'une grande dextérité. Ses jambes couvertes étaient étendues devant lui, arrivant derrière la jeune femme.

— Pourquoi ne portez-vous pas votre plaid, comme les autres ? lui demanda-t-elle avant même de s'en rendre compte. N'êtes-vous pas fier de votre héritage – même si vous êtes un MacGregor ? précisa-t-elle en laissant bien transparaître tout son dégoût dans ces dernières paroles.

— Je suis heureux d'être qui je suis, un MacGregor et un Campbell en même temps.

Oui, il était le neveu de feu le comte d'Argyll. Elle l'avait presque oublié. Ne souhaitant pas que la conversation parte dans cette direction, elle changea brusquement de sujet.

— Et qu'est-ce que c'est que ce prénom, Tristan, pour un Highlander ? Selon votre récit du roi Arthur, c'est un nom anglais.

Il ouvrit les paupières et lui adressa un sourire en coin.

— C'est un prénom de chevalier.

Elle lui sourit de même.

— Alors, pourquoi votre mère l'a-t-elle choisi pour vous ?

Son sourire s'élargit dans un mouvement qui en était presque irritant.

— Mon nom est tiré du *Tristan en prose*, une des sources de *Le Morte d'Arthur* de Thomas Malory. C'était l'histoire préférée de ma mère quand elle était petite. Elle me la lisait souvent, tout comme mon oncle. Vous voulez que je vous la raconte ?

— Je ne préfère pas, répliqua-t-elle en détournant les yeux.

Dieu du ciel, qu'il était singulier ! Quel genre de vaurien, qui de son propre aveu se souciait si peu des conséquences de ses actes, pouvait tenir les exploits chevaleresques en si haute estime ?

— Cela ne m'intéresse pas le moins du monde, mentit-elle.

— C'est l'histoire d'un chevalier légendaire et de la dame qu'il aima, et cela raconte comment il trahit son roi bien-aimé.

Il se redressa, semblant recouvrer ses esprits.

— Cela fait de nombreuses années que je n'ai pas pensé à ce conte, même si mon nom me le rappelle chaque jour.

Il sourit par-devers lui puis, comme s'il venait de se souvenir qu'elle était là, cligna des yeux dans sa direction.

— Maintenant que j'y songe, c'est une histoire qui ne vous plaira certainement pas de toute façon, déclara-t-il doucement, son sourire s'évanouissant. La fin est tragique.

Isobel se détourna de son regard chaleureux et séducteur, source d'une flamme qui brûlait sans relâche – le type de chaleur qui attire les insectes vers leur mort.

— Ce serait un cruel tour du destin si nous en venions à nous aimer comme mon homonyme et cette dame l'ont fait.

Seigneur, mais c'est qu'il était arrogant outre sa singularité.

— Je vous rassure, ce n'est pas le genre de chose dont vous devriez vous soucier, répliqua-t-elle.

— Je le ferai si vous continuez à m'enchanter de votre ravissante bouche en cœur.

Elle lui adressa un regard lourd de sous-entendus. Il fallait admettre que les belles paroles de ce vaurien étaient certainement la meilleure arme de son arsenal.

La preuve, il ne prenait même pas la peine de porter une épée à son flanc ni dans son dos.

— Avez-vous l'intention d'essayer de me duper pour le restant de notre brève visite, Mr MacGregor ? Parce que si tel est le cas, non seulement vous me faites perdre mon temps, mais vous perdez le vôtre aussi. Je préfère de loin votre franchise, quelque cruelle soit-elle. S'il y a une chose que vous souhaitez me demander, alors faites-le simplement, qu'on en finisse avec ces simagrées.

Il riva ses yeux sur elle un instant, l'air quelque peu abasourdi. Puis ses prunelles s'assombrirent, tout en s'attardant sur la bouche d'Isobel. La jeune femme était prête à ce qu'il lui pose des questions sur la mort de son oncle. Elle se doutait que c'était ce qu'il cherchait à faire depuis le tout début – tâchant de la séduire pour la faire parler. En vérité, elle n'était pas prête à ce qu'il lui réclame un autre baiser.

Elle ferma les paupières, se détournant de lui une nouvelle fois. S'il poursuivait ainsi, elle aurait toutes les peines à continuer de le détester.

Mais Tristan MacGregor ne lui réclama pas un baiser. Ce qu'il lui demanda était bien plus périlleux.

— Isobel, commença-t-il en posant ses mains sur les siennes, faisant s'accélérer les battements de son cœur. Accepteriez-vous mes condoléances les plus sincères pour la mort de votre père ?

Elle ne bougea pas d'un pouce. Il lui était impossible de respirer. Était-il sincère ? Une petite partie d'elle-même voulait le croire. Le jour même, à quelques yards de là où ils étaient assis en ce moment, ne lui avait-il pas déjà dit qu'il n'aimait pas sa propre famille et qu'il n'approuvait pas ce que les siens avaient fait ? Mais il était rusé et était prêt à tout, à dire n'importe quoi pour la séduire, la pousser à l'apprécier, à lui faire confiance. Était-il déterminé au point d'être disposé à abandonner tout son charme et à feindre la contrition afin de gagner ses faveurs ?

— Bel ?

Elle bondit sur ses pieds en entendant la voix de son frère à quelques pieds d'elle. C'était Cameron, et il les avait vus ensemble, la main de son ennemi posée sur la sienne.

— On commençait à s'inquiéter en voyant que tu ne rentrais pas à tes appartements.

Il transperça Tristan du regard puis baissa les yeux.

Isobel raidit sa colonne vertébrale, forçant ses poumons à se dilater, tâchant d'avoir les idées claires. Mais comment pouvait-elle expliquer ce qu'elle était en train de faire avec un MacGregor ? Surtout à Cam ? Elle aurait préféré que ce soit Alex qui les découvre. Elle aurait préféré des mots crus et une humeur massacrante plutôt que l'incrédulité et la crainte qu'elle décelait dans le regard de Cam.

— Désolée de vous avoir causé du souci, Cameron. J'étais en train de… de…

— Elle était en chemin quand je l'ai interrompue, intervint Tristan en se levant, une tête au-dessus de Cam. C'est ma faute, c'est donc à moi qu'il revient de vous demander…

— Non, l'empêcha Isobel de poursuivre, le souffle court.

Elle ne voulait pas le laisser user de son charme envoûtant sur Cam.

— Viens, Cameron, continua-t-elle en prenant son frère par le bras, désirant le soustraire à la présence de Tristan sans qu'ils puissent rien se dire de plus. Nous avons les bagages à faire pour notre voyage de demain matin.

— Attendez, lança Tristan en arrêtant la jeune femme. Vous quittez Whitehall ?

La déception qui perçait dans sa voix la poussa à se retourner pour poser une dernière fois les yeux sur lui.

— Oui, nous retournons à la maison.

Il détacha son regard du sien, dissimulant soigneusement ce qu'elle avait décelé dans sa voix. Il n'était pas arrivé à ses fins, du moins pas avec elle.

— Mr MacGregor, fit-elle en avançant d'un pas vers lui. Je vous demande de m'accorder une faveur avant que je parte.

— Qu'est-ce ?

— Je ne suis pas parvenue à convaincre Alex de rentrer avec nous. Pourriez-vous vous tenir loin de lui ? Je vous en prie, ne lui adressez pas la parole et ne lui faites aucun mal, quelles que soient les réactions catastrophiques qu'il puisse avoir. M'accorderez-vous cela ?

Il ne lui demanda pas pourquoi il devrait lui concéder quoi que ce soit. Elle ne pensait pas qu'il accéderait à sa requête et esquissa presque un sourire quand il la regarda de nouveau et hocha la tête.

— Bien sûr, Miss Fergusson. N'ai-je pas déjà fait mes preuves en la matière ?

— Si fait, acquiesça-t-elle. Mais si vous avez envie de lui parler de…

— Il n'a rien à craindre de moi. Je vous en donne ma parole la plus solennelle.

Elle tourna les talons, se sentant quelque peu soulagée. Elle le croyait, et elle ignorait pourquoi. Peut-être était-elle la plus grande imbécile de tout le pays, mais elle le croyait.

Chapitre 9

— Le temps qu'on arrive, l'abbaye de St Christopher était engloutie par les flammes, raconta Colin MacGregor à sa famille dans l'intimité de la chambre du chef de clan.

Le frère benjamin de Tristan était arrivé à Whitehall une heure plus tôt, avec le capitaine Connor Grant et sa bande de soldats anglais. Au départ, son apparition avait fait plaisir à ses parents, mais quand ils se rendirent compte que ni Rob ni aucun des autres MacGregor n'avaient voyagé avec lui, ils exprimèrent craintes et inquiétudes.

Le ton posé que Colin avait l'habitude d'employer n'avait pas vacillé quand il leur avait assuré que Rob et les leurs étaient en sécurité et sur le chemin du retour au Camlochlin. Puis il demanda une audience en urgence au roi.

Sa requête fut rejetée, du moins jusqu'à ce que son père entende ce qui s'était passé depuis qu'Angus les avait quittés.

— On est allés à Ayrshire à cheval pour confier lady Montgomery aux sœurs de Courlochcraig, mais…

Voyant Colin de l'autre côté du feu de cheminée, Tristan tenta de discerner ce qui avait changé chez son frère par rapport à la dernière fois où il l'avait vu. Mis à part son apparence générale dépenaillée, Colin était le même garçon trop sûr de lui qu'il avait laissé avec la compagnie de son père une quinzaine de jours plus tôt. Mais à présent, une légère douceur semblait se mêler au timbre ferme de sa voix quand…

— … il apparut que Davina… enfin, lady Montgomery ne serait pas à l'abri du danger à Ayr non plus, précisa-t-il en parlant de la demoiselle que Rob avait sauvée.

Tristan esquissa un sourire et se dit qu'il fallait qu'il taquine Colin sur son évident faible pour la jeune femme à l'occasion. Mais dans l'immédiat, il se contenta de bâiller en écoutant le fastidieux récit. Ses pensées vagabondèrent pour s'attarder sur Isobel, comme elles le faisaient plus souvent qu'il ne voulait l'admettre. Il tentait de la chasser de sa mémoire, depuis qu'elle avait quitté Whitehall, une semaine plus tôt, mais elle revenait, le poursuivant telle une ennuyeuse mauvaise herbe accrochée à sa botte, toujours là, toujours hors de portée, impossible à s'en défaire. En vérité, il ignorait pourquoi ses journées paraissaient moins captivantes sans elle. Tristan la connaissait à peine, mais étrangement, il avait l'impression de l'avoir attendue toute sa vie. Il ne faisait aucun doute qu'elle ne l'aimait pas, et il ne devrait même pas l'apprécier. Pourtant, que diable, elle lui plaisait. Il aimait bien le sentiment que cela lui procurait de lui venir en aide, et elle semblait en avoir sacrément besoin – surtout à cause de son frère, et des Lowlanders soûlards. Mais il y avait plus à faire si ce qu'elle lui avait raconté était vrai. Et ce n'était pas seulement son sens de la chevalerie d'un autre temps qui l'attirait vers elle. Il aimait son tempérament enflammé et la fierté qu'elle affichait à chaque pas, ainsi que ses réticences à se laisser séduire. Le jeune homme voulait la poursuivre de ses ardeurs, s'emparer d'elle, puis en profiter. Mais même s'il avait une infime chance de remporter ses faveurs – il regarda dans la direction de sa mère –, cette réussite lui coûterait peut-être sa famille.

Kate Campbell se fichait pas mal du qu'en-dira-t-on pour tout ce qui concernait son fils et la façon dont il vivait sa vie. Autrefois, quand tante Maggie l'avait comparé à son frère aîné, elle lui avait dit que sa passion provenait d'une source différente, ce qui le menait logiquement sur une autre voie pour la satisfaire. Mais en vérité, il n'avait rien cherché à satisfaire du tout, c'était plutôt cette voie qui l'avait trouvé.

Que penserait sa mère s'il lui dévoilait que le chemin qui lui ferait regagner son honneur commençait avec Isobel Fergusson ? Que même s'il ne pouvait ressusciter les morts, peut-être pouvait-il apaiser les vivants et restaurer ce qu'il avait contribué à détruire.

Oui, c'était une quête dont son oncle aurait été fier. C'était Tristan qui avait déclenché la querelle entre les MacGregor et les Fergusson. Il voulait être celui qui y mettrait un terme.

— Qui est-elle ? s'enquit Callum, tirant Tristan de ses réflexions. Pourquoi les ennemis du roi d'Angleterre se soucient-ils d'une novice des sœurs de cet ordre au point de brûler leur abbaye et la poursuivre à travers champs ?

Ah, voilà qui commençait à devenir intéressant. Voyant son intérêt piqué, Tristan intercepta le regard anxieux que son meilleur ami, Connor, décocha à Colin. Un moment s'écoula en silence, et tous tendirent l'oreille.

— J'ai donné ma parole à Rob de ne révéler à personne son identité, pas même au roi, finit par admettre le capitaine Grant. Mais vous êtes de sa famille et vous devriez savoir quel danger il encourt. Un danger qu'il risque de faire retomber sur le Camlochlin, j'en ai bien peur.

Callum s'avança sur sa chaise, tout comme Tristan. *Rob, mettre le Camlochlin en danger ?* Cela semblait difficile à croire.

Quelques instants plus tard, alors que tout le monde était abasourdi sur son siège après avoir découvert l'identité véritable de Montgomery, Callum bondit sur ses pieds.

— Faites vos valises. On rentre à la maison.

Isobel poussa un arbuste de son chemin quand un examen minutieux lui indiqua que ce n'était pas ce qu'elle cherchait. Elle passa son bras sur son front et poursuivit sa route le long des rochers du lit de la rivière. Depuis combien de temps cherchait-elle cette plante vitale à son jardin ? *Quatre heures ? Cinq peut-être ?* Chaque année, son précieux héliotrope devenait plus difficile à trouver. Il fallait qu'elle cherche encore, sinon il risquait d'être trop tard pour replanter. Elle en avait besoin pour son thé des mois d'hiver, quand il lui devenait plus dur de respirer.

Ce qui compliquait sa quête solitaire, c'était que Tristan MacGregor l'accompagnait à quasiment chacun de ses pas. Il envahissait ses pensées jour et nuit, peu importait ce qu'elle était en train de faire, peu importait la peine qu'elle se donnait pour le chasser. Elle avait eu peur de lui à Whitehall – peur de ce qu'il voulait, de la façon dont il la regardait, comme s'il avait décidé de la posséder à tout prix. Pourquoi s'était-il arrêté sur elle ? Et pourquoi ne pouvait-elle pas se contenter d'oublier son baiser ?

Elle le détestait de la hanter de la sorte et dans sa tête, elle le lui disait, souvent. Mais il ne faisait que sourire.

Il y avait quelque chose de spécial dans son sourire. Au palais, il avait toujours eu l'air d'avoir un sourire au coin des lèvres, prêt à rayonner et ravir le cœur de quiconque le verrait. Ah, les deux premiers jours passés avec lui, avant qu'elle sache qui il était, voilà qui avait été proche du bonheur pour elle. Son rire lui faisait oublier tout le reste. Il semblait éprouver une telle joie de vivre – même si par moments, elle était sûre d'avoir décelé une pointe de mélancolie soigneusement dissimulée derrière la facétie d'un sourire. Quelle était cette chose qui le troublait de l'intérieur ? S'en voulait-il de jouer les libertins au lieu d'être un de ces héros dignes des plus grandes histoires chevaleresques ? Elle éclata presque de rire en pensant qu'il pouvait s'en vouloir. Bien sûr, cet homme savait à quel point il était envoûtant et merveilleux, enfin, pour un MacGregor disons.

Ces sept jours loin de lui n'avaient amoindri en rien l'effet qu'il lui faisait. En réalité, pendant la tirade de Patrick, quand elle est rentrée sans Alex, elle avait trouvé un certain apaisement dans les souvenirs du sourire de Tristan. Il était insouciant et assuré, comme si aucun événement – quelque morne soit-il –, ne pouvait lui gâcher la journée. Elle aurait aimé être dotée de ce genre de détermination.

Elle repoussa quatre autres arbustes et se coupa le doigt sur une feuille piquante. Qu'avait-il qui le rendait si heureux ? En jurant, elle porta son doigt ensanglanté à ses lèvres et bannit Tristan de ses pensées pour la millième fois.

Il fallait qu'elle se dépêche de dénicher sa plante. Patrick avait besoin qu'Isobel soit au meilleur de sa forme. Et tant pis pour Alex de toute façon. C'était un grand garçon, et elle refusait de se faire du souci pour lui. S'il préférait le risque et l'aventure aux siens, ils n'y pouvaient rien. Ils se répartiraient les tâches ménagères et suivraient leur routine sans lui.

Tristan serait-il à même d'empêcher sa famille de sauvages de réduire Alex en morceaux ? Alex se trouvait-il en compagnie de Tristan en ce moment même, à partager une bière et des secrets avec lui dans un des vastes salons du roi ? Dieu du ciel, elle priait pour que Tristan tienne parole et n'essaie pas de se lier d'amitié avec son frère.

« Vous êtes une flamme, Isobel. Et cela est bien plus attrayant qu'un amas de braises éteintes. »

Elle tapota ses joues de la paume de ses mains, et marmonna un juron à l'encontre de ce Tristan et de ses beaux discours.

— Laisse-moi un peu tranquille maintenant, bâtard.

Soulevant ses jupons au-dessus de ses chevilles, elle se rendit à la rangée suivante de buissons, bien décidée à oublier le jeune homme.

Elle repéra un coin où le feuillage était très fourni au loin, et pressa le pas. Elle pouvait poursuivre ses recherches le lendemain, mais il faudrait alors qu'elle revienne à cet endroit, à des heures de sa maison. Tandis qu'elle s'approchait, un des arbustes la fit enfin afficher un grand sourire. *La voilà, la plante miracle.* Sa mère lui avait administré du thé d'héliotrope depuis son plus jeune âge. Pas en trop grande quantité, et jamais cru, car cela pouvait endommager le foie. Isobel ne s'était jamais demandé comment sa mère savait toutes ces choses. C'était comme ça, les mamans savaient. Oh, comme elle pouvait manquer à Isobel ! Mais cette plante se faisait rare, et la jeune femme craignait de songer à sa vie sans elle. L'on pouvait aussi utiliser des marguerites, mais l'héliotrope agissait plus rapidement.

Elle tendit la main pour passer les doigts sur une de ses feuilles en forme de cœurs, plus grande que sa main tout entière. Il faudrait qu'elle déterre les…

Ses pensées s'interrompirent subitement au son du « clic » d'un pistolet quelque part derrière sa tête.

— Que faites-vous sur mes terres, madame ?

Isobel ferma les yeux et réprima un cri. Qui diable pourrait l'entendre ?

— Je… je voulais juste…

— Expliquez-vous !

Elle sursauta violemment et d'instinct, se tourna pour faire face à l'homme qui avait parlé. Quand elle vit le canon braqué sur son visage, elle haleta comme si c'était son dernier souffle.

— J'ai besoin de votre héliotrope, déclara-t-elle, tâchant de reprendre sa respiration. S'il vous plaît, baissez votre arme, monsieur.

Il était vieux, certainement la cinquantaine. Sa peau était tannée par le soleil et ridée. Ses cheveux étaient longs, rares et gras. Il la regarda du coin de l'œil puis tourna la tête pour cracher quelque chose.

— Je suis… affaiblie… (Sa mère lui avait appris à ne jamais parler de maladie, sans quoi les gens penseraient qu'elle était contagieuse.) … et l'héliotrope me soigne. Ça fait longtemps que je le cherche et je ne l'ai trouvé qu'ici. Il ne m'en faut qu'un petit fragment pour le planter dans mon jardin.

L'espace d'un instant, il eut l'air d'être sur le point de refuser et de lui tirer une balle entre les deux yeux.

— Prenez-le, va. Puis déguerpissez et ne revenez pas. Je vous reconnais, vous êtes la sœur de ces trois rouquins démoniaques de Fergusson. Si je les vois encore une fois traîner autour de mes chevaux, je les abats de sang-froid.

Plus tard, quand elle fut rentrée chez elle, Isobel s'attarda près du petit lopin de terre fraîchement retournée dans son jardin, et admira son trophée. Elle avait des ampoules aux pieds, ses mains étaient lacérées et elle avait dû faire face au canon d'une arme. Mais elle l'avait trouvé, et elle l'entretiendrait jusqu'à ce qu'il se renforce. Exactement comme elle avait fait avec ses frères.

Comme le soleil se couchait sur la vallée, elle frotta ses mains et posa le regard sur les collines aux teintes violacées. Elle aperçut ses frères en train de ramener les derniers moutons et leva un bras pour les saluer. Ils lui répondirent et elle ébaucha un sourire. Ils étaient tout ce qu'elle avait au monde. Tout ce dont elle avait besoin pour être heureuse.

Enfin, tant que nul homme ne l'embrassait encore comme Tristan MacGregor l'avait fait dans les jardins privés du roi.

Chapitre 10

— Ça ne te ressemble pas d'être si maussade.

Kate MacGregor ordonna à son cheval de marcher au pas auprès de celui de Tristan sur le chemin menant à leur maison.

— On dirait que ton meilleur ami vient de passer par le fil de l'épée, insista-t-elle.

Tristan adressa un regard en coin à sa mère. Il ne pouvait lui avouer la vérité sur ce qui hantait véritablement ses pensées. Alex Fergusson n'était pas son ami le plus proche. En vérité, Tristan n'éprouvait absolument rien pour lui, mais cela ne l'avait pas empêché de craindre pour la vie de cet imbécile depuis que sa famille et lui avaient quitté Whitehall.

— Je pensais à Mairi et Colin, préféra-t-il répondre.

Ce qui n'était pas complètement faux.

— Tu crois que c'était une bonne idée de les laisser rester en Angleterre ?

— Oui, ton père pense qu'ils y seront plus en sécurité pour l'instant, avec Connor et le reste de la garde royale. Dieu nous en préserve, mais si le Camlochlin est attaqué par les ennemis du roi, ton frère et ta sœur auraient été les premiers à se mêler au combat.

Tristan hocha la tête, sachant qu'elle avait raison. Ses jeunes frères et sa sœur aimaient jouer de leur épée tout comme Rob aimait leurs terres. Ni l'un ni l'autre n'y réfléchiraient à deux fois s'il fallait embrocher Alex Fergusson sur un des murs peints de Whitehall parce qu'il aurait insulté les MacGregor en leur présence. Diantre, Isobel ne le lui pardonnerait jamais.

— J'aurais dû demeurer en Angleterre avec eux.

Quand Tristan se rendit compte qu'il avait parlé tout haut, il lança un rapide sourire à sa mère.

— Seul, Connor n'a pas l'ombre d'une chance face à Mairi.

Kate leva les yeux au ciel et se mit à rire, ce qui améliora l'humeur de Tristan.

— Je crois que le capitaine peut se débrouiller tout seul sans ton aide.

— Oui, mais Mairi constitue sa faiblesse.

— C'est vrai, lui concéda sa mère. Mais c'est Colin qui me cause le plus d'inquiétude. Il a l'air de se prendre d'affection pour le roi. Je crains que son choix ne se porte sur un avenir dans l'armée anglaise, comme Connor.

— Le capitaine n'avait pas vraiment le choix : il a du sang Stuart dans les veines.

Tristan leva les yeux pour découvrir que son père avait ralenti sa monture pour s'adapter à leur allure.

— Colin est un MacGregor, poursuivit Callum quand il arriva à leur niveau.

Son regard décidé se posa d'abord sur Tristan, puis s'adoucit sur son épouse.

— Il ne quittera jamais le Camlochlin pour soutenir les Anglais.

Le sourire gracieux de Tristan se teinta des ombres de son enfance, quand le père et le fils s'étaient rendu compte que Tristan n'était pas comme les autres membres de ce clan de brutes parées au combat, mais qu'il cherchait plutôt à reproduire des idéaux ancestraux qu'il avait appris dans les livres d'histoires.

— Je n'ai aucune intention de soutenir les Anglais en quittant le Camlochlin, père, lui rappela Tristan pour la centième fois. Je veux seulement vivre ma vie.

— À Glen Orchy, fit remarquer Callum, comme si Tristan ne le savait pas.

Le jeune homme haussa les épaules.

— La demeure de mère est à moi, c'est mon héritage. C'est la seule chose que je possède vraiment.

— Notre clan est à toi.

Diantre, songea Tristan en détournant les yeux. Pourquoi est-ce que son père s'acharnait tant à vouloir le garder auprès de lui ? Ces sept dernières années, son attirance systématique pour le sexe faible lui avait valu autant de problèmes auprès du Camlochlin que Callum en avait eu lors de sa période hors-la-loi. Son père aurait dû être content de se débarrasser de lui.

— C'est à la maison que tu dois être, Tristan.

Vraiment ?

— Fort Campbell est aussi ma maison. Les hommes qui m'aident à restaurer le fort pourront faire venir leurs familles et loger sur place avec moi.

Callum tourna le regard vers le nord et demeura silencieux assez longtemps pour que Tristan sente le poids des choses qu'il voulait mais ne pouvait lui dire.

— Je ne comprends pas pourquoi tu veux partir, finit par lâcher son père. Et je dois avouer que je te comprends encore moins.

Oui, Tristan était bien conscient de sa solitude, du fait que nul ne savait vraiment qui il était et que tout cela était sa faute. Il lui avait toujours été plus facile de duper et confondre son père, plutôt que de lui révéler la vérité – car quand il était petit, il avait souvent souhaité que Robert Campbell soit son père. Ce n'était pas parce qu'il n'aimait pas l'homme qui chevauchait à ses côtés, ni parce que Callum ne l'aimait pas. Ils étaient du même sang, et rien ne pouvait détruire cela, mais c'était tout ce qu'ils avaient en commun.

— J'aime le Camlochlin, déclara Tristan, quelque chose au fond de lui voulant prouver à son père qu'ils n'étaient pas si différents que cela. Mais j'appartiens à Glen Orchy.

C'était la vérité, et c'était la seule qu'il pouvait dévoiler pour l'instant.

Du haut d'une crête battue par les vents, Tristan riva son regard sur le château dont la silhouette se détachait des montagnes noires du fond, ses tourelles effilées transperçant la brume. *Le Camlochlin. Une forteresse impénétrable bâtie par un guerrier astucieux pour protéger sa famille contre ses ennemis.* Serait-ce suffisant pour maintenir les Hollandais hors d'atteinte si ces derniers se lançaient à la poursuite de lady Montgomery ?

En voyant son père battre des rênes et s'engouffrer dans la vallée, Tristan éprouva une certaine pitié pour quelque armée qui arriverait en ces terres. Il ressentit de la pitié pour son frère aussi. Diable, Tristan avait peut-être embrassé une Fergusson, mais Rob avait ramené Davina Montgomery au Camlochlin, et peut-être même une armée à ses trousses.

L'ayant rencontrée un peu plus tard, Tristan comprit un peu mieux la folle décision de Rob. La demoiselle était d'une beauté enchanteresse, des boucles claires et luisantes tombant en cascade sur ses frêles épaules, et de gigantesques yeux bleus aux reflets d'argent qui s'écarquillèrent encore plus quand elle faillit lui rentrer dedans alors qu'elle s'apprêtait à rencontrer les parents du jeune homme. Il devina quasiment sur-le-champ que Rob en était tombé amoureux. N'importe quel homme pouvait perdre son cœur, voire sa raison, face à un sourire si candide. C'était arrivé plus d'une fois au fil des âges, selon les histoires qu'on racontait dans les livres, ces histoires qui lui étaient étonnamment revenues en tête ces dernières semaines, celles qui parlaient de preux chevaliers prenant leurs devoirs à bras-le-corps, parfois même trahissant leur roi, et tout cela pour l'amour d'une jeune fille. Tristan n'avait jamais pensé que ces histoires n'étaient pas vraies, mais il avait fréquenté un nombre incalculable de femmes, et il n'était jamais tombé amoureux d'aucune d'entre elles. Et cela ne lui arriverait jamais. Il n'ouvrirait plus jamais son cœur à des émotions si puissantes. Il avait déjà perdu la personne la plus importante de son existence, et cela l'avait anéanti. Pendant dix ans, il s'était tenu à l'écart des autres, ne laissant jamais personne se rapprocher de lui. Pourquoi se montrerait-il assez idiot pour risquer de perdre un autre être qui lui était cher ?

Il ne se permettrait certainement jamais d'aimer une jeune femme que sa famille détestait. Il appréciait beaucoup Isobel Fergusson, mais c'était tout. Elle représentait son plus grand défi à remporter, parmi toutes celles qui l'avaient précédée. Tout ce qu'elle avait perdu dans la vie – tout ce que sa famille avait perdu – était sa faute à lui, et il voulait remettre les choses en ordre. Oui, plus il y songeait, plus il éprouvait le besoin de le faire.

Il fallait qu'il fasse un choix. De ceux qui pourraient changer sa destinée une nouvelle fois. Le chemin était tout tracé devant lui, et il était grand temps qu'il se mette à le suivre. S'il échouait, cela ne pourrait pas être pire que maintenant. Il ne perdrait rien qu'il n'ait déjà abandonné. Mais s'il réussissait…

« Du sang de chevalier coule dans tes veines, et tu vas devenir un homme d'honneur. »

Il n'échouerait pas, car il avait la volonté de son oncle avec lui.

Tristan savait que Rob recouvrerait les faveurs de son père. Colin aussi, même après être rentré au Camlochlin avec le roi d'Angleterre et une petite armée à ses trousses. Tristan, lui, ne nourrissait pas un tel espoir si quelqu'un apprenait où il comptait se rendre ce matin, en quittant le Camlochlin. Non pas qu'il manque à grand monde pendant son absence. Il était le fils indocile, le rebelle, celui qui faisait ce qu'il voulait et tant pis pour les conséquences. Ça lui ressemblait assez de partir seul pour chercher à semer le chaos chez une malheureuse jeune fille.

C'était seulement… Tristan.

Une fois les falaises d'Elgol dépassées, il ne se retourna pas. Il ne se retournait jamais quand il entreprenait une expédition. Il était toujours plus facile de partir que d'essayer de s'adapter.

Peut-être qu'il pourrait changer cela aussi, avec l'aide d'Isobel.

Chapitre 11

— Retire ce que tu viens de dire !

John Fergusson plaça son arc sur son épaule et prépara une flèche.

— Pourquoi étant donné que c'est vrai ?

John visa la peau clouée à l'arbre à cinquante mètres de là, tira et adressa un large sourire à ses frères. Il n'avait pas remarqué le petit caillou qui lui arrivait droit sur le crâne. Il ne vit que l'immensité du ciel quand il ouvrit les yeux un instant plus tard – ça, et la chevelure rousse du jeune Tamas encadrant son visage narquois.

— La prochaine fois, j'utiliserai une plus grosse pierre, déclara Tamas.

— Qu'est-ce que je t'ai dit sur le fait de frapper les gens avec ce machin ?

Lachlan, l'aîné des trois frères, claqua du plat de la main l'arrière du crâne de Tamas. Sans attendre de réponse, il se pencha et s'empara de la fronde usée que son frère tenait dans sa main.

— Tu ne la récupéreras pas cette fois-ci.

Tamas serra les poings et rejeta la tête en arrière.

— Isobel ! Lachlan veut pas me rendre ma fronde !

— C'est parce qu'il a frappé John à la tête et l'a fait saigner, cria Lachlan en direction de l'étable où leur sœur trayait les chèvres.

À l'intérieur du bâtiment, Isobel pressa son front contre les flancs de Glenny.

Dieu, donnez-moi la force. Honnêtement, ne pouvait-elle donc pas passer une journée paisible sans que ces trois-là menacent de tuer quelqu'un… voire de s'entre-tuer ?

— J'arrive !

Quittant son tabouret de traite, elle releva ses jupons et repoussa une poule de son chemin en sortant de l'étable.

Quand elle vit John assis dans l'herbe, un peu étourdi, mais heureusement pas ensanglanté, elle adressa à Tamas un regard sévère.

— Pourquoi l'as-tu frappé ?

— Il m'a traité de bébé !

— Et en ne maîtrisant pas ton tempérament, tu l'as convaincu qu'il avait tort ? s'enquit Isobel en s'agenouillant auprès de John pour l'examiner de plus près.

Tamas secoua la tête.

— Je l'ai convaincu de ne plus jamais me traiter de bébé.

Isobel leva les yeux après son inspection.

— Alors, c'est moi qui vais le faire, déclara-t-elle avec une voix assez mécontente pour que toute expression de défi quitte le visage rond et émaillé de taches de rousseur du garçon. Tu as onze étés,

Tamas, et tu es encore assez jeune pour qu'on te botte le derrière.

Elle décocha un regard aux deux autres, qui faisaient de leur mieux pour avoir l'air innocents, mais en vain. Ils étaient constamment en train de terroriser les gens et les bêtes. Qu'allait-elle faire d'eux ? Pas plus tard que la veille, ils avaient déclaré la guerre à un énorme nid de guêpes derrière la maison – et ils perdirent le combat. Les chevaux ne les aimaient pas, les chèvres avaient peur d'eux, et quatre fermiers des villages avoisinants avaient déjà menacé de leur tirer dessus si jamais ils remettaient les pieds sur leurs terres.

— En vérité, tu aurais bien besoin qu'on te rosse. Honnêtement, je ne sais pas pourquoi je n'ai pas demandé à Patrick de s'en charger, tout simplement.

— Patrick ne nous battrait jamais.

John lui adressa un sourire, faisant chavirer son cœur à l'idée de ce qu'il adviendrait de ses frères si jamais elle les quittait. Leur mère était morte peu de temps après la naissance de Tamas, laissant la famille à la charge d'Isobel. Quand leur père avait été tué un an plus tard, l'autre moitié des responsabilités familiales étaient revenues à Patrick – et il les endossait toutes, sauf une. Il n'avait jamais levé la main sur aucun d'entre eux.

— Peut-être qu'on devrait changer ça alors ?

Elle fit un clin d'œil à John et lui donna une tape enjouée au genou.

— Je peux récupérer ma fronde maintenant ? interrogea Tamas dans un soupir d'impatience.

— Tu l'auras demain.

Isobel aida John à se relever et essuya les gouttelettes de sang de son front à l'aide de son tablier.

— Quand tu auras terminé les corvées de John.

Les yeux bleu acier de Tamas s'écarquillèrent d'incrédulité, puis de colère. Il sembla sur le point de protester, puis se ravisa, sachant que cela n'arrangerait en rien ses affaires. Il décocha une œillade courroucée à John puis décampa en traînant des pieds. Isobel destina à John le regard le plus rassurant qu'elle pût composer.

— Il y a quoi à dîner ? s'enquit Lachlan, grattant une piqûre de guêpe sur son avant-bras.

— Soupe aux poireaux et au romarin, répliqua Isobel tandis qu'ils se dirigeaient vers la maison. Et tout ce que Patrick et Cameron rapporteront pour aller avec.

— J'avais envie d'aller chasser avec eux, Bel.

— Je sais bien, John, mais tu… Tamas, cesse de courir derrière les chiens !

— Il s'arrêtera quand une de ces bêtes se mettra à lui croquer son derrière de gringalet, lança Lachlan en secouant la tête en direction de son frère cadet.

Arrivant derrière lui, une série de lièvres morts suspendus à une corde qu'il avait jetée par-dessus une épaule, son carquois posé sur l'autre, Patrick Fergusson donna une tape à l'arrière du crâne de Lachlan.

— Attention à ce que tu dis.

Isobel adressa un sourire à Patrick quand ce dernier les dépassa avec ses lièvres. Il y en avait assez pour nourrir ses frères pour une semaine au moins.

— Où est Cam ? s'enquit-elle en regardant derrière elle.

— Il ne va pas tarder, répondit Patrick sans se retourner. On a rencontré Andrew Kennedy et sa sœur Annie sur le chemin. Il rentre avec eux.

Isobel ralentit le pas au moment où ces paroles retentirent à ses oreilles. Le temps qu'elle en comprenne le sens, elle leva ses jupons pour partir à sa poursuite.

— Les Kennedy arrivent ici ?

— Oui, affirma-t-il, laissant tomber des boucles brunes et humides sur ses yeux bleu clair.

— Ce soir ?

Quand il se contenta de hocher la tête, l'humeur d'Isobel s'assombrit.

— Pourquoi est-ce que vous avez invité Andrew ici, alors qu'on sait bien ce qu'il veut ?

— Il te veut toi.

Diable de frère ! S'il se moquait des sentiments d'Isobel, il allait devoir le lui dire en la regardant droit dans les yeux. Elle lui tira le coude, lui imposant de s'immobiliser et de lui accorder son attention.

— Mais je ne veux pas de lui, et je te l'ai déjà dit une bonne dizaine de fois.

Patrick passa les doigts dans ses cheveux, dégageant ainsi son visage, et affrontant le regard courroucé de sa sœur en arborant lui aussi une expression assez menaçante.

— C'est un homme bien, Bel.

Elle croisa les bras et enfonça ses talons dans le sol.

— Et cela signifie que je dois forcément avoir des sentiments pour lui ?

Patrick détourna les yeux, d'elle et de ses frères cadets qui s'étaient arrêtés pour écouter.

— Sentiments ou pas, il m'a demandé ta main et j'ai accepté.

— Quoi ? s'écria Isobel, le suivant dans la maison quand il reprit sa marche. Patrick, tu n'as pas pu faire…

— Tu devrais être mariée à l'heure qu'il est, Bel, mener ta vie et…

— Je mène déjà ma vie, l'interrompit-elle.

— À t'occuper de nous ?

Il s'arrêta de nouveau et se tourna pour la regarder droit dans les yeux.

— Quel genre d'existence est-ce là ? reprit-il.

— Qu'y aura-t-il de si différent si c'est de lui que je dois m'occuper ? argua-t-elle, s'efforçant de ne pas fondre en larmes… ou de lui administrer une paire de claques qu'il ne serait pas près d'oublier. En quoi ma vie sera-t-elle différente si je dois m'occuper d'un mari – que je n'aime même pas – et de sa famille ?

— Andrew sera le chef des Kennedy. Ses terres sont vastes et son clan est important. Tu seras en sécurité avec lui.

— Je suis en sécurité ici !

— Oui, bien sûr, répliqua-t-il dans un rire sec. Avec les Cunningham qui font des raids quand ça leur chante, parce qu'ils savent qu'on est peu nombreux et qu'on ne bénéficie d'aucune protection.

— Je ne ferai jamais ça, Patrick!

— Si. Je ne changerai pas d'avis à ce sujet, Isobel. Pas là-dessus. Je t'aime plus que tout sur cette terre, et je veux te voir à l'abri du danger, et heureuse.

— Je suis heureuse ici, objecta-t-elle alors qu'il tournait les talons. Je t'en prie, Patrick, ne fais pas ça.

— C'est déjà fait.

Ce ne fut pas tâche facile, mais Isobel parvint à éviter le regard avide d'Andrew Kennedy pendant la première moitié de leur visite. Mais au dîner, toutefois, en goûtant les riches saveurs d'herbes aromatiques et d'épices qui agrémentaient son épais ragoût de lièvre, elle fut contrainte de se demander qui pourrait bien résister à l'envie d'épouser une femme qui cuisinait aussi bien.

— Je dois vous avouer quelque chose, Patrick, lança Andrew une main sur son cœur. Je pourrais vivre ces trente prochaines années dans le bonheur le plus total si votre sœur me faisait la cuisine.

Malédiction! Elle aurait dû user de plus de sel et reprendre les champignons du mois dernier.

— Dites-moi, Isobel, préparez-vous tous vos repas avec tant de soin et de talent? interrogea Andrew en rivant ses yeux sur elle et en esquissant un sourire sous sa barbe rousse.

— Non, je dois avouer que ce n'est pas le cas, lui répondit Isobel avec un air contrit exagéré. Parfois je ne cuisine pas du tout même. C'est Patrick qui s'en charge.

À côté d'elle, Lachlan se racla la gorge, pendant que Patrick se contentait d'avaler son hydromel, refusant de la laisser le déstabiliser.

— Peu importe, gazouilla Andrew sur son siège. Je suis sûr que vous êtes de toute beauté, quelle que soit votre activité. Vous ferez de moi un homme très heureux quand vous serez ma femme.

Dieu du ciel, elle était tentée de rendre sa fronde à Tamas et de le supplier de viser le crâne de cet homme avec le plus gros caillou qu'il puisse trouver. Elle ne doutait pas un instant qu'Andrew serait heureux. C'est de sa propre misère qu'elle se souciait. Elle savait déjà quel genre de vie l'attendait si elle devenait son épouse. Son épouse ! Qu'il soit damné s'il n'avait même pas la décence de lui faire sa demande en personne.

Elle décocha à Patrick un autre de ses regards impitoyables avant de concentrer son attention sur la sœur d'Andrew. Annie Kennedy était assez jolie, avec de longues nattes flamboyantes et un teint soyeux qui s'empourprait dès que Cameron lui adressait la parole. Elle était vraiment jolie à regarder et cela permit à Isobel de penser à quelque chose de plus agréable que le fait d'être forcée à prendre le frère d'Annie comme époux.

Son nouveau fiancé n'était pas sans charme. Andrew avait presque le même âge que Patrick, un physique robuste et une bonne denture. Son père était le chef du clan des Kennedy, et possédait des terres sur toute la côte. La plupart des demoiselles auraient été bien contentes.

— Isobel, puis-je vous inviter à faire quelques pas avec moi après le dîner, grinça la voix de Kennedy. Peut-être une promenade dans le jardin, où je pourrais cueillir un bouquet pour vous ?

Les souvenirs d'un baiser dans un autre jardin envahirent ses pensées et elle rougit à la lueur des bougies qui illuminaient la petite salle à manger. Elle doutait qu'Andrew tente de l'embrasser – même s'il avait demandé à la posséder derrière son dos. Il n'était pas aussi audacieux ni beau parleur que Tristan MacGregor.

Lui qui embrassait avec une telle curiosité et une avidité sans pareille.

— Il n'y a pas de fleurs dans mon jardin, Andrew, décréta-t-elle assez sèchement, redevenant maîtresse de ses pensées. Et ce n'est pas le genre de jardin où l'on peut se promener.

S'il avait si hâte de lui prouver sa dévotion, il aurait déjà dû savoir ça.

Heureusement, il était assez malin pour comprendre à quel moment s'effacer – autre vertu qu'il ne partageait pas avec un certain Highlander auquel elle se refusait de songer. Enfer et damnation, quand l'image du sourire enjoué de Tristan allait-elle enfin la laisser tranquille ? Les paroles du jeune homme étaient aussi peu sincères que celles d'Andrew, mais il les prononçait de telle manière qu'elle avait envie d'y croire.

— Comment avez-vous trouvé l'Angleterre ? lança Annie.

Isobel battit des cils en direction de la jeune fille, puis se sentit soulagée de constater qu'elle s'adressait à Cameron. Son frère ne lui avait jamais posé de questions au sujet de Tristan après ce fameux soir où il les avait surpris ensemble dans la cour. Il n'avait jamais mentionné les MacGregor depuis lors. Isobel appréciait beaucoup qu'il n'en parle pas à ce moment-là.

La conversation se poursuivit jusque fort tard dans la nuit. Les hommes discutèrent de son mariage, décidant que le printemps prochain serait le mieux. Isobel songea alors à s'enfuir pour retrouver le vieil homme qui l'avait menacée de son pistolet. Ils évoquèrent aussi les Cunningham qui ne cessaient de faire des raids, et qui avaient attaqué leurs biens et brûlé leurs récoltes deux fois en deux ans. Andrew promit d'envoyer quelques-uns de ses meilleurs hommes pour garder leurs champs une fois qu'il se serait marié avec Isobel. Pourquoi ne l'avait-il pas encore fait, s'il tenait tant à elle ? Elle vivait là seule avec ses six frères, Andrew savait donc que sa famille était sans défense, tout comme ces bâtards de Cunningham. Pourquoi n'avait-il jamais offert son aide ? Tristan l'aurait fait.

Isobel savait qu'au moment où Patrick et Andrew auraient terminé ce qu'il restait de whisky, il serait trop tard pour renvoyer leurs invités chez eux. Pourtant, quand Patrick leur proposa de dormir sur place pour la nuit, et de leur prêter un chariot le lendemain, elle eut envie de le tuer.

Chapitre 12

Quand Tristan atteignit les Lowlands, au nord, il avait la mine renfrognée et des jurons au bord des lèvres. Que diable lui avait-il pris de vouloir voyager aussi loin pour aller voir une demoiselle ? Il avait totalement perdu l'esprit. Nulle femme, nul dessein ne justifiait l'état dans lequel son postérieur se trouvait. Il était fatigué et affamé, et il semblait plus que probable qu'il attraperait la mort s'il se baignait dans les eaux glaciales de Loch Katrine. Au cours de sa folle quête, il avait presque décidé de faire demi-tour pour rentrer chez lui, pas loin d'une dizaine de fois. Ce n'était pas tant la douleur d'être en selle pendant tant de jours d'affilée, et juste après être rentré d'Angleterre, car cela lui accordait un certain répit. C'était l'état d'esprit dans lequel il avait entamé un tel voyage. Était-il assez fou pour penser qu'il pourrait mettre un terme à une querelle vieille de dix ans qui avait tant coûté aux deux clans ? C'était Isobel Fergusson qui faisait souffrir son corps. Cela allait plus loin que tout ce que les siens pourraient lui pardonner s'ils découvraient qu'il était parti et qu'il avait échoué dans sa quête. Et si ce qu'il voulait

– ce dont il avait besoin – ne se trouvait pas dans la direction qu'il avait choisie ? Plus il avait mal aux fesses, plus il doutait de son objectif. Pourtant, il continuait, guidé par le souvenir de délicates chevilles et la douce fragrance d'une chevelure auburn.

— Ce que tu es bête, se disait-il tout haut tandis qu'il trottait sur sa monture épuisée le long de River Nith. Elle n'a pas besoin de toi dans sa vie, et c'est sûr que toi non plus tu n'as pas besoin d'elle dans la tienne.

Mais il n'écoutait pas. Au lieu de cela, chaque lieue qui le rapprochait d'elle lui donnait encore plus envie de la revoir.

Il en vint à craindre que son voyage n'ait été vain lorsque les quatre premières personnes dont il croisa la route lui avouèrent ne pas connaître de Fergusson dans les environs. Heureusement, un quart d'heure plus tard, un cinquième homme, conduisant un chariot qui craquait aussi lourdement que ses os lui montra du doigt la bonne direction, lui conseillant de prendre garde.

Les terres des Fergusson étaient étrangement calmes, hormis quelques bêlements de chèvre au loin. Tristan fit ralentir sa monture pour en descendre derrière un bosquet, et il observa, à l'abri des regards, à l'affût du moindre signe de vie. Il ne souhaitait pas surprendre Isobel en faisant une soudaine apparition sur le seuil de sa porte. Et il ne voulait surtout pas que Patrick Fergusson lui mette une balle dans la poitrine parce qu'il se serait permis de fouler ses terres sans invitation – même si Patrick finirait probablement par lui tirer dessus une fois qu'il connaîtrait l'identité de Tristan. Diantre, il n'avait même pas pensé à quelle excuse il servirait aux frères d'Isobel pour expliquer sa présence. Combien avait-elle affirmé en avoir déjà ? Il observa alentour, mais ne vit personne. *Bizarre.* Se trouvait-il au bon endroit ? En dehors de la fumée qui s'élevait de la cheminée d'un petit manoir, les lieux avaient l'air désertés. Une demi-douzaine de masures émaillaient les luxuriantes collines vertes, mais aucune ne semblait être occupée, et elles étaient toutes dans un état proche de la ruine.

Une grande étable se dressait non loin de la maison. Sa lourde porte en bois, légèrement entrouverte et grinçant au gré de la brise de l'après-midi attira son attention. La chèvre bêlante se tenait à l'intérieur, mais où diable étaient-ils tout passés ? Il se souvint qu'Isobel lui avait raconté que son clan les avait abandonnés lorsque leur chef était mort. Mais qui labourait les champs alors ? Ici, il y avait assurément trop d'acres à entretenir pour un seul homme, même avec l'aide de plusieurs frères, c'était impossible à gérer seul. Il balaya le terrain d'un regard plus attentif. Des bottes de foin étaient soigneusement empilées près du mur oriental de l'étable. Des sillons de terre fraîchement labourée parcouraient la moitié d'un énorme champ baigné de soleil, tandis que l'autre moitié était parée à la moisson, débordante de citrouilles, poireaux, choux, maïs et d'une rangée d'orge, d'avoine et d'autres céréales.

Le son cristallin d'un rire de femme provenant de derrière la porte de l'étable retentit et fit sortir Tristan de sa cachette. Était-ce Isobel ? Était-elle seule ? Il avança discrètement vers un autre arbre, plus près du bâtiment, quand la porte s'ouvrit en grand. Un homme en sortit, un seau dans chaque main. Il regarda alentour, comme s'il recherchait les mêmes gens que Tristan un moment plus tôt. Quand l'homme se rendit compte que l'endroit était désert, il secoua la tête et se dirigea vers le manoir.

De là où il se tenait, Tristan reconnut Cameron Fergusson. Où se trouvaient les autres frères d'Isobel ? Son regard s'attarda sur l'étable. Elle était à l'intérieur. Pendant un moment, il lutta avec lui-même pour savoir s'il devait aller la rejoindre ou pas. Il avait imaginé leurs retrouvailles un millier de fois en chemin, mais maintenant qu'il y était, ses pieds paraissaient avoir pris racine.

La porte de l'étable s'ouvrit de nouveau, et quand il vit l'éclat embrasé de ses cheveux sous le soleil, il se mit à marcher sans la moindre difficulté. Il l'observa tandis qu'il s'avançait, jetant par moments quelques coups d'œil vers la demeure. D'un pas léger, il ne fit pas le moindre bruit, en évitant les troncs et les buissons, juste assez pour rester hors de sa vue. Au lieu de se rendre directement à la maison, elle s'empara d'une grande fourche posée contre le mur du bâtiment et la planta dans une botte de foin à proximité. Elle fit deux allers-retours dans l'étable en portant un petit tas de foin au bout de sa pique quand Tristan sortit du feuillage des arbres. Lorsqu'elle disparut une troisième fois, il s'avança de cinquante pas, puis s'arrêta. Au lieu de se faufiler derrière elle, il attendrait qu'elle revienne pour ne pas la surprendre.

Une douleur subite et aiguë se manifesta dans son mollet gauche, gagnant sa cuisse. Sa jambe céda et il tomba sur un genou, se tournant déjà pour voir qui avait décoché la flèche dont la pointe avait transpercé sa botte. Il avait tenté d'atteindre son épée – il n'était pas assez bête pour voyager sans –, quand une autre flèche avait traversé son épaule.

— Je vous jure, cria-t-il, pourtant assez faiblement, en regardant les trois visages rougeauds qui ne le quittaient pas du regard. Vous allez me le payer, charognes…

Il n'eut pas le loisir de terminer sa phrase. La pierre grosse comme un poing qui le toucha entre les deux yeux le fit tomber à la renverse et sans connaissance.

Isobel quitta l'étable juste à temps pour voir Tamas lancer une pierre de sa fronde. Elle laissa échapper un cri strident quand elle vit que le caillou avait touché un homme, qui était déjà à genoux, et que ce dernier s'effondra.

— Oh, bonté divine ! s'écria-t-elle en lâchant sa fourche avant de se mettre à courir.

— Mais qu'est-ce que vous avez fait tous les trois ?

— C'est un Highlander, fit prestement remarquer Lachlan, comme si cela l'autorisait à tirer à vue sur cet homme.

— Il en avait après toi, Bel, se défendit Tamas. On l'a vu t'espionner dans les arbres. Je peux récupérer son cheval ?

Mais sa sœur ne l'écoutait plus, le souffle court. *Tristan.* L'espace d'un instant, choquée de le revoir, Isobel eut l'impression que son cœur s'était arrêté. Que faisait-il ici, seul ? Pourquoi était-il venu ? Elle lui avait clairement fait comprendre qu'ils ne pourraient jamais être amis. Avait-elle eu raison sur son compte depuis le début, et l'amitié était-elle la dernière des idées qu'il avait en tête ? Elle se souvint de l'homme qui lui avait raconté des histoires de chevaliers pendant qu'ils se promenaient en souriant dans les jardins du roi. Son souffle se fit encore plus court quand elle s'accroupit près de lui. Était-il le manipulateur le plus rusé de tous, ou son arrivée servait-elle un objectif plus noble ?

— John ! siffla-t-elle, soulagée de voir que la victime de ses frères était encore en vie. Va chercher Cameron ! Fais vite ! Tamas, il nous faut une couverture pour le faire entrer dans la maison.

— La maison ? se récria Tamas comme si elle venait de lui administrer une claque. C'est un étranger. Patrick va…

— Tamas !

Isobel calma ses ardeurs d'un regard glacial avant de poursuivre :

— Va chercher une couverture sur-le-champ, ou je raconte à Patrick que tu as chapardé deux douzaines d'œufs dans la ferme des Wallace, au-delà de la rivière.

Le visage de son frère blêmit brièvement, puis il se rua vers le manoir.

Quand ils furent seuls, Lachlan se pencha à ses côtés pour lui dire, avec la même tension dans la voix que celle qu'elle ressentait en elle :

— On a pensé qu'il venait te faire du mal.

Son regard se posa sur le misérable contour de la bouche de Tristan et s'y attarda.

— C'était peut-être bien le cas.

— Comment le sais-tu, Bel ? s'enquit Lachlan. Qui est-ce ?

Dieu du ciel, elle pouvait à peine respirer, et son héliotrope... Tristan avait atterri dans son héliotrope et l'avait déraciné. *Quel gâchis.*

— Il se prénomme Tristan. Tristan MacGregor, précisa-t-elle pendant que Cameron et John la rejoignaient. Je l'ai rencontré en Angleterre.

Elle leva les yeux sur Cam, puis regretta ce mouvement. Nul ne savait qu'elle avait passé du temps seule avec le jeune homme à Whitehall, à l'exception de Cameron. Il ne l'avait pas questionnée sur ce qu'elle était en train de faire avec leur ennemi, ni sur ce dont ils étaient en train de parler quand il les avait découverts. Mais à présent, il l'interrogeait des yeux. Qu'avait-elle dit à ce MacGregor pour le pousser à venir la chercher jusque chez elle et à oser mettre les pieds sur leurs terres ?

— Cam, il est en vie, lui indiqua-t-elle.

Elle se soucierait de ce qu'il pensait d'elle plus tard.

— Pour notre bien à tous, il faut que nous le maintenions dans cet état. S'il meurt sur nos terres, sa famille va…

— Je sais, acquiesça son frère sans poser nulle autre question.

Chapitre 13

Il était plus lourd qu'il n'y paraissait, et Isobel lui en voulut quelque peu quand avec ses frères, elle souleva son corps sans vie pour le poser sur la couverture et le traîner à l'intérieur de la maison.

— Il faut lui enlever les flèches, haleta-t-elle tandis qu'ils gravissaient l'escalier de chêne menant à l'étage. On va le mettre dans le lit d'Alex.

— Alex ne va pas aimer ça quand il l'apprendra. Tu sais qu'il déteste les MacGregor.

Isobel fut tentée de lâcher sa partie de couverture pour donner une claque sur la nuque de Tamas.

— Patrick non plus ne va pas aimer ça quand il rentrera après avoir raccompagné les Kennedy chez eux, ajouta Lachlan.

Isobel leur décocha un regard exaspéré à tous les deux.

— Vous auriez préféré que je l'installe dans l'étable ?

— Le lit d'Alex fera l'affaire, déclara Cam calmement en tirant sur son côté de la couverture. Cessez de chercher des noises à Isobel et faites ce qu'elle dit pour changer, bon sang !

— Je ne lui cherche jamais de noises, objecta John pendant qu'ils transportaient Tristan dans la chambre d'Alex et le posaient soigneusement sur le lit. C'est les deux autres qui font plein d'ennuis, précisa-t-il en désignant du menton Lachlan et Tamas, qui s'en offusquèrent sur-le-champ.

Épuisée, frustrée et terrifiée, Isobel s'enfonça dans le siège le plus proche et couvrit son visage de ses mains. Qu'était-elle en train de fabriquer à emmener un MacGregor dans sa demeure, dans le lit de son frère ? Elle avait besoin d'un peu de temps pour réfléchir, sans avoir les garçons qui se disputaient à proximité.

— Quel est le problème, Bel ? s'enquit tendrement John en se penchant vers elle. Ça te fait peur d'enlever les flèches ?

— Et pourquoi ça lui ferait peur ? lança Lachlan en le bousculant. Elle s'en est très bien sortie quand Tamas avait manqué sa cible et m'avait tiré dans le bras.

— On peut le faire pour toi, Bel, offrit Tamas avec une pointe de méchanceté dans son sourire mielleux. La vue du sang ne nous dérange pas.

Eh oui, elle ne le savait que trop bien.

— Non, Tamas, je vais m'en occuper.

Elle se leva, massa son front puis se ressaisit, pour ses frères.

— Je vais avoir besoin d'eau bouillante et de tissus propres. Déchirez mes draps. Je les ai lavés ce matin, donc ils devraient convenir.

Elle s'approcha du lit pour examiner les plaies de Tristan. Dieu lui vienne en aide, elle allait devoir lui retirer ses vêtements.

— John, va dans mon jardin – enfin, ce qu'il en reste – et rapporte-moi quatre feuilles de mon plantain lancéolé. Je vais te demander de le faire bouillir pour moi et de le réduire en cataplasme. Lachlan, apporte-moi du fil et des aiguilles. Il va avoir besoin de points de suture.

Comment allait-elle pouvoir faire ça alors que ses mains tremblaient ? Elle pressa sa tête contre le torse du blessé. Son cœur battait encore, mais lentement, assez faiblement.

— Dépêchez-vous ! ordonna-t-elle en se penchant plus près pour mieux examiner la bosse qui se trouvait sur l'arête de son nez.

Son souffle lui réchauffait les joues et elle plongea son regard dans ses longs cils épais.

— Qu'est-ce que je vais faire de vous, MacGregor ? murmura-t-elle, maudissant son cœur de battre aussi fort tandis qu'elle le découvrait si proche, s'émerveillant devant sa beauté.

Il ouvrit les yeux et croisa immédiatement son regard, lui adressant, l'espace d'un effroyable moment, la promesse d'une vengeance. Elle se détacha prestement de lui, mais il serra ses doigts autour du poignet de la jeune femme, et elle le fit presque tomber du lit dans son mouvement de recul.

Elle n'avait pas vu Lachlan chercher la plante en pot qu'elle avait offerte à Alex lors du dernier Noël.

De la terre et des feuilles tombèrent sur le visage de Tristan quand son frère abaissa le pot d'argile sur sa tête dans un lourd craquement, l'assommant pour la deuxième fois de la journée.

— Mais pourquoi diable as-tu fait ça ? lança-t-elle en frappant le bras de Lachlan, avant de lui ordonner de quitter la pièce, puis de fermer la porte derrière lui.

Se tournant vers Cameron, elle le découvrit assis au bord du lit, déjà en train de retirer l'épée du flanc de Tristan, ainsi que son plaid.

— Je me demande pourquoi il portait ces choses-là pour venir ici, alors qu'il ne les avait pas en Angleterre, s'interrogea-t-il calmement, sans la regarder.

— C'est vrai, répliqua Isobel, remarquant la façon dont son frère avait minutieusement observé le jeune homme.

Cameron passait facilement inaperçu au beau milieu du chaos que ses autres frères semblaient aimer répandre. Mais il était faux de croire que quoi que ce soit échappe à sa vigilance.

— Je me posais la même question, ajouta-t-elle.

Quand il se leva du lit, sans rien dire de plus, elle s'approcha de son frère, ressentant l'envie désespérée qu'il sache la vérité et qu'il la croie.

— Je me souviens de ce que ces gens ont fait à père, Cam. Je ne me suis pas liée d'amitié avec lui. J'ignore pourquoi il est venu ici.

Il ébaucha un sourire sincère. Mais en vérité, les sourires de Cam l'étaient toujours.

— Je le sais, Bel, déclara-t-il, mettant ainsi un terme à la discussion. Trêve de bavardages, essaie de le sauver.

Après la mort de sa mère, sans avoir le choix, ni même le temps de faire son deuil, Isobel avait toujours cru que devoir s'occuper de ses frères serait la tâche la plus difficile qu'elle aurait jamais à accomplir. Mais elle s'était trompée. Il lui fut bien plus dur de retirer les vêtements de Tristan. Le simple fait de découper sa botte la fit rougir comme sous l'effet d'un soleil de plomb. Tandis qu'elle dénouait les liens de sa chemise, son cœur faillit cesser de battre. La jeune femme se força à reprendre sa respiration et stabilisa ses mains quand elle ouvrit grande sa chemise. Elle passa les doigts sur ses tétons dénudés, le souffle court, et malgré tous ses efforts, son regard glissa vers son ventre musclé. En vérité, le jeune homme aurait fait pâlir d'envie les plus grands sculpteurs.

— Je… je ne crois pas qu'il soit convenable que je lui enlève ses hauts-de-chausses, Cam. Fais-le, toi, et quand tu auras fini, couvre-le de son plaid. Alors, je le soignerai.

Seuls Cameron et John restèrent avec elle pendant qu'elle pansait les plaies de Tristan. C'étaient les deux seuls en qui elle avait confiance, même si c'était la flèche de John qui avait causé le plus de dégâts.

— J'aurais pu viser le cœur au lieu des jambes, mais je ne voulais pas le tuer.

— C'est une bonne chose, déclara Cameron en serrant doucement l'épaule de John pendant qu'Isobel appliquait soigneusement le cataplasme sur le mollet de Tristan. Tu l'as épargné, et par la même occasion, tu as sauvé nos vies.

Isobel était sur le point d'acquiescer quand la porte s'ouvrit à la volée pour laisser Tamas s'engouffrer dans la pièce.

— Patrick rentre !

Elle leva les yeux et partagea une œillade anxieuse avec Cameron, puis se remit au travail.

Que diable allait-elle pouvoir raconter à Patrick ? Comment allait-elle l'arrêter s'il décidait que leur ennemi juré devait mourir simplement pour être venu là ?

— Il m'a demandé de te dire que quand tu auras fini, il faudra l'attacher au lit, poursuivit Tamas.

— Je ne peux pas faire ça, déclara Isobel en secouant la tête.

— Il a aussi indiqué que sa décision était sans appel, répliqua Tamas en affichant un sourire, se réjouissant manifestement de voir la chance tourner.

Tout en préparant ses pansements, elle adressa à son benjamin un regard calme.

— Vraiment ?

Quand il acquiesça en exultant, elle se leva de sa chaise.

— Et où se trouve-t-il maintenant ?

— Dehors, il s'occupe des poules.

Elle s'avança vers la fenêtre et tournant la tête vers l'étable, elle appela Patrick. Elle attendit sa réponse.

Quand celle-ci se fit entendre, elle se pencha plus sur le rebord.

— Si j'attache son bras blessé au lit, son épaule ne va pas bien guérir, et on renverra au diable MacGregor un fils blessé. Tu crois que c'est judicieux ?

Elle patienta, retenant son souffle. Elle savait que Patrick était prêt à donner sa vie pour préserver leur sécurité, mais pourrait-il épargner un MacGregor pour cette même raison ? Mieux valait le savoir dès maintenant, qu'elle puisse se préparer à en débattre avec lui plus tard si besoin était.

— Très bien, finit-il par lui crier. N'attache qu'un poignet dans ce cas.

Isobel se tourna pour offrir à Tamas un sourire triomphant, mais il était occupé à désigner Tristan du doigt.

— Il se réveille !

Elle tenta de l'arrêter, manquant de trébucher sur sa chaise dans son effort visant à prendre des mains de Tamas le bol d'eau ensanglantée. Mais l'objet s'écrasa lourdement sur la tête de Tristan, et elle finit par accepter l'idée qu'un MacGregor aurait peut-être du mal à sortir de là vivant.

Isobel resta avec Tristan pendant qu'il dormait, surtout pour empêcher qu'on lui brise d'autres objets sur le crâne. Elle observa sa respiration calme et posée qui soulevait son plaid, et se demanda une fois de plus ce qu'il faisait là.

Isobel avait eu besoin de deux quinzaines pour se sortir complètement de la tête cet homme et la sensation de sa bouche sur la sienne. Comme il l'avait brillamment séduite, et en seulement quelques jours ! Sa capacité à lui faire tourner la tête aussi aisément l'effraya. Elle avait pensé, espéré, qu'elle était maintenant débarrassée de lui. Et voilà qu'il se trouvait là, de retour pour hanter ses rêves de nouveau, avec cette fois la vision de son physique viril dénudé étendu sur le lit de son frère, tel un ange captif. Il était plus grand qu'Alex, ses chevilles dépassant du bord du matelas. Elle s'autorisa à parcourir son corps des yeux lentement, s'attardant sur ses jambes fuselées – elle avait dû en raser une pour nettoyer la plaie correctement. Les doigts d'Isobel la picotaient quand elle se souvenait de la peau chaude du jeune homme sous sa paume, voyait le long et solide tendon qui remontait de son mollet à sa cuisse au sombre duvet. Le souffle de plus en plus court, elle posa le regard sur le plaid qui drapait les hanches du blessé. Il était nu en dessous. Elle sentit le rouge lui monter aux joues. Combien de femmes avaient-elles souri en le dépouillant de ses vêtements, pour le découvrir durci et prêt à les prendre ? La jeune fille passa le dos de sa main sur son front et jura entre ses dents. Andrew Kennedy ne lui avait jamais fait un tel effet. Aucun homme ne lui avait fait cela ! Mais elle n'avait jamais rencontré d'homme doté d'un tel charme brut et animal, rien que dans son sourire, ou dans son…

Non, ils étaient ennemis jurés, il n'y avait nulle place pour une quelconque attirance entre eux. En plus, elle était désormais fiancée ! Du moins jusqu'à ce qu'elle trouve un moyen de se défaire de son promis. Il fallait qu'elle se concentre sur les faits. Si Tristan était venu, ce ne pouvait être que pour deux raisons. Ou bien il voulait lui soutirer des informations sur la mort de son oncle, ou bien il avait été envoyé là par son père pour assassiner toute sa famille. Elle aurait dû le laisser mourir dans le jardin. Il avait déjà massacré son héliotrope, après tout. Mais cet individu ne méritait pas qu'elle mette les vies de ses frères en danger. Elle n'avait d'autre choix que de le sauver, le soigner malgré la haine qu'ils se vouaient l'un à l'autre.

La porte s'ouvrit et elle leva les yeux sur Patrick qui entra dans la pièce pour la première fois de la journée. Il demeura sur le seuil, observant silencieusement le blessé inconscient qui était étendu dans le lit de son frère. Quand il regarda les pansements qu'elle avait disposés sur le front de Tristan, il esquissa un léger sourire en coin qui poussa Isobel à détourner le regard.

— Où est son épée ?

— Cam l'a prise, répliqua-t-elle en haussant ses lasses épaules.

— Je suppose qu'il sait s'en servir ?

Isobel se rappela avec quel talent il l'avait maniée contre Alex et hocha la tête.

— Assez bien.

Patrick traversa la pièce pour se tenir à côté d'elle, les yeux rivés sur le lit.

— D'après ce que racontent les garçons, tu l'as déjà rencontré à Whitehall.

— Oui, acquiesça-t-elle.

Elle aurait dû le lui dire avant, mais elle choisit de lui avouer à cet instant. Elle lui raconta tout, passant seulement sous silence les idioties d'Alex, et le baiser qu'elle avait échangé avec Tristan. Patrick n'avait aucune raison de savoir cela. Cela ne signifiait rien.

— Donc, il a protégé Alex de son père, et t'a sauvée de John Douglas, marmonna-t-il l'air songeur.

— Oui, et il a affirmé à John Douglas que tu avais arraché les lèvres du dernier homme qui avait pris trop de libertés avec moi.

Le sourire de Patrick s'élargit, mais s'évanouit trop vite.

— Et pourquoi a-t-il fait ces choses-là ?

— Je l'ignore, répondit-elle calmement, observant Tristan à son tour. Pour sa réputation, peut-être.

Son frère vit ce qu'elle voulait dire et poussa un long soupir.

— Préviens-moi quand il se réveille, lança-t-il en se tournant pour quitter la pièce. Et n'oublie pas que c'est un Highlander. Maintiens-le bien attaché, et cache son épée. Si tu as vu juste sur les raisons de sa venue ici, ce sera plus facile d'en finir si je n'ai pas à le combattre.

Isobel riva les yeux sur la porte après son départ. Au moins Patrick se montrait-il plus raisonnable qu'Alex. En vérité, il avait plus la tête sur les épaules qu'aucun d'entre eux – sauf quand il affirmait vouloir qu'elle épouse Andrew. Mais que pourrait bien faire Patrick contre tous les MacGregor de Skye s'il faisait du mal à Tristan ? Oh, pourquoi s'était-elle rendue en Angleterre ? Il aurait été préférable pour les siens que le roi soit en colère contre eux plutôt que d'aviver l'étincelle de haine qui subsistait chez les MacGregor.

Tristan marmonna son nom dans son sommeil, tirant brusquement la jeune femme de ses pensées. Elle se pencha sur lui, un instinct primitif et maternel prenant le dessus.

— Chut, murmura-t-elle, le pire est passé… pour l'instant.

Il dodelina de la tête, comme s'il luttait contre quelque chose dans ses rêves. Inquiète qu'il cause ainsi encore plus de dégâts à son crâne déjà blessé, elle pressa une main sur son front et le calma de son doux contact.

— Dormez, puis disparaissez d'ici, Tristan MacGregor, si vous voulez éviter le pire.

Elle sourit par-devers elle, songeant à ses frères indisciplinés. Malgré ce qu'ils lui avaient fait, c'était avec de bonnes intentions.

— Nous ne sommes peut-être pas une armée, mais comme vous l'avez sans doute découvert par vous-même, nous savons nous défendre.

Elle ne se rendit pas immédiatement compte qu'elle était en train de caresser les doigts du jeune homme dans des mouvements sensuels, et quand ce fut le cas, elle ne cessa pas. Elle ne pouvait nier qu'une part d'elle-même était terriblement attirée par ce jeune homme. Son corps était d'une telle perfection que cela semblait irréel, et elle le toucha pour se convaincre qu'il était bien humain.

— Oh, pourquoi êtes-vous venu ici ? Pourquoi hantez-vous mes rêves et pourquoi appelez-vous mon nom dans les vôtres ? Que voulez-vous de moi ?

Il dormait, n'offrant aucune réponse. Toutefois, elle savait qu'il lui serait impossible d'obtenir ces réponses de lui, même quand il serait réveillé.

Chapitre 14

Tristan rêvait du jour où le père de Brigid MacPherson l'avait surpris avec sa fille et lui avait tiré dans la cuisse, lorsqu'une fragrance, plus fine que tout ce qu'il avait jamais senti, le tira vers un état de conscience. Il ne dériva pas doucement vers un éveil complet, mais fut violemment réveillé par une douleur intense – qui venait de sa tête.

La panique le submergea quand il ne parvint pas à se souvenir de ce qui lui était arrivé. Il tenta de s'asseoir, mais fut immédiatement coupé dans son élan par la douleur cinglante dans son crâne, et les liens qui attachaient son poignet à la tête de lit derrière lui.

Isobel. Sa quête.

On lui avait tiré une flèche dessus. À deux reprises. Jusque-là, les événements ne s'étaient pas déroulés selon son plan. Mais en réalité, il n'avait pas de plan. Il n'avait pas l'habitude d'en avoir, et il constata à quel point c'était là une chose stupide, en cet instant plus que jamais. Il observa son autre bras, pansé et maintenu contre son torse nu. Quelqu'un avait enlevé les flèches et soigné ses blessures. Mais que diable lui était-il arrivé à la tête ? Il tira sur les liens de cuir qui le retenaient captif, puis il abandonna quand une douleur le lança dans l'épaule.

Impuissant, il tenta de garder l'esprit vif et de réfléchir à sa situation. Cela s'annonçait compliqué bien sûr. Son épée, tout comme ses hauts-de-chausses, se trouvait hors de vue. Il avait deux plaies béantes, un mal de crâne atroce et était attaché à un lit dans la maison des pires ennemis de sa famille. Pour ne rien arranger, il avait faim, et quel que soit le plat qui était en train d'être préparé au-delà de la porte de sa chambre, il en avait l'eau à la bouche et l'estomac qui gargouillait. Les Fergusson le nourriraient-ils avant de l'achever ? Mais, s'ils comptaient le tuer, pourquoi ne l'avaient-ils pas encore fait ?

Il entendit des voix derrière la porte, et ferma les yeux quand elle s'ouvrit et que les senteurs d'ambroisie d'un lapin mijoté vinrent chatouiller ses narines.

— Il dort encore.

— Bien. Viens, avant qu'Isobel nous voie.

Le plancher craqua et le pouls de Tristan s'accéléra quand deux garçons traversèrent la pièce.

— Elle va nous écorcher vifs si elle découvre ce qu'on est en train de faire, Lachlan. La façon dont elle s'occupe de lui, tu as vu ? Un peu plus et on dirait qu'elle est amoureuse de lui.

— C'est un MacGregor, Tamas. Tu sais très bien ce qu'elle pense d'eux.

— Oui, concéda son interlocuteur. En plus, on n'est même pas en train d'essayer de le tuer. On s'est déjà fait piquer par des guêpes, nous, et on ne s'en porte pas plus mal.

— Oui, mais ça fait un mal de chien.

Tristan ouvrit un œil pour voir les garçons se pencher sur le rebord de la fenêtre ouverte. Il se rappela le plus grand des deux qui avait sorti son arc pour lui tirer dans l'épaule. L'autre petit vaurien lui avait balancé autre chose, avec une précision imparable. *Une pierre ?* Oui, maintenant il s'en souvenait.

— Étale bien le miel, Lachlan, ordonna le plus petit avec entrain. Et quand on aura fini, on en mettra un peu dans son lit. Ça attirera les guêpes directement sur lui.

Aïe, alors c'était ça qu'ils manigançaient ?

Tristan ouvrit les paupières et esquissa un sourire contrit.

— C'est assez malin comme plan contre moi, les gars, lança-t-il, faisant sursauter les voyous. Mais il faut que je vous prévienne, vous allez me le payer très cher.

Sa menace fit briller un éclair de défi dans les prunelles du plus jeune.

— Ah ouais ? rétorqua le garçon, cherchant des doigts la fronde en cuir qu'il portait à la ceinture. Où est-ce que je vise cette fois-ci, Lachlan ? Il a l'air d'avoir la tête dure.

Tristan tira sur ses liens pendant que le garnement sortait un caillou de sa poche.

— Ne faites pas ça, les avertit-il, s'en voulant de les avoir menacés à la hâte, alors qu'il était impuissant à ce moment-là. Je jure que…, commença-t-il, observant avec nervosité le vaurien poser le caillou dans la poche en cuir. Si vous…

Le sale gosse fit tournoyer la fronde au-dessus de sa tête.

— Espèce de… ! Isobel ! rugit Tristan, incapable de trouver quoi que ce soit d'autre à faire.

Le garçon laissa immédiatement tomber sa fronde et le foudroya du regard. Tristan lui répondit d'une œillade tout aussi agressive. Il s'occuperait de ce nabot dans un second temps.

Un instant plus tard, la porte s'ouvrit en grand et Isobel Fergusson se rua dans la pièce, livide. Derrière elle, sur le seuil, se tenait un homme dont la taille et la mine renfrognée pouvaient rivaliser avec n'importe lequel des plus valeureux guerriers du Camlochlin. Tristan sut que la prudence était de mise, peut-être encore plus que jamais. Mais il ne pouvait empêcher ses yeux de s'attarder sur la déesse rousse qui s'avançait vers lui. Ni de croiser le feu qui embrasa son regard quand elle s'approcha de lui. Diantre, qu'elle lui avait manqué !

— Si vous êtes encore en possession de toute votre raison, vous feriez mieux de nous expliquer tout cela maintenant, murmura-t-elle en se penchant pour examiner les bandages qu'il avait autour de la tête.

— Tout d'abord, clarifions une chose, chuchota-t-il assez bas pour qu'elle soit la seule à l'entendre.

Elle baissa les yeux sur lui, leurs souffles s'entremêlant pendant que le regard du jeune homme s'attardait sur les courbes de sa poitrine.

— Je n'apprécie guère d'être attaché.

Sa fossette se creusa quand il croisa de nouveau son regard.

— Sauf quand c'est moi qui lance l'idée, précisa-t-il.

— MacGregor ! tonna le géant à la porte, mettant un terme à leur aparté.

Tristan leva les yeux sur lui, son sourire se faisant plus froid.

— Je suis Patrick Fergusson, mais étant donné le prénom que vous venez de crier, je suppose que vous savez déjà où vous êtes.

— Oui, tenta d'acquiescer Tristan, puis il ferma les paupières sous l'effet de la douleur qui irradiait dans son crâne. Je sais où je me trouve.

— Était-ce votre intention, de vous retrouver ici ? poursuivit le frère d'Isobel sans pitié. Ou vous êtes-vous trompé de chemin ?

Tristan ouvrit lentement les yeux.

— En vérité, admit-il, sachant que le regard vert et inquisiteur qu'il avait en face de lui y verrait clair dans son jeu, quelque malhonnête soit-il. Je ne me suis pas perdu.

Patrick décocha une œillade lourde de sous-entendus à Isobel pendant qu'il s'avançait d'un pas, finissant par entrer dans la pièce.

— Vous semblez être en assez bonne forme pour répondre à quelques-unes de mes questions, MacGregor. Alors, commençons. Pourquoi avez-vous pris une liberté qui n'était pas vôtre en employant le nom de baptême de ma sœur ?

Sans ciller, Tristan décocha un regard accusateur aux garçons qui se tenaient à la fenêtre.

— Parce que ce n'est pas de votre nom qu'ils ont peur.

L'œil noir que lança Patrick aux deux garnements laissa penser à Tristan que soit ils étaient trop bêtes pour craindre leur frère aîné, soit le tempérament d'Isobel était bien pire que ce qu'il avait pu imaginer.

— Qu'avez-vous fait tous les deux ? s'enquit Isobel, attirant l'attention des garçons. Et déjà, pourquoi êtes-vous là ?

— C'est la faute de Tamas, répondit le plus grand, dénonçant son cadet sans autre forme de procès.

— Eh bien ? dit Isobel en serrant ses poings sur ses hanches.

Dans la pièce, tout le monde, y compris Tristan, regardait Tamas, dans l'attente de sa réponse.

— D'accord, avoua le garçon en relevant le menton dans un mouvement de défi. J'ai étalé du miel sur le bord de la fenêtre pour attirer les guêpes.

Isobel laissa échapper un petit cri étonné et s'avança vers la fenêtre. Quand elle constata qu'il disait vrai, elle fit volte-face et claqua son tablier contre sa cuisse.

— Tu vas me nettoyer ça… quand tu auras fini de laver l'étable ce soir !

Tamas hocha la tête et destina à Tristan son regard le plus méchant.

— Qu'as-tu fait d'autre ? poursuivit-elle, sans quitter le garçon des yeux.

— Rien du tout, répliqua-t-il en baissant les paupières.

À bien le regarder, Tristan remarqua que Tamas était en train de dissimuler sa fronde sous sa ceinture, du bout des doigts.

— Mr MacGregor ? lança Isobel d'une voix toujours aussi sévère, ce qui attira l'attention de Tristan. Qu'a-t-il fait d'autre pour vous faire crier de la sorte ?

— Rien d'autre, répondit Tristan doucement en croisant le regard de Tamas à l'autre bout de la pièce.

Il ferait payer à ce garçon de lui avoir cogné la tête dès qu'il serait sorti de ce satané lit. Pour l'instant, cela restait entre eux. Il n'allait pas le dénoncer aussi facilement que son frère.

— Alors, MacGregor, reprit Patrick en dissimulant à peine son hilarité. Vous avez cherché l'aide d'une demoiselle parce que vous avez peur des insectes ?

— Des guêpes, oui.

Tristan tâcha de lui adresser un sourire pendant qu'Isobel faisait sortir les garçons de la pièce.

— Elles ne se contentent pas de piquer une fois, vous savez, précisa-t-il.

Avant de partir, Tamas se tourna et posa un dernier regard curieux sur Tristan. Ce dernier lui fit un clin d'œil, mais l'expression du garçon demeura impénétrable quand la porte se referma sur lui.

Quand ils se retrouvèrent seuls, Patrick croisa les bras sur son large torse et étudia Tristan assez longtemps pour mettre n'importe quel homme mal à l'aise. Tristan prit soin de bouger le moins possible, car son corps tout entier le faisait souffrir, des pieds à la tête.

— J'ai une autre question.

Comme sa sœur, cet homme ne s'embarrassait guère de formalités. Il était franc et direct – qualités que Tristan appréciait, malgré la ressemblance de Patrick avec son jeune frère, Alex.

— Dans quelle intention êtes-vous venu ici ?

Du seuil, Isobel décocha un regard nerveux à Tristan.

Il n'aimait pas voir la façon dont elle se faisait du souci chaque fois qu'il parlait à l'un de ses frères. Pourquoi pensait-elle qu'il leur raconterait tout, qu'ils avaient partagé un baiser et quelques sourires interdits ? Sachant ce qu'il lui en coûterait, il n'en ferait rien tant que leurs familles seraient ennemies.

— Je suis venu ici pour parler à Miss Fergusson de son frère, Alex.

Il la suivit des yeux quand elle contourna Patrick pour retourner au pied du lit.

— Quand ma famille a quitté l'Angleterre, il se portait bien, indiqua Tristan.

Il crut voir un soulagement gagner les traits de la jeune femme – peut-être même l'esquisse d'un sourire. Il ne vit nulle raison d'ajouter qu'il n'avait aucune idée de la manière dont Alex s'était débrouillé avec Colin et Mairi, seuls à Whitehall, libres de faire comme bon leur semblait.

— MacGregor, reprit Patrick en arquant un sourcil d'un air dubitatif. Vous voulez me faire croire que vous avez voyagé de l'Angleterre dans le simple dessein de dire ça à ma sœur ?

— De Skye pour être exact, rectifia Tristan. Elle était assez angoissée de le laisser à Whitehall avec ma famille, et je lui ai promis que tant que j'y serais, nul mal ne serait fait à son frère.

Ce n'était pas tout à fait faux. Seulement, il ne voyait pas pourquoi il devrait parler de sa quête et attiser la colère des Fergusson contre lui, les laissant penser qu'il était un menteur alors qu'il se trouvait incapable de se défendre.

Le sourire de Patrick se fit plus acéré quand il jaugea Tristan des pieds à la tête.

— Je vois. Donc, je devrais vous prendre pour un homme d'honneur, n'est-ce pas ?

Tristan ne s'offusqua pas du ton railleur de Patrick, parce qu'il savait déjà qu'il était très loin d'être une personne honorable. Il se surprit plutôt à se demander si c'était cet homme qui avait appris à Isobel les qualités qu'elle avait vues en lui quand ils s'étaient rencontrés pour la première fois. Son humeur s'allégea considérablement. Peut-être Patrick pourrait-il comprendre pourquoi il était venu ici. Même si le fait de se trouver ici et de poser les yeux sur sa belle

Yseult poussait Tristan à se demander quelles étaient ses véritables intentions.

— À vrai dire, je ne suis pas celui que vous croyez, admit-il. Mais j'y travaille. En attendant, vous pouvez bien penser ce que vous voulez, mais je vous prierai de garder vos déductions pour vous, sans quoi ma réputation risquerait d'en prendre un sacré coup.

Isobel leva les yeux au ciel et revint près de la fenêtre. Patrick l'observa un moment, comme s'il en venait à ses propres conclusions, et tandis que le sourire de Tristan s'étirait, celui de Patrick fit de même.

Au cours de l'heure qui suivit, Tristan découvrit que Patrick était loin d'être aussi arrogant qu'Alex. Il lui posa beaucoup de questions, ne semblant pas se soucier le moins du monde de la migraine ni des douleurs de Tristan, mais elles tournaient toutes autour d'une seule et même chose : la sécurité de sa famille. Patrick prévint Tristan, sans prétention aucune, que si le jeune homme était venu chez lui pour faire du mal aux siens d'une quelconque façon, il le tuerait et l'enterrerait sous l'étable.

— Mon intention est de mettre un terme à la haine qui règne entre nos familles, finit par avouer Tristan.

Patrick regarda sa sœur à l'autre bout de la pièce.

— Pourquoi cela ?

Mais quand Tristan commença à énoncer sa réponse, il l'interrompit, se tournant vers lui une nouvelle fois.

— Nous n'avons pas besoin de votre aide, MacGregor. Nous voulons seulement qu'on nous laisse tranquilles.

Il pivota sur ses talons pour partir et fit signe à Isobel de le suivre. Tristan jura entre ses dents. Patrick ne le croyait pas. Mais pourquoi le ferait-il ? Pourquoi un MacGregor voudrait-il mettre un terme à une querelle sans rien demander en retour… *Comme la main de sa sœur ?* Diable, tout homme doté d'un minimum d'intelligence se douterait qu'il y avait là un motif secret bien plus traître. À présent, Patrick tâcherait de les éloigner l'un de l'autre.

— Miss Fergusson.

Elle s'arrêta et se tourna lentement pour lui adresser un regard.

— N'avez-vous aucune décoction pour soulager la douleur ? Ou peut-être pourriez-vous prier l'un de vos frères de me taper sur la tête, histoire que je replonge dans l'inconscience.

Elle s'approcha de lui, une expression d'inquiétude barrant son front.

— Est-ce si douloureux ?

— Oui, murmura-t-il quand elle s'avança pour voir s'il ne faisait pas de fièvre. Si je ne puis vous voir avant d'être parfaitement rétabli, je préfère dormir tout le temps de ma convalescence.

— Oh, Seigneur, prononça-t-elle d'une voix traînante, en s'éloignant de lui. Vous ne cessez donc jamais ?

Il lui adressa un sourire, ce qui réchauffa le cœur de la jeune femme.

— Je vais lui préparer un breuvage, indiqua Isobel à son frère qui se tenait sur le seuil, tandis qu'elle quittait la pièce.

— Cam va le lui administrer, répondit Patrick d'une voix plus forte pour qu'elle l'entende.

— C'est moi qui lui donnerai, rétorqua Isobel, mettant un terme au débat.

Tristan savoura un instant le balancement de ses hanches pendant qu'elle parcourait le couloir avant de tourner pour descendre l'escalier.

— Fergusson, appela-t-il quand Patrick commença à refermer la porte. Est-ce qu'on pourrait penser à me détacher le bras ?

Et la porte claqua sèchement.

Bon sang !

Chapitre 15

— Qu'est-ce que tu penses de lui ?

Isobel marqua une pause en retournant à la cuisine et baissa les yeux sur ce qui restait de la potion de Tristan. Elle ne s'était pas attendue à ce que Patrick lui pose une telle question sur leur hôte. Elle se doutait qu'il savait parfaitement ce qu'elle pensait de lui.

— C'est un MacGregor.

Elle regarda à l'autre bout du couloir, là où son frère se reposait d'avoir travaillé à nettoyer l'âtre de la cheminée.

— Ce que je pense de lui serait grossier si je devais le dire à voix haute.

Patrick se pencha sur le manche de sa pelle, les traits décontractés et l'expression insondable sous cette lumière tamisée.

— Comment arrives-tu à te souvenir de qui il est ? Parce que pendant une fraction de seconde, il me l'a fait oublier.

Isobel sentit son dos se raidir. Patrick avait toujours fait preuve de logique. Il triait les informations dans sa tête avec une précision sans pareille. Elle avait toujours eu un peu de mal à suivre ses raisonnements.

— Tu ferais mieux de ne pas oublier ça. Maintenant, termine ton travail et va te débarbouiller pour le souper, ordonna-t-elle.

Elle se tourna pour quitter la pièce, mais il l'arrêta encore une fois.

— C'est une question assez simple, Bel. Pourquoi ne veux-tu pas y répondre ?

Il ne lui laissait à présent aucun choix, sinon il se douterait qu'elle cachait quelque chose. Ce qu'elle voulait éviter par-dessus tout.

— Peut-être que je suis plus forte que toi, observa-t-elle en haussant les épaules comme pour s'excuser avant de retourner vers la cuisine.

— Dans ce cas précis, prions pour que tu le sois, répliqua-t-il d'un ton qui en disait long.

En vérité, elle priait. Oh, comme elle priait ! Pourtant, chaque fois qu'elle se trouvait près de Tristan, elle craignait qu'il ne lui adresse ce sourire qu'elle aimait tant. Elle ignorait laquelle de ses armes de séduction il maniait le mieux. Le charme fou de sa fossette qui lui donnait des papillons dans le ventre, ou la symphonie des mots qui sortaient de ses lèvres, capables de faire danser de joie n'importe quelle écervelée.

Isobel eut le souffle court en se souvenant de ce qu'il lui avait demandé quand elle lui administrait sa potion.

« Êtes-vous heureuse de me voir, Isobel ?

— Je suis heureuse de vous voir en vie. Vous êtes idiot d'être venu jusqu'ici dans la simple intention de me parler d'Alex. Mais je vous soupçonne d'avoir fait cela pour une tout autre raison.

— Alors, vous êtes non seulement ravissante, mais aussi intelligente. »

Son sourire lent et sensuel avait embrasé le corps d'Isobel qui avait senti le rouge lui monter aux joues. Si elle n'avait pas passé ces dix dernières années à haïr sa famille, ou si elle avait cru qu'il voulait seulement faire d'elle une de ses nombreuses conquêtes, elle aurait été tentée d'entrer dans son petit jeu du chat et de la souris. Elle aurait grandement aimé le voir perdre ses moyens face à son refus. Mais elle connaissait la véritable raison pour laquelle il prononçait toutes ces belles paroles. Et il était assez arrogant pour l'admettre. Il était bien trop dangereux. L'enjeu était beaucoup trop grand pour qu'elle puisse ignorer qu'il était son pire ennemi. Elle ne s'approcherait pas de sa chambre et laisserait ses frères s'occuper du « patient ». Elle esquissa un sourire. Oui, c'était tout ce qu'il méritait.

— Lachlan ! cria-t-elle, se penchant sur le réchaud pour remuer l'épais ragoût de lapin qui mijotait dans la marmite posée sur le feu. Apporte son souper à MacGregor.

Repoussant la chaise sur laquelle il s'était assis en attendant de manger, Lachlan traversa la cuisine d'un pas lourd et la regarda plonger sa louche dans la marmite.

— Mais comment va-t-il manger ? Est-ce que je dois détacher son poignet ?

— Non, il faut que tu lui donnes.

Suivant son frère aîné, un bol à la main, Tamas ricana en entendant les faibles protestations de Lachlan.

— Et tu peux l'accompagner, lança Isobel en désignant Tamas de sa louche. Et nettoie-moi cette fenêtre avant qu'il se fasse attaquer par les guêpes.

L'espace d'un instant, Tamas observa sa sœur comme si elle avait perdu la raison.

— Mais mon souper sera froid quand j'en aurai terminé ! Je vais juste fermer les volets pour l'instant. Il n'arrivera… Patrick ! s'écria-t-il en virevoltant quand son grand frère entra dans la cuisine. Pourquoi est-ce que ce MacGregor devrait avoir un repas chaud pendant que moi j'ai le ventre vide ? Et qu'importe s'il se fait piquer par une ou deux guêpes, pas vrai ? Ça lui redonnera des forces !

— Et toi, ça t'a redonné des forces quand tu t'es fait piquer ? s'enquit Patrick pendant qu'Isobel remplissait son bol.

— Ce n'est pas moi qui ai appelé une femme à l'aide avant même d'être attaqué.

Patrick ébaucha un sourire, mais resta sur ses positions.

— Fais ce qu'on te dit, sinon…

La voix agréable, mais empreinte d'appréhension de Tristan retentit, les interrompant :

— S'il y a quelqu'un qui m'entend là, j'ai comme qui dirait une envie pressante dont il faudrait qu'on s'occupe de toute urgence.

Tamas écarquilla ses grands yeux, et son visage devint livide sous ses taches de rousseur quand il leva le regard sur Isobel et Patrick qui ne le toisaient.

— Je ferai tout sauf ça. Détachez-le, je vous en supplie.

Patrick céda sur ce point et partit en premier pour se charger de cette tâche. Isobel tendit à Lachlan un bol rempli de ragoût fumant et l'observa suivre son frère avec réticence.

— Pourquoi est-ce que tu l'aimes bien ? s'enquit Tamas, qui accepta le plat qu'elle lui offrit.

Elle aurait volontiers ri au nez de son petit frère si elle ne s'était pas posé cette même question une dizaine de fois depuis qu'elle avait rencontré ce voyou des Highlands.

— Pourquoi me poses-tu une question si bête ? lança-t-elle en le tapant de son tablier. Tu ressembles de plus en plus à Patrick, toi.

Elle le bouscula gentiment et l'envoya à l'étage.

Isobel finit de remplir les bols de ses frères et les disposa sur la table. À chaque bol, elle remarqua que ses mains tremblaient davantage. *Maudit soit-il !* Elle leva les yeux vers le haut de l'escalier, se tordant les mains dans son tablier. Elle qui avait pensé être débarrassée de Tristan MacGregor... Elle avait appris à vivre au jour le jour en revoyant constamment son visage dans ses pensées, mais vivre au jour le jour avec lui… avec lui qui se trouvait… un étage au-dessus d'elle, étendu à moitié nu dans un lit, à son entière merci… eh bien, tout cela était au-dessus de ses forces. Sa présence emplissait les lieux et enivrait ses sens avec une intensité qui la faisait chavirer. Que lui avait-il déjà fait pour que cela se voie au point que deux de ses frères l'interrogent sur ses sentiments envers lui ?

Il ne lui restait plus qu'une chose à faire, et elle comptait bien y mettre tout son cœur. Elle se força à sourire quand Cam et John entrèrent dans la maison avec des fagots de bois de chauffage sous le bras. Elle n'avait pas demandé à Patrick comment cela s'était passé quand il revint dans la salle à manger et s'assit pour présider la tablée. Elle ne s'en souciait guère, et elle avait l'intention de le montrer à ses frères.

Lachlan descendit bruyamment l'escalier à point nommé et annonça que MacGregor refusait de manger quoi que ce soit d'une main autre que celle de Miss Fergusson. Il en était navré, mais il ne faisait confiance qu'à elle seule qu'il pensait incapable de l'empoisonner.

— Qu'il meure de faim alors, marmonna Patrick en fourrant sa cuillère dans sa bouche.

— Non, objecta Isobel en se levant de sa chaise. S'il veut que je le nourrisse, eh bien, qu'il en soit ainsi, je vais m'en occuper.

Elle saisit le bol des mains de Lachlan puis tira sur la manche de Patrick.

— Tu n'as pas l'intention de boire ce maudit whisky que toi et Andrew Kennedy avez brassé derrière l'étable l'hiver dernier, n'est-ce pas ?

— Non, à moins que je ne veuille rester alité pendant une semaine entière, malade comme un chien.

Elle esquissa un sourire malicieux, ce qui lui donnait de faux airs de Tamas.

— Lachlan, va le chercher pour moi, veux-tu ?

— Tu ne vas pas faire boire ça à MacGregor, hein, Bel ?

— Non, Cam, répliqua-t-elle en se tournant vers lui. Je vais l'ajouter à sa nourriture.

Patrick fit la grimace, le nez dans son verre, mais il n'émit aucune objection. John demanda la permission de regarder. Isobel refusa et retira un peu du ragoût de Tristan pour faire de la place dans le bol. Quand Lachlan revint, elle lui prit la bouteille des mains, la déboucha de ses dents et versa une grande quantité du breuvage nauséabond dans le repas de Tristan.

— Il prendra peut-être la première bouchée, mais il en refusera une autre, sœurette, lança Patrick en riant alors qu'elle se dirigeait vers l'escalier.

— Mais si, répliqua-t-elle d'une voix basse que ses frères ne pouvaient entendre. Il va en manger jusqu'à la dernière miette.

Isobel n'adressa pas un regard à Tristan en entrant dans la pièce. Elle s'était dit que ce serait mieux ainsi. Tamas se retourna alors qu'il était en train de nettoyer le rebord de la fenêtre, et lui décocha un œil mauvais digne du plus pitoyable des guerriers blessés au combat. Elle l'ignora aussi.

— Votre frère Lachlan vantait vos talents de cuisinière sans égal dans toute l'Écosse.

La voix mielleuse de Tristan lui donna l'impression d'emplir son corps tout entier jusqu'à la moelle.

— Il exagère, déclara-t-elle, refusant de laisser sa belle voix rauque la détourner de sa mission. Ma potion a-t-elle soulagé votre douleur ?

Elle s'assit sur la chaise près du lit et finit par lui accorder un regard.

Il hocha la tête, rivant ses yeux semblables à ceux d'un loup sur elle pendant qu'elle remuait son ragoût. Elle avait la main qui tremblait un peu et elle jura en silence pour qu'il ne voie pas l'effet qu'il lui faisait. Il avait toujours le bras attaché au lit. Le reste de son corps ne constituait aucune menace pour elle, et pourtant elle éprouvait un certain malaise, comme s'il la dominait complètement, et que c'était elle la proie.

— Je ne m'imaginais pas que vous nous feriez confiance, Mr MacGregor, mais je vous assure qu'aucun de mes frères ne vous empoisonnerait.

Elle prit un peu de ragoût dans sa cuillère.

— Non, ils préfèrent me tirer dessus avec leurs flèches et me lancer des pierres à la tête.

Il lui adressa un sourire quand elle finit par croiser son regard. Diantre, il n'était même pas en colère… ou peut-être qu'il l'était et le dissimulait extrêmement bien.

— On n'essaie pas de vous tuer, intervint la voix rugueuse de Tamas de la fenêtre. Sinon, vous seriez déjà mort.

— Il dit vrai, assura Isobel. Tout ce que nous voulons, c'est vous renvoyer chez vous en vie et éviter d'attiser la haine que votre famille nous porte déjà. Maintenant, je vais vous demander d'ouvrir la bouche.

Tristan suivit la cuillère des yeux quand elle la porta à ses lèvres, puis les plongea dans ceux de la jeune femme.

— Ça sent mauvais ; je pensais que…

Elle fourra prestement le contenu de la cuillère dans sa bouche. Il afficha une expression horrifiée quand le goût du plat se déploya sur ses papilles. Il avait l'air sur le point de tout recracher, ce qui poussa Isobel à faire une chose qu'elle s'était juré de ne pas faire : elle lui sourit.

— C'est bon ? Je l'ai préparé moi-même, comme tous nos repas. Je ne dirais pas que je suis la meilleure cuisinière de toute l'Écosse, mais je dois admettre que je suis assez fière de mes plats, déclara-t-elle en emplissant une autre cuillerée.

Il avala la nourriture, non sans effort, et s'enfonça un peu plus dans son oreiller quand elle rapprocha la cuillère de sa bouche.

— Figurez-vous qu'il n'y a pas si longtemps que ça, Andrew Kennedy a affirmé qu'il pourrait vivre heureux à manger mes petits plats pour les trente prochaines années.

Il ouvrit la bouche, acceptant une nouvelle cuillerée.

— Qui est ce…, commença-t-il avant de frissonner des pieds à la tête, mâchant rapidement et avalant encore plus vite. Andrew Kennedy ?

— Un ami de Patrick.

Elle lui servit une troisième bouchée.

— Et quel est le rapport avec vous ?

— C'est un admirateur… de ma cuisine, ajouta-t-elle dans un sourire radieux.

Il semblait fondre sous les yeux de la jeune femme. Ah, bien, l'alcool commençait à faire effet. Elle se rappelait à quel point il avait été soûl en Angleterre, après avoir seulement bu deux verres du meilleur vin du roi. Elle réprima un rire nerveux en songeant à la puissance du whisky qu'il était en train d'ingérer. Il allait s'en souvenir pendant les jours à venir, et cela prouverait à ses frères qu'elle ne ressentait rien pour leur ennemi juré.

— Vous savez, dit-il, sa voix et son regard s'adoucissant à sa vue. Vous m'avez l'air plus ravissante chaque jour.

Elle faillit renverser sa cuillère sur son torse. Elle ne s'était pas attendue à cela, enfin si, elle était habituée à ses beaux discours, mais pas à la façon dont il venait de les prononcer. Avec tendresse, sincérité, comme si rien au monde n'était plus important pour lui que le fait qu'elle le croie. Isobel lança un regard à Tamas, regrettant à présent de lui avoir demandé de retirer le miel.

Elle enfourna encore un peu de ragoût dans la bouche souriante de Tristan et s'approcha de lui.

— Vous n'avez pas le droit de parler ainsi devant mes frères.

— Vous sentez bon aussi.

Il mâchait désormais plus lentement et lécha même une goutte qui était tombée au coin de ses lèvres.

À la simple vue de la langue du jeune homme, Isobel faillit bondir de sa chaise et s'enfuir en courant.

— Propre et fraîche comme une perle de rosée...

De si belles paroles... Encore un peu de ragoût et elle disposerait de quelques jours où elle n'aurait plus à l'écouter.

— ... et tel un souvenir perdu de l'Éden, vous m'avez hanté.

Isobel déglutit, la cuillère suspendue à mi-chemin de sa bouche. Elle le hantait ? Non, il mentait, essayait de la séduire.

— Qu'est-ce qu'il baragouine ? s'enquit Tamas en s'éloignant de la fenêtre pour s'avancer vers le lit.

Isobel s'empressa de poser la main sur les lèvres de Tristan.

— Taisez-vous donc, MacGregor ! chuchota-t-elle, le souffle court. Je ne veux pas qu'il pense qu'il y ait quoi que ce soit entre...

Il embrassa ses doigts.

Isobel recula dans un cri et Tamas s'empressa de la rejoindre.

— Qu'est-ce... ? Qu'a-t-il fait ?

— Rien.

Elle tentait d'avoir l'air calme, mais le baiser non sollicité et intime de Tristan lui avait coupé le souffle.

— Tiens, décréta-t-elle en fourrant le bol entre les mains de Tamas avant de se lever. Finis de le nourrir. Je... je ne supporte plus de le voir.

Elle n'avait jamais menti à ses frères auparavant, et elle se sentit terriblement coupable en quittant la pièce, son cœur battant la chamade. Il l'avait encore embrassée ! *Le bâtard !* Ce rejeton du diable éhonté, désinvolte et incroyablement charmant – même quand il était sur le point de sombrer dans le coma – l'avait encore embrassée !

Tamas considéra leur captif étourdi l'air songeur, porta le bol de ragoût à son nez, puis l'écarta en faisant une grimace. *Le whisky raté de Patrick.* Ils se souvenaient tous de cette odeur qui avait pris toute la maison d'assaut.

— Ma sœur veut que je m'assure que vous terminiez de manger tout ça, et comme je fais toujours ce qu'elle me dit... Mais d'abord, je crois que vous aurez besoin de ça, au cas il y en aurait qui tombe à côté, affirma-t-il en portant le bol à la fenêtre et en récupérant le chiffon dont il s'était servi pour essuyer le miel avant de revenir au lit.

Il afficha un large sourire tandis qu'il étalait le tissu sur le torse nu de sa victime. Ce n'est que lorsque MacGregor lui rendit son sourire que Tamas ressentit une pointe de culpabilité.

Chapitre 16

Tristan émergea de son délire deux jours plus tard. Ou l'on pourrait plutôt dire qu'il ressuscita, car son état avait été proche de la mort, après tout. Il ouvrit les yeux et un boulet de canon lui fracassa le crâne. Dieu du ciel, il n'avait jamais rien ressenti de tel. La pierre que Tamas lui avait lancée auparavant ne l'avait pas fait tant souffrir. Il peinait à respirer. Que lui avaient-ils fait cette fois-ci ? Que lui avait fait Isobel ? Diable, elle l'avait empoisonné, et avec le sourire ! Ils étaient tous fous à lier ! D'une façon ou d'une autre, il fallait qu'il s'enfuie. Il devait finir par s'avouer vaincu. Cela avait été une erreur de venir là. Il était évident qu'ils se fichaient de la paix. Il fallait qu'il échappe à leur folle emprise, mais il avait toutes les peines à y réfléchir sans qu'une vague de nausée ne lui monte à la gorge. Il tenta de se calmer, de faire ralentir les battements de son cœur dans l'espoir que ses idées redeviennent claires.

Isobel avait clamé qu'aucun de ses frères ne voulait sa mort, mais elle lui avait menti. Ils se relayaient pour le faire périr dans d'atroces souffrances.

Deux heures plus tard, le jeune homme avait toujours du mal à croire qu'elle avait prétendu le nourrir avec un tel poison. Il tenta d'ouvrir les paupières une nouvelle fois et se rendit compte pour la première fois que personne n'était entré dans sa chambre de toute la journée. Ils le croyaient certainement mort, alors pourquoi se donner cette peine ?

Bande de cinglés.

La douleur dans son crâne avait quelque peu diminué, mais le bandage qui enserrait son front le rendait fou. Il s'appuya sur son épaule blessée, découvrant avec plaisir et soulagement qu'elle aussi allait mieux. Glissant son bras hors de son écharpe, il retira le bandage qu'il portait autour du crâne et entreprit de défaire l'épais nœud qui retenait son autre poignet contre le lit. Il comptait bien partir de là pendant qu'il était encore en vie. Son bras en convalescence était raide, il usa donc de ses dents pour finir de défaire le nœud. Au moment où il fut libéré, il prit conscience d'un autre genre de douleur qui le transperçait. Non, ça ne le transperçait pas, ça l'écrasait. Il avait l'impression que sa chair prenait feu. Ça piquait, ça grattait et ça brûlait un peu… Il se souleva sur son coude valide, et regarda les vilaines marques qui couvraient son torse et son ventre. Il savait qu'il y en avait d'autres sous le chiffon qu'on lui avait collé sur la poitrine. *Encore l'œuvre d'un avorton de Fergusson.* Holà, Tristan se contrefichait de savoir quel âge avait Tamas, ce vaurien allait le regretter.

Il s'assit puis se pencha sur le bord du lit pour vomir ses tripes, qui étaient quasiment vides après qu'il avait passé deux jours sans manger.

En se relevant, il déchira le chiffon posé sur son torse et serra les mâchoires quand il ressentit la douleur intense des poils qu'il avait arrachés par son geste. Quel genre de diables étaient-ils ? Il s'essuya la bouche à l'aide du bout de tissu, puis le projeta sur le mur.

Diantre, il avait une faim de loup. Il chasserait dès qu'il serait à bonne distance de cette maison. Il fallait qu'il retrouve ses hauts-de-chausses et son cheval. Tristan regarda alentour. Où était son épée ? Pourrait-il seulement s'avancer vers elle une fois qu'il l'aurait repérée ?

Il passa sa jambe valide par-dessus le bord du matelas puis laissa doucement glisser l'autre vers le sol. Il était sur le point d'essayer de se lever quand la porte s'ouvrit.

Ah, c'était la belle Isobel qui venait jeter un coup d'œil au cadavre. Il faillit sourire en voyant l'air abasourdi qu'elle afficha quand elle le découvrit assis sur le bord de la couche.

— Désolé de vous décevoir, dame au cœur de pierre, clama-t-il d'un ton railleur.

— Comment avez-vous… ?

Elle posa ses grands yeux sur le lit où les liens qui avaient maintenu le jeune homme attaché étaient éparpillés.

Une petite tête apparut près du bras gauche d'Isobel. Tristan se souvint que c'était le garçon qui lui avait tiré dans la jambe. Damnation, combien étaient-ils là-dedans ?

— John, va chercher Patrick, lança Isobel en poussant son frère vers la porte.

— Oui, c'est ça ! cria Tristan. Va chercher Tamas aussi, que je puisse le jeter par la fenêtre !

Isobel eut le souffle coupé quand elle le regarda en plissant les paupières.

— Comment pouvez-vous seulement plaisanter sur un tel sujet ?

— Je ne plaisante pas, Miss Fergusson, rétorqua-t-il. Et vous serez la prochaine sur la liste.

— Cessez de la menacer, MacGregor.

Cette fois-ci, Tristan reconnut immédiatement l'homme qui venait d'entrer. C'était Cameron. Et ce bâtard tenait l'épée de Tristan entre ses mains.

— Vous êtes des voleurs en plus de tout le reste à ce que je vois.

— Ne bougez pas ! l'avertit Cameron en agitant la lame dans la direction de Tristan tandis que ce dernier essayait de s'extraire du lit.

— Alors, vous avez l'intention de me tuer avec ma propre épée ? observa Tristan d'un ton moqueur.

Presque instantanément, Cameron abaissa son arme et courba l'échine.

— Je n'ai l'intention de tuer personne.

— Oui, répliqua Tristan dans un rire creux. Personne n'en a l'intention.

— Vous vous moquez de mes propres paroles ? cingla Isobel, laissant transparaître sa colère.

— Oui, je m'en moque bien ! Vous osez vous tenir ici et nier que vous avez tenté de m'empoisonner, Miss Fergusson ?

Quand elle ouvrit la bouche, il l'empêcha de prononcer un seul mot en l'interrompant rageusement :

— Niez-vous que c'est votre propre frère qui a étalé du miel sur la fenêtre et déposé ce bout de chiffon sur mon torse alors que j'agonisais ?

— Agoniser ?

Isobel sembla sur le point de lui rire au nez, et Tristan sentit sa fureur s'amplifier.

— Regardez ça ! s'écria-t-il en désignant les marques qui zébraient sa peau. Et je devrais vous croire quand vous affirmez ne me vouloir aucun mal ?

Patrick se présenta à la porte avec John. Tamas était hors de vue.

— Qui l'a détaché ?

— C'est moi ! aboya Tristan. Je m'en vais de ce pas. Mon cheval est-il encore en vie ?

Il se tourna pour décocher à Isobel son regard le plus noir.

— Ou est-ce que c'est lui que vous m'avez fait manger quand vous avez essayé de me tuer ?

— Mais de quoi parlez-vous, MacGregor ? s'enquit Patrick du seuil.

Tristan remarqua tout de suite que Cameron lui avait remis l'épée.

— Je vais me faire un plaisir de vous raconter toute l'histoire, Fergusson.

Il enroula son plaid autour de sa taille et se leva, s'agrippant au pied du lit pour maintenir son équilibre.

— C'était idiot de ma part de venir ici. J'ai été bête de penser que je pourrais changer quoi que ce soit. Je rentre chez moi.

— Vous ne le pouvez pas ! s'exclama Isobel qui s'avança dans la chambre.

Patrick l'arrêta net.

— Vous ne pouvez pas partir alors que vos blessures sont encore à vif. À l'instant où votre père verra cela, il en aura après nous.

Diable, il en avait plus qu'assez d'entendre à quel point son père était effrayant.

— Vous traitez ma famille de barbares, Miss Fergusson, mais jusqu'ici, c'est moi la victime sur qui on a tiré, pas une fois, mais deux, celle qu'on a assommée à coups de caillou et Dieu sait quoi d'autre, celle qu'on a empoisonnée et soumise à l'attaque d'un essaim de guêpes par les manigances d'un satané vaurien à côté duquel mon père est doux comme un agneau ! C'est vous qui ne voulez pas tirer un trait sur le passé.

— Nous avons mis tout cela de côté, argua Patrick. Personne n'a tenté de vous empoisonner. Je peux vous l'assurer.

— Il parle du whisky, expliqua Isobel d'une voix traînante, en lançant à Tristan un regard signifiant qu'il devait être le crétin le plus fini de toute l'Écosse. Ce n'était rien d'autre que quelques gouttes d'alcool dans votre ragoût, MacGregor.

Tristan l'observa un instant, puis cligna des yeux.

— Et vous pensez que je vais croire que c'est un simple whisky qui m'a fait cet effet ?

— Oui, c'était la boisson faite maison par Patrick, mais elle était un peu trop forte pour qu'on la vende. On dirait que ça a eu un effet encore plus grand sur vous, vu que vous n'avez pas l'air de souvent vous enivrer.

Tristan vit l'ombre d'un sourire poindre au coin des lèvres de la jeune femme. Il avait envie de l'étrangler. Elle savait parfaitement l'effet qu'aurait une boisson aussi forte sur lui. Lui qui avait cru qu'il pouvait lui faire confiance. Il avait eu tort. Quel dommage ! Elle semblait tout aussi malintentionnée que ses frères. Mais elle n'avait aucune idée d'à qui elle avait affaire. Personne n'en avait aucune idée.

— Maintenant, Mr MacGregor, si vous voulez bien avoir la gentillesse de vous rasseoir et de me laisser panser vos plaies…, commença-t-elle, cette pointe de raillerie toujours présente dans sa voix.

Il se mit à rire, se drapant du restant de son plaid.

— Vous ne poserez plus jamais la main sur moi, mais vous pouvez atteler mon cheval et m'apporter le reste de mes vêtements.

Il se rendit compte que sa ceinture manquait aussi à l'appel et se pencha en arrière pour saisir la corde qui se trouvait sur le lit. Sa jambe blessée céda sous son poids et il s'effondra tel un arbre qu'on vient d'abattre.

Tous étaient confinés au seuil de la pièce, et à leur grande surprise, John s'avança pour venir en aide au blessé.

— John, espèce d'imbécile, reviens ici ! ordonna Patrick, levant l'épée de Tristan au-dessus de son épaule, prêt à frapper – ou cogner quiconque se mettrait en travers de son chemin.

— Aïe, pour l'amour du ciel ! s'écria Tristan qui se trouvait au sol et lui décochait un regard exaspéré. Posez ma maudite épée, voulez-vous ? Je ne ferai aucun mal au garçon.

Cameron s'approcha de lui et plaça ses mains sous les bras de Tristan pour l'aider à remonter sur le lit. Au moment où ils s'assirent, le blessé se releva, s'appuyant cette fois sur l'épaule de John.

— Je suis resté couché bien assez longtemps, déclara-t-il en réponse à la pointe d'inquiétude qu'il avait décelée dans les yeux d'Isobel. Pour calmer le jeu, je vais demeurer ici quelques jours de plus avant de rentrer chez moi. Mais si vous avez encore l'intention de m'attacher, je préfère de loin rester debout.

— Mais votre jambe…

— Ma jambe guérit très bien, elle est juste un peu raide. Si vous me rendez mon épée, je pourrai m'en servir pour m'aider à marcher.

— Non, refusa Patrick sur-le-champ. Vous ne la récupérerez pas. Je ne vais pas laisser un MacGregor armé déambuler sous mon toit.

Le regard de Tristan s'assombrit.

— Très bien, donnez-moi une canne alors. Je vous promets que je ne frapperai personne sur la tête tant que je séjournerai ici.

— John, va lui chercher une canne, lança Isobel avant de se tourner vers Patrick. C'est surtout de ses paroles qu'il faut se méfier.

Tristan croisa le regard de la jeune femme et lui adressa un sourire glacial. Elle répliqua en serrant les poings sur ses hanches et en détournant les yeux.

— Je ne veux plus m'occuper de lui, affirma-t-elle, un peu tremblante, pour le plus grand plaisir de Tristan. S'il peut se soigner tout seul, qu'il le fasse.

Elle pivota sur ses talons, faisant voler sa longue natte contre le torse de Patrick avant de quitter la pièce.

— Est-elle toujours aussi susceptible ? s'enquit Tristan en se tournant vers Cameron.

Sans lui offrir de réponse, Cam le laissa et suivit sa sœur hors de la chambre. Se retrouvant seul avec Patrick, Tristan poussa un soupir.

— Votre famille n'a rien à craindre de moi. Vous avez ma parole. Je ne suis plus en colère.

— J'ai envie de vous croire, mais comme je ne vous connais pas, vous pouvez bien dire ce que vous voulez, rétorqua Patrick.

Se sentant un peu plus proche de son état normal désormais, Tristan afficha un sourire agréable.

— Il ne nous reste plus qu'à faire connaissance dans ce cas.

Patrick le dévisagea, l'air tenté. Il ne prononça pas un mot, mais fit signe à Tristan de lui emboîter le pas une fois que John eut porté un long bâton qui l'aiderait à marcher.

— Fergusson, que diable avez-vous mis dans ce whisky ? lança Tristan alors qu'ils quittaient la chambre. J'ai vraiment cru que j'allais mourir. Mais après, cet effet est passé…, indiqua-t-il en bombant le torse tout en ébauchant un sourire satisfait. Et je dois admettre que je me sens plus fort que jamais.

Patrick ne parut pas enchanté d'entendre cela quand il marqua une pause en haut de l'escalier.

— Où voulez-vous aller en premier ? J'ai beaucoup de travail qui m'attend.

— Vous allez me suivre alors ?

— Oui, répondit Patrick en lui jetant un regard qui signifiait qu'il ne changerait pas d'avis. C'est ce que je vais faire.

Tristan esquissa une grimace.

— Bon d'accord. Aux toilettes.

Chapitre 17

Comparé aux vastes salles et aux enceintes fortifiées du Camlochlin, le manoir des Fergusson était tout juste assez grand pour loger ses sept occupants avec un minimum de confort. Mais selon Tristan, cette demeure avait l'air plus grande à l'intérieur. Il ignorait si c'était dû à la quantité de vitres impeccables laissant passer les rayons du soleil dans les moindres recoins de toutes les pièces, mais la maison était imprégnée d'une atmosphère de chaleur et d'intimité. Des détails aussi infimes que les nappes sur les tables et les pots de fleur ornant les rebords des fenêtres, voilà des touches personnelles que l'on ne trouvait guère dans les châteaux.

Patrick l'escorta à la cuisine après qu'il eut insisté pour qu'on lui prépare un repas.

— Que ce soit du poison ou du whisky, je ne veux plus jamais ressentir les douleurs que j'ai connues en m'éveillant de mon sommeil de plomb, indiqua-t-il au frère d'Isobel.

Et c'était en partie vrai. L'autre part de vérité, c'était que le délicieux fumet des volailles rôties et les senteurs du pain fraîchement levé qui emplissaient les lieux lui donnaient envie de prendre un tel risque.

Isobel leva la tête du plan de travail où elle éminçait des herbes et souffla sur une mèche cuivrée qui lui tombait sur la joue.

— Les repas seront bientôt prêts. Patrick, pourquoi ne montres-tu pas l'étable à Mr MacGregor, qu'il voie que son cheval ne faisait pas partie de notre tentative d'empoisonnement.

Tristan sentit cette pique le transpercer, tout comme la dizaine de piqûres de guêpes. Il afficha un grand sourire, se souvenant des raisons qui avaient guidé ses pas.

— Je ne bougerai pas d'un pouce, Miss Fergusson, j'ai envie de vous regarder faire.

Son couteau à découper s'abattit à quelques centimètres du bout de ses doigts. Elle tourna son regard vers Patrick.

— Pardonnez-moi, mais je n'ai aucune envie de vous laisser préparer ma nourriture seule.

Elle poussa un imperceptible soupir de soulagement et haussa les épaules dans sa direction.

— Comme je vous l'ai dit à Whitehall, vous ne gagnerez jamais ma confiance.

— Oui, je m'en souviens, répliqua Tristan, jouant son rôle pour convaincre Patrick qu'elle n'avait pas trahi la cause de sa famille en son absence. Et à présent, je comprends mieux la haine qui règne entre nous.

Elle cessa de découper les aliments pour le regarder pendant qu'il s'emparait d'un petit flacon posé sur une des nombreuses étagères de la cuisine et le débouchait.

— Alors, vous admettez que vous me haïssez ? Que vous nous détestez ? ajouta-t-elle, se souvenant qu'ils n'étaient pas seuls.

Tristan leva les yeux du flacon qu'il reniflait et lui sourit poliment.

— Comme vous me l'avez dit en Angleterre, nous sommes ennemis. J'aurais aimé qu'il en soit autrement, mais vous m'avez aidé à l'accepter.

— Bien, je suis contente d'avoir pu vous aider.

Elle n'avait pas l'air contente du tout. En vérité, elle avait l'air de mourir d'envie de lancer son couteau sur lui.

Ils se tournèrent tous deux vers Patrick quand ce dernier commença à faire les cent pas devant la porte.

— Où est Cam ? Je n'ai pas le temps de rester à ne rien faire pendant que vous bavassez sur une histoire passée. Il faut que je finisse de m'occuper des foins.

— Lachlan ! appela-t-il à la cantonade quand la porte d'entrée s'ouvrit. Fais venir Cam pour qu'il surveille notre hôte.

Il lança un sourire en coin à Tristan.

— Pardonnez-moi, mais je n'ai aucune envie de vous laisser seul et les mains libres auprès de ma sœur.

— Bien sûr, acquiesça Tristan en exécutant une brève révérence et en observant du coin de l'œil les courbes féminines d'Isobel tandis qu'elle s'avançait vers le réchaud.

Patrick serait un imbécile s'il laissait n'importe quel homme seul avec elle – et alors qu'il reportait son regard vers le frère aîné d'Isobel, Tristan sut d'avance que Patrick était tout sauf un imbécile. Quant aux autres, jusqu'ici, il n'était pas encore convaincu.

— Vous conservez de nombreuses herbes.

— Pardon ? fit Patrick en se tournant brièvement vers lui avant de se rendre compte qu'il ne s'adressait pas à lui et retourner attendre Cameron.

— Vous êtes une guérisseuse, poursuivit Tristan, ne quittant pas Isobel des yeux jusqu'à ce qu'elle finisse par se détourner de sa tâche.

— Je pensais que c'était déjà assez évident.

Elle lui lança un regard appuyé pendant qu'elle s'essuyait les mains sur son tablier.

— Vous êtes en pleine forme, vous, fit-elle remarquer.

— C'est vrai, concéda-t-il en étirant ses bras et en esquissant un sourire satisfait tout en admirant son corps.

Quand il leva les yeux sur elle, elle détourna le regard de son corps qu'elle avait admiré par la même occasion.

— Je dois vous remercier de m'avoir permis de me remettre aussi bien.

Elle eut l'air d'être sur le point de rougir, mais un éclair étincelant traversa ses prunelles, prouvant ainsi que c'était sa colère qui empourprait ses joues et non un artifice destiné à séduire le jeune homme.

— Je n'avais pas le choix. Je n'allais pas vous laisser mourir sur nos terres.

Tristan sut qu'il aurait dû se sentir blessé par sa détermination à le repousser, mais il ne pouvait s'empêcher de se demander si elle aussi sentait les étincelles qu'il y avait dans l'air. Son sang bouillonnait sous sa peau.

Il n'avait qu'une envie : la conquérir.

Cameron apparut à la porte et changea de place avec Patrick. Il salua Isobel en battant de ses longs cils couleur cannelle, mais ignora Tristan.

Se remémorant son objectif initial, Tristan comprit qu'il allait devoir tous les conquérir.

Enfin, peut-être pas tous, rectifia-t-il quelques instants plus tard, quand le repas fut prêt et que Tamas fit irruption dans la cuisine pour remplir son assiette.

Après lui avoir lancé des regards noirs, le vaurien observa les piqûres que Tristan lui montrait sur son torse, et haussa les épaules.

— Vous avez de la chance de vous être trouvé à l'étage, sinon, c'est un sanglier que vous auriez découvert dans votre lit.

— Et tu as de la chance que je me montre aussi indulgent, répliqua Tristan, un peu étonné devant l'audace brutale du garçon. Sinon tu aurais trouvé du sumac vénéneux dans ton lit.

Tamas plissa les yeux comme s'il essayait de voir si Tristan plaisantait ou pas.

Quelqu'un se faufila à côté de lui, et Tristan se tourna pour voir le petit qui lui avait porté sa canne. Il s'appelait John. En y regardant de plus près, Tristan remarqua l'ombre d'une bosse sur son front, à peu près aussi grosse que celle qu'il arborait lui-même.

Tristan lui fit un clin d'œil.

— Il existe tant de façons de faire porter le chapeau à son frère cadet.

Le sourire de John fut moins hésitant que celui de ses frères.

— Vous en avez, vous ?

— Oui, indiqua Tristan. Voilà ce que le mien m'a fait à l'entraînement.

Tristan tendit son avant-bras pour que John puisse voir la cicatrice qui prenait naissance au creux de son coude pour courir jusqu'à son poignet.

— Qu'est-ce que vous lui avez fait pour mériter ça ?

— Mr MacGregor ! le réprimanda Isobel avant même qu'il puisse répondre à John. La vengeance est peut-être une chose qui fait partie de votre éducation, mais nous n'encourageons pas cela dans cette maison.

Tristan détourna le regard de John, qui semblait fasciné par ses propos, et considéra la jeune femme. Il avait beau être ravi de la voir si décidée à le haïr, il était tout de même temps qu'elle admette la vérité.

— Alors, vous devriez songer à donner un meilleur exemple, Miss Fergusson.

Les yeux d'Isobel s'enflammèrent, elle pinça ses lèvres et tordit son tablier au point que Tristan jura l'avoir entendu craquer. Il ne pouvait s'empêcher de sourire à la voir lutter pour trouver une repartie. Il était difficile de reconnaître qu'ils n'étaient pas si différents que cela.

— Tenez, siffla-t-elle en fourrant une assiette sous son nez.

Le délicieux fumet de ce plat emplit ses poumons et faillit le détourner de la conversation.

— Vous pouvez manger dehors, déclara-t-elle quand il rouvrit les paupières. Je vous ai maintenu en vie, mais je me passerais volontiers de votre compagnie.

Tamas lui décocha un regard méprisant, et l'espace d'un instant, Tristan songea à faire un croche-pied au garçon à l'aide de sa canne. Il vit planer une menace dans les prunelles d'Isobel et laissa le gamin passer sans incident.

— Cam, lança-t-elle en remplissant l'assiette de son frère et en la lui tendant. Accompagne Mr MacGregor à la porte.

Avec rien de plus qu'une légère contrariété, Cameron obéit sans un mot et mena Tristan hors de la cuisine.

De tous les frères d'Isobel, Tristan savait que celui-ci serait le plus difficile à conquérir. Au moins les autres se montraient-ils plus combatifs – et dès l'instant où l'un d'entre eux brandirait une arme contre Tristan MacGregor, il serait vite mis hors d'état de nuire. Mais Cameron ne laissait rien transparaître. Pas un mot plus haut que l'autre, pas d'opinion tranchée. Pas même un regard pour signifier qu'il acceptait la présence de Tristan. Face à une telle attitude, Tristan se sentait impuissant et cela ne lui plaisait guère.

— Je pense que je vais aller voir mon cheval après le repas. Si ça ne vous dérange pas.

Cameron n'offrit aucune réponse, mais poursuivit en direction de la porte, tel un guerrier partant en guerre.

— Bien, je vois que vous n'êtes pas du genre bavard, tenta Tristan avec un sourire avenant. Après avoir rencontré le reste de la famille, je dirais que c'est une grande qualité.

— La porte, fit Cameron en tendant sa main pour indiquer à Tristan la sortie.

Ne pouvant rien faire de plus dans un tel contexte, Tristan sortit et baissa les yeux sur son assiette tandis que la porte se refermait derrière lui.

Au moins avait-il un repas chaud, et c'était indéniablement la nourriture la plus délicieuse qu'il ait jamais goûtée. La viande était si tendre et si savoureuse qu'il soupira bruyamment à deux reprises. Diantre, ses talents de cuisinière suffisaient à faire d'Isobel un trophée des plus enviables.

Il marqua une pause, se souvenant qu'il n'était pas le seul homme à penser cela.

La porte s'ouvrit derrière lui et il se tourna pour découvrir John tenant son bol entre ses mains. Tristan lui adressa un sourire que John lui rendit avec la même légèreté.

— Je peux manger avec vous ? lança le garçon qui s'avançait déjà vers lui.

— Si ta sœur est d'accord.

John haussa ses frêles épaules.

— Elle n'était pas vraiment enchantée, mais je trouve que c'est pas juste que vous deviez rester ici tout seul.

Tristan acquiesça et lui céda une place à côté de lui.

— Alors, tu fais ce qui est bien malgré ce que les autres peuvent en penser, hein ?

— Parfois, c'est difficile, indiqua John dans un sourire, en repliant ses jambes.

— Je veux bien te croire, concéda Tristan avant de retourner à son repas. C'est ce qui en fait une qualité d'autant plus admirable.

Il riva son regard sur le garçon, puis lui fit un clin d'œil.

— La compassion est aussi une admirable qualité. Tu m'as aidé quand j'ai perdu l'équilibre en haut de l'escalier. Merci d'avoir fait ça.

John afficha un grand sourire.

— Cam aussi a donné un coup de main.

— C'est vrai.

Ils mangèrent ensemble en silence pendant un instant, puis, posant les yeux sur les vastes champs qui couraient au-delà de la colline, Tristan se tourna une nouvelle fois vers John.

— Laisse-moi voir tes mains.

Comme il s'en doutait, le garçon avait les mains calleuses. Cette petite famille s'occupait de tout elle-même. Personne n'y coupait.

— Je t'aiderai à faire tes corvées dès que je pourrai marcher seul. Ce sera en guise de remerciement pour ton soutien.

— Merci, répondit le garçon en souriant avant de se remettre à manger.

— Je comprends pourquoi Andrew Kennedy pense que ta sœur est bonne cuisinière. Il s'est entiché d'elle aussi ?

— Il faut bien. Ils sont fiancés.

Tristan laissa tomber sa cuillère dans son écuelle et se tourna pour dévisager le garçon.

— Isobel est fiancée ? Elle ne m'en a rien dit.

John leva de grands yeux sur lui.

— Pourquoi est-ce qu'elle aurait dû le faire ?

Oh, diantre ! Bien sûr qu'elle aurait dû le faire ! Pourquoi devait-il toujours chercher à savoir si la femme qu'il voulait caresser et embrasser était mariée – ou presque mariée ? Et maudite soit-elle, il le lui avait demandé. Elle lui avait menti. Pour quelle raison ?

— Comment est-il, cet Andrew Kennedy ?

— Il est assez gentil.

John enfourna une grosse bouchée, ignorant la colère qui montait en Tristan.

— Il est un peu trop bavard et boit beaucoup de whisky.

Pourquoi voudrait-elle épouser quelqu'un de ce genre ? L'avait-elle embrassé ? Combien de fois ? Pourquoi est-ce qu'à cette simple pensée il avait envie de broyer le crâne de cet homme ? Tristan posa son écuelle et se leva pour regarder alentour. Il se sentit soudain pris au piège, comme si la porte d'une cage venait de se refermer quelque part en lui-même. Il gratta les piqûres sur son torse, lesquelles commençaient à l'irriter de façon intolérable. Non, elle n'était pas comme les autres, prête à mettre de côté son mari et sa réputation pour une nuit de passion. Isobel était d'une loyauté sans faille envers sa famille. En outre, elle ne recherchait pas les plaisirs de la chair auprès de lui. Diable, il s'était souvenu de son baiser pendant deux jours entiers.

— Il faut que j'aille faire un tour, déclara le jeune homme en se penchant pour récupérer sa canne.

— N'allez pas vous perdre, lui lança John tandis que Tristan se dirigeait vers la lisière de la forêt, là où on lui avait tiré dessus.

Elle ne pouvait pas être fiancée. Il passa une main dans ses cheveux pendant qu'il s'avançait sur l'herbe. Et pourquoi pas ? Elle ne lui appartenait pas. Elle le détestait. Pourquoi aurait-elle dû lui dire qu'elle en aimait un autre ? Comme elle le lui avait répété tant de fois, ils étaient ennemis, et elle ne lui devait rien.

— Sortez vos sales pattes de mon jardin !

Au cri d'Isobel, il se retourna et la dévisagea.

— Vous m'entendez ?

Elle avait serré ses poings sur ses hanches, sa natte rousse se soulevant au gré de la brise, et ses yeux rivés sur les pieds de Tristan.

— Pas un pas de plus !

Il baissa les yeux pour découvrir le thym, la menthe et l'aigremoine qui entouraient ses bottes. C'était là son jardin.

— Décalez-vous sur la gauche et partez d'ici.

Il se gratta de nouveau le torse puis se déplaça avec grande précaution, ce qui était relativement difficile à faire avec sa canne.

— Vous essayez de massacrer ce que vous n'avez pas écrasé la première fois ?

— Vous êtes fiancée, lança-t-il les bras ballants.

Au moins avait-elle la décence d'avoir l'air surprise qu'il ait découvert cela.

— Oui, c'est vrai.

Il hocha la tête, mais se retourna, ne sachant pas quoi ajouter. Mais pourquoi diable se souciait-il de cela ? Il ne s'en souciait pas en vérité.

— Pourquoi me l'avez-vous pas dit quand je vous ai posé la question en Angleterre ? Vous savez combien de jeunes filles dans votre genre je connais ?

La mine d'Isobel devint glaciale en un clin d'œil.

— C'est bien le cadet de mes soucis, de savoir combien de jeunes filles vous connaissez, sournois personnage !

— Quoi ? s'esclaffa-t-il. Moi ? Mais c'est vous qui…

— J'ai été informée de mes fiançailles quelques jours avant votre arrivée ici. Je ne vous ai pas menti.

Je n'ai rien à voir avec les traînées que vous fréquentez, Tristan MacGregor, à l'exception d'un détail. Vous m'avez menti à moi aussi !

Venait-elle d'indiquer qu'elle ne savait cela que depuis quelques jours ? Diantre. Qu'avait-il fait ? Pourquoi avait-il agi ainsi ?

— Isobel, attendez, cria-t-il en tendant le bras vers sa main, l'empêchant ainsi de virevolter de colère. Bon sang, je… Pardonnez-moi, j'ignore pourquoi j'ai…

Il ne pouvait pas peiner à ce point pour lui parler. Il avait l'habitude de se tirer de presque toutes les situations par de beaux discours. Pourquoi est-ce que rien ne lui venait à présent ?

— Lâchez-moi.

— L'aimez-vous ?

— Isobel ? (Ils entendirent tous deux Patrick s'approcher d'eux.) Qu'est-ce que tu fais ici ?

— Lâchez-moi, lança-t-elle avec une note de panique dans la voix.

Tristan libéra sa main et la regarda se tourner vers son frère.

— Je montre à Mr MacGregor les plantes qu'il a tuées.

Patrick observa ses trois frères cadets le rejoindre.

— Vous n'avez pas du travail à faire, les garçons ? s'enquit-il en désignant les champs du doigt.

Il posa les yeux sur Isobel et Tristan tour à tour, arborant une expression insondable.

— Vous pouvez rentrer maintenant, ordonna-t-il à Tristan. Il y a un feu dans le salon pour vous réchauffer, ou alors vous pouvez retourner dans votre chambre pour vous reposer. On passera vous voir plus tard. Viens, Bel.

— J'arrive dans un instant.

Voyant Patrick hésiter, elle croisa les bras pour indiquer qu'elle était bien décidée à faire ce qu'elle voulait.

— Regarde-le bien.

Ils considérèrent tous deux Tristan qui agrippait son plaid.

— Il n'a aucun moyen de me faire du mal.

Quand ses frères finirent par partir, elle contempla Tristan avec une expression encore un peu offusquée après ce qu'ils s'étaient dit plus tôt. En cet instant, il pensa que toutes les jeunes filles qui l'avaient traité de sournois personnage ne se trompaient pas.

— Quand vous avez affirmé que je vous avais menti, vous aviez raison, Isobel. Vous ne ressemblez à personne d'autre. J'ai réagi de cette façon, car j'ai peur de ne jamais rencontrer personne d'autre comme vous.

Son regard s'adoucit l'espace d'un instant, mais elle balança sa longue natte par-dessus son épaule et se raidit.

— Pendant combien de temps allez-vous continuer à agir ainsi ? lui demanda-t-elle. Quand allez-vous enfin admettre ce que vous êtes en train de faire ? Nous savons tous les deux que cela n'a rien à voir avec Alex.

— Je vous ai expliqué les raisons de ma présence ici. Je veux mettre un terme à la querelle… et je voulais vous revoir.

— Pourquoi ?

Il tira sur son plaid pour soulever la laine qui irritait sa peau. *Le petit saligaud…*

— Cela ne s'arrange pas ?

Il la regarda, préférant l'inquiétude qu'il lisait dans ses yeux aux soupçons qu'il y avait vus auparavant.

— Oh non, ça me démange terriblement.

Sans un mot de plus, elle passa derrière lui pour s'avancer vers un arbuste situé en bordure de son jardin. Isobel en arracha trois feuilles, en mit une dans sa bouche et commença à la mâcher. Elle lui fit signe de s'approcher, en faisant attention où il posait les pieds. Quand il l'atteignit, elle tira sur son plaid, découvrant son torse rougi. Tristan n'avait aucune idée de ce qu'elle s'apprêtait à faire, et quand elle recracha la feuille mastiquée pour la lui tendre, il eut un mouvement de recul.

Elle esquissa un pas et déclara dans un soupir :

— Je n'essaie pas de vous empoisonner, MacGregor. Cela apaisera l'irritation et vous épargnera une infection.

Elle n'attendit pas son consentement et étala ses doigts sur sa peau pour y frotter la feuille mâchée contre les piqûres. Le contact avec sa peau semblait la laisser indifférente, mais pour Tristan, chaque mouvement de sa part embrasait son corps. Ses caresses étaient douces, chaudes et sensuelles au point qu'il sentait ses sens en ébullition. Elle mit une autre feuille dans sa bouche et il l'observa, envoûté, se mettre à la mâcher pour en faire une pâte qui lui servirait de traitement.

— Est-ce que ça va mieux ?

— Oui, répondit-il dans un murmure rauque alors qu'elle approchait de son ventre du bout des doigts.

Ses muscles se tendirent dans un élan qui lui donna envie de la prendre dans ses bras et d'embrasser cette bouche lascive à n'en plus finir.

— Plus qu'une.

Elle posa la dernière feuille sur sa langue, mais quand elle s'apprêta à lui appliquer l'onguent, il saisit son poignet pour l'arrêter.

— Isobel, à moins que vous ne souhaitiez me rendre fou de désir pour vous, je vous conseille d'en rester là.

La jeune femme devint livide dans la lumière douce de la fin de la journée. Elle ouvrit la bouche pour protester, et Tristan eut toutes les peines à se retenir de l'en empêcher en l'embrassant. Il brûlait de l'enlacer de toutes ses forces, de la serrer contre le reste de son corps durci, et que la guérison commence ! Ah, il la désirait tellement. Mais il avait des choses à lui prouver, des choses à se prouver à lui-même, et il ne pouvait le faire avec une demoiselle qui était fiancée. C'est pourquoi il la laissa partir.

Chapitre 18

Isobel observa Tristan se retourner et claudiquer vers la maison. Elle se tint là, seule, pendant un long moment, comme si elle avait pris racine dans son jardin, submergée par ses émotions. Dieu du ciel, qu'était-il en train de lui faire ? Il fallait qu'elle garde la tête sur les épaules. Il avait pratiqué ses paroles mielleuses et ses manières raffinées sur d'innombrables femmes avant elle. Elle avait entendu les surnoms qu'on lui donnait en Angleterre, et elle avait bien assez ressenti les effets de son charme pour savoir qu'ils étaient tous mérités. Comment pouvait-elle s'autoriser un seul instant à penser que ses mots soient sincères ? Mais, bonté divine, quand il avait parlé de devenir fou de désir pour elle, sa voix grave avait tremblé de sincérité. Elle avait l'impression que le contact de ses doigts autour de son poignet l'avait brûlée.

Quand elle s'était approchée de lui au départ, il avait paru avoir des envies de meurtre à son égard. Elle ne l'avait jamais vu en colère auparavant. Diantre, ses regards noirs avaient tout autant d'allure que ses grands sourires. Elle ignorait si c'était parce qu'elle était fiancée ou parce qu'il pensait qu'elle lui avait menti, mais il s'était montré particulièrement irascible, allant même jusqu'à l'insulter. Il s'était prestement repenti, mais pourquoi se soucierait-il de cela de toute façon ?

Isobel se retourna avant qu'il pénètre dans le manoir. Elle était plus forte que les femmes que Tristan avait l'habitude de fréquenter. Elle se l'était déjà prouvé en lui touchant le torse sans ressentir nulle faiblesse dans les jambes. Bien sûr, se forcer à songer à Andrew Kennedy pendant qu'elle caressait la peau Tristan l'avait bien aidée. Elle ne voulait pour rien au monde céder à ses ruses, ni à son corps d'Apollon. Qu'il soit fou de désir pour elle ou pas, il ne lui avait toujours pas dévoilé la vérité sur les raisons de sa venue. Elle n'arrivait pas à croire qu'il ait fait un si long voyage, jusque dans les terres de son ennemi, simplement pour la voir… ou même l'attirer dans son lit. Il avait affirmé vouloir mettre un terme à cette querelle emplie de haine et de douleur, mais pourquoi ? À quoi cela lui servirait-il ?

Elle retrouva ses frères dans le champ et commença son travail, bien décidée à ne plus accorder une seule pensée à Tristan. Après avoir passé une heure à creuser des trous qui lui faisaient penser à des tombes dans lesquelles elle se serait volontiers cachée tant elle se sentait pitoyable de laisser ainsi la chaleur de l'abdomen tendu du jeune homme continuer à envahir son esprit de la sorte. Pourquoi diable ne pouvait-elle pas s'approcher de cet homme sans lui trouver quelque chose d'attirant ? Elle aimerait qu'il se rétablisse complètement et qu'il reprenne vite sa route.

— Pourquoi lui as-tu offert le confort de notre feu ? demanda-t-elle à Patrick quand il s'avança vers elle pour lui prendre la pelle des mains.

Elle voulait garder un œil sur ses frères avant tout. Ils ignoraient tout des talents de persuasion de Tristan. S'ils lui faisaient confiance, cela pourrait leur coûter la vie.

— Il est en convalescence et sensible au froid en ce moment, lui indiqua Patrick. Tu voudrais qu'il tombe malade pour demeurer ici encore plus longtemps ?

Isobel ne pouvait rien redire à cet argument d'une logique implacable.

— Mais il ne faut pas oublier qui il est, et ce qui l'a sûrement amené ici.

— Il n'obtiendra rien de ce qu'il cherche avec moi, Bel, la rassura Patrick.

— Avec moi non plus, lui promit-elle en retour.

Il ébaucha un sourire et la prit gentiment par les épaules.

— Retourne à la maison. Emmène John et…

— Non, objecta-t-elle en se tournant vers lui. Je ne veux pas que tu fasses ça tout seul.

— Il n'y a plus grand-chose à faire, insista Patrick. Tu as l'air un peu pâle, et sans ton héliotrope, je ne voudrais pas que tu t'épuises. Allez, vas-y. On te rejoint rapidement.

Isobel quitta le champ avec John et orienta ses pensées vers un autre de ses frères. Le diable soit d'Alex d'être resté en Angleterre alors qu'on avait besoin de lui. Et puis, si ça avait été Alex qui avait trouvé Tristan blessé et sans défense sur leurs terres, il l'aurait tué sans états d'âme.

Tristan. Elle se tourna vers le manoir. C'était un homme plein de vitalité qui, elle l'espérait, était en train de dormir dans son lit. Le calme régnait et les couloirs étaient vides quand elle entra dans la maison, mais elle pouvait ressentir la présence du jeune homme. Elle la décelait telle une tigresse suivant la piste d'un mâle. Elle jeta un coup d'œil vers l'escalier quand John se sépara d'elle pour se diriger vers la cuisine.

Elle parcourut lentement le couloir aux lumières tamisées pour arriver au salon où le feu crépitait de plus en plus fort à mesure qu'elle s'approchait. Elle n'était pas sûre de savoir ce qu'elle était en train de faire et ignorait pourquoi elle n'avait pas filé à l'étage, dans sa propre chambre. Elle n'avait nulle intention de parler à Tristan s'il était éveillé. Elle était bien trop fatiguée pour se lancer dans une joute verbale avec lui. Arrivée près de la porte, elle constata que celle-ci était entrouverte, laissant échapper un filet de lumière dorée et de chaleur dans le couloir. Elle regarda à l'intérieur de la pièce. Il était là, devant le feu, partiellement caché par la porte et le dossier montant du siège de Patrick dans lequel il était assis.

D'un côté, Isobel voulait s'engouffrer dans la pièce pour le faire quitter sur-le-champ le fauteuil du chef de clan. D'un autre, elle préférait rester immobile, ne pas ciller, retenir son souffle. Que diable, il avait un profil de toute beauté près du feu de cheminée. Elle se demanda à quoi il pouvait penser, le regard perdu dans les flammes comme si elles allaient lui révéler tous les secrets de la vie.

Tous ses secrets à elle.

— Qu'est-ce que tu fais, Isobel ?

Elle virevolta et foudroya John du regard.

— Qu'est-ce que j'ai fait ? s'enquit-il avant de regarder autour d'elle puis dans le salon.

Quand il remarqua que Tristan s'y trouvait, il recula, leva les yeux sur elle puis les posa sur la porte.

— Euh, on devrait certainement entrer maintenant, déclara-t-il, arrivant à une conclusion qui devait être erronée selon Isobel.

Elle ne pouvait faire cela. Elle ne voulait pas pénétrer là-dedans et voir Tristan se gausser de son embarras. Mais elle refusait de laisser John, craignant les questions que Tristan serait capable de lui poser. Sans autre choix que de suivre son frère, elle lissa ses jupons et redressa son buste.

— Nous ne resterons qu'un instant.

John acquiesça et la contourna pour entrer. Isobel avait à peine eu le temps de trouver sa contenance que son frère était déjà à l'intérieur.

Bon sang! Elle mit un pied devant l'autre et se força à poursuivre son avancée. Tristan se leva du fauteuil quand elle apparut. Il devait avoir su qu'elle se tenait sur le seuil et l'espionnait bien avant que John la trahisse, mais il ne lui offrit pas de salutation triomphante. En vérité, il semblait un peu perturbé, comme si leur arrivée l'avait dérangé dans le grand dilemme qui avait l'air d'occuper toutes ses pensées.

—Nous sommes venus prendre de vos nouvelles, l'informa John, épargnant à Isobel d'avoir à lancer la conversation. Vous portez-vous bien ?

—Oui, répliqua Tristan, recouvrant son célèbre sourire charmeur qu'il adressa directement à Isobel. J'étais en train de me dire que j'aimais vraiment beaucoup cette pièce. Elle m'en rappelle une autre, aussi calme, aussi paisible.

—Ah bon ? réagit son frère en s'asseyant sur l'un des autres fauteuils tandis que Tristan regagnait le sien. Une pièce de votre château ?

—Non, celle d'un autre endroit où je ne suis pas allé depuis longtemps.

—Il y a beaucoup de gens là où vous vivez alors ?

—Oui, parfois plus que je ne peux le supporter.

Il leva les yeux vers Isobel qui se tenait toujours debout près de la porte.

—Miss Fergusson, est-ce que je me suis assis dans votre fauteuil ?

Elle battit des paupières, tâchant de faire disparaître les images qui hantaient son esprit, celles du regard ardent que Tristan lui avait adressé dans son jardin.

—Vous êtes installé dans le fauteuil de Patrick, laissa-t-elle échapper sur un ton glacial.

— Patrick s'en moque bien, annonça John en lui lançant un rapide coup d'œil avant de se retourner vers Tristan. Comment est votre château, Mr MacGregor ?

Oh, elle lui aurait bien donné une bonne paire de claques ! Au lieu de cela, elle s'enfonça dans le siège le plus proche et écouta Tristan évoquer son clan, leurs ennemis jurés. Tout cela était trop intime, trop facile. Un MacGregor, assis dans sa pièce préférée, au coin du feu, s'entretenant doucement avec son frère comme s'ils étaient amis. Mais il n'en était rien. Il n'en serait jamais rien. John était trop jeune pour se souvenir de ce qui s'était passé, et ses aînés en parlaient à peine, sauf quand Alex avait trop bu. Le lendemain, elle conseillerait à John de garder ses distances avec Tristan. Mais dans l'immédiat, il fallait qu'elle lutte contre le sommeil pour rester alerte.

— … Et la sœur de mon père, Maggie, ne mange pas de viande, mais je crois que les bons plats d'Isobel pourraient lui faire changer d'avis.

Tristan lui sourit de l'autre bout de la pièce et elle ferma les paupières, se concentrant sur la voix innocente de son frère et non sur les intonations enivrantes de celle de Tristan.

— Qui s'occupe de votre travail pendant ce temps ?

Il marqua une pause puis répondit :

— Mon frère Rob se charge de presque tout avec mon père.

— Alors, que faites-vous de vos journées ? s'enquit Isobel en écarquillant les yeux.

— Je ne suis… pas aussi indispensable que vous l'êtes ici. Il y a beaucoup d'hommes forts au Camlochlin qui s'occupent des tâches quotidiennes.

— Vous ne leur manquerez donc pas ?

Le regardant de plus près pour la première fois depuis son arrivée dans le salon, Isobel remarqua le sourire forcé qu'arbora Tristan quand il secoua la tête.

— Je ne serai pas parti assez longtemps pour leur manquer. En plus, ma famille sait que je prévois de partir pour de bon au printemps prochain.

— Vous partez vraiment ? interrogea Isobel poussée par le même instinct qui faisait qu'elle prenait soin de sa famille.

Tristan haussa les épaules.

— Ma place n'est pas là-bas.

Elle voulait lui demander pourquoi, mais Patrick entra dans la pièce accompagné de Cameron et s'arrêta net quand il vit que Tristan était installé dans son fauteuil. Tristan était sur le point de se lever, mais Patrick lui fit signe de rester où il était.

— John, va te coucher maintenant, ordonna-t-il doucement avant de s'asseoir en se tournant vers Isobel.

— Un hydromel chaud, s'il te plaît, sœurette.

— Bien sûr, acquiesça Isobel en se levant pour quitter la pièce sans un mot.

Elle revint quelques instants plus tard, portant quatre verres d'hydromel sur un plateau. Quand Patrick et Cam prirent les leurs, elle tendit le plateau à Tristan. Il lança un regard suspicieux sur la coupe jusqu'à ce qu'Isobel prenne celle de Patrick de ses mains pour la donner à Tristan à la place.

Patrick dissimula un sourire derrière son verre pendant qu'Isobel retournait à son fauteuil en laissant échapper un chapelet d'injures.

— Ma sœur m'enverrait au diable si je lui demandais de me servir à boire, indiqua Tristan à son frère en sirotant sa boisson.

— Peut-être parce que votre père et votre frère font tout le travail, répliqua Isobel, énervée de voir Tristan se réjouir de sa colère.

Elle ne lui accorda pas un regard pour voir si ses paroles avaient eu l'effet escompté, mais préféra regarder Cam. Chose qu'elle regretta quand il la toisa avec désapprobation.

Damnation, elle était fatiguée et n'était pas d'humeur à se montrer agréable envers un homme qui craignait d'avaler tout ce qu'elle lui servait. Elle se renfonça dans son fauteuil, heureuse d'avoir utilisé tout ce surplus de laine de mouton pour le rembourrer l'hiver précédent, et furieuse contre ses frères qui se montraient si patients avec MacGregor. Elle ferma les yeux, somnolente, quand elle entendit la voix de Patrick proposer à Tristan une partie d'échecs. Elle aurait dû les en empêcher. Tristan était un fourbe, un manipulateur. Le digne fils du diable, avec ses yeux aux reflets d'or, et ses grandes mains habiles et puissantes, capables d'enlacer sa taille pendant qu'il lui murmurait des mots interdits.

— Est-ce qu'elle ronfle comme ça tous les soirs ? demanda Tristan à Patrick avant de déplacer sa tour de deux cases vers la droite.

Il avait fait des centaines de parties d'échecs chez lui et gagnait presque toujours, mais ce soir, il se surprit à perdre. Il ne parvenait pas à se concentrer en la présence d'Isobel et de son corps alangui dans son fauteuil, sa natte retombant sur ses genoux, ses lèvres pulpeuses relâchées et légèrement entrouvertes. Tristan avait envie d'elle de toutes les fibres de son corps, il voulait la prendre doucement dans ses bras et la porter à sa couche.

— Est-ce que cela vous dérange ? interrogea Patrick en capturant son cavalier.

— Non, c'est juste que…

Qu'était-il sur le point de révéler ? *C'est juste que quoi ? Que c'est adorable ? Un heureux instant de répit sans ses paroles assassines ?*

— Je… je voulais dire que…

Diantre, il se trouvait à court de mots dès qu'il était question d'Isobel, et cela commençait à l'inquiéter.

— N'allez pas penser que j'en serais offusqué, MacGregor. Je veux vous battre à la loyale.

Sans rien ajouter, Patrick se leva de son siège et alla trouver sa sœur.

— Allez, ma belle, va te coucher, murmura Patrick à sa sœur en l'aidant à se redresser.

D'un geste, il demanda à Cameron, qui regardait la partie en silence, d'accompagner sa sœur dans sa chambre.

Isobel vacilla un instant, ses yeux gonflés de sommeil se posant d'abord sur Tristan, puis revenant sur Patrick.

— Méfie-toi de lui, déclara-t-elle en s'appuyant contre le large torse de son frère.

Patrick lui chuchota quelque chose que Tristan ne put entendre, et la confia aux bons soins de Cameron. Elle esquissa un sourire.

— Et ne le laisse pas t'embrasser.

Les deux frères s'immobilisèrent, et dirigèrent vers Tristan un regard tout à fait différent. L'un était aussi noir que la nuit, et l'autre las et craintif.

Tristan se leva, s'appuyant sur sa canne tandis que Patrick attendait que Cam guide sa sœur hors du salon. Quand ils furent seuls, l'imposant chef de clan fit un pas en avant pour contourner l'échiquier.

— C'est donc ainsi que vous comptez mettre un terme à la haine qui réside entre nos clans ? En embrassant ma sœur ?

Tristan n'avait jamais pris la fuite de sa vie. Enfin presque… mais en tout cas, il n'avait jamais fui un homme. Pourtant, les bras de Patrick Fergusson étaient solidement charpentés par ses longues heures de travail manuel, et Tristan n'avait aucune envie de se battre avec lui. Il pouvait nier cette accusation assez facilement, mais cette duperie ne lui vaudrait pas le respect de cet homme, et il voulait mener sa mission à bien.

— Elle n'a pas apprécié mon geste, admit-il en fermant les yeux tandis que le poing de Patrick volait dans les airs pour s'écraser sur sa mâchoire.

Tristan ne fut pas complètement étourdi. Il retomba sur sa chaise dans un grand bruit mat et se rendit compte de trois choses. À l'arrière de sa bouche, une dent semblait avoir du jeu, ensuite, il songea que ses manigances finissaient par lui causer des problèmes, enfin, Patrick poussa un grognement bestial avant de s'asseoir et de dire :

— À vous de jouer, bâtard.

Chapitre 19

Tristan ouvrit les yeux et poussa un grognement. Y aurait-il seulement un jour où il pourrait se lever de ce satané petit lit sans ressentir une douleur intense dans tout son corps ? Il porta la main à sa mâchoire puis la retira vivement dans un geste courroucé. Il avait certainement mérité ce coup de la part de Patrick qui l'avait battu aux échecs, mais s'il avait eu le choix parmi les frères d'Isobel, il aurait de loin préféré que John en soit l'auteur. Toutefois, le fait que le jeune chef des Fergusson n'ait frappé Tristan qu'une fois en disait long sur son tempérament posé.

S'asseyant au bord de son lit, Tristan s'étira, redressa les épaules et chercha sa canne alentour. Il la repéra près de la fenêtre ouverte et se gratta la tête. Il ne se souvenait pas de l'avoir laissée là la veille, mais il avait été un peu perturbé par le grand coup de poing de Patrick à ce moment-là. Il avait eu de la chance de réussir à se hisser jusqu'à son lit sans s'écrouler dans l'escalier.

Il se leva et sentit son plaid lui tomber sur les chevilles. Où diable était passée sa ceinture ? L'espace d'un instant, il se trouva totalement désorienté, comme s'il ne s'était pas encore complètement réveillé et qu'il était toujours en train de rêver. Avec tous ces coups qu'il s'était pris sur la tête, peut-être perdait-il la raison ? Il se pencha pour remettre son plaid en vitesse et s'approcha de la fenêtre pour récupérer sa canne. Il regarda le paysage, prenant soin de dissimuler son entrejambe à l'aide de son plaid chiffonné. Il aperçut Patrick qui travaillait aux champs avec Cam et Lachlan, mais Isobel était hors de vue. Au souvenir de ses ronflements, il sourit, et se demanda ce qu'il éprouverait s'il se réveillait un jour à ses côtés. Il se rappela Andrew Kennedy et le maudit entre ses dents. Isobel l'aimait-elle ? Si oui, comment Tristan pouvait-il continuer à tenter de s'attirer ses faveurs, alors qu'elle appartenait à un autre ? Il ne s'était jamais arrêté à ce genre de détail auparavant. Mais n'était-il pas en train d'essayer de devenir quelqu'un de différent ? N'était-ce pas pour cette raison qu'il était venu là ?

Pivotant sur ses talons, il transféra le poids de son corps sur sa canne pour supporter ses mouvements. Il entendit un léger craquement de bois quelques secondes avant de tomber à la renverse. Il se retrouva étendu par terre, son plaid gisant à quelques pieds de lui, sa jambe, son bras, sa tête et sa mâchoire lancinants de douleur sous l'effet de la chute. Tristan demeura ainsi quelques instants, songeant à ce qui venait de survenir, et comment il avait failli passer par la fenêtre. La moutarde lui montant au nez, il darda son regard sur la canne brisée, sachant déjà ce qu'il risquait d'y trouver. La cassure était propre et nette. Quelqu'un avait volontairement coupé le bois, juste assez pour que la canne conserve son aspect initial et qu'elle ne cède que lorsqu'il s'y appuierait de tout son poids.

Tamas.

Tristan ne sentit quasiment aucune douleur en se relevant. Il était temps que ce petit vaurien paie.

Occupé à penser aux différentes façons de transformer la vie de ce sale gosse en enfer, Tristan s'empara des deux moitiés de canne, enroula son plaid autour de sa taille et sortit en trombe de sa chambre. En descendant l'escalier, il se dit que venir en aide à Isobel ne valait pas toutes ces blessures. Et tant pis pour leur querelle ! Si les MacGregor remettaient un jour les pieds ici, il commencerait le massacre par Tamas Fergusson.

Il marmonnait toujours quand il entra dans la cuisine, ayant envie de manger un morceau avant de s'occuper du sacripant. Il renoua les extrémités de son plaid juste en dessous de son nombril et leva les yeux sur Isobel qui rangeait une casserole sur une des étagères qui la surplombaient.

Le regard de Tristan s'arrêta immédiatement sur ses fesses, rondes et bien dessinées sous ses jupons de laine. Son épaisse chevelure auburn tombait en cascade dans son dos pour atteindre sa taille de guêpe. Il avait envie de passer ses doigts dedans, d'y enfouir son visage et d'inspirer son parfum à pleins poumons.

Quand il entra dans la pièce, elle regarda par-dessus son épaule. L'espace d'un instant, il oublia tout et sourit en admirant les ravissantes joues de la jeune femme, la légère touche de rouge qui les colorait, et ses yeux, illuminant son visage, semblables à des prairies verdoyantes sous un soleil estival. Diable, elle en valait vraiment la peine.

— Je ne vous avais pas entendu arriver, déclara-t-elle, ses yeux s'écarquillant quand ils se posèrent sur son torse.

— Pardonnez-moi, balbutia-t-il tâchant de remonter son plaid pour couvrir son ventre dénudé, mais il l'avait trop serré pour cela.

Il abandonna donc et laissa ses mains tomber sur les côtés.

— Vous pourriez peut-être me rendre mes vêtements ? Je ne voudrais pas avoir l'air d'un barbare.

— Vous ne m'en avez pas l'air, lança-t-elle sur une note agréable que Tristan trouva fort plaisante. Je...

Elle battit des paupières et s'empourpra un peu plus.

— Je vois que vos piqûres sont en train de bien guérir.

Il ne put réprimer un sourire.

— Et mes vêtements ?

— Bien sûr, je vais vous les porter... Mais que vous est-il arrivé ? haleta-t-elle subitement, portant ses mains à sa bouche.

Malheureusement, tout lui revint bien trop vite.

— C'est votre petit frère, voilà ce qui m'arrive, Isobel. Je vous jure que ce vaurien veut ma mort. Mais je ne vais certainement pas…

— C'est Tamas qui vous a fait ça ? l'interrompit-elle en désignant sa mâchoire du doigt. Avec quoi a-t-il bien pu vous frapper ?

— Ce n'est pas lui qui m'a frappé, c'est Patrick.

Elle écarquilla encore davantage les yeux, mais Tristan ne lui laissa pas l'occasion de poser d'autres questions. Il brandit plutôt sa canne brisée en deux.

— Vous voyez un peu ? On l'a coupée ! C'est Tamas qui a fait ça et qui l'a laissée près de ma fenêtre !

Quand elle lui adressa un regard narquois, il serra ses mâchoires et maudit sa douleur en silence.

— Il a fait exprès de lui donner l'air d'être en un seul morceau, près de la fenêtre, espérant que quand elle se briserait, je fasse une chute mortelle ! Et c'est ce qui a bien failli se produire !

Sa voix partait dans les aigus à mesure que la moutarde lui montait au nez.

— Oh, et il ne s'est pas arrêté là. Non ! Il a aussi pris ma ceinture pour que quand je tombe, je sois complètement nu ! Il est malin, un vrai petit diablotin… Et vous trouvez ça drôle ?

Elle secoua la tête, mais Tristan était persuadé de l'avoir entendue pouffer derrière sa main.

— Il mérite d'être puni, Isobel.

Elle acquiesça et s'avança vers lui.

— Je vais en parler à Patrick.

Quand elle s'immobilisa pile en face de lui, son parfum emplit les poumons du jeune homme, ce qui bouscula ses pensées. Il secoua la tête pour se ressaisir.

— Je vais demander à John de vous trouver une nouvelle canne, offrit-elle.

— Je n'en ai pas besoin, répliqua-t-il d'une voix rauque en observant sa chevelure auburn. Ma jambe va mieux.

Assez bien pour soulever la jeune femme, la faire enrouler ses jambes autour de sa taille, et la prendre, là, contre le mur.

— Vous allez bientôt rentrer chez vous alors ?

Était-ce une pointe de déception qu'il percevait dans la voix de la jeune femme ? Diantre, c'était agréable de penser cela.

— Je crois que oui.

Mais il ne pouvait s'y résoudre. *Pas encore.* Il y avait trop à faire. Et elle ne l'aimait toujours pas. Ses frères ne lui faisaient toujours pas confiance. Et à cause de ses blessures, il n'avait encore rien fait pour restaurer son honneur.

— Votre mâchoire est violette, constata-t-elle en levant les doigts pour l'examiner de plus près. Pourquoi Patrick vous a-t-il frappé ?

Quand Tristan baissa les yeux sur les formes généreuses de la poitrine de la jeune femme, elle s'écarta, le laissant le bec dans l'eau.

— Il était en colère parce que je vous avais embrassée.

Elle eut un mouvement de recul, horrifiée.

— Vous le lui avez dit ?

— Non, c'est vous qui l'avez fait, et Cameron était là aussi.

Il observa la cuisine en quête de nourriture. Apparemment, tout le monde avait déjà mangé.

— Vous délirez ! Je n'ai jamais rien dit de tel…

— Vous étiez à moitié endormie et vous avez conseillé à Cameron de ne pas me laisser l'embrasser. Ils ont donc fait les déductions qui s'imposaient.

Le visage d'Isobel blêmit tandis qu'elle tournait son regard vers la fenêtre en tordant son tablier.

— Pourquoi Patrick ne m'en a-t-il pas parlé ce matin ?

— Je lui ai indiqué que vous n'aviez pas apprécié mon baiser. C'est après moi qu'il en a, pas vous.

Elle recouvra progressivement son teint habituel et prit une profonde inspiration.

— Merci de lui avoir dit cela, déclara-t-elle, si doucement qu'il l'entendit à peine.

— C'était vrai, n'est-ce pas ? lui demanda-t-il, ignorant les gargouillis de son estomac.

Oh joie, elle se mit à sourire !

— Mettez-vous à table. Je vais vous porter de quoi manger.

Voilà qui était encore mieux. Tristan la remercia chaleureusement et se tourna pour quitter la cuisine pendant qu'elle attrapait une assiette sur une étagère.

Un instant plus tard, le son de l'argile se brisant au sol arrêta net les mouvements de Tristan. Il pivota pour découvrir qu'Isobel était bouche bée face à son dos. Il jeta un coup d'œil par-dessus son épaule et vit qu'il avait les fesses à l'air. Il esquissa un sourire contrit et remonta son plaid pour couvrir sa nudité.

— Toutes mes excuses, lança-t-il pendant qu'elle recouvrait contenance.

Isobel vivait avec six hommes. Elle avait vu des fesses masculines auparavant, mais celles de Tristan la bouleversèrent. Ce n'était pas seulement leur forme galbée et rebondie qui lui avait coupé le souffle et avait réchauffé ses mains, mais elle aurait presque préféré s'arrêter là. La vision de son fessier entier, robuste et de ses cuisses musclées embrasa en elle un épouvantable désir de voir le reste de son corps. *Et ce sourire salace!* Dieu du ciel, il savait à quel point il était beau, et cela l'amusait de constater qu'elle aussi le savait.

Elle posa brusquement une autre assiette sur la table, devant lui, avant de tourner les talons. Isobel ne lui en voulait pas d'être si attirant, mais cette dureté était sa seule défense contre lui, et chaque jour, elle en avait de plus en plus besoin. Le regard intense du jeune homme la faisait fondre. Son sourire habilement sensuel la laissait pantelante, et quand il parlait, il fallait qu'elle fasse tous les efforts possibles pour se maîtriser afin de supporter la passion qui transparaissait dans ses paroles. Honnêtement, c'était l'homme le plus excitant, le plus irrésistible qu'elle ait jamais rencontré. Mais pourquoi diable fallait-il qu'il soit un MacGregor?

— Vous voulez bien vous asseoir avec moi quelques instants ? s'enquit-il en levant les yeux sur elle avant qu'elle soit partie. Je n'aime pas manger tout seul.

Dieu lui vienne en aide, la pointe d'humilité qui se ressentait dans son doux sourire était plus dangereuse qu'un millier de ses sourires narquois.

— Je ne devrais pas.

— Pourquoi ?

— J'ai trop à faire.

— Je vous aiderai à accomplir vos tâches. Tout ce que je demande, c'est quelques minutes avec vous.

Elle se dit qu'elle lui devait bien une minute ou deux, vu qu'il avait indiqué à Patrick qu'elle n'avait pas apprécié leur baiser. C'était la vérité – telle qu'il l'avait comprise –, mais il n'était pas obligé de la révéler à son frère. Une fois de plus, il l'avait protégée, et elle ignorait toujours pourquoi. Il avait aussi pris une sacrée raclée de ses frères depuis qu'il était arrivé, et il ne s'en était pas tant plaint que ça. Pouvait-il vraiment être celui qu'il prétendait être ?

— Puis-je vous poser une question ? commença-t-elle en tirant une chaise pour s'asseoir à côté de lui.

— Une seule ?

— C'en est une bonne.

Elle ne put s'empêcher de lui rendre son sourire quand il leva les yeux de son assiette. Cet instant était très similaire à celui qu'ils avaient partagé la première fois où ils s'étaient rencontrés. Ils s'en souvenaient tous les deux.

— Pourquoi vous êtes-vous contenté de casser le nez d'Alex quand il vous a provoqué au combat ?

— Est-ce que j'aurais dû le faire plus saigner parce qu'il s'est montré prétentieux ?

— Un autre homme aurait agi ainsi.

— Je ne suis pas n'importe quel homme.

Pour sûr. Il avait même deux visages : une facette élégante et une sauvage. Un côté totalement irresponsable et un autre complètement irrésistible. C'était un voyou, comme il l'admettait lui-même, « peu inquiet des conséquences de ses actes », et pourtant, il s'était démené pour l'aider dans des problèmes qui n'avaient rien à voir avec lui.

— Alors qui êtes-vous ? lui demanda-t-elle calmement, éprouvant le besoin de savoir, l'envie de croire qu'il était le galant gentleman qui l'avait approchée, et non pas le séducteur de ces dames.

— Je ne peux pas vous répondre.

Il ne pouvait pas, ou ne voulait pas ? Damnation, ce n'était pas du tout la réponse à laquelle elle s'était attendue.

— Très bien, décréta-t-elle en se levant de sa chaise.

S'il refusait de lui dévoiler la vérité, alors elle ne demeurerait pas en sa compagnie une minute de plus.

— Je vais chercher quelque chose pour votre mâchoire. On dirait que ça vous fait souffrir – et ensuite, j'ai du travail.

Il saisit sa main et plongea son regard dans le sien après avoir battu de ses longs cils.

— Restez. Ça ne me fait pas si mal que ça, et vous en avez déjà assez fait pour moi. Je vous en serai reconnaissant jusqu'à la fin de mes jours.

Il avait vraiment deux visages.

Isobel l'observa, son corps se raidissant tandis qu'il tendait doucement la main de la jeune femme vers sa bouche.

— Vos mains sont aussi abîmées que celles de mon frère, Rob. Vous en faites trop.

— Je fais ce qui est nécessaire.

Elle eut le souffle coupé quand il inclina la tête pour presser ses lèvres contre ses doigts.

— Laissez-moi vous aider, mademoiselle.

— Je vous en prie, ne faites pas..., commença-t-elle d'une voix tremblante sous l'effet de ce contact intime, puis elle recula.

Vous aider ?

— Embrassez-moi encore, lança-t-il.

Son sourire s'évanouit tandis qu'il la relâchait.

— Pardonnez-moi, vous êtes fiancée, se reprit-il.

Depuis quand les voyous se souciaient-ils de cela ? Elle eut un mouvement de recul quand il se leva de son siège pour s'approcher d'elle.

— Je vous remercie pour ce repas. J'ai promis à John de l'aider dans ses corvées, alors je ferais mieux de m'y mettre, déclara-t-il en ébauchant un bref sourire avant de disparaître.

Chapitre 20

Tristan enfonça sa fourche dans une montagne de foin et la transporta dans l'étable. Il avait toujours mal à la jambe et au bras, mais la paille n'était pas lourde, et les questions sans fin de John et Lachlan détournaient ses pensées de cette douleur sourde – et d'Isobel.

— Vous savez manier cette épée que Patrick vous a confisquée ?

Tristan acquiesça à l'adresse de Lachlan quand il ressortit du bâtiment.

— Vous avez tué beaucoup d'hommes alors ? s'enquit John en se grattant le nez.

— Je n'en ai pas tué un seul.

— Et pourquoi ça ?

— Parce que ce n'est pas toujours la meilleure chose à faire de tuer tous ceux qui s'opposent à vous.

Lachlan lui décocha un regard sceptique, puis haussa les épaules.

— Je peux tirer une flèche et toucher ma cible à cent pas de distance.

— Et alors ? lança sèchement Tristan en transperçant la montagne de foin de plus belle. Ça signifie que tu ne visais pas mon cœur quand tu m'as tiré dessus ?

— Je n'avais pas l'intention de vous tuer, promit John.

Tristan lui sourit. Il aimait bien ce petit. John lui faisait penser à lui-même quand il avait le même âge.

— Alors, tu es sur la bonne voie.

— Mais on ne peut pas en dire autant de Tamas, admit John, un éclair de sympathie éclairant son sourire. Lui, c'est une vraie menace.

Tristan ne le savait que trop bien.

— Oui, déclara-t-il en portant son foin à l'étable. J'avais déjà compris cela.

— Isobel était comme folle quand il vous a pris pour cible et vous a fait tomber dans son jardin, indiqua Lachlan en le suivant, portant sa propre botte de foin.

Était-elle furieuse contre ses frères qui lui avaient tiré dessus, ou contre lui qui avait détruit la moitié de son jardin ? se demanda Tristan. En colère ou pas, elle l'avait pansé et l'avait aidé à se rétablir – pour que nul MacGregor ne meure sur ses terres.

— Elle était énervée parce que vous avez massacré son héliotrope, argua John pour défendre Isobel un instant plus tard, quand Tristan les rejoignit.

— Et pourquoi son héliotrope est-il plus précieux que toutes les autres plantes ?

— Ça l'aide à respirer l'hiver.

Lachlan donna un coup de coude à son frère, ce que Tristan jugea injuste, vu qu'il était deux fois plus grand que John, avec des épaules aussi larges que n'importe quel Highlander élevé au Camlochlin. Il était sur le point de le lui dire quand derrière les garçons il vit Isobel et son plus jeune diablotin de frère sortir de la maison et se diriger vers lui.

Dans ses bras, elle portait les vêtements qu'elle lui avait promis plus tôt. Tristan jeta un bref coup d'œil aux bottes que Tamas tenait à la main, puis il reporta son attention sur elle. Il étudia sa bouche, la fraîcheur rosée de ses joues qui donnait l'impression que ses yeux étaient plus grands, plus verts. Une fille dotée d'un caractère aussi fort ne pouvait pas souffrir de problèmes respiratoires. Étaient-ils sérieux ? Pourquoi diable s'acharnait-elle tant à la tâche dans ce cas ? *Personne ne peut le faire à sa place*, répondit-il à sa propre question avant de souhaiter pouvoir changer les choses.

Lorsqu'elle arriva devant lui, Tristan fut très agréablement surpris de la voir arborer le même sourire que le jour où il lui avait proposé de l'aider à maîtriser Alex.

— Vraiment, Mr MacGregor, vous n'êtes pas obligé de participer à nos travaux. Nous avons l'habitude de…

— Appelez-moi Tristan, lança-t-il en enfonçant sa fourche dans le sol pour s'appuyer dessus. Et c'est de bon cœur.

— Alors, merci, concéda-t-elle en baissant le regard quand elle vit que Lachlan la dévisageait, se tenant à droite de Tristan. Voici vos vêtements.

Elle les lui tendit.

— J'ai remplacé vos bottes usées par celles d'Alex. Elles seront peut-être un peu justes, vu que vous êtes plus grand que lui.

Elle leva les yeux pour jeter un regard à ses frères avant de pivoter sur ses talons et de se diriger vers les champs où Patrick et Cameron travaillaient.

Tristan la regarda partir quelques instants, puis il accepta les bottes que Tamas lui balança. Tristan s'était avancé pour faire face au garçon quand celui-ci fit mine de suivre sa sœur.

— Tu veux bien tenir ça pour moi ?

Sans laisser à Tamas l'occasion de refuser, Tristan lui tendit sa chemise et ses hauts-de-chausses. Il adressa un sourire au sacripant pendant qu'il retournait chacune des bottes pour en retirer tous les cailloux.

— Je m'attendais à pire. Je suis déçu.

Tamas lui sourit en retour, laissa tomber ses vêtements au sol, et lui tira la langue tout en les piétinant.

Dans son arrogance, le garçon ne s'était pas rendu compte que Tristan avait avancé son pied devant ses chevilles, et il s'effondra par terre, sur les culottes de Tristan.

— Tu veux une trêve ? s'enquit Tristan en le regardant de haut. Ou tu veux que je te montre comment on s'y prend pour vraiment embêter quelqu'un ?

Tamas roula sur le dos et le dévisagea.

— Reposez-moi la question une fois que j'aurai mis des vers de terre dans votre nourriture.

— Très bien, soupira Tristan qui se pencha pour récupérer ses vêtements. À toi de voir.

Tristan ne fit pas un bruit quand il rasa le mur sombre pour arriver à la porte de Tamas. Il n'avait pas l'intention de faire de mal au garçon. *Enfin, pas sérieusement.* Tamas entrait dans l'âge adulte sans être muni de la prudence nécessaire pour acquérir une pointe d'honneur et d'humilité.

Ce qu'il allait faire à ce petit Tamas était pour son bien, et la paix de sa famille à l'avenir. Patrick semblait être doté des valeurs que son frère benjamin devait encore acquérir, mais il n'avait pas le temps de lui apprendre à devenir un homme. Alex avait déjà prouvé qu'il n'était sûrement pas un exemple en la matière. Cameron était trop calme, trop passif pour empêcher Tamas de devenir une menace ne causant que des problèmes à sa sœur. Il fallait que quelqu'un fasse la leçon à Tamas, et ce jusqu'à ce qu'il l'ait bien retenue. Ce garçon était perturbé et serait difficile à amadouer ; Tristan s'y attendait bien. Il ébaucha un sourire, ayant hâte de relever ce défi.

— Où étiez-vous ? lança une voix dans les ténèbres. Je pensais que vous ne viendriez pas.

— Je tiens toujours parole, John.

Tristan adressa un sourire à son complice et tendit les mains.

— Tu en as eu assez ?

— Deux sacs, indiqua John en les lui remettant.

Tristan lui avait demandé son aide, et quand il eut exposé son plan au garçon, ce dernier s'était mis à sauter de joie. John avait autant besoin de faire cela que Tamas avait besoin de passer par là.

— Bien, allons-y.

Tels des voleurs, tapis dans l'ombre, ils se faufilèrent dans la chambre de Tamas alors qu'il dormait, et placèrent une dizaine des chardons que John avait récupérés au-dehors : dans les bottes de Tamas, dans ses poches et dans son lit. En s'approchant de la porte, Tristan remarqua que l'objet qu'il cherchait était gentiment posé sur un banc, sur les culottes de Tamas. Il s'en empara et le glissa dans sa poche.

— Pourquoi aviez-vous besoin de la ficelle ? chuchota John en lui tendant sa seconde contribution à ce vilain tour.

— Je vais te montrer.

Tristan s'agenouilla à l'entrée de la chambre et fixa les deux extrémités de la ficelle de chaque côté de l'embrasure de la porte, à hauteur de cheville. Il récupéra les sacs et lança le reste des plantes épineuses sur le pas de la porte avant de la refermer avec soin.

John ne tarda pas à comprendre à quoi servirait la ficelle, et il tira sur la chemise de Tristan avant que leurs chemins se séparent.

Avant qu'il prenne la parole, Tristan se pencha et lui tapota l'épaule.

— Ne t'en fais pas, il porte une chemise de nuit. Ça ne lui fera pas trop mal.

John acquiesça, sourit, puis fila.

Tristan ne se rendit pas directement dans sa chambre, et descendit l'escalier pour se rendre à la cuisine, en quête de quelque chose à manger. Il trouva une pomme, la frotta contre sa chemise et regarda par la fenêtre. Bizarrement, une lumière était allumée dans l'étable. Qui pouvait être éveillé à cette heure tardive, à part John et lui ? Il croqua dans sa pomme et sortit de la cuisine. Patrick travaillait-il en plein milieu de la nuit ? se demanda-t-il tandis qu'il descendait les marches du perron du manoir. Il serait certainement la dernière personne que Patrick voudrait voir, mais Tristan souhaitait lui proposer son aide, et peut-être que les choses pourraient alors commencer à s'améliorer entre eux.

Il ouvrit la porte de l'étable et entra dans un grand grincement, croquant une autre bouchée de sa pomme. Ce n'est pas Patrick qu'il fit sursauter, mais Isobel. À sa vue, Tristan s'arrêta net.

—Que faites-vous ici ?

Elle se détourna de lui et se remit au travail. Sous l'éclairage doux de la lanterne, son profil semblait à la fois pensif et anxieux.

—Vous ne voyez donc pas que je suis en train de traire une chèvre ?

Il s'approcha d'elle.

—À cette heure-ci ?

—Je n'ai pas réussi à le faire aujourd'hui, et Glenny est pleine.

Elle n'adressa pas un regard au jeune homme, mais caressa gentiment le flanc de la chèvre.

— Elle n'aime pas être pleine.

— Mais que faites-vous encore debout à cette heure ?

Elle lui décocha un bref regard alors qu'il avançait un tabouret pour s'asseoir près d'elle.

Il lui sourit et leva sa pomme avant de la retirer quand Glenny tourna la tête pour essayer de la lui voler des mains.

— On peut la partager si tu veux. Mais pas la peine de jouer les sauvages non plus, fit-il à la chèvre.

Il croqua une autre bouchée avant de donner le reste du fruit à l'animal.

— Vous n'auriez pas dû faire ça, observa Isobel, activant ses mains sous le ventre de la chèvre. Elle va s'attendre à ce que vous lui donniez de la nourriture chaque fois qu'elle vous verra.

— Alors, je lui en donnerai, promit Tristan avant de tapoter la tête de Glenny.

— Eh bien, vous allez devoir rogner sur votre propre part, précisa Isobel. Au cas où vous n'auriez pas remarqué, nous produisons la majorité de notre nourriture ici. Et il n'y en a pas toujours assez, donc je suis presque sûre que vous n'allez pas venir la voir si souvent que ça.

Jusqu'à cet instant, Tristan n'avait pas entièrement compris le poids des responsabilités qu'endossaient Patrick et Isobel pour cette famille. Au Camlochlin, il y avait beaucoup de gens pour aider aux travaux quotidiens, et avec son frère Rob qui était toujours partant pour en faire une grande partie, Tristan ne se sentait pas si indispensable que cela. Mais là, il n'y avait personne d'autre pour aider, personne sur qui compter pour les maintenir hors de danger. Si leurs frères étaient bien portants, c'était grâce à eux. Plus que jamais, Tristan regretta que son père ait pris la vie du leur.

— Dans ce cas, je vais la traire et lui raconter des tas d'histoires fascinantes qui lui feront oublier les fruits.

Isobel battit des paupières, sous cette faible lumière, et se mit à sourire, pour le plus grand ravissement du cœur du jeune homme.

— Il n'y a donc rien ni personne qui puisse résister à votre charme ravageur ?

Il secoua la tête, l'air sérieux malgré le ton railleur de la jeune femme.

— Si, il y a une personne qui résiste.

Le sourire d'Isobel s'affaiblit.

— Vous pensez que vous pouvez vous attirer les faveurs de mes frères alors ?

— J'espère y parvenir au bout d'un moment, lui indiqua-t-il en toute honnêteté. C'est le seul moyen de faire régner la paix entre nos deux clans.

Pourquoi ne voulait-elle pas le laisser faire ce qu'il pouvait pour atténuer la haine de leurs familles ? Il ignorait si un tel exploit était seulement possible, mais il désirait essayer, pour son bien à elle.

— Alors, vous seriez prêt à vous opposer à votre père.

— Ce ne serait pas la première fois, répondit-il en haussant les épaules.

Elle l'étudia un moment, semblant chercher quelque chose dans ses yeux. Il aurait aimé savoir ce que c'était.

— Vous m'avez déjà dit que vous n'étiez pas comme la plupart des MacGregor. Dois-je donc croire que vous ne cherchez pas à vous venger de la mort de votre oncle ?

— L'homme qui a tué mon oncle est mort avec lui, Isobel.

— Et s'il était encore en vie ?

Tristan cligna des yeux en direction de Glenny, détournant son regard assombri de la jeune femme.

— Alors, peut-être que les choses seraient différentes.

« Les choses seraient différentes. » Isobel sentit son cœur se serrer. Que ferait-il dans ce cas ?

— Vous devriez partir, décréta-t-elle en retournant à sa tâche. Patrick va se mettre en colère s'il vous trouve ici.

Les yeux de Tristan s'attardèrent sur les doigts d'Isobel qui serraient les pis de la chèvre, et tiraient dessus de haut en bas, de haut en bas… jusqu'à ce qu'il sente son corps se durcir du désir de sentir ses mains toucher son corps de la même façon.

— Je suis prêt à prendre le risque.

Elle poussa un soupir et rejeta la tête en arrière.

— Pas moi ! J'ignore ce que vous voulez ou ce que vous faites ici. Ce qui s'est passé entre nos familles ne pourra jamais être oublié.

— Vous avez tort, lui rétorqua-t-il. Mes parents sont issus des clans MacGregor et Campbell. Leur amour a mis un terme à une querelle qui avait duré trois cents ans. Je ne pensais pas que…

— Leur amour ? l'interrompit-elle en gloussant. Alors, vous essayez de me faire tomber amoureuse de vous ?

— Non, répliqua-t-il, légèrement offensé par son trait d'humour. Je…

— De vous ? Un coureur de jupons notoire, célèbre pour avoir brisé les cœurs de toutes les femmes qu'il a côtoyées ? Combien d'entre elles avez-vous aimées ?

— Aucune, mais je n'essaie pas de…

— Exactement. Je sais qui vous êtes et je…

— … vous faire tomber amoureuse de moi. La dernière chose que je…

— … ne vais pas succomber à votre séduction patentée pour m'en…

— … souhaiterais, c'est une femme qui voudrait faire de moi son époux.

— … mordre les doigts une fois que vous serez parti.

Ils cessèrent de se couper la parole, laissant place à un silence assourdissant. Cette fois-ci, Tristan sut qu'elle ressentait la même chose que lui. Elle avait les yeux qui brillaient après avoir relevé le défi de ce face-à-face avec lui. Les délicates rondeurs de sa poitrine se soulevaient au rythme saccadé de l'air qu'elle inspirait et expirait de ses lèvres entrouvertes. Diable, il avait une folle envie de l'embrasser, de la prendre là, tout de suite, dans la paille.

— Je pense que vous devriez par…

Tristan passa son pied derrière le tabouret d'Isobel et l'attira à lui, entre ses jambes. Il n'éprouva aucune pitié en l'entendant haleter. Il préféra prendre son visage entre ses mains et se pencher pour l'embrasser. Les lèvres de la jeune femme étaient aussi douces que dans son souvenir, son souffle chaud, mêlé de crainte. Il l'enlaça doucement et explora ses lèvres dans un élan séducteur étonnamment lent, mais déterminé qui le fit pousser un grognement contre ses dents. Il ne trouva pas étrange qu'elle ne fasse rien pour échapper à son étreinte. Il avait l'intention de la faire chavirer au point qu'elle n'aurait plus de forces pour se relever. Pour y parvenir, il jouait de sa langue avide et cajoleuse. Enroulant ses doigts autour de la nuque d'Isobel, il intensifia son baiser, plaquant sa bouche contre la sienne pour mieux goûter sa douceur enivrante, la faire sienne entièrement. Se sentant subitement serré dans ses culottes, le cœur battant la chamade, il savait qu'il aurait mieux fait de s'arrêter avant que les événements deviennent trop durs à maîtriser.

Il se retira doucement, plongeant son regard dans les yeux verts d'Isobel, tout en espérant qu'elle ne le gifle pas, ce qui risquait de faire tomber sa dent affaiblie.

— Pardonnez-moi, murmura-t-il contre sa joue. J'ai du mal à vous résister.

Elle le dévisagea, les paupières mi-closes, et les vestiges de la passion de leur baiser disparurent quand elle cligna des yeux. Elle ne prononça pas un mot, mais à la vue de ses doigts qui se recroquevillaient sur ses jupons, il comprit qu'elle voulait dire ou faire quelque chose. Elle finit par se lever, lui offrant un sourire aimable, puis elle donna un grand coup de pied dans le tabouret de Tristan pour le faire atterrir sur son derrière.

— Heureusement pour moi, Mr MacGregor, je n'ai aucun mal à vous résister, cingla-t-elle en se penchant pour récupérer son seau de lait.

Elle partit en trombe, laissant s'échapper quelques gouttes de lait ici et là.

Tristan l'écouta sortir de l'étable et se releva sur ses coudes.

— Alors voilà que je suis redevenu Mr MacGregor, hein ?

Il redressa le tabouret puis se releva avant d'adresser un regard contrit à Glenny.

— Oui, je dois bien avouer que la retenue n'est pas mon fort, mais j'y travaille.

Isobel ferma la porte de l'étable derrière elle et s'y appuya, une main serrée sur son cœur. Il lui fallut un moment pour reprendre son souffle et recouvrer ses esprits. Se rendant compte qu'elle n'y parvenait pas, elle céda quelques instants à un élan de panique. Le ciel lui vienne en aide, cet homme embrassait comme un dieu ! Il savait enflammer son corps d'une façon qu'elle n'avait pas vraiment connue par le passé. Elle ferma les yeux, se souvenant de l'ardeur qui brûlait dans le regard de Tristan quand il avait posé ses lèvres contre les siennes, et ce désir semblait s'être amplifié quand il avait cessé de l'embrasser, exprimant une passion insatiable et à peine retenue. Ces baisers ne lui suffisaient pas. Il voulait la mettre dans son lit. Elle avait goûté aux délices de sa langue enflammée de désir masculin qui lui échauffait les sangs et mettait ses nerfs à fleur de peau. Comment pouvait-elle remettre de l'ordre dans ses idées alors que son esprit était empli d'images lascives du corps durci de Tristan MacGregor au-dessus d'elle, prêt à la prendre, déterminé à poursuivre sa conquête jusqu'à la victoire ? Comment pouvait-elle continuer à le repousser alors que chacun de ses sourires, chacun de ses regards fiévreux la faisait s'approcher de la défaite ?

Elle l'entendit se déplacer dans l'étable, parler à Glenny, comme il avait promis de le faire. Isobel fut tentée de l'épier par un des interstices du mur. Il la faisait sourire alors qu'elle s'évertuait à le détester. Il clamait vouloir instaurer la paix entre leurs familles. Pouvait-elle lui faire confiance ? L'oserait-elle ?

Et que se passerait-il alors, s'il découvrait un jour la vérité.

« Les choses seraient différentes. »

Chapitre 21

Isobel avait l'habitude d'entendre un ou plusieurs de ses frères crier son nom pour obtenir de l'aide avant même qu'elle soit levée. En général, c'étaient John ou Lachlan qui se plaignaient des ennuis créés par Tamas, mais ce matin, les choses étaient différentes. Les piteux cris de Tamas poussèrent Isobel à bondir sur ses pieds pour sortir de sa chambre. Quand elle s'avança dans le couloir, des portes s'ouvraient de part et d'autre à mesure que ses frères, et même Tristan, se ruaient hors de leurs chambres pour venir en aide au garçon.

Voyant son frère benjamin étendu par terre devant sa chambre, Isobel sentit presque son cœur s'arrêter.

Patrick l'atteignit en premier, laissant échapper un chapelet d'injures quand il écrasa un de ses pieds nus sur un des nombreux chardons étalés au sol, sous le corps inanimé de Tamas.

— Mais que diable s'est-il… ? jura encore Patrick, écartant les fleurs épineuses de son chemin.

Isobel le suivit et quand la voie fut dégagée, elle se pencha sur Tamas pour l'aider à se relever.

— Non ! hurla-t-il. J'en ai dans les pieds. Enlève-les, Bel ! Enlève-les !

Horrifiée, elle parcourut du regard la chemise de nuit du petit. Il était couvert de chardons, devant comme derrière. Certains étaient encore intacts, tandis que d'autres s'étaient désagrégés, leurs épines s'étant enfoncées dans la fine laine qui couvrait le corps de Tamas.

— Y en a dans mon lit, pleura le garçon. Et par terre. Et quand j'ai mis mes bottes pour ne pas marcher dessus, eh ben, y en avait dedans aussi ! Et après..., commença-t-il avant de renifler. Et après, j'ai trébuché sur ce machin et je suis tombé sur tout le reste.

Il désigna la ficelle qui pendait mollement dans l'embrasure de sa porte.

Isobel observa le piège démantelé, rougissante de colère. Elle décocha directement un regard à Tristan pour le voir debout sur le seuil de sa porte, un léger sourire relevant les commissures de ses lèvres.

— Comment avez-vous pu faire cela ?

À sa plus grande surprise, John esquissa un pas en avant.

— Il...

— Il l'a bien cherché, l'interrompit Tristan. Mais il va s'en tirer. Il aura peut-être un peu mal aux pieds pendant quelques jours.

— MacGregor, grommela Patrick à l'intention de Tristan. Dans le salon ! Maintenant !

Il continua à aboyer des ordres tandis qu'il suivait Tristan dans l'escalier.

— Cam, installe Tamas dans la chambre d'Isobel – et Lachlan, cesse de sourire bêtement et va donc nourrir les chevaux. John, tu viens avec nous.

Ce dernier lança un regard inquiet à Isobel, mais il s'exécuta et accompagna Tristan au bas de l'escalier.

— Patrick va lui faire payer, pleurnicha Tamas pendant que son frère le soulevait doucement du sol.

Isobel noua ses mains derrière elle et observa l'escalier. Était-ce ainsi que Tristan comptait faire la paix ? Oh, quelle idiote elle était ! Il n'était rien de plus qu'un sauvage vindicatif, tout comme son père.

— Cam, lança-t-elle quand il eut déposé Tamas dans son lit. Va au salon et raconte-moi tout ce qu'ils se disent. Assure-toi que Patrick ne se met pas à frapper Mr MacGregor une nouvelle fois. Avec d'autres blessures, il ne demeurera ici que plus longtemps.

Quand il partit, Isobel se mit à panser les mains et les pieds de son petit frère. Elle ôta autant d'épines qu'elle le put, mais certaines étaient trop fines pour qu'elle puisse les retirer à la main. Elle allait devoir appliquer un baume pour en faciliter l'extraction. Les autres n'étaient pas trop enfoncées et s'étaient prises dans ses vêtements, épargnant ainsi sa peau.

Quand elle eut terminé, elle embrassa la joue humide de larmes de Tamas, et lui promit de revenir avec un onguent et quelque chose de chaud à manger. Elle était sur le point de quitter la chambre lorsque les cris de Lachlan provenant de l'extérieur la firent s'arrêter net.

Les Cunningham arrivaient.

— Qui ça ? lança Tristan en bondissant de sa chaise dans le salon avant de se ruer sur la porte avec Patrick.

— Les Cunningham, lui répondit Patrick en tirant une dague de sa ceinture. Ils viennent brûler nos champs. Cam, emmène John à l'étage !

Les hurlements de Lachlan résonnèrent dans toute la maison lorsque Patrick ouvrit grande la porte d'entrée. Les sabots des chevaux claquaient froidement dans l'air matinal, et le cœur de Tristan commença à s'emballer. Un instant plus tard, il eut l'impression de retourner dans le passé, de retrouver cette même crainte qu'il avait éprouvée quand son père avait ouvert la porte de Fort Campbell. Seulement, cette fois-ci, Tristan avait décidé qu'il ne laisserait personne mourir.

— Restez ici ! intima-t-il à Isobel quand il l'aperçut en haut de l'escalier.

Il n'attendit pas de voir si elle obéissait et se précipita plutôt au côté de Patrick.

Six cavaliers encerclèrent Lachlan dans le champ, riant face à la fourche qu'il brandissait dans leur direction. L'un des hommes portait une torche enflammée qu'il maniait comme une épée face à Lachlan, provoquant le garçon qui tentait de se protéger des flammes.

Patrick chargea dans un rugissement qui fit trembler le sol. Il atteignit l'un des assaillants les plus proches de son frère et le désarçonna d'une seule main. Patrick se trouva rapidement encerclé par un autre cavalier. Le coup de botte que ce dernier lui porta au visage l'arrêta momentanément.

Tristan n'attendit pas de voir qui allait ensuite frapper Patrick, et se jeta dans la mêlée sautant sur le cavalier qui était sur le point de lancer sa torche dans les récoltes. Ils tombèrent tous les deux par terre dans un grand bruit mat, Tristan moins étourdi que son adversaire qui avait amorti sa chute. Il ne le laissa pas souffler et lui administra un coup de poing dévastateur à la figure qui lui fit perdre connaissance. Se relevant prestement, il découvrit que Cameron se trouvait à côté de lui et tentait d'éteindre la torche du pied, tandis qu'un autre Cunningham allait s'en prendre à lui, sa monture à quelques pouces seulement. Grâce à ses excellents réflexes, Tristan tira Cam vers lui quelques secondes avant que le cavalier arrive pour piétiner l'endroit où il s'était tenu. Le bâtard se retourna pour lancer un second assaut, mais il s'effondra, une flèche dans l'épaule. Tristan se tourna vers John et ébaucha un sourire quand le garçon arma une autre flèche, paré à tirer de nouveau.

Lachlan cria pour avertir Patrick du danger, et Tristan et John virevoltèrent de concert pour voir les cavaliers restants qui encerclaient le chef du clan Fergusson, épées tirées.

Alors, c'était du sang qu'ils voulaient ? Tristan sentit son cœur s'arrêter quand l'un des adversaires toucha Patrick au bras. Sa dague lui échappa des mains. Cameron se rua au côté de son frère et para un autre coup à l'aide de la fourche que Lachlan avait brandie plus tôt.

Une flèche de John vola dans les airs pour atterrir dans la cuisse d'un des attaquants de Patrick. L'homme ne tomba pas, mais cracha un juron avant de poser son regard noir de colère sur John et se mettre à charger.

Le cœur de Tristan battait la chamade, ses sangs s'échauffaient et ses nerfs se muaient en des cordes ultrasensibles. Ils étaient venus pour se battre, et Tristan se ferait un plaisir d'exaucer leur vœu. Prenant une profonde inspiration, il se délecta des frissons qui le parcouraient à l'idée de massacrer ce bâtard qui essayait de tuer un enfant. Tant pis s'il n'avait pas d'épée sur lui. Tristan était décidé à affronter son adversaire, et vu qu'il était désarmé, il n'aurait qu'un instant pour y parvenir. Il fallait qu'il laisse le cavalier frapper en premier.

Le cheval étant quasiment sur eux, il se mit en travers de son chemin. Le cavalier brandit son épée massive. Tristan l'esquiva à temps pour l'entendre siffler au-dessus de sa tête avant de revenir. Il atteignit la flèche qui s'était fichée dans la cuisse de l'homme et tira dessus de toutes ses forces, faisant tomber sa victime de son cheval. Tristan se saisit de sa claymore tandis qu'il chutait, et il en abaissa la garde pour frapper l'homme au nez. Lachlan l'acheva à l'aide d'un gros caillou lancé directement sur sa tête.

Tristan ne s'attarda pas et décampa avec l'arme dérobée pour retrouver Patrick et Cam qui se débattaient encore avec les deux intrus restants. Un troisième homme, celui que Patrick avait d'abord désarçonné, se mit à ramper vers eux, sa lame scintillant sous les lueurs du soleil.

Un des garçons se trouvant derrière Tristan cria pour attirer l'attention de son grand frère, et Patrick se retourna au moment précis où l'épée se dirigeait vers sa tête. Mais seules quelques étincelles atterrirent sur les épaules de Patrick, car la lame de Tristan avait paré le coup, à quelques pouces de sa figure.

Avec un grognement qui fit reculer l'assaillant, Tristan se tourna vers lui en arborant un sourire cruel.

— Tu es sûr que tu veux continuer ? Je te laisse le choix.

L'homme se rua sur Tristan et leurs épées s'entrechoquèrent dans un fracas qui résonna dans tout le vallon. Avec deux attaquants qui menaçaient encore Patrick et Cam, Tristan n'avait pas le temps de faire la leçon à ce bâtard. Il allait devoir s'en débarrasser en vitesse.

Projetant sa claymore contre celle de son adversaire, Tristan s'avança, feignant de s'attaquer à son épaule avant de changer de direction pour taper du plat de sa lame l'arrière des genoux de son ennemi. Celui-ci tomba sur le dos et, quand il rouvrit les yeux, se retrouva avec la pointe de l'épée de Tristan sur sa gorge.

— Dis à tes amis d'arrêter, l'avertit Tristan en approchant son visage. Et tout de suite ! ordonna-t-il en enfonçant sa pointe un peu plus. Ou je jure que je te tranche la tête pour que les autres la rapportent à ton chef.

Sans hésiter, l'homme s'exécuta et les deux cavaliers reculèrent.

— Debout, aboya Tristan en le relevant.

Il pointait toujours son épée sur le torse de Cunningham pendant qu'il s'emparait de celle de son prisonnier pour la tendre à Patrick.

— Pourquoi est-ce que vous attaquez cette famille et détruisez leurs terres ?

— Et qui es-tu pour poser cette question ? s'enquit l'homme avec audace.

Tristan le tapota de la pointe de sa lame pour lui rappeler qui avait le dessus dans cette histoire.

— Je suis Tristan MacGregor, et c'est moi qui pose les questions. Est-ce qu'il faut que je répète ?

— Je suis John Cunningham, fils de...

Tristan lui donna un autre petit coup.

— Je ne t'ai pas demandé ton nom. N'est-ce pas, Cameron ? fit-il en tournant les yeux vers Cam avant de revenir sur Cunningham qui hocha la tête. Tu vois ? Seulement tu as mis trop de temps à répondre.

Il posa son regard sur les deux autres Cunningham à cheval.

— Il te suffit de savoir que la prochaine fois que tu viendras ici, tu ne rentreras pas chez toi vivant.

— Depuis quand les MacGregor défendent-ils les Fergusson ? interrogea l'homme que Tristan tenait en respect.

— Eh bien, depuis aujourd'hui, déclara Tristan dans un sourire aussi froid que le métal de son épée. Je pensais que c'était évident. Tu peux revenir dans quelques jours, et tu trouveras le reste de ma famille. Je suis sûr que les miens se feront un plaisir de te prouver que je dis vrai.

Les trois Cunningham secouèrent la tête.

— On ne reviendra pas.

— Bien ! s'exclama Tristan en adressant un sourire satisfait à l'homme qu'il tenait toujours en joue. J'ai ta parole, John Cunningham ?

Quand celui-ci acquiesça, Tristan le relâcha et rengaina son épée par-dessus son épaule.

— Il y a une dernière chose que je voudrais que vous fassiez avant de rassembler vos blessés et partir. La prochaine fois que vous verrez la maîtresse de cette maison, vous lui présenterez vos excuses pour lui avoir causé une telle frayeur.

— Ils peuvent même le faire maintenant, marmonna Cameron en regardant par-dessus l'épaule de Tristan.

Ce dernier se tourna pour découvrir qu'Isobel était là, serrant John sous son bras, le vent faisant onduler ses longs cheveux détachés. Quand leurs regards se croisèrent, elle arbora un sourire qui fut d'abord timide puis fit l'effet d'une flèche de Cupidon à Tristan.

Elle n'avait pas besoin de le remercier. Toute sa gratitude se lisait sur son visage, dans ses yeux. Comme s'il était une sorte de héros tout droit sorti d'un livre d'histoires, un champion venu régler tous les problèmes et ravir la gente dame.

Sans quitter Tristan du regard, elle attendit que John Cunningham lui présente ses excuses. Quand leurs ennemis furent partis, elle pansa rapidement la blessure de Patrick.

— Ce n'est rien de grave. Viens.

Elle laissa son frère la précéder et se tourna pour regarder une nouvelle fois Tristan par-dessus son épaule.

— Rentrons à la maison.

Chapitre 22

Isobel n'avait pas oublié ce que Tristan avait infligé à Tamas, mais ce qu'il avait fait pour les siens atténuait son méfait. Il n'était pas obligé de mettre sa vie en danger en se battant contre les Cunningham. En quoi cela pouvait-il le concerner qu'ils brûlent les terres des Fergusson ou que ses frères soient menacés par des assaillants ? Elle l'observa attablé avec ses frères, mangeant avec eux en leur adressant des sourires. Malgré son charme artificiel, il y avait quelque chose de sincère chez lui. Était-il ce qu'il prétendait être ? Un MacGregor qui voyait les choses différemment ?

— Pourquoi leur avez-vous dit que votre clan viendrait ici ? s'enquit Lachlan pendant qu'elle pansait le bras de Patrick.

— Parce que ce sont des lâches, répondit Tristan en ajoutant du miel à ses flocons d'avoine.

Isobel le vit se lécher les doigts, ce qui provoqua un léger frisson en elle.

— Quand John Cunningham a éludé ma question sur les raisons qui les poussaient à attaquer votre famille, je me suis douté que c'était parce qu'ils savaient qu'il n'y a pas vraiment de défenses par ici. Ils n'oseront pas revenir maintenant qu'ils croient que les MacGregor vous protègent.

Malin, songea Isobel en terminant le pansement de Patrick. Il avait agi de même à Whitehall avec John Douglas et son ami aviné.

— Pourquoi est-ce que tous les hommes ont besoin d'avoir peur pour se comporter correctement ?

Tristan posa sur elle ses prunelles couleur topaze qui étincelaient de chaleur.

— Tous les hommes ne sont pas forcément comme ça.

— Alors, vous n'avez peur de rien ? interrogea Cameron en levant les yeux de ses flocons d'avoine.

Tristan acquiesça.

— Si, j'ai peur des petits frères.

Même Patrick ne put réprimer un sourire. Toute la fratrie attablée fit de même. Il avait un don pour mettre les gens à l'aise en leur faisant penser qu'ils avaient des choses en commun. Avec elle, il avait insisté sur le fait qu'ils avaient tous deux perdu un être cher. Avec John Douglas, il avait usé de son goût pour le vin et les femmes, et avec ses frères, il avait eu recours à la crainte des plus petits que lui.

Il était avenant, et pourtant, il parvenait à se montrer particulièrement distant avec les personnes qui partageaient sa vie. Combien de femmes avait-il anéanties de son sourire envoûtant et de ses paroles charmeuses avant de les abandonner, ne leur laissant que leurs yeux pour pleurer ? Il avait même prévu de quitter sa famille au printemps. Rien ne semblait l'affecter. Il régnait sur le cœur des gens, mais personne ne régnerait jamais sur le sien. C'est ce qu'Isobel croyait.

— Je ne sais pas comment vous remercier de vous être battu pour nous aujourd'hui, déclara Patrick.

Isobel s'assit à l'autre bout de la table, fermant les paupières et priant pour qu'ils ne soient pas en train de se faire entortiller par un talentueux assassin dissimulé sous des atours de preux chevalier.

— Ce combat était déséquilibré, répliqua Tristan, ne faisant que peu de cas de ses prouesses.

— Oui, s'esclaffa John avant de se pencher sur son bol. Quand vous vous y êtes mêlé, là c'est devenu déséquilibré.

Il se tourna vers Isobel, les yeux écarquillés d'admiration.

— Tu n'as pas vu comment il a pris l'épée des mains d'Edward Cunningham, Bel. Eh ben, il…

Mais elle l'avait bien vu. À distance, elle avait regardé Tristan faire un pas devant John, le protégeant d'un cheval qui le chargeait et d'une épée brandie dans sa direction. Elle le vit sauver Patrick, puis faire tomber le frère d'Edward Cunningham, John, en quelques coups d'épée et un bon tour de poignet. Elle se demanda si c'était la cause qu'il défendait ou la pure grâce et l'agilité de ses mouvements qui l'avaient rendu si époustouflant à observer… et sa brusque menace de trancher la tête de John Cunningham avait été absolument terrifiante.

Elle battit des cils vers John puis ébaucha un sourire, se rendant compte qu'il n'en attendait pas moins.

— Il est doué, ça ne fait pas un doute. On lui doit beaucoup, décréta John en affichant un grand sourire. Il peut rester avec nous ?

Sa cuillère se suspendit à mi-chemin de sa bouche. Oh, damnation, il ne venait pas de lui poser cette question-là quand même ! Elle décocha un regard à Tristan, espérant qu'il produise une réponse pleine d'esprit et d'intelligence qui pousserait John à oublier cette requête. Comme rien ne venait, elle regarda Patrick, sincèrement abasourdie de constater que lui non plus n'avait aucune aide à lui apporter.

— Je ne pense pas que ce soit une bonne idée, John, déclara-t-elle, ne sachant pas quoi dire d'autre sans insulter l'homme qui venait de risquer sa vie pour eux.

— Tout ça à cause de son nom ? insista John, trop jeune pour se rappeler ce qu'ils avaient perdu quand leur père avait été tué.

Elle fut heureuse de voir Patrick intervenir.

— Mr MacGregor a une famille qui attend son retour, John. Ses proches doivent être inquiets de son absence, en ce moment même.

— En vérité, ils ne sont certainement pas inquiets du tout, fit Tristan après s'être éclairci la voix et avoir posé sa cuillère. Je voyage souvent.

Vraiment ? Isobel ouvrit grandes ses oreilles. Où avait-il voyagé ? À qui avait-il rendu visite ? *À des femmes, sans nul doute.*

— Si vous restez, vous m'apprendrez à manier l'épée ? lança Lachlan, désormais tout aussi conquis que John.

Tristan regarda les frères d'Isobel et s'arrêta sur le visage de Patrick.

— Je me demandais pourquoi vous n'aviez pas d'épée ici. Aucun d'entre vous ne sait la manier ?

— Je le sais, un peu, indiqua Patrick. Mon père préférait…

Sa voix s'érailla quand il se rendit compte de ce qu'il était sur le point de dire. Il croisa brièvement le regard d'Isobel avant de reprendre sa phrase :

— … l'arc. J'ai toujours voulu apprendre, mais nous avons tout juste assez pour nous payer de quoi manger. Une épée, c'est un luxe au-dessus de nos moyens.

Si Tristan songea à l'arme de prédilection de son père et à la façon dont le comte d'Argyll était mort, il n'en parut rien sur sa figure souriante.

— Bien, maintenant nous en avons trois. La mienne et celles des Cunningham.

Il se tourna vers Isobel pour lui adresser un regard pétillant de ses yeux aux reflets d'or.

— Ça ne devrait pas me prendre trop de temps. Un mois tout au plus, et ensuite, je m'éclipserai.

Ça se finissait toujours comme ça avec lui. Pourquoi s'en souciait-elle ? Elle voulait qu'il parte, et le plus tôt serait le mieux.

— Faites comme bon vous semble, Mr MacGregor. Je suppose que vous n'en ferez qu'à votre tête de toute façon.

N'ayant rien à ajouter, elle se leva, prit son bol et sortit de table.

Tristan parcourut le couloir pour atteindre la porte de la chambre d'Isobel, qui était légèrement entrouverte. Il entendit que ses frères se mettaient au travail à l'extérieur. Il les rejoindrait bientôt, mais il voulait d'abord s'enquérir de Tamas.

Quand il parvint à la porte, il s'arrêta, percevant la voix d'Isobel à l'intérieur. Elle parlait à voix basse de ce qui venait de se passer avec les Cunningham. Tristan écouta quelque temps, appréciant la façon quelque peu essoufflée dont elle décrivait à son frère comment il avait sauvé John. Il se souviendrait encore longtemps du sourire qu'elle lui avait adressé quand tout cela fut terminé. Mais rapidement, l'ombre du doute et du soupçon était revenue dans son regard et au moment où ils eurent achevé le petit déjeuner, elle le détestait de nouveau.

Il entrebâilla la porte et afficha un grand sourire quand Isobel et Tamas sursautèrent en le voyant apparaître.

— Bonjour, Tamas, lança-t-il en entrant dans la chambre. Comment ça va ?

Le garçon le dévisagea et souleva son pied enveloppé de bandages du lit pour lui montrer.

— Dès que j'en aurai l'occasion, je vous ferai une démonstration.

— Tamas ! le réprimanda Isobel.

— Alors j'ai hâte que tu te sentes mieux pour qu'on puisse reprendre les choses là où nous les avions laissées.

Le sourire malicieux de Tristan sema le trouble sur les traits du garçon.

— Miss Fergusson, pourrais-je vous dire un mot en privé ? demanda-t-il en se tournant vers elle.

La jeune femme afficha un air confus, mais elle acquiesça et le suivit à la porte.

— Quand il aura terminé les travaux du matin, Patrick te ramènera sur ton lit.

Elle ferma la porte derrière eux et adressa son regard le plus glacial à Tristan.

— Je ne veux pas que vous le menaciez.

— Je compte vous entretenir de cela plus tard, avec Patrick… Maintenant, je voudrais parler de nous.

— Nous ? répéta-t-elle en battant des paupières et en portant sa main à la poitrine, comme si elle tentait de reprendre des forces par ce geste.

— Oui.

Il s'approcha d'elle, mais elle recula d'un pas, dans le brouillard de la fin de journée.

— Dites-moi comment gagner vos faveurs.

— Que feriez-vous si je vous les accordais ?

— Je vous montrerais mon vrai visage. L'homme que j'ai dissimulé à tous.

Le souffle de la jeune femme effleura le menton de Tristan quand il approcha sa figure de la sienne. Il savait qu'elle était fiancée à un autre. Comment comptait-il retrouver son honneur en insultant la seule femme qui décelait en lui l'étincelle de celui qu'il avait été auparavant ? Mais il ne voulait pas songer à cela en cet instant. Il en était incapable, pas quand les lèvres de la jeune fille étaient si proches des siennes, le faisant brûler du désir de l'embrasser.

— Votre bouche en cœur et votre déhanché m'enchantent, mais c'est votre haine que j'admire le plus, car cela prouve que vous êtes loyale envers votre famille.

— Et vous, envers qui êtes-vous loyal ? interrogea-t-elle doucement en détournant le visage. Envers votre famille aussi ?

Que répondre ? Ce qu'il dirait le condamnerait-il à ses yeux à tout jamais ? Il lui révéla la vérité.

— Ce devrait être le cas, je le sais, mais je suis avant tout loyal à mes principes.

— Et quels sont-ils ?

Il caressa la joue d'Isobel pour l'encourager à le regarder dans les yeux, sa bouche près de la sienne.

— Demandez-moi de rester un peu plus longtemps…

Leurs souffles s'entremêlèrent tandis qu'il passait les doigts sur la veine palpitante du cou de la jeune femme pour ensuite les poser sur sa nuque.

— … et je promets de tout vous dire.

Il l'embrassa avec une tendresse infinie, ce qui relevait de l'exploit, car il n'avait qu'une envie : la plaquer au mur par la puissance de son baiser pour la prendre ensuite ici même. Posant son autre bras sur sa taille, il la serra contre lui, entrouvrant les lèvres de la jeune femme à l'aide de baisers plus courts et plus gourmands. Alors qu'il la caressait de sa langue, elle noua ses bras autour de son cou et lui rendit son baiser avec la même ferveur. Il se durcit en sentant le doux corps de sa compagne rendre les armes, et il se félicita de n'être pas seulement vêtu d'un plaid cette fois-ci. Il voulait plus qu'une simple victoire avec elle. Mais sa bouche femme était si chaude, ses baisers étaient si encourageants qu'avant de s'arrêter, il pressa ses hanches contre les siennes pour lui faire sentir l'ampleur de son désir.

Elle haleta et il faillit perdre tout sang-froid. Mais il ne la prendrait pas ici et maintenant, comme une vulgaire conquête. Elle représentait bien plus que cela.

Il fit appel à toutes les forces dont il disposait pour interrompre leur baiser et s'écarter.

— Pardonnez-moi.

Elle s'adossa au mur, à bout de souffle, tâchant de reprendre ses esprits.

— C'est la troisième fois que vous m'embrassez et que vous vous en excusez, fit-elle remarquer en passant le dos de sa main sur ses joues empourprées.

Le regard de la jeune femme brûlait de désir, ce qui donna envie à Tristan de l'emmener à son lit, et de lui faire l'amour dans des mouvements lents et passionnés avant de la voir s'endormir entre ses bras.

Il lui adressa un sourire, se forçant à faire le bon choix, et recula d'un pas.

— J'avais raison à votre sujet, Isobel. Vous êtes déjà en train de faire de moi un homme meilleur.

Chapitre 23

Le soleil de la mi-journée avait chassé la fraîcheur printanière et réchauffait la peau d'Isobel quand elle s'agenouilla dans son jardin. Elle passa le contenu de son panier en revue, tâchant de décider de quoi d'autre elle aurait besoin pour sa salade. *Du céleri, de la camarine, du persil, de la violette odorante… quelques baisers volés.* Elle s'épongea le front du dos de la main et tenta de songer à autre chose que la sensation des bras de Tristan qui l'enlaçaient, ses audacieux coups de langue qui exploraient sa bouche, la glorieuse virilité qu'il avait plaquée contre elle… Elle toussota et regarda alentour, embarrassée par ses propres pensées. Ses yeux se posèrent immédiatement sur lui. Il se tenait près de Patrick, sa lame tendue face à lui alors qu'il donnait à ses frères leur première leçon de maniement de l'épée. Comment avait-elle pu le laisser l'embrasser si passionnément une fois de plus ? Incapable d'ignorer sa présence, elle laissa ses yeux errer sur les muscles qui saillaient sous les hauts-de-chausses de Tristan tandis qu'il plongeait vers l'avant, attaquant un adversaire imaginaire, et admira la puissance de son avancée quand il fendit l'air de sa lame. Elle s'émerveilla devant sa vitesse et la patience dont il fit preuve lorsque John lâcha sa lourde épée à deux reprises. Tristan pouvait à tout moment retourner son arme contre eux et les découper en morceaux, à cause de son oncle qu'ils avaient tué… cet oncle qui lui avait raconté des histoires chevaleresques tirées d'une époque où les hommes d'honneur n'étaient pas si rares. Au lieu de cela, le jeune homme avait choisi de leur apprendre à se défendre. Oh, comment avait-elle pu lui résister ? Quelle femme pouvait bien lui résister ? Dieu lui vienne en aide, son destin était scellé.

Juste au moment où elle pensait qu'elle n'éprouverait aucune pitié pour lui, il leva les yeux vers elle et lui adressa un clin d'œil, lui faisant encore une fois monter le rouge aux joues. Elle détourna le regard, maudissant son cœur faible. Comment quelqu'un comme lui pouvait-il s'intéresser à elle ? Elle porta une main à ses cheveux dans un geste de coquetterie. Elle avait à peine eu le temps de les tresser correctement le matin – et elle n'était pas non plus satisfaite de leur couleur. Tous les hommes préféraient la blondeur des blés, ou les teintes ébène plutôt que cette nuance de citrouille automnale. Elle passa deux doigts sur son nez. Pourquoi n'avait-elle donc pas le teint clair de Patrick ou d'Alex, dépourvu de taches de rousseur ? Avant de le chercher du regard, elle contempla ses mains souillées de terre, se rendant compte qu'elle venait de se salir le visage.

Il se trouvait là, rejetant en arrière sa chevelure décolorée par le soleil, riant aux éclats avec Lachlan comme s'il avait passé toute sa vie avec eux. Isobel ne cilla pas tout en l'observant. Oh, pourquoi diable fallait-il qu'il soit un MacGregor ? Si elle pouvait vraiment conquérir son cœur d'artichaut, elle se plairait à être couverte de ses baisers jusqu'à la fin de ses jours. Mais même s'il pensait vraiment ce qu'il lui avait dit, même s'il avait une face cachée inconnue de tous qu'il ne voulait révéler qu'à elle, Patrick et les MacGregor n'autoriseraient jamais quoi que ce soit entre eux.

Toutefois, tandis qu'il massait son épaule douloureuse, elle ne pouvait s'empêcher de se demander quel était cet homme qu'il prétendait avoir caché à tous. Peu importait, songea-t-elle en se relevant. Il y avait du foin à ranger – et un secret qui ferait mieux de demeurer enfoui.

Après le dîner, Isobel et ses frères se retirèrent dans le salon et invitèrent Tristan à se joindre à eux. Ils avaient besoin de parler de ce qu'il avait fait à Tamas et de s'assurer que rien de similaire ne surviendrait le temps qu'il reste encore là.

Vu la façon dont Patrick évita le sujet pendant toute une heure, Isobel vit bien qu'il n'avait aucune envie de faire des remontrances à Tristan après ce qu'il avait fait pour eux. Après tout, Tamas n'était pas grièvement blessé, mais il fallait tout de même lui en toucher un mot. Il fallait que Tristan comprenne que Tamas n'était qu'un enfant.

Quand elle lui dit cela, Patrick sembla à court de patience et elle fut abasourdie de voir son propre frère passer à l'ennemi.

— Tamas n'est plus vraiment un enfant, Bel.

— Patrick ! haleta-t-elle. Il a onze ans !

— Il est assez grand pour faire la différence entre le bien et le mal.

Sur l'échiquier, Cameron captura le cavalier de Lachlan et croisa son regard à l'autre bout de la pièce.

— Je pense qu'il avait bien mérité quelques chardons dans son lit, fit remarquer John confortablement installé devant le feu, en souriant à Tristan.

Isobel remarqua le clin d'œil à peine dissimulé que Tristan adressa à son petit frère avant que ce dernier se tourne vers elle. Alors, comme ça ils étaient de mèche. Elle n'aurait jamais pensé que John avait l'esprit vengeur. Il ne s'était jamais révolté contre Tamas. Bien que John ait deux ans de plus, Tamas courait plus vite, était plus malin et plus habile au combat.

— Et pas seulement pour ce qu'il a fait à Tristan, ajouta-t-il, critiquant son frère pour la première fois. Mais pour ce qu'il nous a fait, à Lachlan et moi.

— John, mon chéri, tu sais bien que ton frère t'aime.

Elle regarda Tristan.

— Il est un peu sauvage, voilà tout. Je suis très sévère avec lui, mais je ne vais pas non plus me mettre à le battre comme un âne.

— Je serais assez déçu si c'était le cas, indiqua Tristan avant de se tourner vers Patrick. Puis-je parler ouvertement ?

Quand l'aîné acquiesça, il poursuivit :

— Tamas est jeune, mais il se trouve sur une pente glissante. S'il veut devenir un homme juste et honorable en grandissant, il faut qu'il apprenne l'humilité. Un petit aperçu de ce qu'il inflige aux autres devrait lui enseigner la compassion.

— Tamas sait faire preuve de compassion, le défendit Isobel, mais quand elle se mit à y songer vraiment, elle ne parvint pas à se souvenir du moindre geste dans ce sens.

— Combien de fois ai-je dû empêcher les fermiers du coin de lui tirer dessus, Isobel ? s'enquit Patrick. MacGregor a raison : doit-on attendre qu'il cause des blessures graves et définitives à John ou Lachlan pour agir ?

— Non, bien sûr, mais…

— Tu veux qu'il se fasse pendre un jour parce qu'il aura tué quelqu'un ?

La voix de Tristan couvrit celle d'Isobel.

— Ou peut-être se tuera-t-il tout seul le jour où il cherchera querelle à la mauvaise personne ?

Elle s'arrêta net et ferma les paupières en entendant ces paroles. *Oh, rien que d'y penser…*

— Non, répondit-elle calmement. Mais je…

— Vous l'aimez, termina Tristan pour elle en lui souriant quand elle leva les yeux sur lui. Je sais.

Oh, il avait là une arme imparable. Ce sourire qui planait toujours sur ses lèvres et illuminait son regard confiant, comme s'il savait que les choses finiraient toujours par tourner en sa faveur. Était-elle folle de le trouver si apaisant, malgré la famille à laquelle il appartenait ? Malgré ce qu'il pourrait faire si jamais il apprenait la véritable identité de celui qui avait assassiné son oncle ? Elle se sentait sans défense face à lui. Quelle que soit la fureur dans laquelle il la mettait, ou la crainte qu'il lui inspirait, son sourire désarmant lui faisait systématiquement baisser la garde.

— Que proposez-vous ?

— Que vous me fassiez confiance.

Ah, voilà ! C'était donc ça sa petite victoire. N'est-ce pas ce qu'il avait voulu depuis le tout début ? En gagnant son amitié, parvenir à gagner sa confiance ?

— Je n'ai vraiment rien contre Tamas, poursuivit-il, l'air sincère, les chaleureuses teintes ocre de ses yeux s'assombrissant. Même quand il a attiré les guêpes sur moi, je n'ai jamais voulu lui faire de mal. C'est un garçon qui a besoin qu'on lui serre un peu la bride, et votre cher frère, Patrick, n'a pas le temps de s'occuper de cela.

Isobel ne trouva pas étrange que son aîné n'émette aucune objection. Que pouvait-il dire alors que Tristan s'était contenté d'affirmer ce qu'ils savaient déjà, mais avaient des difficultés à admettre ? En atténuant un tantinet la vérité, il parvenait à faire passer la pilule et cela le servait à merveille dans son jeu. Isobel ne voulait pas être conquise. Elle ne souhaitait pas commencer à lui faire confiance pour finir par découvrir que son cœur était cruel, tout ça à cause d'un sourire charmeur. Cette erreur lui en coûterait bien trop.

— Vous m'en demandez trop, Tristan. À moi et à nous tous, rectifia-t-elle en adressant un regard à ses frères. Comment pouvons-nous faire confiance à un homme dont nous ignorons tout.

— On sait qu'il est pacifique, intervint Lachlan en souriant à Tristan avant de perdre son fou. Il l'a prouvé, maintenant qu'il a reçu deux flèches, un caillou et un bol en argile.

— Un bol en argile ? s'enquit Tristan en portant sa main à son front, comme s'il venait de s'en souvenir.

— Il est plus patient que je ne le serais si la famille de quelqu'un d'autre m'avait infligé la moitié de ce que Tamas lui a fait, concéda Cam d'une voix posée avant d'expliquer à Lachlan pourquoi son mouvement aux échecs n'était pas valable.

— Sans compter que j'ai été élevé dans les Highlands et que le diable MacGregor est mon père, clama Tristan comme s'ils risquaient d'oublier une telle chose. J'ai bien assez de résistance pour supporter tout ce que Tamas peut bien me jeter dessus.

— À ce propos, je pense que l'un d'entre nous devrait lui confisquer sa fronde, dit Cameron en levant brièvement les yeux sous ses épais cils noirs.

Tristan ébaucha un sourire et fouilla dans une poche de ses hauts-de-chausses pour brandir l'arme de prédilection de Tamas.

— Je l'ai déjà confisquée.

Les frères d'Isobel se mirent à rire, même Cam, ce qui fit sourire la jeune femme malgré la crainte qu'elle éprouvait en constatant que Tristan MacGregor était en train de mettre son plan à exécution : il avait conquis ses frères. *Tous, sauf un.*

Les quelques jours qui suivirent furent aussi difficiles pour Isobel que pour ce pauvre Tamas. Oui, son plus jeune frère était alité dans une couche qui s'était mystérieusement infestée de souris. Il était vrai que ses petits pieds étaient encore trop douloureux pour qu'il puisse échapper aux fléaux que Tristan avait décidé de lui infliger. Isobel avait le cœur brisé de savoir que son petit frère chéri souffrait et que ses frères aînés approuvaient tous, mais les cris et les bruits de mobilier déplacé au-dessus de sa tête commençaient à l'agacer.

Le soir, quand Tristan dînait avec eux après avoir torturé Tamas pendant toute la journée et avoir entraîné les autres garçons au maniement de l'épée, elle posait brusquement son plat devant lui et il se mettait à manger sans qu'ils échangent le moindre regard ou le moindre mot. Elle n'appréciait guère la stratégie de Tristan des Highlands, qu'elle soit bénéfique au dernier-né ou pas. Tamas était sous sa responsabilité, comme tous ses frères, et elle n'avait pas envie de le laisser aux soins d'un autre, surtout pas un MacGregor. Elle l'écoutait à peine quand il participait aux conversations familiales du soir dans le salon – en vérité, c'était souvent Tristan qui parlait le plus.

À part les Kennedy, ils ne recevaient que peu de visites pour renouveler leur réserve de commérages qu'ils avaient déjà ressassés tant de fois. Il était naturel que les garçons soient fascinés par les aventures que leur narrait ce voyou de MacGregor qui avait mené une vie… haute en couleur. Oui, c'était la meilleure façon de décrire cela. Alors qu'elle se consacrait à ses travaux d'aiguille, Isobel l'entendit à maintes reprises raconter comment il s'était retrouvé dans des situations périlleuses – souvent à cause des femmes – et comment il s'en était sorti indemne. Il lui arrivait tout de même d'être blessé par une flèche, une dague ou un coup de poing de temps à autre, mais le timbre insouciant de la voix de Tristan indiquait qu'il recouvrait toujours rapidement sa bonne humeur, du moins jusqu'à ce qu'il se retrouve menacé d'une épée.

— Que faisiez-vous quand vous étiez petit ? s'enquit John un soir pendant qu'il se réchauffait les pieds près du feu crépitant.

Isobel leva les yeux de son verre d'hydromel quand un silence s'imposa. Ils attendaient tous la réponse de Tristan, mais ce dernier ne prononçait pas un mot, le regard rivé sur un point éloigné que personne ne pouvait voir.

— Alors, vous avez eu beaucoup d'ennuis aussi ? insista John, poussant Tristan à sortir de sa rêverie pour arborer de nouveau son sourire légendaire.

— Pas vraiment, non. J'étais plus comme toi que comme Tamas. En outre, ma mère ne nous autorisait pas à nous battre, comme nombre de mes cousins le faisaient.

— Alors, comment vous occupiez-vous ? demanda Patrick en ajoutant une bûche au feu.

— Je lisais des livres et je m'entraînais à…

— Alors vous savez lire ? interrogea John, les yeux écarquillés.

Quand Tristan acquiesça, le garçon s'approcha un peu plus de lui.

— Quel genre de livres lisiez-vous ?

Isobel observa Tristan gesticuler sur sa chaise, l'air mal à l'aise pour la première fois depuis qu'il avait pris ses habitudes près du feu.

— Surtout des œuvres de Monmouth, Chaucer, sir Thomas Malory.

John lui adressa un regard confus.

— Sur quoi écrivent-ils ?

— Les chevaliers, répondit Tristan calmement.

Il leva les yeux vers Isobel et s'attarda assez longtemps pour qu'elle prenne pour elle un sourire chaleureux qu'il destinait en fait à John.

— Ils écrivent des aventures chevaleresques et parlent d'amour courtois, de quêtes d'hommes d'honneur.

— Racontez-nous-en une, le supplia John avant de bâiller et de s'étirer dans son fauteuil.

Se faisant légèrement prier, il leur raconta *Le Conte du chevalier*, tel qu'il s'en souvenait – l'histoire de deux champions incarnant toutes les valeurs chevaleresques de leur époque. John rit en entendant tous ces jolis mots que Tristan récitait sur dame Émilie, que les deux chevaliers cherchent à séduire. Isobel écouta, captivé par les intonations passionnées de la voix de Tristan et par l'étincelle qui luisait dans ses prunelles quand il parlait d'honneur. Elle se demanda comment il avait pu grandir en s'imprégnant de telles valeurs et malgré tout devenir un adulte capable de briser le cœur de tant de femmes. Quelle partie de sa personnalité était bien réelle ?

— Et maintenant, au lit, les garçons, ordonna gentiment Patrick au bout d'une heure, quand Tristan eut fini son récit. Il se fait tard.

— Mais encore un…

— John, l'interrompit Patrick sans quitter des yeux sa partie d'échecs contre Cameron.

John et Lachlan récupérèrent leurs bottes et partirent se coucher, embrassant Isobel en passant.

Le salon s'emplit alors d'un silence de mort. Isobel sentait le regard de Tristan sur elle. Il était sur le point de lui dire quelque chose, une chose à laquelle il faudrait répondre. Elle était encore en colère contre lui pour Tamas, et elle refusait que cela change. C'était le meilleur moyen de préserver son cœur. Elle ne pouvait s'autoriser à tomber sous son charme alors qu'elle avait détesté sa famille pendant tant d'années, et tant qu'elle ne savait pas quel était le vrai visage de Tristan MacGregor, voyou ou héros.

— Iso…

Elle bondit sur ses pieds, se piquant le doigt du bout de son aiguille.

— Je vais me coucher aussi. Bonne nuit.

— Permettez-moi de vous escorter jusqu'à votre chambre alors, osa demander Tristan.

Isobel s'arrêta net, lui tournant le dos, et ses épaules se raidirent quand il passa devant elle pour lui ouvrir la porte. C'était un imbécile qui n'avait décidément pas froid aux yeux. Après avoir laissé s'écouler un moment des plus gênants, où aucun de ses frères ne pipa mot, elle serra les poings et franchit la porte en trombe.

— Vous savez que je ne souhaite pas vous parler, cingla-t-elle une fois qu'ils se retrouvèrent seuls dans le couloir.

— Oui, c'est clair.

— Pas assez, on dirait.

Elle retroussa ses jupons sur ses chevilles pour rester devant lui dans l'escalier.

— Vous en avez après moi à cause de Tamas, déclara-t-il en lui emboîtant le pas.

— Et pourquoi cela ? Oh, attendez, peut-être à cause des fourmis, des souris ou des araignées que vous avez mises dans son lit. Ou peut-être que j'ai envie de vous arracher les yeux parce que vous avez enduit votre visage de blanc et êtes allé le voir en pleine nuit pour lui faire la frayeur de sa vie. Le pauvre a cru que c'était la faucheuse qui était venue pour lui.

— Il prétend n'avoir peur de rien.

Isobel s'immobilisa pour dévisager Tristan qui souriait en se remémorant ce souvenir.

— Et vous avez décidé de lui prouver qu'il n'en était rien. Vous avez affirmé que vous étiez différent des autres membres de votre famille, mais tout ce que je vois, c'est un homme qui se venge cruellement sur un enfant.

Elle espérait déceler un minimum de culpabilité dans son regard, peut-être un soupçon de doute quant à sa stratégie, mais il demeura de marbre et répliqua froidement :

— Alors fermez les yeux quelque temps et laissez-moi le sauver avant qu'il devienne comme Alex.

Elle pivota sur ses talons, ne voulant pas entendre ses raisonnements, et elle tendit le bras vers la rambarde. Il enlaça sa taille de son bras pour l'arrêter. À la caresse de son souffle chaud contre sa nuque, Isobel vit toute sa colère la quitter et sentit une boule de chaleur se former dans son ventre. Il lui avait dit qu'il admirait sa volonté de le haïr, mais en vérité, elle ne le haïssait pas. Quand avait-elle cessé de le détester ? Elle n'était même pas vraiment en colère contre lui au sujet de Tamas. Prisonnière de son étreinte, elle savait désormais que si elle avait gardé ses distances, c'était parce qu'elle avait eu peur de ce qu'il aurait été capable de faire… si elle l'avait laissé agir à sa guise.

— Quand allez-vous commencer à me faire confiance, Isobel ?

— Jamais.

Il la fit tourner dans ses bras, gardant son corps serré contre le sien. Elle se cambra, craignant de le sentir si proche d'elle, ce qui risquait de lui faire oublier toute prudence. Il la suivit, se penchant plus avant sur elle, cherchant son regard des yeux dans un mouvement désespéré qui la laissa sans défense, et l'enflamma.

— D'accord, reprit-il, mais cessez de m'ignorer ainsi. Je préfère que vous me fassiez des remontrances à longueur de journée plutôt que de vous voir vous comporter comme si je n'existais pas.

Dieu du ciel, était-ce son propre cœur ou celui de Tristan qu'elle sentait battre la chamade ainsi ? Comment un sauvage dans son genre pouvait-il s'exprimer avec tant d'éloquence et d'humilité ? Pourquoi lui voudrait-il le moindre mal, vu qu'il l'avait protégée de toutes les menaces, à commencer par celles qui planaient autour d'Alex à Whitehall ? Il n'était pas comme le restant de sa famille. Ce n'était pas possible.

Quand il pencha son visage sur celui de la jeune femme, elle ferma les paupières, s'abandonnant au souvenir exaltant de ses baisers.

Il pressa ses lèvres contre le creux de la gorge d'Isobel, inspirant son odeur dans un geste aussi intime que s'ils avaient déjà été amants. Elle se mit à trembler dans ses bras quand elle devina que toutes ses défenses tombaient, puis elle chercha ses lèvres des siennes dans un élan de désir éperdu. Une main posée dans son dos, et l'autre sur sa nuque, Tristan atteignit ses lèvres après s'être attardé à embrasser son cou. Était-elle vraiment en train de succomber au charme d'un MacGregor ? Peu importait. Elle encadra sa figure entre ses mains, passa les doigts dans ses cheveux et l'attira à elle. Leurs lèvres se trouvèrent dans un gémissement mutuel de ravissement. Isobel ouvrit la bouche pour accueillir la langue exploratrice de Tristan, et se surprit même à s'aventurer elle-même dans quelques incursions. Elle pouvait toujours avoir des doutes sur cet homme, mais une chose était sûre : il embrassait comme un dieu.

Au moment où elle décida de s'autoriser à profiter pleinement de cet instant, la porte du salon s'ouvrit. Elle se libéra de l'étreinte de Tristan dans un bond, mais il saisit sa main et l'attira dans la sombre cuisine.

Leurs cœurs battant à tout rompre, ils écoutèrent Patrick et Cameron parler à voix basse en montant l'escalier.

—Venez avec moi dehors, lança Tristan dans un souffle contre la joue de la jeune femme avant même que ses frères aient disparu.

Elle secoua la tête, bien trop consciente de l'excitation qui régnait chaque fois qu'ils se retrouvaient seuls. La prudence était de mise.

—Je… je suis fiancée.

Oh, elle détestait avoir à dire cela à haute voix.

—Nous ne devrions pas nous voir seuls ainsi, poursuivit-elle

— Il n'y a que vous et moi en ce moment même, constata-t-il en riant, l'attirant vers la porte d'entrée, l'encourageant à le suivre. Je vous promets que je me comporterai en parfait gentleman.

Oserait-elle lui faire confiance, même en cet instant furtif ? Elle ébaucha un sourire et le suivit au-dehors.

Chapitre 24

Ils marchèrent sous le doux halo de la pleine lune sans prononcer un mot pendant un instant, apaisés qu'ils étaient face à la beauté de la terre et des nuées aux teintes argentées, savourant le plaisir de se tenir la main.

Puis, Tristan tourna son regard vers Isobel. Cela lui avait manqué, de ne pas se disputer avec elle, de ne pas lui sourire et de ne pas la voir lui rendre ses sourires. Elle lui avait fait subir le martyre ces derniers jours, et il en comprenait les raisons sans que cela allège sa peine. Au fond, elle n'était plus en colère contre lui, que ce soit pour Tamas ou parce qu'il l'avait encore embrassée. Diable, elle lui avait rendu son baiser cette fois-ci et il avait eu la forte impression qu'elle était aussi avide que lui. En la regardant, il se demanda s'il serait voué à la damnation s'il la touchait, s'il lui soutirait ces ravissants petits gémissements qui lui avaient donné l'espoir d'enfin gagner ses faveurs. Il n'avait pas l'intention d'en rester là avec elle. Tristan était fou d'elle, plus que de n'importe quelle autre femme. Il voulait lui prouver qu'il n'était pas aussi barbare qu'elle le lui avait reproché en Angleterre.

Le jeune homme souhaitait réparer les torts qu'il avait causés dans sa vie et peut-être remettre un peu d'honneur dans la sienne. Il ne voulait pas l'aimer, il ignorait s'il en était même capable. À quoi cela servirait-il d'aimer une demoiselle qui appartenait à un autre ? S'il l'aimait, il la perdrait et cela lui briserait le cœur à tout jamais.

Mais comment allait-il tenir parole et ne pas poser la main sur elle alors que la voir, la sentir suffisait à le rendre fou de désir ?

— Vous ne m'avez jamais précisé si l'oncle qui vous avait transmis ses contes préférés était Robert Campbell.

Tristan cligna des yeux et détourna son regard d'elle, pris au dépourvu par ce sujet.

— Oui, c'était bien lui.

— Je vous pose la question, parce que vous avez dit que vous alliez me montrer votre vrai visage, poursuivit-elle, et je veux savoir. J'ai besoin de savoir. C'étaient ses histoires que vous aimiez tant, ou lui ?

Il lui avait demandé de lui faire confiance. Mais avant cela, il fallait qu'il lui fasse confiance lui aussi.

— Il était comme tous les héros de contes, Isobel. Il vivait sa vie comme tout homme d'honneur devrait le faire.

Elle ferma les yeux pour lui épargner d'avoir à y déceler la douleur et les regrets qu'elle ressentait.

— Dans ce cas, je suis navrée qu'il ne soit plus parmi nous.

Il sourit à la jeune femme sous le clair de lune.

— Tout comme moi.

— Je ne voulais pas vous causer de chagrin en parlant de lui.

Il s'arrêta, et, se tournant vers elle, il leva les doigts en direction d'une mèche auburn qui barrait la joue d'Isobel sous l'effet de la brise fraîche du soir. Elle ouvrit les paupières et plongea son regard dans le sien.

— Son souvenir ne me cause pas de chagrin. Cela fait des années que je n'ai pas parlé de lui, et c'est cela qui m'attriste le plus.

Elle lui lança un regard attendri, et il retint son souffle.

— Alors, j'aimerais beaucoup en savoir plus sur lui, suggéra-t-elle, couvrant ses mains des siennes.

— Très bien, répliqua-t-il en portant la main de la jeune femme à ses lèvres. Je vais vous raconter.

Leurs doigts s'entrelacèrent et ils se tinrent par la main tout en poursuivant leur marche.

— J'ignorais pourquoi il me préférait aux autres. Mon frère Rob porte son nom, et pas moi. Peut-être est-ce parce qu'il voulait que je fasse honneur au prénom que l'on m'avait donné.

Il sourit doucement pour lui-même, surpris de constater à quel point les mots lui venaient facilement.

— Il m'a invité à passer mon été chez lui, avec son épouse, à Fort Campbell, et là, il m'a appris à être comme lui. C'est devenu ma demeure.

— Il est devenu comme un père pour vous, déclara-t-elle, se souvenant des paroles qu'il avait prononcées la première fois qu'il lui avait décrit le comte. Votre vrai père était-il si dur que cela ?

Tristan savait qu'elle ne voudrait probablement rien entendre de favorable au sujet de l'homme qui avait occis son père, mais il souhaitait qu'elle comprenne qu'il n'était pas né d'un monstre assoiffé de sang qui tuait simplement pour le plaisir.

— Mon père n'était pas dur du tout. Il n'a jamais maltraité ses enfants, il est simplement taillé différemment. Tout comme les autres membres de ma famille, il a dû se battre pour protéger ce qui leur appartenait de plein droit. Mon père a fait ce qu'il fallait pour que son nom perdure.

Elle demeura silencieuse un instant alors qu'ils poursuivaient leur marche en direction des collines et des arbres un peu plus loin. En cet instant, comme si elle avait précisément compris qui il était vraiment, elle se tourna vers lui et s'enquit :

— Comment un vaillant petit garçon a-t-il pu cohabiter avec des hommes qui n'avaient connu que les batailles et les bains de sang ?

— Je n'ai jamais vraiment fait partie du Camlochlin, admit Tristan calmement. Et après la disparition de mon oncle, c'était comme s'il n'y avait plus aucune place pour moi dans ce monde. Après sa mort, j'ai cessé de me demander quelle était ma place.

— Mais pourquoi cela ?

— Parce que je l'aimais plus que tout, lui et ce qu'il m'avait enseigné... Il arrive des moments dans la vie d'un homme où ce sont ses choix qui façonnent sa destinée… Dans un accès de colère, j'ai laissé toute la fierté de la lignée MacGregor me gouverner et j'ai tout détruit. Alors, j'ai tourné le dos aux principes de mon oncle et à ceux de mon père.

Quand ils arrivèrent aux arbres, elle s'arrêta pour se tourner vers lui.

— Comment avez-vous tout détruit ?

Il étudia sa silhouette, gracile et si féminine sous ce ciel étoilé. Il se sentit alors fébrile, brûlant de la prendre dans ses bras, de lui raconter tout ce qu'elle désirait savoir, puis de l'embrasser jusqu'à ce qu'elle le croie. Il ne voulait pas tomber amoureux d'elle, mais il fallait être sans cœur pour ne pas succomber.

— Je me suis battu avec Alex.

Des larmes se mirent à couler sur les joues d'Isobel, et sous les faibles lueurs du clair de lune, ses yeux brillèrent comme deux océans d'émotion. Il avait envie de se plonger dans leurs profondeurs, de se purifier dans cette source printanière et d'y puiser le renouveau qu'elle pouvait lui offrir.

— Vous pensez qu'il est mort par votre faute alors ? Tristan, je vous en prie, dites-moi si vous êtes venu pour le venger. Je comprends mieux maintenant à quel point il comptait pour vous.

Le cœur du jeune homme chavira quand il perçut la crainte dans la voix d'Isobel. Il leva une main pour essuyer les larmes de la jeune femme. Lorsqu'elle recula d'un pas, il s'avança vers elle, incapable de se retenir un instant de plus.

— Isobel, c'est à cause de tout ce qu'il représentait pour moi que je ne l'ai pas vengé.

— Je suis désolée que mon père vous l'ait enlevé. Il… il avait bu ce soir-là. Je n'étais qu'une enfant et j'ignorais ce qu'il comptait faire. Comme nous tous.

Elle refusait qu'il s'en veuille, et pour l'instant, il se conformait à son désir.

— Oui, nous étions d'innocents enfants.

Il encadra son visage entre ses mains et avança ses lèvres vers les siennes.

— Oui, souffla-t-elle contre sa bouche.

Elle ferma les yeux et entrouvrit les lèvres, réduisant à néant la détermination de Tristan à se comporter en parfait gentleman. Il passa une main derrière son épaisse tresse et une autre au creux de ses reins, pour la serrer contre lui et l'embrasser tendrement.

Pendant une semaine entière, chaque nuit, ils se retrouvèrent près des arbres, sous le ciel étoilé et le clair de lune. Ils évoquèrent leur passé, et les rêves qui leur avaient permis de tenir le choc pendant les passages les plus difficiles. Isobel lui confessa ses pires craintes et ses espoirs les plus fous quant à l'avenir de ses frères – choses qu'elle n'avait jamais partagées avec personne avant lui, pas même avec Patrick. Bien sûr, elle ne lui avoua pas tout, mais lors de leurs rendez-vous nocturnes, elle commença à croire que la venue de Tristan chez eux n'avait rien à voir avec son oncle. Du moins pas de la façon dont elle le craignait.

Leur première promenade s'était terminée dans la chambre de Tamas, et depuis lors elle avait complètement pardonné à Tristan la manière dont il avait traité le benjamin des Fergusson.

Il l'avait emmenée au chevet de Tamas, où ils étaient demeurés jusqu'à ce que le jour se lève. Elle l'écouta en silence quand il avoua à son frère qu'il avait pris sa fronde et que pour la retrouver, il allait devoir le mériter. Elle resta immobile lorsque Tamas se mit à pleurnicher, et voulut sortir de son lit. Tristan fut le premier à tendre la main vers le garçon quand il commença à s'appuyer sur ses jambes affaiblies. Et elle observa la scène, son cœur las attendri, pendant que Tristan prenait le temps de soutenir Tamas qui voulait traverser sa chambre.

Elle était sûre qu'au moins quelques-uns de ses frères étaient au courant de ses rendez-vous secrets avec Tristan, mais aucun d'entre eux n'y fit la moindre objection, bien qu'elle soit fiancée. Tout comme elle, ils semblaient avoir tout oublié d'Andrew Kennedy.

Jusqu'au jour où, comme un cheveu sur la soupe, il arriva à leur porte accompagné d'Annie.

Isobel avait eu envie d'écraser sa plus grosse marmite sur le crâne de Patrick quand elle les vit pénétrer dans sa maison. Au moment où elle croisa le regard d'Andrew, elle sut qu'elle ne pourrait jamais l'épouser. Il lui adressa un sourire, exprimant sa joie de la voir là, sur le seuil de la cuisine, mais ses yeux n'avaient pas l'éclat ni l'étincelle qu'elle trouvait dans ceux de Tristan quand il l'apercevait en entrant dans une pièce.

— J'espère qu'on ne vous dérange pas, lança Andrew, plus à l'adresse de Patrick qu'à elle-même.

— Ne vous en faites pas, Andrew, répondit Isobel en s'essuyant les mains sur son tablier. Nous allons simplement réduire les portions pour que vous puissiez dîner avec nous.

— Tu vois ? fit Annie en tapotant l'épaule de son frère. Je t'avais dit que c'était mal élevé d'arriver à l'improviste.

— Si l'on a agi ainsi, s'empressa de préciser Andrew, c'est parce que ce vieux Edward le Tanneur est venu sur nos terres il y a deux jours pour nous annoncer qu'il avait croisé sur sa route un homme qui lui avait demandé où se trouvaient les Fergusson. Je me suis fait du souci : le Tanneur a affirmé que c'était un Highlander.

— Oui, c'est sans nul doute un Highlander, commença Patrick avant que Tristan apparaisse sur le seuil. Tristan, je vous présente Andrew Kennedy, le fiancé d'Isobel, et sa sœur, Annie.

— Tiens, le fiancé d'Isobel ! s'écria Tristan avant de croquer à pleines dents dans sa pomme, produisant un son grinçant qui fit mal aux oreilles d'Isobel. Quelle chance vous avez !

Andrew acquiesça et tendit la main comme si la jeune femme se trouvait en grand danger, et qu'il avait décidé de l'en sauver. Annie ne prononça pas un mot. Elle se contenta de dévisager Tristan au point qu'Isobel eut envie de la gifler.

— Andrew, fit Isobel en plissant les yeux dans sa direction. Vous vous êtes fait du souci pour notre sécurité et vous avez emmené votre sœur ?

— Oh, oui, mais c'est une jeune femme maligne et intuitive, n'est-ce pas, Kennedy ? lança fièrement Tristan avant de la contourner quand il vit Tamas descendre lentement l'escalier. Vous avez été gâtée par la nature.

Annie le suivit de ses grands yeux rêveurs, s'attardant sur ses culottes moulantes quand il la dépassa.

— Il ne ressemble pas à un Highlander, fit-elle remarquer dans un petit soupir.

Isobel maudit son plaid et le fait qu'il le porte si rarement, lui préférant une tenue aux airs plus anglais.

Andrew posa aussi son regard froid sur le jeune homme.

— Aurais-je dû emmener un bataillon pour m'enquérir d'un inconnu ?

— S'il avait voulu nous faire du mal, cela n'aurait pas suffi, fit remarquer John déjà attablé.

— Ah bon ? lâcha Andrew en haussant un sourcil dubitatif tout en observant Tristan qui aidait Tamas à descendre la dernière marche. Et quel genre de menace pourrait-il constituer sans épée à la ceinture ?

Oh, Seigneur ! Isobel secoua la tête, leva les yeux au ciel et se tapa la cuisse. La soirée s'annonçait pénible. Andrew était de toute évidence mécontent de la présence de Tristan. Mais après tout, qui pourrait bien se sentir supérieur à un homme de l'envergure du Highlander ? Et même si ce dernier ne se départait pas de son sourire avenant, elle le connaissait suffisamment pour savoir qu'il n'était pas sincère. Avant qu'une autre perche soit tendue à Tristan, elle chassa Andrew de la table.

— Maintenant que vous êtes là, pourquoi n'iriez-vous pas discuter avec Patrick ?

Puis Isobel se tourna vers Annie.

— Annie, voulez-vous bien aller voir dehors si Cameron et Lachlan sont rentrés de la chasse ?

— Qui ça ? demanda la jeune femme en adressant un sourire à Tristan quand il souleva Tamas pour l'installer doucement à sa place.

— Que lui est-il arrivé ? s'enquit Andrew en désignant Tamas du doigt.

— Rien, répliqua Isobel sans quitter Annie du regard. Il est parfaitement capable de s'asseoir tout seul.

— J'ai encore mal aux pieds, Bel, déclara son petit frère, l'air renfrogné, avant de se tourner vers les invités. Tristan a mis des chardons dans mes bottes.

Andrew écarquilla les yeux en direction de Patrick et décocha un regard noir à Tristan.

— Tu l'avais bien cherché, justifia John.

— Et toi, tu l'auras bien cherché aussi quand je te lancerai un caillou…

La menace de Tamas s'arrêta net quand Tristan se pencha pour lui murmurer quelque chose à l'oreille.

Isobel prit une profonde inspiration et s'évertua à garder patience quand Annie se mit à sourire en observant les fesses musclées de Tristan. Il fallait que cette soirée se passe, et ensuite, ils se débarrasseraient d'Andrew. Elle jeta un œil courroucé à Patrick, car c'était lui qui l'avait promise à Andrew, toute cette situation était sa faute. Elle ignorait encore comment elle allait s'en tirer, mais elle tâcherait de ne pas trop y songer ce soir.

— John, viens m'aider à servir le repas.

— Laissez-moi faire, proposa Tristan avec un grand sourire radieux, et avant que quiconque puisse s'y opposer, il s'avança d'un pas nonchalant dans la cuisine.

— Dites-moi, Isobel, je vous en prie, vous ne pensez tout de même pas sérieusement épouser ce benêt mal dégrossi, lança-t-il en tendant la main vers les bols rangés sur une étagère au-dessus de sa tête.

— Parlez moins fort, l'avertit-elle en lui prenant un bol des mains. Déjà qu'il ne vous aime pas.

— Quel dommage, répliqua Tristan avec un léger sourire caustique. J'espérais tellement nouer une amitié pour la vie avec lui. Peut-être que je pourrais me marier avec sa sœur, et on élèverait de beaux enfants après.

Isobel marqua une pause près du réchaud pour le foudroyer du regard.

— Ne me regardez pas comme ça, fit-il brusquement. La perspective que j'épouse sa sœur est aussi ridicule que celle que vous épousiez son frère.

— Et vous voulez que je fasse quoi, Tristan ?

Elle remplit l'écuelle de ragoût de lapin avant de la lui remettre et d'en prendre une autre de ses mains.

— Patrick est le chef de notre clan. Il tente de faire ce qu'il y a de mieux pour moi.

— Andrew Kennedy n'est pas ce qu'il y a de mieux pour vous, argua-t-il en l'observant remplir le bol suivant.

— Qui est mieux alors ?

Comme il restait sans voix, elle ressentit l'envie de lui renverser le ragoût d'un invité sur la tête.

— Au moins je sais qu'Andrew sera sincère et fidèle.

Elle sortit de la cuisine et retourna dans la salle à manger, suivie de près par Tristan. Ils posèrent brusquement les bols sur la table tous les deux, trop occupés à se dévisager pour remarquer que Patrick et Andrew ne les quittaient pas des yeux non plus.

— Êtes-vous en train de dire que moi je ne serais pas sincère et fidèle ? s'enquit Tristan quand ils furent retournés à la cuisine.

— Vous n'êtes pas du genre fidèle, mais plutôt séducteur, cingla-t-elle en le dépassant pour atteindre les dernières écuelles. Je suis sûre que toutes ces dames du palais de Whitehall ou de Skye seraient d'accord avec moi.

Il saisit le poignet de la jeune femme pour l'interrompre. Quand il la fit se retourner pour lui faire face, il lui adressa un regard dur et quelque peu blessé.

— Le niez-vous ? insista-t-elle.

Elle pria le ciel pour qu'il nie tout en bloc. Elle pria le ciel pour qu'il trouve de belles paroles pour agrémenter sa déclaration d'amour pour elle. Mais quand rien ne vint, elle battit des paupières pour réprimer les larmes qui étaient en train de lui monter aux yeux. Elle avait été idiote de s'autoriser à penser qu'il aurait pu tenir à elle d'une façon ou d'une autre.

— Lâchez-moi.

Il la libéra avec un sourire peiné puis tourna les talons. Il se trouva face à face avec Patrick qui se tenait sur le seuil.

— Tristan, commença l'aîné calmement, en remarquant le regard larmoyant d'Isobel et la mine courroucée du jeune homme. Elle appartient à Andrew. Je n'aurais jamais dû vous laisser faire tous les deux.

— Il n'y a rien entre nous, intervint Isobel.

Patrick leva une main pour la faire taire et concentra son regard sur Tristan.

— Je lui ai donné ma parole, et il me le rappelle par sa simple visite. Voulez-vous que je revienne là-dessus ?

— Non, répondit Tristan en secouant la tête avant de le contourner pour sortir de la pièce. Je ne pourrais pas vous en demander autant.

Chapitre 25

Isobel murmura un juron entre ses dents alors qu'elle traînait deux seaux de lait de chèvre de l'étable au manoir. Elle fit la grimace en voyant le soleil de plomb qui régnait sur l'après-midi et pesta en silence contre Andrew qui affûtait son épée, adossé à un mur devant la maison. Isobel sentit son cœur s'emballer, ce qui n'arrangea en rien son humeur exécrable, pas plus que l'évocation du souvenir d'Andrew qui dès son arrivée avait insisté pour séjourner là quelques jours avec Annie.

Bien sûr, si Andrew voulait rester, c'était à cause de la présence de Tristan. Pendant deux jours entiers, elle avait dû supporter Andrew qui la suivait comme un toutou, la prenant par le bras dès que Tristan était en vue. Le fiancé d'Isobel s'était toujours montré gentil envers elle, mais ces derniers temps, il était devenu agaçant au plus haut point, s'émerveillant de tout ce qu'elle disait, complimentant sa cuisine avant même d'avoir porté la cuillère à sa bouche.

Isobel n'arrivait pas à comprendre pourquoi son indésirable promis se montrait si possessif. Tristan lui avait à peine adressé la parole depuis leur petite conversation avec Patrick dans la cuisine. Elle ne le vit presque pas. Il passait ses journées avec ses frères, s'entraînant avec eux derrière la maison, ou il partait en quête d'une quelconque corvée qui lui permettrait de demeurer loin d'elle. Il ne restait même plus bavarder au salon le soir, ce qui déçut grandement ses plus jeunes frères. Cette absence voulue la rendait folle. Ne se souciait-il donc pas d'elle ? Elle avait commencé à croire qu'elle comptait pour lui, qu'elle représentait plus qu'un simple moyen de racheter une tragédie qui n'était pas sa faute, mais il ne faisait preuve d'aucun signe de jalousie ni de colère. Il avait tout simplement cessé de prêter la moindre attention à la jeune femme. Pour elle, ce fut pire que de découvrir qu'il était un MacGregor.

— Vous avez besoin d'aide avec ces seaux, ma jolie ?

Isobel foudroya Andrew du regard. Avait-elle besoin d'aide ? Le lait qui était en train de se déverser sur ses chaussures ne constituait-il pas un indice suffisant ?

— Non, mais vous pouvez m'ouvrir la porte, si ça ne vous embête pas trop.

Pourquoi diantre affûtait-il son épée de toute façon ? Tristan ne l'avait pas menacé, mais lui avait souri, passé l'insulte de sa demande quant à l'identité du Highlander. Comment Tristan parvenait-il à rester de marbre – insensible ?

De la cuisine où elle versait le lait dans des jarres, elle entendit la porte d'entrée claquer.

— Je pourrais vous aider pour les plantations, implora Annie haletante. J'ai vu Isobel le faire, je saurais l'imiter.

— Je n'ai pas besoin d'aide, mais je vous remercie, répliqua Tristan.

Isobel se tourna à temps pour voir le jeune homme se diriger droit sur elle. Il croisa son regard, puis détourna les yeux.

— Vous voyez, mademoiselle ? Je vous avais dit qu'elle portait le lait toute seule. Si vous voulez aider quelqu'un, proposez plutôt à Isobel.

Sans un mot de plus ni un regard dans sa direction, il tourna les talons et quitta la cuisine.

Isobel le regarda partir. Il s'était une nouvelle fois porté à son secours. Ou du moins avait-il tenté de le faire. Mais comment avait-il vu ce qu'elle faisait des champs ? Peu importait. Elle avait envie de lui emboîter le pas. Elle désirait lui parler, marcher avec lui, le revoir lui sourire, sentir sa bouche contre la sienne.

— Il est vraiment magnifique, soupira Annie.

Isobel ne pouvait pas vraiment lui en vouloir de suivre le jeune homme comme un petit chien prêt à tout pour que son maître lui donne un os à moelle. Tristan serait même capable d'éveiller le désir d'une bonne sœur, avec son foulard noué autour de la tête pour retenir ses cheveux mi-longs, sa chemise humide qui collait à son torse musclé, et ses culottes moulantes qui laissaient entrevoir bien plus que des cuisses galbées.

— Enfin, Annie, vous savez que vous plaisez à Cameron pourtant, cingla Isobel. C'est cruel de votre part de clamer haut et fort votre attirance pour Tristan.

— En vérité, je ne sais pas ce que Cameron pense de moi, déclara Annie en faisant la moue. Il est si stoïque.

— Eh bien, maintenant que je vous l'ai dit, cessez un peu de courir après Tristan.

Le visage d'Annie se fendit d'un sourire aussi malicieux que celui de Tamas.

— Eh bien, Isobel, j'en croirais presque que vous trouvez Tristan à votre goût vous aussi.

— Ne dites pas de bêtises, nia Isobel en s'esclaffant avant de retourner à son lait.

— Et je me suis demandé si vous ne lui plaisiez pas aussi, poursuivit Annie sans pitié. Dès que vous êtes dans les parages, il arrête tout ce qu'il est en train de faire et il vous cherche du regard. J'ai voulu savoir s'il avait l'intention de vous voler à Andrew.

— Et qu'a-t-il répondu ? s'enquit Isobel en maudissant silencieusement ses mains qui se mirent à trembler.

— Il m'a assuré qu'il n'était pas un voleur.

Alors, c'était tout ? Isobel passa ses mains sur son tablier et ferma les yeux. Pourquoi est-ce que la réponse du jeune homme lui donnait l'impression qu'il venait de la poignarder en plein cœur ? Parce qu'elle éprouvait des sentiments pour lui, doux Jésus. Elle s'était laissé séduire, comme toutes les autres avec qui il avait joué avant de les quitter. Et il l'abandonnerait de la même façon. Au début, elle avait voulu qu'il s'en aille, mais ce n'était plus le cas. Maintenant, elle ne pouvait imaginer une seule journée sans profiter du sourire radieux du jeune homme, ni une nuit sans ses baisers passionnés. Seulement, il ne l'aimait pas. Il était prêt à la laisser partir avec Andrew sans sourciller. Elle avait envie de le détester pour cette raison.

Tristan ne vint pas au salon après le dîner ce soir-là, et Isobel non plus. Elle alla se coucher, et en s'installant sur son oreiller, elle se promit qu'elle ne tomberait plus jamais amoureuse d'un homme qui ne l'aimait pas en retour.

Elle ignorait si Andrew l'aimait, mais du moins était-il prêt à se battre pour elle.

Chapitre 26

Tristan n'avait jamais rencontré quelqu'un qui lui donne une telle envie de meurtre qu'Andrew Kennedy.

Après ce qui s'était passé avec Alex quand ils étaient plus jeunes, Tristan se vantait d'avoir un tempérament mesuré. Il avait appris à s'endurcir pour lutter contre les émotions qui faisaient rage dans le cœur des autres hommes. Il avait refusé de laisser la jalousie corrompre son âme lorsque ses frères parvenaient à arracher des éloges à leur père alors que lui n'y arrivait pas. Il n'avait jamais cédé ouvertement à la colère quand il avait perdu son oncle, et il n'avait pas non plus succombé à la douleur et à la solitude qui s'ensuivirent pour ne jamais le quitter. Il ne dissimulait pas ses émotions, il se contentait de les maîtriser.

Mais sa détermination à tenir la promesse qu'il avait faite à Patrick et de laisser Isobel épouser Kennedy s'effritait peu à peu.

S'il n'y avait pas eu la jeune Annie toujours collée à ses basques, il aurait entraîné Isobel dans les collines, l'étable, n'importe où du moment qu'ils se retrouvent seuls tous les deux. Il essayait, oh oui, il essayait de faire le nécessaire pour respecter le souhait de Patrick, mais après avoir passé trois jours à ronger son frein et à s'être retenu d'étrangler Kennedy, il craignait de ne pouvoir maintenir l'honneur qui commençait à lui faire défaut.

Le pire dans tout cela, c'était que cela lui était égal. Tristan ne pouvait laisser Isobel épouser Andrew. À la seule pensée de la perdre, son esprit s'enflammait de rage et de crainte, des sentiments qu'il ne voulait laisser transparaître pour rien au monde. Il fallait qu'il lui parle seul à seul et qu'il lui dise qu'Andrew n'était pas assez bien pour elle. Nul mortel ne l'était, mais Tristan avait envie de tenter sa chance.

Il savait qu'il aurait dû penser à un plan plus détaillé, mais il n'était pas dans sa nature de faire preuve de prudence. Il attendit la fin du dîner, quand tout le monde se dirigea vers le salon, un verre d'hydromel chaud à la main, et il prit Isobel par le bras pour l'attirer dans le couloir.

— Venez avec moi dans les collines, il faut que je vous parle.

Elle eut l'air surprise et soulagée, et il fut tenté de l'embrasser en cet instant même, dans le couloir.

— Vous ne l'aimez pas, n'est-ce pas, Isobel ?

— Non, pas lui, répondit-elle en secouant la tête tout en lui adressant un sourire.

Dieu ce qu'elle était belle ! Son visage lui avait manqué, et la façon dont elle le regardait aussi. Il ne voulait pas attendre qu'ils soient dehors pour tout lui dire.

— Je me suis senti très mal ces derniers jours sans vous.

— Pourquoi vous êtes-vous mis à l'écart ? demanda-t-elle doucement, posant sa main sur la joue du jeune homme.

— Je pensais que c'était ce qu'il y avait de mieux à faire.

Il couvrit la main d'Isobel de la sienne et porta ses doigts à ses lèvres.

— Mais je ne peux vous laisser l'épouser sans…

— MacGregor ! retentit la voix d'Andrew dans le couloir. Bas les pattes !

Restant face à elle, Tristan ferma les yeux et poussa un soupir de frustration.

— Patrick, vous autorisez cela ? lança Kennedy.

Il ne manquait plus que ça. Tristan serra la mâchoire en tournant son regard sombre sur son accusateur. Patrick était désormais lui aussi impliqué, ce qui allait mettre leur amitié à rude épreuve.

— Et selon vous, quelle est cette chose qu'il autorise, Mr Kennedy ? Réfléchissez bien avant de répondre, précisa-t-il, un soupçon de menace dans la voix. Car je ne vous laisserai sûrement pas porter atteinte à l'honneur de cette jeune femme.

Derrière lui, Isobel agrippait son bras, lui rappelant qu'il n'était pas obligé d'agir comme l'aurait fait le reste de sa famille, même si l'espace d'un instant, il se vit en train de trancher la gorge d'Andrew de son épée.

— Vous parlez d'honneur comme si vous en aviez la moindre notion, siffla Kennedy. Vous êtes un MacGregor, le fléau de l'Écosse. Un nom qui aurait dû disparaître depuis…

— Andrew ! l'interrompit Patrick. Ce MacGregor a empêché les Cunningham de brûler nos récoltes. Il a sauvé la vie de John et la mienne. Je ne vous permets pas de l'insulter sous mon toit.

— Vous pouvez toujours le traiter en ami, Patrick, mais que fait-il encore ici ? Vous m'avez dit qu'il était blessé, mais je le vois rétabli, paré à rentrer chez lui.

— Il nous aide, indiqua Lachlan pour s'avancer près de Patrick et adresser un sourire à Tristan.

— Oui, on ne veut pas qu'il parte, intervint John. Pas vrai, Isobel ?

— Oui, tu as raison, John.

À ses côtés, Tristan soupira pour exprimer son immense soulagement.

— Voilà qui est très touchant, déclara Andrew qui commettait l'erreur de se moquer d'eux. Mais elle doit devenir ma femme, et je ne veux pas voir les sales pattes de MacGregor sur elle.

— Pour qu'elle devienne votre femme, il faudra me passer sur le corps, affirma Tristan d'une voix douce, parfaitement maîtrisée.

Finies les politesses. Il ne voulait pas perdre Isobel, et il n'allait sûrement pas laisser ce bâtard l'épouser.

— Rien de plus simple, gronda Andrew. Je n'aurai aucun mal à tuer un homme dont le père a assassiné celui de ma promise.

— Andrew, ce sont nos deux familles qui sont responsables, argua Isobel en s'avançant près de Tristan. Il a perdu son oncle dans l'histoire, et c'est une perte tout aussi importante que la nôtre.

— De ce que j'ai entendu, ce n'était pas une grosse perte pour les Campbell.

— Kennedy, prononça Tristan du plus profond de ses entrailles. Retirez ce que vous venez de dire.

— Tristan, fit Isobel en se tournant vers lui, tâchant de l'apaiser de sa douce voix. Ne faites pas…

— Il a trahi le royaume que son clan avait servi pendant des générations.

— Andrew, c'est assez ! s'écria Isobel en se tournant vers son fiancé, l'empêchant ainsi de voir les mains de Tristan.

— Il s'est associé à une engeance maudite, argua Andrew qui s'avança et poussa Isobel sur le côté. Parce qu'il avait peur.

Tristan posa les mains sur Isobel pour la faire passer derrière lui, et en un clin d'œil, il se saisit de la dague qu'Andrew portait à la ceinture. Un instant plus tard, il tirait le bâtard par les cheveux d'une main et de l'autre, il appuyait la pointe de la lame sur la gorge du malheureux.

— Vous osez la bousculer ?

Tristan reconnut à peine le son de sa propre voix, et il n'entendit pas le cri terrifié d'Annie.

— Vous méprisez un homme qui était bon ? poursuivit Tristan.

La lame entailla la chair de Kennedy et une goutte de sang perla.

— Tristan !

Patrick s'approcha d'eux et tendit le bras vers la dague.

— Rendez-lui son arme, Tristan, je vous en prie ! s'écria Isobel.

Tristan lança un regard courroucé à Kennedy avant de reculer. Il retourna la dague dans sa main et la remit à la ceinture d'Andrew puis tourna les talons.

— Patrick, pleurnicha Kennedy dès qu'il fut libéré. Jetez-le dehors avant qu'il essaie de tuer l'un d'entre vous.

— Je crois que c'est vous qui devriez partir, Andrew, rétorqua Patrick en se tenant près d'Isobel. Il se fait tard, Annie peut donc rester. Cam la ramènera demain matin.

— C'est lui qui est dangereux, objecta Andrew, essuyant le filet de sang qui avait coulé le long de son cou de la paume de sa main pour le leur montrer. C'est un assassin, tout comme son père. Je l'ai vu dans ses yeux ! Comment savez-vous avec certitude qu'il ne va pas tuer Cameron ?

Tristan ignorait pourquoi il tuerait Cameron, mais il regrettait déjà de ne pas avoir arraché toutes ses dents à Andrew. Il remarqua le visage de Patrick devenir livide dans un premier temps, puis, à côté de lui, Isobel porta les mains à sa poitrine.

— Isobel ? fit Tristan en s'avançant vers elle.

Elle aspira une petite bouffée d'air puis s'agrippa au torse de Patrick.

Il lui était impossible de respirer.

— Isobel !

Il tendit les bras vers elle et posa les doigts sur sa joue froide, la voyant haleter pour reprendre son souffle.

— Elle fait une crise !

Patrick l'emporta dans ses bras vers le salon, donnant ses instructions à Cam et Lachlan qui devaient se rendre dans son jardin.

— Mais elle n'a plus d'héliotrope ! se récria John en se tordant les mains et en suivant ses frères en direction de la porte.

— Des marguerites, John. Vite !

L'héliotrope était un remède plus efficace. John et Lachlan lui avaient indiqué quelle autre plante pouvait l'aider à respirer le jour où Tristan avait détruit l'héliotrope. Diantre, c'était à cause de lui qu'elle n'en avait plus.

Se penchant sur la chaise où Patrick l'avait installée, Tristan saisit la main froide de la jeune femme. Elle était consciente, les yeux écarquillés, le regard vitreux et apeuré. Ses narines étaient dilatées, ses lèvres pâles entrouvertes, tandis qu'elle inspirait de rapides bouffées d'air.

— Que peut-on faire ? s'enquit Tristan en levant les yeux vers Patrick. Comment peut-on l'aider ?

Les garçons revinrent en trombe et filèrent droit à la cuisine avec Cameron.

— Je vais lui préparer sa tisane. Ça te fera du bien, hein, Bel ?

Patrick parvint à composer un sourire à l'intention de sa sœur, ce qui força encore plus l'admiration de Tristan.

La jeune femme acquiesça et serra la main de Tristan. Il y déposa un baiser et ne leva pas les yeux afin d'éviter le regard de tous ceux qui auraient pu le voir.

L'eau mit une éternité à bouillir, mais Tristan profita de ces instants pour s'asseoir auprès d'Isobel, l'apaiser de sa voix grave, lui promettant de prendre soin d'elle. Elle lui sourit à deux reprises, ravissant le cœur du jeune homme pour de bon.

Andrew se tenait à distance, ayant l'air effrayé et quelque peu dépassé : il n'avait pas escompté avoir une épouse souffrante. Tristan en était dégoûté.

Dès que l'infusion fut prête, Cameron l'administra à sa sœur. Elle dut en boire deux tasses et attendre une heure avant de recouvrer un souffle normal. Tristan resta avec Cam près de son lit pendant qu'elle dormait. Ils demeurèrent longtemps silencieux, veillant sur elle au cœur de la nuit. Tristan n'avait rien contre le silence, et c'était une chose à laquelle il s'attendait, venant du timide Cameron. Toutefois, il fut surpris quand Cam leva les yeux juste avant le lever du jour et s'éclaircit la voix.

— L'aimez-vous ?

— Je… je ne voulais pas l'aimer, répondit Tristan, détachant son regard d'Isobel pour le poser sur son frère. Mais le fait est que je l'aime.

Le sourire de Cam fut si discret que Tristan pensa qu'il l'avait imaginé.

— Pourquoi ne vouliez-vous pas l'aimer ? Parce qu'elle est une Fergusson ?

Tristan secoua la tête.

— Parce que j'avais peur.

— Vous ? s'étonna Cam dans un sourire doux, sans la moindre trace de moquerie. Je ne vous crois pas.

— La dernière personne que j'aie vraiment aimée m'a été enlevée. Je ne sais pas si je pourrais survivre à une telle perte une nouvelle fois.

Ils se turent un instant, écoutant le son de la respiration d'Isobel.

— Vous avouez toujours la vérité aussi facilement, Tristan ?

— Comment savez-vous que tout ce que je dis est vrai ?

Cam haussa les épaules et contempla sa sœur assoupie.

— Parfois, quand on regarde bien les gens, on arrive à le savoir.

Tristan lui adressa un grand sourire.

— Alors dans ce cas, oui, je crois que je suis assez souvent franc.

— L'honnêteté est une vertu.

— Vous avez écouté mes histoires des chevaliers de la Table ronde alors, hein ? fit remarquer Tristan en riant.

— Oui, mais je ne me souviens pas aussi bien de leurs noms que John.

— Ce sont de leurs qualités qu'il faut se souvenir, pas de leurs noms.

Cam acquiesça et garda le silence quelques instants.

— Tristan ?

— Oui ?

— J'aime Annie Kennedy.

Tristan ne répondit pas, repensant au nombre de fois où la jeune fille avait gloussé devant lui, telle une chatte enamourée, ces derniers jours.

— Je sais qu'elle en a après vous pour l'instant.

Il leva une main pour empêcher Tristan d'intervenir.

— Si vous pouviez conquérir le cœur d'Isobel, je sais que vous pourriez m'aider à gagner celui d'Annie. N'est-ce pas ?

Tristan se pencha sur sa chaise et encouragea Cam à se rapprocher de lui.

— Je vais disparaître quelques jours.

— Pourquoi ? s'enquit Cam calmement. Enfin, je ne veux pas…

— Je reviendrai, le rassura Tristan. Mais pendant que je serai parti, il faut que vous fassiez le nécessaire avec Annie.

Le lendemain, dans le salon, Isobel faisait les cent pas devant la cheminée, froissant son tablier en un nœud grossier. Au moment où elle s'était trouvée mieux la veille, il était trop tard pour renvoyer Andrew seul sur les routes. Ce dernier était donc tranquillement assis avec Patrick et l'observait pendant qu'ils attendaient que Cameron termine ses corvées du matin avant de les rejoindre.

— Je ne comprends pas pourquoi vous êtes si vexée par le départ de ce MacGregor, lança Andrew après avoir laissé la jeune femme arpenter la pièce pendant dix minutes.

Isobel lui jeta un regard scandalisé et se mordit la lèvre. Tout était sa faute et elle se demanda, une fois de plus, comment un homme aussi idiot pourrait un jour prendre la tête de son clan.

— J'ignore pourquoi il est parti dans une telle hâte, cingla-t-elle. Il ne savait pas que mon père n'avait pas tué son oncle jusqu'à ce que vous lâchiez le nom de Cameron.

— Comment étais-je censé savoir ce que vous aviez ou n'aviez pas dit à MacGregor ?

Isobel lui tourna alors le dos. Oh, comment Patrick pouvait-il se figurer qu'elle accepterait de prendre cet homme pour époux ?

— Pensez-vous que Tristan aurait été si amical envers nous et Cameron s'il l'avait su ? Croyez-vous honnêtement que l'un d'entre nous aurait avoué au fils du diable MacGregor que c'est Cameron qui a tué le comte ?

Le dire à voix haute suffit à faire naître une boule dans le ventre d'Isobel, et elle eut le souffle court.

Non, mais, vraiment, comment cet homme pouvait-il être si stupide ?

—Je l'ai vu avant qu'il parte, déclara Annie calmement, assise près du feu. Il n'a pas prévenu qu'il partait, mais il m'a demandé pardon de m'avoir fait si peur la veille.

—Il n'a pas pu comprendre ce que j'ai dit, Isobel, se défendit Andrew.

—Il est très intelligent, pas comme vous, Andrew, lui indiqua-t-elle.

—Mais pourquoi voudriez-vous qu'il tue Cameron ? Pourquoi Cameron et pas Patrick ou Lachlan ?

—C'est vous qui avez parlé de Cameron ! Il n'a aucune raison de tuer qui que ce soit, à moins que ce ne soit l'assassin de son oncle.

—Il ne sait pas que c'était moi, affirma Cameron tranquillement en entrant dans la pièce, refermant la porte derrière lui.

—Tu n'étais qu'un enfant, lança Isobel en pressant le pas vers lui.

Ils n'évoquaient jamais ce funeste jour. Elle ne voulait pas en discuter maintenant, mais peut-être était-ce le moment. Cameron avait bien trop longtemps supporté le poids de cette culpabilité, de ces remords d'avoir vu son père mourir à sa place.

—Tu étais encore plus jeune que Tamas. Père n'aurait pas dû t'emmener ce jour-là.

Isobel posa ses mains tremblantes sur le bras de son frère. Seigneur, ce tragique accident avait tant coûté à sa famille – et à Tristan aussi. Elle ne sut que le comte avait été tué que deux jours après le passage vengeur du chef MacGregor. Ce jour-là, ils étaient des enfants, terrifiés, ne voulant qu'une chose : se cacher du regard enragé et embrasé que Callum MacGregor posa sur eux quand il fit ralentir sa monture devant la porte de leur maison avant de crier le nom de leur père. Isobel n'oublierait jamais ce jour, ni l'expression qui avait gagné le visage de son père lorsqu'il avait quitté leur demeure. Elle avait regardé par la fenêtre avec Cameron pendant qu'Alex se battait avec Patrick pour qu'il reste à l'intérieur. La jeune fille ne put détourner son regard d'Archibald Fergusson tandis qu'il s'avançait vers cet immense destrier qui s'ébrouait. Elle pensa que son père allait se faire piétiner sous ses yeux, mais elle ne parvint pas à les détacher de la scène. Elle tenta d'empêcher Cam de regarder quand MacGregor descendit de selle. Il était si grand comparé à son père, si musclé, puissant et silencieux quand il tira son épée.

Elle revint au présent et tourna les yeux en direction d'Andrew. Les MacGregor ne se seraient jamais doutés que la flèche fatale ne provenait pas du carquois d'Archibald sans le père d'Andrew. Kevin Kennedy s'était rendu à Fort Campbell avec le père d'Isobel. Il savait que c'était la flèche de Cam et il tenta de prévenir Archie dans un cri, plaidant ainsi son innocence face au diable. Mais le père d'Isobel avait refusé de dénoncer son fils.

Horrifiée, la jeune femme avait vu l'épée de MacGregor s'enfoncer dans la poitrine de son père. Elle ne se souvenait pas d'avoir crié, même si elle avait dû le faire si elle en jugeait par le regard assassin qui se posa sur elle à travers la vitre. Elle pensait qu'il allait entrer et tous les tuer, mais il laissa son père choir à ses pieds, puis disparut.

Oh, comment avait-elle pu baisser sa garde ainsi avec Tristan ? Elle aurait donc eu raison à son sujet depuis le début ? Elle ne voulait pas y croire, mais il ne pouvait pas être venu ici uniquement parce que son père désirait connaître le nom du véritable assassin. Pourquoi avait-il quitté la maison avant l'aube sans un « au revoir », prenant son cheval et assez de nourriture pour quelques jours ? Et pourquoi avait-il agi ainsi après qu'Andrew avait impliqué Cam dans cette si terrible affaire ?

— Tu es le dernier à lui avoir parlé, Cameron, dit-elle doucement à son frère. Il ne t'a pas indiqué où il allait ?

Cameron secoua la tête.

— Il a affirmé qu'il reviendrait. C'est tout.

Mais avec qui ? Son père ? Une armée ? Isobel ferma les yeux pour empêcher la panique de la gagner entièrement.

Elle était presque arrivée à la cuisine quand la voix de Cameron l'interrompit. Elle se tourna, essuya ses larmes et tenta de les lui cacher.

— Il ne nous fera aucun mal.

— Comment peux-tu le savoir, Cam ? Cela fait dix ans que sa famille nous hait.

— Parce que c'est un homme bien.

— Je le sais, mais il a dit que les choses seraient différentes.

Son frère lui adressa un regard confus.

— Quelles choses ? Comment seraient-elles différentes ? Bel, tu racontes n'importe quoi.

— Je lui ai demandé s'il se vengerait de celui qui a tué son oncle, s'il savait que cet homme était encore en vie, et c'est ce qu'il m'a répondu. Que les choses seraient différentes.

— Cela ne signifie pas que…

— Cam, tu n'as pas vu comment il était sur le point de tuer Andrew hier soir, parce qu'il avait dit du mal de Robert Campbell ? Peu importe ce qu'il a fait pour nous, ou l'ampleur de l'affection que nous lui portons, il aimait son oncle plus que quiconque. C'est ce qu'il m'a confié. J'ai peur qu'il ne cherche à le venger.

— Il est amoureux de toi, sœurette. Ça aussi, il me l'a dit. Il a veillé sur toi toute la nuit.

Isobel sécha ses larmes. Elle voulait croire qu'il l'aimait. Elle y avait presque cru la veille, quand il parlait de faire d'elle son épouse. Mais si elle avait véritablement régné sur son cœur, il ne serait pas parti le lendemain de son malaise – à l'instant précis où il pouvait avoir découvert la vérité par lui-même.

— Quelles que soient ses paroles envers toi, Cam, – et envers nous – où se trouve-t-il en ce moment ?

Son frère détourna le regard, incapable de lui fournir une réponse.

Chapitre 27

Les heures, puis les journées passèrent, emplies de terreur pour Isobel. Elle tenta de ne pas penser à des hordes de MacGregor dévalant les collines, parés à les massacrer, pour s'assurer de tuer le bon coupable cette fois-ci. Mais où diable avait pu aller Tristan, si ce n'était chez lui ? Oh, s'il les avait trahis, elle était bien décidée à le lui faire payer. Elle empoisonnerait la boisson qu'elle lui offrirait avant qu'ils la tuent. Elle priait pour qu'ils n'en arrivent pas là, et pour la première fois, elle récita une prière pour Cam, mais pas seulement. Elle était tombée sous le charme envoûtant de Tristan. Isobel avait ignoré tous les avertissements qui avaient traversé ses pensées, préférant s'adonner au plaisir d'être dans ses bras, de sentir sa bouche chaude et avide contre la sienne. Qu'il travaille dans les champs ou enseigne le maniement de l'épée à ses frères, à sa seule vue, une chaleur gagnait le corps de la jeune femme et lui montait aux joues. Elle aimait ses sourires sensuels, et l'avait d'ailleurs détesté toute la semaine pour avoir continué à sourire de cette façon en la présence d'Andrew.

Elle leva les yeux de son jardin et fit une grimace vers les collines. *Je vous en prie mon Dieu,* implora-t-elle, *faites qu'il revienne, et seul.*

Cameron passa devant elle, torse nu, et se dirigea vers le champ. Isobel se faisait du souci pour lui. Il avait adopté un comportement étrange depuis le matin du départ de Tristan. Il semblait ne pas se soucier de son destin, et avoir pour unique préoccupation d'impressionner Annie Kennedy. Le soir, il lui portait de l'hydromel dans le salon, et prenait l'initiative de s'asseoir à côté d'elle. Il n'était pas aussi silencieux que d'habitude, et parlait juste assez pour souligner l'air mystérieux qu'il possédait naturellement. Mais ce qui avait le plus changé chez lui, outre le fait qu'il se promenait désormais torse nu, c'était son regard qui s'attardait sur Annie, au point que la jeune fille s'en rendait parfois compte, alors qu'auparavant, il dissimulait toujours ses beaux yeux sous ses longs cils.

Isobel avait envie d'être heureuse pour lui, surtout que sa nouvelle stratégie semblait faire des merveilles sur Annie – qui avait demandé à prolonger son séjour d'une semaine. Mais Isobel ne parvenait pas à se détendre. Pas avec cette menace qui planait sur eux.

— S'ils se marient, et si Andrew vient lui rendre visite de temps à autre, je refuserai quand même de l'épouser, lança Isobel à Patrick un peu plus tard ce soir-là, pendant que Cam et Annie riaient ensemble près du feu.

Patrick mit le fou de sa sœur en échec.

— Qui veux-tu épouser dans ce cas ?

— Quoi ? demanda Isobel en levant les yeux de l'échiquier. Tu ne discutes pas plus que ça ?

— Je ne te laisserai pas devenir la femme d'Andrew maintenant qu'il m'a prouvé qu'il était aussi impulsif qu'Alex. Et je ne veux pas non plus que tu épouses un homme pour la simple raison que c'est le seul qui soit disponible sur le moment.

— Je suis heureuse que tu aies changé d'avis.

Son frère haussa les épaules et déclara calmement :

— J'avais déjà changé d'avis avant qu'il pousse Tristan au meurtre dans le couloir.

— Ah bon ? fit-elle en lui jetant un regard curieux.

— Oui, après une conversation que j'avais eue avec Tristan quelques jours plus tôt. Il m'a dit que tu dépérirais si tu épousais un homme que tu n'aimais pas passionnément et intensément.

Isobel se renfonça dans sa chaise. *Passionnément et intensément.* C'était ainsi que Tristan vivait, ainsi qu'il aimerait la femme qui conquerrait son cœur. Elle avait envie de pleurer. Isobel n'avait jamais voulu avoir d'autre homme dans sa vie. Elle en avait déjà six, et cela lui avait suffi, jusqu'à ce que Tristan fasse irruption et anéantisse tous ses projets soigneusement élaborés d'un sourire frivole et de baisers qui avaient fait chavirer son âme. Il éveillait en elle des sensations qu'elle ne pensait même pas connaître un jour. Il l'embrasait, la mettait en colère, et lui donnait l'impression d'être une femme, plutôt qu'une mère de famille.

— Il a vu juste en affirmant que je dépérirais.

— Je sais, lui répondit Patrick. Et je suis désolé d'avoir eu besoin de son aide pour m'en rendre compte. On dirait qu'il connaît mieux ma sœur que moi-même.

Il semblait avoir bien raison. Tristan l'avait totalement séduite... et lui avait ravi son cœur.

— Pourquoi penses-tu qu'il soit parti ? demanda-t-elle à Patrick, oubliant la partie d'échecs.

— Je l'ignore. Mais je ne peux croire qu'après avoir sauvé Alex des siens, Tamas de lui-même et nous autres des Cunningham, il soit capable de nous mettre en danger. Aie confiance en lui, Bel. Moi, je lui fais confiance.

— J'en ai envie, admit-elle. Plus que tout au monde, c'est ce que je veux.

Deux jours plus tard, Tristan n'était toujours pas revenu. À présent, il manquait plus à Isobel qu'autre chose. Les journées étaient bien mornes sans lui. Ses frères ressentirent aussi les conséquences de son absence. Sans cette paire de bras supplémentaire pour aider aux tâches quotidiennes, Patrick avait du mal à veiller assez longtemps le soir pour terminer une partie d'échecs. John ne cessait de parler de lui, rappelant à tous les autres que Tristan aurait dit telle chose ou telle autre. Cela rendait Isobel presque folle. Tamas était le seul à être heureux du départ de Tristan, sauf que le Highlander lui avait volé sa fronde.

Au bout du septième jour de son absence, ils avaient tous commencé à songer qu'il ne reviendrait jamais. Et quand John se rua dans la cuisine en criant qu'un cavalier s'approchait depuis les collines, Isobel faillit en faire tomber son bol de ragoût de lapin.

— C'est Tristan ? Est-il seul ?

Elle n'attendit pas la réponse de John et préféra filer vers la porte d'entrée pour l'ouvrir en grand. Elle s'arrêta net en le voyant descendre de cheval à quelques yards de là. Il était seul. Patrick et les autres l'entouraient, et le saluaient avec des sourires chaleureux et des questions empressées.

Dieu du ciel, elle avait tenté d'oublier à quel point il était beau, mais tout lui revint, comme un boulet de canon en plein cœur. D'un petit mouvement de tête, il dégagea son visage et repoussa ses cheveux qui tombèrent en cascade sur ses épaules. Il se tourna vers elle comme s'il avait pu entendre les battements saccadés de son cœur. Leurs regards se croisèrent, et il sembla oublier toutes les personnes qui l'entouraient quand il lui adressa un sourire plus intense. Nul homme ne l'avait jamais regardée ainsi, avec une telle joie, comme s'il venait de retrouver sa raison de vivre. Isobel avait envie de lui sauter au cou, mais John fut plus rapide qu'elle. Elle dut se contenter de contempler, le souffle court, ces tendres retrouvailles. Tristan éprouvait-il vraiment des sentiments envers elle – envers toute sa famille ?

Elle s'approcha lentement vers lui, ne voulant pas le distraire des interrogations enjouées de John.

— On a cru que vous ne reviendriez pas.

Son frère éclata de rire quand Tristan lui ébouriffa la tignasse.

— Où êtes-vous allé ?

Tristan leva les yeux vers elle, l'empêchant d'avancer plus loin.

— Alors, je vous ai manqué ?

Isobel ne répondit pas. Elle en était incapable. Si elle ouvrait la bouche son cœur s'emballerait pour de bon et elle s'évanouirait à ses pieds. Elle lui en voulait d'être parti, redoutait ce qui s'était passé pendant son voyage, et en même temps, elle était si heureuse de le revoir, seul, à tel point que ses jambes lui paraissaient cotonneuses.

— Oui, vous nous avez manqué, lui assura John prestement, épargnant à la jeune femme le besoin de le faire. Isobel craignait que vous ne soyez rentré chez vous.

Elle ouvrit la bouche pour nier cette accusation, mais Tristan lui lança un sourire contrit. Il s'empara d'un long sac accroché à la selle de son cheval.

— Je suis allé à Glasgow, dans un marché que j'avais vu lors d'un précédent voyage en Angleterre avec ma famille.

— À Glasgow ? s'enquit Isobel dans un soupir ténu quand il se retourna vers elle. Et pour quoi faire ?

— Pour ceci, annonça-t-il en fouillant dans la sacoche pour en sortir un plus petit sac noué.

— Qu'est-ce ?

— De l'héliotrope, indiqua-t-il en lui tendant le paquet, mais elle ne l'accepta pas immédiatement.

Oh, comme elle avait douté de lui ! Il n'était pas allé retrouver son père, mais avait fait tout le voyage jusqu'à Glasgow pour elle, pour son héliotrope. C'en était presque trop pour Isobel, et elle riva un regard vitreux sur son cadeau.

— J'ai parlé à un marchand qui m'a dit que la molène pouvait aussi être efficace pour votre maladie, donc j'en ai acheté aussi, et…

Quand elle noua ses bras autour du cou de Tristan, il ne put terminer sa phrase et eut le souffle coupé, sous son étreinte.

— Merci, murmura-t-elle en s'agrippant à lui, plus ravie qu'elle n'aurait jamais pu imaginer l'être, quand elle sentit le jeune homme la serrer dans ses bras.

Il ne l'avait pas trahie.

— Tristan ?

Isobel s'écarta quelque peu en entendant la voix de John. Elle rougit puis sourit en constatant l'effet évident qu'elle faisait à Tristan.

— Vous avez acheté quelque chose pour moi à Glasgow ?

— John ! le réprimanda Isobel, mais Tristan se contenta de sourire, recouvrant sa contenance maintenant qu'il était libéré de son étreinte.

— Bien sûr que oui, John. Je ne t'ai pas oublié.

Isobel battit des paupières pour réprimer les larmes qui lui montaient aux yeux. Elle ignorait pourquoi les déclarations de Tristan lui faisaient cet effet, mais une chose était sûre : elles lui allaient droit au cœur, et elle lui faisait enfin confiance.

— Viens là, ordonna-t-il tendrement à John. Je vais te montrer ce que je t'ai rapporté à l'intérieur.

Quand Cam s'approcha pour lui proposer de l'aider à porter ses cadeaux, Tristan passa un bras sur ses épaules.

— Et vous, comment ça va, Cameron ? Vous avez fait comme je vous ai dit ?

— Oui, répondit Cam avec un grand sourire, toujours un peu timide, mais différent, avec une touche de confiance en lui qu'il n'avait jamais possédée auparavant.

— Et alors ?

— Elle a accepté que je la courtise.

Isobel les observa rire tous les deux. Elle aurait dû deviner que Tristan avait quelque chose à voir avec le comportement audacieux de Cam. Son frère devait lui avoir demandé conseil pour Annie, et Tristan s'était fait un plaisir d'éclairer sa lanterne. Il était clair que Tristan ne se doutait pas un instant de ce qu'Andrew avait sous-entendu. Ou peut-être que si et qu'il ne s'en souciait guère. Oh, c'était plus qu'elle ne pouvait en espérer.

— J'adore avoir raison.

Elle leva les yeux vers Patrick, lui sourit et prit sa main tandis qu'il la guidait vers la maison à la suite de Tristan et des autres.

— Il est bien différent de ce qu'on avait pensé, hein, Bel ?

Pour sûr. Même si elle avait décelé des traces de son tempérament chevaleresque depuis le départ, elle ne s'était jamais permis de croire qu'un MacGregor pourrait être si gentil, si attentionné, si… honorable.

Tristan MacGregor était un homme qui voyait les choses différemment. Il ne ressemblait pas à ce qu'elle avait cru : il était infiniment mieux.

Chapitre 28

Tristan pénétra dans le manoir et marqua une pause pour prendre une inspiration. Diantre, il avait rêvé de la cuisine d'Isobel pendant tout son voyage. Le jeune homme avait rêvé de cette maison, de ses pièces chaudes et douillettes, et d'un lit trop petit pour lui. Et il avait rêvé d'Isobel, celle qui avait réussi à faire fi des apparences pour lui montrer la voie vers l'homme qu'il était vraiment. Pas la voie du Camlochlin, car même s'il aimait son lieu de naissance, il ne s'y était jamais vraiment senti à l'aise, et n'y retrouvait pas ses idéaux, ces aspirations qui avaient disparu, faisant de lui un paria, n'appartenant véritablement à aucun clan, ne dépendant de personne. Jusqu'à ce qu'il rencontre Isobel. Il avait une peur bleue de céder de nouveau à ses sentiments, mais il ne pouvait lutter quand il la regardait dans les yeux, quand elle lui souriait, quand il se trouvait chez elle.

Tristan lui sourit lorsqu'elle passa devant lui pour entrer dans la maison. Il avait envie de reprendre leurs rendez-vous nocturnes, de s'assurer qu'elle soit sienne, et à la fin de la soirée, il voulait l'emmener dans son lit. N'avoir plus qu'elle pour le restant de ses jours.

Il refusa de penser à ses parents ou à ce qu'ils diraient s'il se mettait à courtiser une Fergusson. Il avait subi la même perte qu'eux, et c'était même pire, parce qu'il avait perdu le sens de sa vie quand Robert Campbell mourut. Et il l'avait retrouvé avec Isobel et les siens. Il ne laisserait pas son clan les accuser, elle ou ses frères. Ils étaient innocents, et il était temps que la famille de Tristan tire un trait sur les vieilles querelles, il y veillerait.

— Installez-vous dans la salle à manger, lança Isobel en se dirigeant vers la cuisine. Je vais vous apporter le repas.

Avait-elle vraiment eu peur qu'il rentre chez lui ? Voulait-elle qu'il reste avec eux dans ce cas ?

— Ouvre ce gros paquet, John, suggéra Tristan en s'asseyant à table.

Un jour, il voudrait avoir une table comme ça, à partager avec Isobel et leurs enfants. Il posa immédiatement les yeux sur elle quand elle revint avec un bol dans une main et un verre dans l'autre.

— Oh là là, mais c'est qu'elle sait bien cuisiner, soupira-t-il la bouche pleine avant de sourire à John et Lachlan qui étaient tout excités par leurs cadeaux.

— Des épées rien qu'à nous !

— Oui, avec trois épées, on ne pouvait plus vraiment poursuivre l'entraînement et vous êtes mûrs pour avoir les vôtres.

— Il y en a une pour Tamas aussi ? s'enquit Lachlan en lançant à son frère cadet un regard sceptique.

— Ça, c'est pour Cam, leur dit Tristan avant d'enfourner une autre cuillerée de ragoût et de faire un clin d'œil à Isobel. Et ça, c'est pour Tamas, annonça-t-il en tirant une toute nouvelle fronde en cuir de sa poche, puis en la remettant au garçon. Tu l'as méritée avant que je parte. Je te fais confiance pour ne pas t'en servir contre moi.

— Qu'y a-t-il d'autre dans la besace ? interrogea John en la posant lourdement sur la table, parvenant à peine à détourner l'attention que Tristan portait à Isobel.

Sans la quitter des yeux, il plongea la main dans le sac de cuir et produisit un plus petit sac qu'il fit glisser en direction de Patrick.

— De nouvelles pièces d'échecs. On m'a assuré qu'elles étaient gravées dans du bois de chêne par un maître charpentier.

Patrick remercia Tristan et ce dernier lui adressa un bref sourire avant de se retourner vers Isobel. Il sortit un pot d'onguent qu'il lui offrit.

— Pour protéger vos fines mains des rigueurs du travail, et ça, ça servira pour une jolie robe que vous porterez lors d'une occasion spéciale, indiqua-t-il en lui donnant un écheveau de soie jaune.

Elle rougit plus encore, et voyant cela, il eut envie de bondir de sa chaise et de la prendre dans ses bras pour lui dire, oh oui, lui déclarer qu'à ses yeux elle était la plus belle créature de cette terre. *Encore plus belle que le soleil*, songea-t-il en attardant son regard sur ses longs cheveux brillants. Il avait pensé que s'il l'avait tant désirée, c'était précisément parce qu'elle le rejetait. Mais il s'était trompé. C'était encore mieux maintenant qu'il l'avait conquise. Elle avait lutté, à raison, et avait fait de lui l'homme qu'il avait toujours rêvé d'être. Il voulait qu'elle devienne sa femme, et rien ne pourrait l'empêcher d'obtenir cela. S'il devait ne jamais retourner au Camlochlin, qu'il en soit ainsi. Il était prêt à tout abandonner pour elle, et il souhaitait le lui dire.

Mais cela attendrait. Pour l'instant, ses frères monopolisaient son attention, et il était heureux de la leur accorder.

— Vos histoires nous ont manqué, observa Lachlan pendant qu'ils se dirigeaient vers le salon après la fin du dîner. Racontez-nous-en une.

— Je vais faire encore mieux, annonça Tristan en tirant un dernier objet de son sac. Je vais vous en lire une.

Il brandit l'œuvre qu'il avait recherchée sur quatre marchés différents avant d'en trouver un exemplaire qu'il paya bien trop cher.

— Le premier et le second tome du *Roman de Tristan*.

— C'est un livre sur vous alors ? s'enquit John en s'installant à côté du Highlander.

— Je me suis posé la question récemment, admit Tristan en s'asseyant et en ouvrant l'ouvrage.

On dirait que ma mère savait que je serais attiré par les voies de la chevalerie.

Tristan posa un doigt sur sa bouche quand il vit que John voulait en savoir davantage, et il commença sa lecture. Il avait oublié la plus grande partie de l'histoire, et en lisant à voix haute dans le salon des Fergusson, au coin d'un feu crépitant, cela lui rappela des souvenirs de jeunesse, lorsque son oncle Robert faisait de même, chez lui. Ah, bonté divine, il était comme chez lui.

— Mais si sir Tristan était un homme d'honneur, pourquoi a-t-il trahi le roi Marc'h en lui prenant son épouse ? demanda Cam une heure plus tard.

— Certains auteurs veulent nous faire croire que c'est un philtre d'amour qui a poussé Tristan à s'éprendre de l'épouse du roi, expliqua Tristan, mais je crois qu'il est plutôt tombé éperdument amoureux de la reine et qu'il n'a rien pu y faire.

Il lança un regard en direction d'Isobel qui sirotait son hydromel dans son fauteuil.

— Sir Tristan n'était pas aussi parfait que l'étaient Perceval et Galaad, déclara-t-il en reportant son attention sur les garçons assis autour de lui. Cela lui faisait honte et il se sentait coupable malgré son amour pour Yseult, et c'est cela qui rend sa quête d'honneur plus crédible. Mon oncle avait l'habitude d'affirmer que dans la vie, les meilleures leçons étaient celles qui nous coûtaient le plus.

— Il était sage, répliqua Cameron en acquiesçant.

La pièce demeura silencieuse, ils méditèrent tous sur la question, puis Isobel se leva pour annoncer qu'il était temps d'aller se coucher. Les garçons montèrent sans discuter, tandis que Patrick et Cam disposaient les nouvelles pièces d'échecs que Tristan avait portées pour commencer une nouvelle partie.

Isobel s'excusa et quitta le salon en jetant un rapide coup d'œil à Tristan par-dessus son épaule. Il resta dans son fauteuil quelques instants, tapant du pied nerveusement, jusqu'à ce que Patrick lève les yeux de l'échiquier pour lui demander poliment de partir.

Tristan se rua hors de la pièce.

Il suivit Isobel dans l'escalier, l'observant, son cœur battant une folle chamade tandis qu'elle gravissait la seconde volée de marches.

— J'ai rêvé de votre visage, murmura-t-il dans l'obscurité en arrivant à la dernière marche, et maintenant, vous me le cachez.

Ses doigts frôlèrent ceux d'Isobel avant qu'elle se retourne. Puis elle sauta dans ses bras, le surprenant assez pour le faire vaciller. Il se mit à rire et posa sa bouche sur celle de la jeune fille avant de la soulever avec enthousiasme, la plaquant contre lui, l'attirant dans l'ombre. Dieu du ciel, nulle femme ne lui avait jamais fait cet effet. Ses pensées, son corps, son cœur… il ne maîtrisait plus rien, tout appartenait à Isobel. Il joua de sa langue en l'embrassant, se repaissant de son odeur, de son goût. Elle répondit à ses ardeurs avec ferveur, ce qui lui fit bander ses muscles. Tout ce qu'il voulait lui dire était en train de lui échapper tant une passion enflammée envahissait tout son corps. Il fit glisser ses doigts le long de la tresse de la jeune femme, mit les mains sur ses fesses et pressa ses hanches contre son imposante érection. Elle haleta et cessa de l'embrasser, mais il n'allait pas en rester là. Cette fois-ci, il ne tenta pas de l'embrasser de nouveau, mais se contenta de la serrer fort contre lui.

Il était content de pouvoir l'étreindre ainsi, de savoir qu'elle l'acceptait, et réclamait aussi son affection. Cela lui suffisait pour l'instant.

— J'ai envie de vous tenir dans mes bras, je ne veux rien d'autre.

Quand elle se serra plus fort contre lui, elle sut qu'il mentait. Il caressa ses cheveux et sourit contre son front lorsque la douce voix de sa compagne parvint à ses oreilles.

— Vous ne seriez pas heureux ici, dans cette vie paisible.

— Je serai heureux où que je sois, du moment que j'ai le plaisir de voir votre visage chaque jour.

— Encore des beaux discours, joli cœur.

Tristan sentit Isobel sourire contre son menton, puis elle se mit à pouffer quand il mordilla le lobe de son oreille.

Il pencha la tête et effleura son cou de ses dents. Quand elle se cambra au-dessus de son bras, il se pencha avec elle, l'embrassant lentement, sensuellement dans le cou. Il avait envie d'elle avec une intensité qu'il n'avait jamais connue auparavant. Le peu de sang-froid dont il pensait disposer fut réduit en miettes quand elle enroula sa jambe autour de la sienne.

Enfin, jusqu'à ce qu'il entende des rires étouffés de petits garçons à l'autre bout du couloir.

— Tamas ! John ! s'écria Isobel encore prisonnière de son étreinte. Au lit, et tout de suite !

Tristan posa son front contre celui d'Isobel pendant qu'ils écoutaient les bruits de pas des garçons qui s'enfuyaient. Il lui adressa un sourire quand elle poussa un soupir. Il n'était pas courroucé d'avoir été interrompu, car c'était la femme de sa vie et il n'allait certainement pas la déshonorer. Mais diable, que c'était difficile !

— Vous devriez y aller, murmura-t-elle d'une voix douce trahissant son désir pour lui.

— Oui.

Il n'en avait aucune envie. Jamais auparavant n'avait-il dû recourir à une telle retenue.

— Tristan, l'appela-t-elle doucement quand il s'éloigna d'elle. Je suis heureuse que vous soyez revenu pour nous… pour moi.

Tristan fut presque soulagé qu'elle ne puisse pas voir l'émotion brute qui traversa son regard, car il craignait véritablement de songer à ce qu'il ferait si quelqu'un essayait de les séparer. Il avait tiré un trait sur son passé, et avait décidé d'entamer une nouvelle vie en revêtant une éclatante armure de chevalier incroyablement légère.

Il revint prestement vers elle, la prit dans ses bras et lui donna un dernier baiser avant d'aller dormir.

Chapitre 29

Le soleil brillait dans la chambre de Tristan, ce qui interrompit ses rêves où il se voyait embrasser les seins nus d'Isobel et ne faire plus qu'un avec elle. Il s'éveilla avec une érection dure comme fer. Le jeune homme avait fréquenté beaucoup de femmes, mais il n'avait jamais souffert dans sa chair pour l'une d'elles. Allongé dans le petit lit d'Alex, il se demanda si son corps réagissait ainsi à cause des sentiments qui emplissaient son cœur, car il n'avait jamais vraiment aimé de femme avant Isobel. Maintenant, il comprenait mieux pourquoi les héros mouraient pour les dames qu'ils aimaient, pourquoi des hommes tels que sir Tristan et son propre frère osaient défier les rois. Il était prêt à faire la guerre pour elle, à provoquer un roi – ou son père – pour elle. Il ferait tout ce qui était en son pouvoir pour avoir la chance de contempler ce sourire qu'elle lui avait dissimulé pendant si longtemps. Il brûlait d'envie de la toucher, de la goûter, et se sentait quasiment capable de la dévorer tout entière.

Se levant de son lit, il s'habilla prestement, laissant son plaid impeccablement plié dans sa sacoche.

Aujourd'hui, il allait lui avouer ses sentiments. Si elle lui riait au nez, il se contenterait de réessayer quelques jours plus tard, après avoir travaillé dans les champs sans s'embarrasser de sa chemise humide. Il l'avait déjà surprise en train d'admirer son torse nu à plusieurs reprises. Ce feu qui brûlait dans ses yeux – et colorait ses joues – ne passait pas inaperçu. S'il fallait qu'il use de son corps musclé pour la courtiser, qu'il en soit ainsi.

Il sortit de sa chambre sur un pied, ajustant sa botte à l'autre pied, et faillit heurter Isobel qui quittait ses appartements au même instant.

— Bonjour, rayon de soleil, lança-t-il, quelque peu essoufflé, avant de poser ses deux pieds au sol et de se redresser.

Sa chemise n'était toujours pas nouée et attira le regard de la jeune femme vers son nombril, ce qui le fit sourire. Peut-être ferait-il mieux de la laisser ouverte.

— Avez-vous bien dormi ? s'enquit-elle en le contournant de quelques pas.

— En vérité, mon sommeil a été perturbé de rêves d'une nature très frustrante, donc non, on ne peut pas dire que j'aie bien dormi, déclara-t-il en virevoltant pour lui emboîter le pas.

Elle lui décocha un regard narquois tandis qu'ils descendaient l'escalier.

— Je pourrais vous préparer une boisson qui vous aiderait à mieux dormir.

Son sourire s'étira quand il se rendit compte qu'elle évitait délibérément de poser la question qu'il attendait.

Il le lui dirait tout de même.

— Mais dans ce cas, j'aurais l'impression de manquer quelque chose.

Elle ébaucha un sourire enjoué, ravageur qui fit presque perdre l'équilibre à Tristan.

— Je vois, le taquina-t-elle. Alors vous rêvez de moi et trouvez cela frustrant ?

Il acquiesça, s'approchant d'elle pour lui murmurer à l'oreille :

— Oui, parce que ce que l'on fait dans mes rêves, nous ne pouvons pas le faire ici.

Cette réplique la refroidit quelque peu, et Tristan maudit ses paroles irréfléchies.

— Ce n'est rien qui vous déplairait, reprit-il, tâchant de rattraper son indélicatesse.

Il ne se rendit compte qu'elle s'était arrêtée que lorsqu'il arriva trois marches plus bas qu'elle. Il leva les yeux pour la découvrir en train de le dévisager. Pendant un instant, elle eut l'air d'avoir peur, comme si elle se tenait au bord d'une falaise, et non d'un simple escalier. Il gravit une marche, voulant lui promettre qu'elle n'aurait jamais aucune raison de le craindre. Elle esquissa un doux sourire quand il tendit la main vers elle. Leurs doigts s'entremêlèrent dans un mouvement de désir mutuel puissant.

La prenant dans ses bras, Tristan couvrit sa bouche d'une audacieuse caresse qui la laissa bouleversée et fragile tout contre lui.

— Je veux vous parler seul à seul. Où pouvons-nous aller ? s'enquit-il en l'embrassant de nouveau avant qu'elle puisse répondre.

— À l'étable ?

Elle passa ses doigts dans ses cheveux et attira le visage du jeune homme vers elle pour l'embrasser de plus belle.

Il posa sa bouche sur la sienne et soutira à la jeune femme de petits soupirs dans une série de baisers brefs, mais gourmands. Diable, il n'avait aucune envie de lui avouer son amour dans une étable. Sur les flancs d'une montagne, sur un tapis de bruyère, voilà qui ferait l'affaire.

— Faisons une promenade à cheval plus tard.

Elle acquiesça en souriant contre sa bouche.

— De quoi j'ai l'air à ne rien vous refuser ?

— Mais non, vous êtes sensible, et vous avez bien raison, car je ne vous laisserai pas tranquille de sitôt.

Elle éclata de rire et le cœur de Tristan se mit à battre la chamade, à tel point qu'il eut peur que sa poitrine n'explose.

— Isobel, je…

John dévala l'escalier, manquant de les renverser tous les deux en se ruant vers la porte

— Tu as regardé par la fenêtre, Bel ?

Il remarqua à peine qu'ils étaient tous les deux enlacés.

— Les vaches miraculeuses sont là !

— Les vaches miraculeuses ? s'enquit Tristan en se tournant pour voir John disparaître à l'extérieur.

— Mais oui, venez voir !

Isobel serra ses doigts autour des siens et le guida au bas de l'escalier.

— Elles arrivent deux fois par an, reprit-elle.

— Comment ça, elles arrivent ? demanda Tristan alors qu'elle s'empressait de gagner la porte, le tirant derrière elle. Qui les emmène ?

— Nous l'ignorons.

Elle fit quelques pas au-dehors, s'arrêta et désigna du doigt six bovins qui paissaient dans le petit enclos près de l'étable. C'étaient des Highland Kyloe à la robe rouge clair, avec un pelage long et légèrement frisé, et d'épaisses cornes. Sur le dos de chaque animal était posé un lourd sac rempli au point que les coutures semblaient sur le point de craquer.

— Quelqu'un les emmène ici la nuit, poursuivit Isobel. On ne sait pas qui c'est, mais Patrick pense que c'est un des métayers de notre père qui est parti après sa mort. Peut-être notre cousin James Fergusson. On a entendu dire qu'il avait réussi sa vie à Aberdeen.

— Qu'y a-t-il dans les sacs ? interrogea Tristan en s'avançant vers les bêtes.

John était déjà en train d'en défaire un, et levait la tête pour faire signe à Patrick et Cam quand ses frères sortirent de la maison.

— De la viande séchée, des graines, des rouleaux de tissu, des épices, des livres.

Isobel affichait un grand sourire et paraissait plus heureuse que jamais.

— Des choses que les marchands de Dumfries achètent à prix d'or, précisa-t-elle.

— Des livres ?

Tristan s'avança dans l'enclos, sourit à John puis passa sa main sur l'encolure d'une des Kyloe. Son père avait élevé des vaches de ce genre au Camlochlin.

— Oui ! s'exclama John en fouillant dans l'un des sacs. On vend presque tout, y compris les vaches, et comme ça, on achète des graines, du matériel pour la ferme, des ustensiles de cuisine pour Isobel, tout ce dont on a besoin.

Il trouva ce qu'il cherchait et le tendit à Tristan.

— On vend les livres aussi, car aucun de nous ne sait lire. Peut-être pourriez-vous nous les lire avant que Patrick les porte au marché.

Tristan baissa le regard sur l'ouvrage relié de cuir qu'il tenait dans sa main et cligna des paupières en en voyant le titre. *Historia Regum Britanniae*, ou *Histoire des rois de Bretagne*, de Geoffroy de Monmouth. Les travaux de Monmouth renfermaient certaines des premières histoires jamais écrites sur le roi Arthur. Il leva les yeux vers les bêtes, son cœur bondissant dans sa poitrine. C'était impossible.

— Vous dites qu'on vous porte tous ces cadeaux depuis la mort de votre père ?

Il n'attendit pas la réponse d'Isobel tandis que celle-ci entrait dans l'enclos avec Patrick, mais il détacha un autre sac et commença à piocher dedans.

— Oui, cela nous a permis de vivre pendant la première année après nos mauvaises récoltes.

C'était Isobel qui avait pris la parole. Patrick demeura silencieux, le regard toujours rivé sur le livre que Tristan portait sous le bras.

— Que cherchez-vous ? finit-il par demander quand Tristan se mit à sortir un assortiment de racines, deux châles de laine teints dans un camaïeu de vert et marron, un lot de chemises en lin, et trois cruches en étain.

Rien de bien exceptionnel si cela provenait d'un foyer des Highlands.

— Bel, appela John en brandissant une petite broche qui luisait au soleil. Viens jeter un coup d'œil à ça. Je crois que c'est de l'argent !

Isobel s'approcha de lui pour saisir l'objet délicat, mais Tristan s'en empara en premier. Il l'observa, peinant à croire la preuve qu'il avait sous les yeux.

— Alors, vous avez déjà vu cela ? interrogea Patrick d'un ton posé.

Tristan acquiesça.

— Cela appartient à ma tante Maggie.

Il observa les vaches ainsi que les sacs de biens destinés à soutenir les enfants dont son père avait fait des orphelins et ne put réprimer un sourire. Même dans ses pensées les plus folles, il n'aurait pu soupçonner Callum MacGregor de fournir une aide aux rejetons de son ennemi juré. Se serait-il donc trompé au sujet de son père pendant toutes ces années ? Ce n'était pas là l'œuvre d'un guerrier arrogant. C'était un acte de pitié, de compassion.

— Que dites-vous ? demanda Isobel doucement en s'approchant de lui. Tout cela vient des MacGregor ?

— Oui, lui répondit-il, se sentant fier d'appartenir à ce clan pour la première fois.

— Non, fit-elle en secouant la tête et en reculant quand il porta sa main à son visage. Je ne vous crois pas.

— Ne soyez pas en colère, dit-il calmement en se rapprochant d'elle. Je sais qu'il vous est difficile d'accepter ces présents venant de ma famille. Mais c'est bon signe.

— Pour qui ? lança-t-elle en le regardant droit dans les yeux.

— Pour nous.

Il s'avança d'un pas, prenant ses mains dans les siennes et les plaçant entre eux.

— Ne voyez-vous pas, Isobel ? Cela prouve que les miens savent pardonner. Mon père et sa sœur ont longtemps vécu dans le donjon des Campbell pour payer les dettes de sang de leur père. Je craignais qu'il ne vous en veuille à tout jamais, mais il sait que les enfants sont innocents.

Elle avait les larmes aux yeux, ce qui brisa le cœur de Tristan.

— Ne pleurez pas, ma belle Yseult, je vais mettre un terme à vos craintes. Je vais changer les choses qui vous attristent pour emplir votre cœur de joie.

Je vous l'avais dit, c'est ce que je sais faire de mieux, déclara-t-il en affichant un sourire héroïque.

Satisfait de lui avoir arraché un petit sourire, il se tourna vers Patrick.

— Laissez-moi porter ces marchandises au marché de Dumfries. J'en connais la valeur et je pourrai vous en obtenir un meilleur prix.

Il lâcha les mains d'Isobel et leva les bras en direction de son frère quand Patrick sembla être sur le point de refuser.

— Votre aide va nous manquer ici, et les travaux les plus lourds incomberont à Cam.

— Si j'y vais, vous n'aurez pas à vous soucier de vos récoltes.

— C'est vrai, dit Patrick en jetant un œil à Isobel. Je n'aurai plus qu'à me soucier de la relation que vous entretenez avec ma sœur.

Tristan balaya son objection d'un revers de main.

— Cam n'a qu'à venir avec nous, indiqua-t-il sans se donner la peine de nier qu'il avait l'intention d'emmener Isobel. Nous ne resterons pas un jour de plus que nécessaire. Je vous donne ma parole qu'aucun mal ne leur sera fait.

Patrick rumina la question quelques instants, puis pointa un doigt vers Tristan, lui demandant de le suivre dans un endroit isolé. Tristan lui emboîta le pas, et quand ils se trouvèrent hors de portée d'oreille des autres, Patrick se tourna vers lui.

— Cameron m'a informé que vous aviez déclaré votre amour à ma sœur.

— C'est vrai, admit calmement Tristan, se sentant un peu impudent de se tenir là, devant lui. Pardonnez-moi de ne pas vous avoir consulté en premier lieu.

— Ce n'est pas vraiment grave, fit Patrick en lui donnant une tape dans le dos tout en lui offrant son premier sourire de la journée. Je n'ai pas été surpris d'entendre ça. En vérité, je suis plutôt étonné qu'elle ignore à quel point vous tenez à elle.

— Je ne m'en suis moi-même rendu compte que récemment, avoua Tristan.

— Diantre, même moi j'en avais conscience ! s'exclama Patrick en soulevant un sourcil dubitatif.

— Et vous ne m'avez pas mis un bon coup de pied au derrière ?

— Vous êtes un homme bien, Tristan. Vous êtes juste, honnête et faites preuve de merci. À vrai dire, je vous ai bien aimé dès le premier jour où l'on s'est vus, quand vous n'avez pas dénoncé Tamas à Isobel.

Ils sourirent tous les deux, se souvenant que Tristan avait discrètement glissé la fronde du garçon dans sa ceinture.

— Et votre famille ? s'enquit Patrick sur un ton plus sérieux. Nous envoyer des marchandises, c'est une chose, mais clamer votre amour pour la fille d'Archibald Fergusson en est une autre.

— J'ignore comment vous répondre. Je pense que je vais devoir improviser, mais ce que je sais, c'est que je veux la protéger et faire son bonheur. Je veux que ma famille devienne sa famille, que l'on se marie et qu'ainsi on ne vous cause plus jamais aucun tort, mais qu'on vous vienne plutôt en aide si jamais vous en avez besoin.

— Je vous en serais très reconnaissant, fit Patrick dans un sourire, et Tristan se dit qu'il apprécierait sûrement son frère, Rob, car ils avaient ce même souci de veiller sur les leurs. Alors, vous êtes en train de me demander sa main, Tristan MacGregor ?

— C'est cela.

— Je vous donne ma bénédiction.

Patrick regarda sa sœur par-dessus son épaule.

— Elle adore cet endroit et ne voudra pas partir.

Se tournant pour balayer du regard le petit manoir posé au milieu de nulle part, Tristan hocha la tête.

— Moi aussi, j'aime ce lieu. Nous reviendrons souvent.

— Très bien.

Patrick le prit par les épaules et le tapota dans le dos.

— Allez à Dumfries, obtenez-moi le meilleur prix pour ces marchandises, et veillez à la sécurité de ma sœur et de mon frère.

— Vous avez ma parole.

Chapitre 30

Le bourg royal de Dumfries était célèbre pour son passé sanglant, raconta Tristan à Isobel quand ils traversèrent le pont de la Nith. Les Anglais l'avaient pillé et occupé à plus de sept reprises. Lorsque la guerre prit un tour religieux, un des grands châteaux du bourg se rendit aux covenantaires presbytériens après un siège de treize jours. Les lieux étaient restés en ruine depuis lors, et Dumfries constituait encore un refuge pour les ennemis du roi catholique.

Tristan secoua la tête, portant son regard sur la route, loin d'Isobel. Et l'on disait que les Écossais étaient des barbares.

— Heureusement que vous n'avez pas mis votre plaid ici, Tristan, lança Cam à l'arrière du chariot. Avec ça, il est évident que vous êtes un catholique.

— Mieux vaut passer inaperçu que de se battre contre un homme pour la simple raison qu'il n'a pas les mêmes croyances que vous, répliqua Tristan par-dessus son épaule.

Quand il se retourna vers la route, le sourire d'Isobel attira son attention.

— C'est votre oncle qui vous a appris cela ? s'enquit-elle.

— Non, mademoiselle, répondit-il, incapable de rien faire d'autre que de lui sourire en retour, malgré la douleur qui émaillait ses mots. J'ai appris cette leçon par moi-même.

Le sourire de la jeune femme s'affaiblit pour s'adoucir, alors qu'elle comprenait tout ce que son compagnon sous-entendait par là.

— Me raconterez-vous cette histoire plus tard ?

— Oui, lui promit-il, voulant tout lui dévoiler, y compris les vérités qu'il avait cachées à tous, même à lui-même. Plus tard, quand nous serons seuls.

Tristan avait si hâte. Il avait envie d'embrasser le bout de son nez parsemé de taches de rousseur, de sentir son corps entre ses bras qui s'abandonnerait à lui sans retenue et passionnément pendant qu'il savourerait le miel de ses lèvres et de chaque fragment de sa peau. Il fallait qu'il trouve un prêtre – et vite, s'il voulait faire les choses dans les formes.

— Qu'est-ce qui vous a convaincue de ne pas épouser Andrew Kennedy ?

Elle le regarda du coin de l'œil pendant qu'il faisait ralentir le chariot jusqu'à la première auberge qu'ils croisèrent.

— Qui a dit que je ne l'épouserais pas ?

Il éclata de rire en voyant le sourire taquin d'Isobel.

— Moi ! s'exclama-t-il en effleurant ses doigts tandis qu'elle descendait du chariot dans un bond.

— Et qui êtes-vous pour décider que je devrais annuler mon mariage ?

Sautant hors du chariot, il contourna le cheval et lui emboîta le pas.

— Je suis l'homme qui fait tout pour être assez bien pour vous.

Elle se tourna vers lui au moment où il tendait le bras pour attraper le premier sac que Cam lui avait lancé. Il regarda le paquet avant de le poser sur le côté.

— L'homme qui va vous offrir une vie meilleure que celle que vous avez en ce moment.

— J'ai déjà une belle vie, répliqua-t-elle prestement.

— Vous travaillez trop dur. Je vous ai vue ranger du foin et labourer les terres jusqu'à en perdre haleine.

Elle leva les mains en direction du sac suivant, prête à l'attraper.

— Il faut bien que quelqu'un le fasse.

— Le seul travail que vous devriez avoir à accomplir, c'est de vous occuper de vos enfants et de votre époux, déclara-t-il en attrapant le sac avant qu'elle puisse le faire.

Elle lui rit au nez. Tristan ignorait s'il devait s'en trouver insulté ou ravi.

— Derrière vos manières et votre élégance, votre vision des choses est assez archaïque – et irritante, répondit-elle, ses yeux verts scintillant sous les rayons du soleil.

Il la dévisagea, bouche bée. *Archaïque ? Irritant ?* Lui ? Il faillit tomber à la renverse quand Cam lui lança un autre sac qui le toucha à l'épaule.

Isobel récupéra le paquet tombé par terre et le jeta sur la pile avec les autres.

— Les femmes sont capables de faire bien plus que de s'occuper de leurs enfants et leurs époux. Quand les récoltes sont mauvaises et que ma famille risque de mourir de faim, je fais tout ce que je peux pour veiller à ce qu'il n'en soit rien. Je ne reste pas au lit, à paresser toute la journée en attendant de me mettre au service de mon mari le soir.

Il hocha la tête et esquissa un sourire. Comment pouvait-il la contredire alors que ce qu'elle affirmait était tellement original, honnête, tellement... Isobel? Peut-être que ses idées sur la vie conjugale étaient un peu archaïques en effet. Il connaissait beaucoup de dames du Camlochlin qui maniaient l'épée aussi bien que n'importe quel homme. Isobel disposait de la force de caractère de ces femmes qu'il avait toujours aimées et admirées : sa mère et sa sœur, lady Claire et sa tante Maggie. Elles adopteraient Isobel dès qu'elles feraient sa connaissance.

— Au temps pour moi, fit-il avec une légère révérence.

Puis il afficha un sourire creusant ses fossettes, prit un autre sac du chariot et le lui envoya.

— Maintenant, parlons un peu de ce qu'il y a d'irritant chez moi, d'accord? reprit-il.

Elle eut l'air un peu étonnée qu'il insiste sur ce point et il trouva son expression simplement hilarante.

— Qu'est-ce que j'ai encore fait? s'enquit-elle.

Il hasarda un sourire quand il croisa son regard courroucé.

— J'ai confiance en votre force.

— Et moi dans la vôtre, répliqua-t-elle en riant, cette fois avec beaucoup d'humour, tandis qu'elle lui balançait un sac.

— C'est le dernier, annonça Cam du chariot.

Quand il souleva le sac dans ses bras, une voix étouffée lui cria de l'intérieur :

— C'est mon nez que t'écrases, là !

Cam lâcha le ballot et le contempla, les yeux écarquillés. Tristan remonta sur le chariot, lui prit le sac des mains et l'ouvrit grand. Quand la tête de Tamas en émergea, Isobel laissa échapper un chapelet d'injures qui poussa le garçon à faire la grimace.

— Mais que diable as-tu fait, Tamas Fergusson ?

— Je voulais venir avec vous et…

— Tu l'as dit à Patrick ? cria-t-elle. Tu ne lui as rien dit, n'est-ce pas ? Il va se faire un sang d'encre ! Oh, espèce de petit…

— Isobel, l'interrompit Tristan en la regardant calmement. Il est là maintenant. Nous allons vendre les marchandises et rentrer aussi vite que possible. Ce soir, il dormira par terre, au pied de votre lit.

Il fit sortir Tamas du sac et lui donna une petite tape sur l'arrière du crâne.

Après avoir échangé de longs regards avec le garçon, Tristan paya grassement deux palefreniers de l'auberge pour transporter les paquets à l'intérieur, puis dans leurs chambres.

— Cela n'aurait pas été mieux de vendre quelques biens avant de nous arrêter pour la nuit ? lui demanda Isobel quand il la rejoignit sur le seuil de l'hostellerie.

Non. Il voulait passer du temps seul avec elle d'abord.

— Mieux vaut marchander avec un commerçant quand celui-ci sait qu'il a encore toute la journée pour avoir d'autres clients.

L'auberge n'avait rien d'extraordinaire aux yeux de Tristan. Une lumière tamisée, des effluves écœurants de vin, de whisky et de bière, une poignée de tables et de chaises éparpillées. Il commença par passer les tenanciers en revue. La plupart des voyageurs ne voulaient rien d'autre qu'un repas et un lit bien au chaud.

Ils avaient payé deux chambres et s'étaient installés à une table vide où on leur servit le dîner.

— Vous avez fait votre choix ? s'enquit une serveuse brune plantureuse, posant son poing sur sa hanche et lançant un regard blasé sur les ongles de sa main libre. On a du lapin sauté au miel ou du gigot aux champignons avec une soupe au persil…

Elle arrêta net sa brève énumération quand Tristan leva le regard pour lui offrir un sourire charmeur. Le regard d'un bleu cristallin de la jeune femme s'assombrit subitement à la vue du Highlander.

— … Ou si vous avez de l'appétit pour les choses plus savoureuses, je pourrais vous monter un petit quelque chose dans votre chambre un peu plus tard.

Tristan avait tout à fait conscience qu'Isobel se raidissait sur sa chaise à côté de lui, et était grandement ravi de constater que sa compagne était jalouse.

— Le gigot fera l'affaire.

— Je voudrais le lapin, rumina Tamas.

— Tu auras le gigot, décréta Tristan en lui décochant un coup de pied sous la table, avant de se tourner vers la fille. Et un peu d'hydromel pour aller avec. Et, est-ce que vous savez s'il y a un prêtre dans les environs ? ajouta-t-il alors qu'elle s'éloignait, visiblement découragée.

— Un prêtre ?

Isobel tira sur la manche de Tristan, mais se tourna, avec tous ses compagnons de table quand quelqu'un cria le nom de Cameron.

— Je me disais bien que c'était vous !

Annie Kennedy se rua vers lui, se détachant de deux grands gaillards qui l'encadraient.

— Isobel, Mr MacGregor, les salua Annie avec un sourire chaleureux. C'est un plaisir de vous revoir.

Pour Cam, plus que pour Isobel, Tristan se retint de lui rendre son sourire.

— Que faites-vous donc au *Golden Hillock* ? interrogea Annie.

— On a quelques affaires à conclure demain matin, lui indiqua Cam, qui ressemblait à un palefrenier jouvenceau s'adressant à la reine d'Angleterre.

— Alors, vous n'avez rien de prévu ce soir ? demanda Annie avec audace, écarquillant ses yeux verts qui pétillaient. J'étais sur le point de faire une promenade avec mes frères – Andrew n'est pas là, s'interrompit-elle pour lancer une œillade à Isobel, puis à Tristan, avant de reporter son attention sur Cam. J'aimerais beaucoup que vous vous joigniez à nous.

Cameron faillit renverser la table pour s'empresser aux côtés de la jeune femme, puis ralentit le pas quand il aperçut le regard affolé de Tristan.

— Ce serait un grand plaisir pour moi que de passer la soirée en votre compagnie, déclara-t-il doucement, sa bouche relevée d'un côté tandis qu'il tendait son bras à Annie.

Tristan aurait bien salué la réussite de son élève si Isobel n'avait pas été en train de lui adresser un regard des plus suspicieux en fronçant les sourcils.

— Je veux y aller aussi ! s'écria Tamas en se levant précipitamment de sa chaise avant que quiconque puisse l'arrêter. J'aime pas comment c'est ici. Ça pue. Et j'aime pas le gigot.

Tristan avait entendu dire que la bonne fortune était une femme. Et il se doutait qu'elle devait le chérir, car elle le suivait partout où il allait. Même dans ses moments les plus pénibles. Bien sûr, quand Cameron se tourna vers lui pour lui demander son aide, rien ne survint. Cam ne voulait pas d'un chaperon, mais s'il en fallait un, il valait mieux que ce soit son frère que Tristan. Il les laissa tous partir avec un grand sourire.

— Qu'avez-vous dit à Cameron avant de partir pour Glasgow ? s'enquit-elle pendant que les autres sortaient de table pour rejoindre les frères d'Annie.

Il m'a un peu fait penser à vous quand il a accepté son invitation.

— Oh, rien qui vous intéresserait, lui assura Tristan avec un clin d'œil enjoué. Tout cela est un peu archaïque.

— Je vois.

Elle se tut quand la serveuse revint poser leur dîner sur la table, puis tourna les talons en leur lançant un regard courroucé.

— Pourquoi lui avez-vous demandé où trouver un prêtre ? l'interrogea-t-elle quand ils furent de nouveau seuls.

Tristan trempa sa cuillère dans sa soupe et la porta à sa bouche.

— Je vais avoir besoin d'un prêtre, déclara-t-il en fronçant les sourcils en direction de son bol avant de se tourner vers elle. Vous n'allez pas aimer ça.

— Pourquoi auriez-vous besoin d'un prêtre ? insista-t-elle, ignorant sa soupe et la réaction qu'il venait d'avoir.

— Eh bien, je ne sais pas comment ça se passe ici, mais dans le Nord, on a l'habitude de recourir à un prêtre quand on veut se marier, expliqua-t-il en lui adressant un bref sourire avant de retourner à son assiette. J'espère que le gigot a meilleur goût. J'ai peur que vous ne m'ayez donné des goûts de luxe avec vos bons petits plats.

— Tristan, fit-elle en tirant sur sa manche, tâchant d'accaparer l'attention du jeune homme. Êtes-vous en train de me demander en… ?

Il posa sa main sur le visage d'Isobel, désirant écourter l'angoisse qu'il lisait dans ses yeux, et qu'il percevait dans sa douce voix. Lui accorderait-elle son entière confiance un jour ?

— Oui, Isobel. Si vous voulez bien de moi.

Quelque chose changea dans l'expression de la jeune femme. Elle esquissa le plus joyeux et le plus radieux des sourires comme si toutes ses craintes s'étaient envolées. Mais elles revinrent l'instant suivant.

— Il y a des choses…

— Oui ? fit-il sans la quitter des yeux alors qu'elle détournait son regard.

— Des choses qui me… qui m'inquiètent encore. Je ne…

— Je vous aime, Isobel, l'interrompit-il avant qu'elle ait l'occasion de lui opposer un refus.

Diantre, ce n'était pas ainsi qu'il avait voulu le lui dire, pas dans une sorte d'auberge de bas étage, avec des plats de mauvaise qualité sous le nez, des douleurs dans les fesses à force d'avoir rebondi sur leurs selles toute la journée.

— Vous êtes la femme de ma vie. Je donnerais tout pour vous : mon honneur, ma famille, ma vie. Je veux prendre soin de vous, vous offrir une existence qui vous plaise, vous entendre rire, me parler chaque jour. Je n'abandonnerai pas tant que vous ne serez pas mienne, alors vous feriez mieux de m'épouser maintenant, ça vous fera gagner du temps.

Elle parut sur le point de pleurer, puis son visage s'illumina de ce sourire qu'il avait tant attendu. Il encadra sa figure de ses mains et lui donna un long baiser intense qui leur coupa le souffle à tous les deux.

— Il nous reste encore un peu de la nourriture que j'ai emballée pour notre voyage dans les sacs qui sont dans nos chambres, murmura-t-elle, interrompant leur baiser et levant les yeux vers lui d'un air timide.

— Alors, allons chercher cela.

Tristan l'aida à se redresser puis la suivit dans l'escalier.

Agir en tout bien tout honneur avec elle, pour une fois, au diable la prudence.

Chapitre 31

Isobel entra dans la pièce exiguë éclairée à la bougie et posa les yeux sur le lit rudimentaire posé dans le coin avant de laisser échapper un petit cri gêné. Quelques instants plus tôt, elle avait voulu se retrouver seule avec Tristan, se perdre dans ses bras et ses baisers. Elle le lui avait même fait comprendre quand il avait avoué l'aimer, mais se retrouver là, entièrement seule avec lui, face à cette couche… Elle se tourna vers lui et retint son souffle un instant, alors qu'il tirait le verrou de la porte. Il l'aimait. Oh, elle l'avait espéré plus qu'elle n'aurait bien voulu l'admettre, pour de nombreuses raisons. Elle l'observa tandis qu'il s'avançait silencieusement vers elle, oubliant le lit et tout le reste. La seule chose qui importait en cet instant, c'était qu'il soit à elle. Cet homme magnifique, au physique d'Apollon et aux airs de preux chevalier. Elle avait laissé Tristan MacGregor ravir son cœur, mais elle ne s'était jamais attendue à ravir le cœur du jeune homme à son tour.

— Tu trembles, mon amour, fit-il d'une voix grave qui résonnait encore dans ses oreilles quand il s'approcha d'elle pour pencher la tête vers elle.

— M'aimes-tu sincèrement, Tristan ?

Elle vit un éclair d'honnêteté traverser ses yeux avant qu'il prenne la parole, comme s'il était soulagé de pouvoir la regarder ainsi, comme s'il avait un besoin fou d'elle et qu'il peinait à croire qu'il avait fini par la trouver.

— Oui, déclara-t-il en levant ses mains vers son visage et en traçant le contour de ses joues du bout de ses pouces. Je t'aime un peu plus chaque instant qui s'écoule. Mon cœur bat un peu plus fort chaque jour que je passe avec toi.

Il s'agenouilla devant elle et prit ses mains dans les siennes.

— Oublie mon passé, comme moi j'ai fait, et sache seulement que je n'ai jamais aimé d'autre femme avant toi, et que je n'en aimerai aucune autre que toi.

Elle battit des paupières pour chasser les larmes qui étaient en train de brouiller sa vue avant d'afficher un large sourire.

— Vous faites de si beaux discours, Mr MacGregor.

— Un don qui m'a été offert pour votre plus grand plaisir auditif.

— Et pour mon plaisir tactile ?

Elle se pencha vers lui, brûlant d'envie qu'il l'embrasse comme elle l'avait désiré depuis ce fameux soir dans les jardins privés du roi.

— Isobel, comment puis-je te décrire ta beauté et l'effet qu'elle a sur moi quand tu me pousses à te le montrer de tout mon corps ? murmura-t-il contre elle tandis qu'elle avançait ses lèvres entrouvertes vers lui.

Son corps. Combien de fois l'avait-elle observé travailler sous le soleil, ses bras dénudés et musclés luisant sous la lumière, son ventre plat et moite attirant son regard vers sa virilité ? Isobel savait que ce qu'il dissimulait sous ses culottes était aussi ardent que tout le reste de sa personne. Elle l'avait senti se raidir contre elle à plusieurs occasions, quand il l'avait embrassée, se durcissant, prêt à la prendre sur-le-champ. Elle aventura sa langue dans sa bouche puis haleta lorsqu'il la souleva pour la déposer sur le lit.

Elle avait toujours pensé qu'avoir le corps d'un homme sur elle serait un peu étouffant et désagréable, mais Tristan n'était ni l'un ni l'autre. En réalité, ses muscles tendus au-dessus d'elle lui procurèrent une sensation scandaleusement agréable, au point qu'elle lui mordilla les lèvres, son instinct la poussant à en vouloir davantage.

Il sourit contre ses dents, grogna et la mordilla en retour. Le ravissement la gagna, produisant des vagues de chaleur dans tout son être, et intensifiant la vigueur de ses baisers. De sa langue, Tristan caressa les moindres recoins de sa bouche et lui donna l'impression d'être une flamme qui l'embrasait tout entière. Elle répondit par de petits halètements rapides et avides, aspirant doucement sa langue alors qu'il se retirait pour la goûter sous un autre angle. Elle ignorait ce qui était en train de lui arriver, sachant seulement que c'était une force à laquelle elle ne pouvait résister. Elle n'avait aucune envie de lutter. Ce… désir qu'elle avait ressenti pour lui ne ressemblait à rien de ce qu'elle avait pu connaître avant. Son corps vibra d'ardeur jusqu'à ce que cela en soit presque douloureux, ne trouvant satisfaction que dans ses réponses passionnées.

Il l'étendit sous lui, entre ses genoux, sachant de quoi elle mourait d'envie, même si elle ne le comprenait pas encore entièrement. Quand il pressa sa glorieuse virilité entre ses cuisses, un déluge de plaisir la submergea.

— J'ai peur, chuchota-t-elle en s'agrippant à lui.

— Je ne vais pas te faire mal, promit-il, la voix enrouée par son propre désir. Je vais te donner du plaisir.

Il afficha un grand sourire en la regardant.

— Fais-moi confiance.

Il lui avait déjà donné tellement plus qu'elle n'avait pu l'imaginer. Mais qu'attendait-il d'elle ? Oh, elle savait bien qu'il comptait introduire son membre raidi entre ses jambes, elle avait vu des taureaux s'accoupler à des vaches auparavant. Mais, et si c'était douloureux ? Sa proéminence lui semblait si dure qu'elle craignait de souffrir. Elle n'avait jamais pu poser la question à d'autres femmes. Devrait-elle l'arrêter si cela ne lui plaisait pas, ou le laisser faire ce qu'il voulait ?

Comment pouvait-elle le repousser alors qu'elle le désirait précisément dans ces conditions : plaqué contre elle, son cœur battant la chamade contre le sien, sa bouche la submergeant de baisers comme si elle n'appartenait qu'à lui ? Ses idées commencèrent à se brouiller et elle s'abandonna à ses caresses expertes.

Il posa les lèvres sur la veine qui palpitait dans son cou pendant qu'il défaisait des doigts son corsage. D'un mouvement de poignet, il glissa sa main sous le tissu et caressa ses seins nus. Sa peau rugueuse contre sa chair tendre coupa le souffle à la jeune femme qui sentait la tête lui tourner de désir ravi et d'impatience. Son cœur cognait dans sa poitrine quand il tira sur le corsage pour l'exposer tout entière à son regard. L'espace d'un instant, il se contenta de l'admirer sous lui, puis il la regarda dans les yeux et sourit.

— Tu sais à quel point je te trouve belle, Isobel ?

Elle secoua la tête, l'ignorant sincèrement.

— Quand je te vois, c'est comme si je profitais des rayons du soleil de l'été après un hiver long et froid. C'est comme de revoir la maison après un combat qui vous a anéanti.

Il embrassa sa bouche, son nez, ses yeux.

— Je ne pensais pas que c'était possible, mais chaque fois que je te vois, je te trouve encore plus belle.

Ciel qu'il savait manier les mots pour réjouir son cœur. Mais tout cela n'était pas que de belles paroles, déjà partagées avec une pléthore d'autres conquêtes. Non, elle était belle et le voyait dans ses yeux. Elle y avait cru de plus en plus, chaque fois qu'elle l'avait surpris en train de la regarder. Peu importait si ses cheveux étaient lâchés ou attachés à l'aide de broches scintillantes, ou si son visage était taché de la terre du jardin. Il la dévorait toujours du regard, comme s'il voyait en elle un véritable festin.

Il passa la langue sur le téton durci de la jeune femme, ce qui la submergea de chaleur.

— Tu as encore meilleur goût que dans mes rêves.

Refermant ses lèvres, il aspira doucement son téton jusqu'à ce qu'elle se contorsionne sous lui, emplie de désir. Il s'éloigna juste assez pour dégager ses jupons qu'il releva jusqu'à ses genoux, ses doigts s'aventurant hardiment sur ses mollets dénudés. Libérant les jambes d'Isobel de son poids, il les enroula autour de sa taille et souleva ses hanches pour que leurs corps se retrouvent collés l'un contre l'autre.

— Je vais exploser si je ne te prends pas rapidement, affirma-t-il en se penchant pour plaquer un baiser à l'intérieur de sa cuisse.

Sa promesse et son baiser intime effrayèrent la jeune femme qui se sentit traversée d'un frisson dans le même temps. Isobel trouva subitement que ses vêtements étaient lourds, étouffants. Elle voulait les arracher – puis arracher ceux de Tristan. Un violent élan de passion la gagna. Elle remua les hanches, se frottant contre l'ampleur de son érection.

Il poussa un grognement animal, et ses yeux se mirent à briller tandis qu'il la cloua au lit tout en se relevant sur elle.

— Alors tu veux que j'admette ma défaite aussi vite que ça ?

Ses lèvres se fendirent en un sourire sensuel tandis qu'il secouait la tête.

— Encore une femme qui n'a aucune considération pour son chevalier.

Il se redressa et détacha les liens de ses hauts-de-chausses, se libérant entièrement.

Le cœur d'Isobel bondit dans sa poitrine quand elle constata la taille de son membre se dressant fièrement telle une lance parée à transpercer les nuées. Oh, ça allait forcément lui faire mal !

— Pas si vite, grommela-t-il en resserrant ses doigts sur son érection.

Isobel sentit un muscle de sa cuisse se contracter.

— D'abord, dis-moi que tu me prends pour époux, murmura-t-il en se penchant vers elle.

Puis il glissa une main sous ses jupons et ajouta :

— Et ensuite, laisse-moi te lécher là.

Tristan passa le doigt sur le sexe gonflé de la jeune femme. Il sourit de plus belle quand il vit Isobel écarquiller les yeux de surprise.

— Je te prends pour époux, Tristan MacGregor, haleta-t-elle pendant qu'il la caressait. Mais tu ne peux pas, protesta-t-elle faiblement. C'est immoral, impossible.

Elle ferma les paupières quand un autre frémissement de plaisir parcourut son corps.

— Immoral, peut-être, mais je te promets que tu vas aimer ça.

Il l'embrassa lentement en remontant le long de la tendre chair de sa cuisse tremblante. Le corps de la jeune femme était hors de contrôle. Elle passa ses doigts dans la chevelure soyeuse du jeune homme, partagée entre l'envie de l'écarter et de le rapprocher. Sa bouche était si chaude, si avide quand il l'embrassa au cœur même de son intimité moite. Quand il la titilla de sa langue, elle fut gagnée de spasmes et frissonna à en perdre la raison. Elle tenta de resserrer ses genoux, mais il avait enroulé une de ses jambes autour de son cou, et il enfouissait son visage encore plus loin. Tristan l'explora de sa langue puis remonta vers le centre palpitant de son désir. Là, il l'embrassa, tirant doucement sur sa chair sensible, puis l'aspirant dans sa bouche, exerçant une douce pression qui la fit pousser un cri. Il ne s'arrêta pas, mais s'en donna à cœur joie, écartant son fourreau de ses doigts pour mieux la goûter.

Isobel eut la tête qui tournait, ivre de désir. Elle peinait à reprendre son souffle. Ses pensées devinrent confuses quand une cascade de passion charnelle, un ravissement à l'état pur, se mit à la consumer. Elle enfonça ses ongles dans les épaules du jeune homme, ondula des hanches sous les caresses ravageuses de sa langue, de ses dents. Elle tenta de parler, de lui dire à quel point c'était bon, mais seuls de petits halètements langoureux s'échappaient de ses lèvres tandis qu'il la menait à l'extase.

Elle l'agrippa quand il s'écarta légèrement. Elle se sentait dénuée de forces, mais en voulait encore. Sous la lueur des bougies, il lui adressa un sourire et baissa ses culottes sur ses cuisses. Puis il se défit de sa chemise et de ses bottes. Le regard alangui d'Isobel s'attarda sur son magnifique corps nu et raidi, remarquant les légers tressaillements de ses muscles tandis qu'il s'avançait pour lui enlever son corsage jusqu'à ce qu'elle se trouve entièrement exposée à son désir viril. Elle n'avait plus peur. Quoi qu'il désire faire, elle le voulait, en avait besoin.

— Dépêche-toi, murmura-t-elle quand elle eut recouvré son souffle.

Et il se mit en action, se maintenant au-dessus d'elle, l'empêchant de préciser sa requête d'un baiser. Les tétons d'Isobel se durcirent, et elle les pressa contre son torse, se sentant chatouillée par les poils frisés du jeune homme. Il plongea la tête en avant et les suça chacun à leur tour avec un mélange affolant de tendresse et de désir débridé.

— Attends un peu, mon amour, chuchota-t-il dans un souffle irrégulier tandis qu'il frottait son membre raidi contre elle.

Oh, damnation ! Il se releva pour s'appuyer sur une main, et de l'autre, il saisit son membre épais et luisant tandis que les prémices de sa semence s'échappèrent en trois longues salves. L'espace d'un instant, il eut l'air aussi abasourdi qu'elle. Isobel fut très gênée pour lui, mais aussi heureuse de savoir que cela ne lui était jamais arrivé auparavant. Puis ses fossettes se creusèrent tandis qu'il trempait son doigt dans une goutte de son nectar passionné et l'étalait sur le bijou palpitant de la jeune femme.

— Mon corps ne pourra pas t'attendre beaucoup plus longtemps.

— Le mien non plus, répliqua-t-elle, ayant l'impression de se montrer indécente ainsi, mais elle ne s'en souciait guère.

Elle tendit les bras vers lui, convoitant sa bouche, ses baisers. Oh, c'était la première chose qu'elle en était venue à aimer en lui.

Leurs lèvres se rencontrèrent avec la même ferveur, et leurs langues s'entremêlèrent sous l'effet de l'urgence de leur désir. Il ralentit, guidant le sommet gonflé de son sexe vers son puits d'amour. Le souffle coupé, ils se regardèrent un instant dans les yeux, y voyant tout ce qui pouvait les combler. Il la pénétra d'un coup de reins lent et sensuel qui lui procura un plaisir intense, même si elle sentit en même temps l'énormité de son membre en elle.

— Non, non ! cria-t-elle s'agrippant à lui, dodelinant de la tête. Ça me fait mal.

Il s'arrêta, et la calma d'une main douce et de tendres baisers.

— Il n'y a rien à craindre, la rassura-t-il, capturant son regard anxieux et lui exprimant toute son adoration. Respire tranquillement, mon ange. Je vais aller doucement, la douleur va passer.

Il tint sa promesse, et se mut avec lenteur et précaution, sans jamais la quitter du regard, dessinant le contour de la bouche d'Isobel de ses doigts, de ses lèvres. Il lui murmura ses sentiments pour elle et à quel point il la désirait – allant et venant en de longs et langoureux coups de reins.

Sous l'effet du plaisir grandissant, son regard s'assombrit, il serra les mâchoires et en le voyant au-dessus d'elle, à tâcher de se fondre en elle, mais se retenant pour ne pas aller trop vite, Isobel sentit ses nerfs à fleur de peau. Elle enroula une jambe autour de sa taille et enfonça ses orteils dans ses reins. Malgré la douleur, elle appréciait ce qu'il était en train de lui faire et n'avait aucune envie qu'il s'arrête.

Il sourit en constatant l'audace de la jeune femme puis se mit à mordiller sa lèvre inférieure tandis qu'il la clouait au lit.

Elle ne cria plus de douleur après cet instant, la chair brûlante de Tristan était devenue si exquise.

Isobel osa caresser les muscles de son torse du bout des doigts, puis de sa bouche. Quand elle passa les paumes de ses mains sur ses fesses musclées, il se souleva quelque peu, elle caressa ensuite sa nuque et il l'emporta dans le tourbillon de la passion. Elle cria son nom et il ralentit de nouveau, puis releva les mains de la jeune femme au-dessus de sa tête. Il embrassa son téton et l'aspira de sa bouche, sans cesser son va-et-vient lent et suave qui faisait frémir le corps d'Isobel.

Il chuchota son nom, entre deux halètements saccadés tandis qu'il atteignait l'extase en elle. Mais il se retira avant d'y parvenir complètement et caressa sa chaude fleur de toute la longueur de son érection moite.

Sa semence brûlante se répandit en jets sur elle, et elle cria une dernière fois, se sentant désormais libérée.

Chapitre 32

Tristan la regarda fouiller dans les paquets de leur chambre, simplement vêtue de sa chemise. Il se durcit presque instantanément, mais se dissuada de lui refaire l'amour aussi rapidement. Toutefois, il était difficile de ne pas avoir envie de la prendre par-derrière quand elle se penchait sur les sacs, et que les ravissantes courbes de ses fesses ne semblaient attendre que lui.

— Tu es sûre que tu ne veux pas que je t'aide ?

— Non, objecta-t-elle en levant une main. Ne bouge surtout pas.

Il esquissa un sourire et remonta la fine couverture du lit sur ses hanches. Sa jolie sirène était redevenue farouche. Il trouva l'idée assez attrayante, de savoir qu'il était le seul homme au monde à savoir que sa douce timide était en vérité une fougueuse tentatrice. Diantre, elle l'avait fait haleter comme un animal en rut. Il avait connu de nombreuses femmes, mais aucune d'entre elles n'avait jamais éveillé en lui des réactions aussi ardentes qu'Isobel. Ayant toujours le souci d'éviter de semer des rejetons à tous les coins de rue, il se faisait une fierté de parfaitement maîtriser son corps. Il ne s'était jamais entièrement perdu dans des actes passionnés, laissant échapper un filet de semence prématurément avant de souffrir de ne pas pouvoir se libérer entièrement en elle. Ses caresses avides et curieuses, ses réactions incontrôlées, tout cela l'avait rendu fou de désir, et il s'était à peine reconnu. Diable, la légende disait vrai : avec l'amour, un homme pouvait tout abandonner.

— Dieu merci, je les ai trouvés.

Elle virevolta, souriant et tenant un petit paquet dans chaque main.

Tristan voulut bondir du lit pour l'y étendre sous son corps.

— Oui, Dieu merci.

— C'est le pain et le fromage qu'on a mangés avant Dumfries, l'informa-t-elle d'un air enjoué avant de remonter dans le lit.

Il hocha la tête, aperçut un éclair pâle de sa cuisse dénudée.

— As-tu faim ?

Il lui adressa un sourire.

— J'ai toujours faim quand il s'agit de tes bons petits plats. Je crois que je vais m'engraisser avec toi.

— Je ne te laisserai pas faire.

Son sang afflua entre ses jambes quand elle lui sourit en battant des cils.

— Cela fait dix ans que mes frères mangent ma cuisine, et ils ne sont pas gros.

— Qui t'a appris à cuisiner ? s'enquit-il.

— Ma mère. J'avais presque le même âge que Tamas quand elle a disparu, donc elle a eu tout le temps de m'apprendre. J'ai toujours adoré la regarder cuisiner. Elle m'a appris le nom de toutes les épices et les vertus médicinales de presque toutes les plantes.

— Elle te manque.

— Bien sûr, répondit-elle en souriant, se souvenant de la douce voix et du sourire radieux de sa mère. Les parents nous manquent toujours une fois qu'ils sont partis.

— C'est vrai, répliqua-t-il en croisant les bras sous sa tête tout en fermant les paupières. J'aimerais me rendre en France pour voir ma tante Anne.

— L'épouse de Robert ?

— Oui, indiqua-t-il en ouvrant les yeux. Elle vit dans un couvent et j'aimerais bien la revoir.

Il regarda Isobel et ébaucha un sourire.

— Tu as la même couleur de cheveux qu'elle.

— Elle était aussi comme une mère pour toi ?

Il secoua la tête.

— Ma mère ne l'aurait jamais permis. Elle le nie, mais je suis son préféré. Je crois que c'est parce que je ressemble à son frère.

— Elle va me détester, Tristan.

Le frémissement de la voix d'Isobel l'attira vers elle.

— Elle ne te détestera pas, j'y veillerai.

Diantre, il ne voulait pas songer à cela en cet instant.

— Viens ici, ma jolie.

La patience est une vertu, se dit-il alors qu'il s'allongeait derrière elle, plaquant son corps contre le sien. Il avait dû se répéter cette phrase une bonne dizaine de fois avant de refermer les bras autour d'elle et de presser ses hanches contre les rondeurs des fesses de la jeune femme.

— Tout ira bien, lui promit-il avant d'effleurer la pointe de ses seins du bout des doigts.

Il embrassa ses boucles puis dégagea ses épaisses tresses avant de poser ses lèvres contre la nuque d'Isobel. Quand elle s'agita tout contre lui, il devint aussi dur que son épée.

— Attention, ma jolie, grogna-t-il en s'éloignant de la chaleur du corps de la jeune femme. Je sais que tu as eu mal, mais je peux aussi me montrer sans pitié.

— Je ne te crois pas.

Son rire doux lui donna l'envie de le lui prouver. Elle ne l'empêcha pas et ne s'écarta pas quand il reprit place tout près d'elle et qu'il posa les mains sur ses fesses.

— Je veux te refaire l'amour, Isobel.

Si elle ne pouvait pas, si elle le lui refusait, il ferait ce qu'elle voudrait, car il n'avait nulle envie de la blesser. Mais elle noua ses bras autour de son cou, attirant sa bouche avide vers la sienne. Quand elle passa la langue sur ses lèvres gonflées de désir, il perdit tout sang-froid. Il frotta son membre brûlant contre elle et grogna, la dévorant voluptueusement.

Il caressa ses formes sous le tissu grossier de sa chemise. La chaleur de sa peau le rendit fou de désir, il voulut s'approcher, entrer en elle et sentir cette ardeur l'entourer tout entier. Il étendit les mains sur son ventre doux, ses seins ronds et fermes, et il en agaça les pointes de douces caresses qui la firent se tortiller contre son corps tendu.

Le sexe de Tristan se raidit et se gonfla encore. Il ne pouvait plus attendre. Il passa les doigts sur le genou d'Isobel, jusqu'à ce qu'il sente le souffle de la jeune femme contre sa joue, rapide et saccadé. Sa passion pour lui faillit le faire exploser, dans son corps, mais aussi dans son cœur. Il souleva sa jambe pour la voir étendue sous lui, puis guida son extrémité moite dans sa fente ardente. Elle étouffa un cri contre l'oreiller quand il entra en elle, ce qui le poussa à faire preuve de patience. Il se mut lentement, pressant ses hanches contre les siennes, intensifiant ses coups de reins avec un grand savoir-faire.

— On fait la paire, pas vrai, ma douce fiancée ? lui dit-il à l'oreille d'une voix éraillée.

Il lécha le lobe de son oreille avant de le mordiller.

— Tu prends toute la place.

— C'est toi qui es étroite, et brûlante.

Il gémit, et glissa une main entre ses jambes pour en caresser le centre pendant qu'il allait et venait en elle par-derrière. Elle devint plus ferme et plus humide sous ses doigts. La jeune femme peinait à reprendre son souffle. Son corps se crispa, même si sa jambe était posée sur celle de Tristan. Il se retira doucement et s'engouffra de nouveau, la faisant s'agripper à lui.

— Tristan, je…

Il l'empêcha de poursuivre d'un baiser qui les lia aussi intimement que leurs corps, et il continua de la caresser jusqu'à ce que son fourreau soit secoué de petits spasmes autour de son sexe. Il pénétra plus loin en elle, se retira encore plus lentement, savourant chaque secousse, chaque frisson brûlant qui parcourait son corps tandis qu'ils s'abandonnaient tous deux à leur extase.

Épuisés, ils demeurèrent silencieux un instant, s'embrassant et se souriant dans la pénombre.

— Serons-nous toujours heureux, Tristan ? lui demanda-t-elle un peu plus tard, blottie dans ses bras.

— Oui, toujours.

Il s'en assurerait. Elle finirait par l'aimer autant qu'elle aimait ses frères – et même plus.

— Je veux bien le croire, mais ta famille…

— Isobel, je ne peux pas être moi-même si je ne t'ai pas dans ma vie.

— Mais comment peux-tu être toi-même sans être loyal envers ton clan ?

Il l'attira à lui et respira le parfum de ses cheveux. Bien sûr, il avait trahi les siens en s'éprenant d'Isobel, tout comme sir Tristan avait trahi son roi en tombant amoureux d'Yseult. Leur fin serait-elle aussi tragique ? Il ferait tout pour qu'il n'en soit rien. Il restait un espoir.

— Je te l'ai dit, mon amour, ma famille sait pardonner. Diantre, ce n'est pas comme si c'était toi qui avais tué le comte.

Elle gémit comme si elle souffrait, et Tristan la serra plus fort dans ses bras. Il regrettait de l'avoir prise une deuxième fois aussi rapidement.

— Tristan, je…

Quand quelqu'un toqua à la porte, elle s'interrompit et devint livide.

— Tristan, c'est Cameron. Isobel est avec vous ?

Elle le griffa presque en s'arrachant de ses bras pour sauter de son lit.

— Dis-lui que tu ne m'as pas vue ! ordonna-t-elle en cherchant son corsage à tâtons.

— Oui, elle est ici, répondit-il à travers la porte, sortant du lit et faisant la grimace devant le regard assassin de la jeune femme. Laissez-moi une minute pour déverrouiller la porte.

Isobel écarquilla les yeux et demeura bouche bée.

— Je ne peux pas ouvrir dans cet état.

Il écarta les bras pour désigner sa nudité, et lui lança un grand sourire lorsqu'il constata qu'elle devenait écarlate. Il saisit ses hauts-de-chausses et ses bottes, et la regarda la mine contrite quand il vit qu'elle s'empressait de remettre ses vêtements.

— Entrez, Cameron, dit-il en ouvrant la porte.

— Où est Tamas ? s'enquit Isobel quand Cam entra seul dans la chambre.

Son frère ne répondit pas tout de suite, et Tristan suivit son regard qui s'attarda sur sa sœur, qui portait encore la chemise de Tristan sous sa robe froissée.

— Il est en bas, avec Annie, finit-il par indiquer, détournant le regard de sa sœur et de sa figure empourprée. On… on a quelque chose à vous annoncer.

— Oui, et nous aussi, déclara Tristan dans un effort pour sortir la jeune femme de son embarras. J'ai demandé à Isobel de m'épouser et elle a accepté.

Une ombre passa sur le visage de Cam avant qu'il se tourne pour regarder une nouvelle fois la tenue débraillée de sa sœur. Diable, comment Tristan pourrait-il lui expliquer qu'il n'avait pas pu attendre ?

— Nous allons trouver un prêtre au plus vite.

Cam finit par ébaucher un sourire et s'approcha de Tristan pour lui donner une rapide accolade.

— Voilà une nouvelle qui me fait plaisir.

Après lui avoir tapoté le dos, Cam s'avança vers Isobel et la prit dans ses bras à son tour. Elle était encore un peu raide et son regard paraissait légèrement confus quand il la libéra en les félicitant pour leur union.

— J'ai quelques bonnes nouvelles de mon côté aussi, annonça-t-il en affichant le plus grand sourire que Tristan lui ait jamais vu. J'ai également demandé à Annie de devenir ma femme, et elle a accepté.

L'inquiétude d'Isobel disparut pour se transformer en pure joie. Après une dizaine de questions, elle s'assit avec son frère sur le lit et ils commencèrent à réfléchir aux préparatifs de son mariage.

— Et si nous fêtions cela ce soir avec le meilleur vin de l'auberge ? suggéra Cam en se levant.

Tristan ne put s'empêcher d'éclater de rire.

— Si vous voulez du bon vin ici, il faudra le faire vous-même.

— Venez, fit Cam en les attirant tous deux vers la porte. Annie et Tamas nous attendent. Nous allons boire à notre avenir radieux.

Ayant trouvé son plaid rangé dans un des sacs, Tristan le drapa autour de son épaule nue, et le noua au petit bonheur autour de sa taille, puis il les suivit hors de la chambre.

Annie Kennedy était une jolie fille qui avait de grands yeux verts et des lèvres boudeuses qui semblaient avoir été créées pour laisser s'échapper un flot ininterrompu de paroles. Plus elle but de vin, plus elle parla. À deux reprises, Tristan et Cam échangèrent un sourire en l'entendant bavarder sans cesse.

Isobel paraissait s'amuser, même si elle gigotait constamment sur sa chaise. Elle devint rouge comme une écrevisse quand Annie lui demanda si elle souffrait d'une quelconque douleur. Tristan se contenta de sourire dans son verre, puis le regarda avec mépris quand son contenu aigre entra en contact avec ses lèvres.

— Vous n'aimez pas l'alcool, Mr MacGregor ? s'enquit Annie, ayant repéré ses grimaces.

— Pas spécialement. J'ai déjà vu l'alcool pousser des hommes à faire des choses stupides.

— Oh, racontez donc ! s'enthousiasma Annie. Quel genre de choses ?

— Hélas, je ne puis prononcer des récits de si mauvais goût pour vos délicates oreilles.

Elle pouffa sans rougir le moins du monde.

— En parlant de récits de mauvais goût, que pensez-vous qu'Andrew dise des fiançailles d'Isobel ?

— Peut-être va-t-il défier Tristan en duel, répondit Tamas, un éclair d'enthousiasme illuminant ses prunelles pour la première fois de la soirée.

— Je n'ai jamais promis mon amour à votre frère, indiqua Isobel à Annie.

Tristan lui glissa un regard. L'espace d'un instant, il se rendit compte qu'elle ne lui avait rien promis non plus. Il fit de nouveau la grimace et but son vin d'un trait.

— Eh bien, fit Annie en décochant un sourire entendu à Tristan. Je comprends assurément pourquoi vous avez préféré ne pas faire attendre celui-ci.

— Attention, chérie, la prévint Cameron d'un ton taquin. Il va bientôt se marier, et vous serez bientôt mienne.

Se tournant pour lui faire face, Annie s'enfonça dans son siège.

— Et vous savez à quel point je m'en réjouis, mon cher. Il est mignon, mais mon cœur est tout à vous.

Elle se pencha pour l'embrasser, lui murmurant qu'elle l'aimait en s'écartant de lui.

Tristan demanda à se faire servir du vin. Bien sûr qu'Isobel l'aimait. Pourquoi l'épouserait-elle sinon ?

— Je sais qu'Andrew se réjouira d'apprendre nos épousailles, chantonna Annie joyeusement, tendant son verre vide quand la serveuse revint à leur table. Il apprécie beaucoup Cameron. Henry et Roger étaient ravis quand je le leur ai annoncé. Avez-vous des frères et sœurs, Mr MacGregor ? Que penseront-ils de votre mariage avec une Fergusson ?

Isobel arrêta la serveuse pour qu'elle remplisse aussi son verre.

— Ils vont finir par l'aimer comme moi, affirma Tristan en faisant vaciller son verre tandis qu'il refusait de songer à Mairi et ses dagues assassines.

— Vous ressemblent-ils ? s'enquit Annie.

Quand Cameron leva les yeux au ciel, elle s'empressa d'expliquer qu'elle voulait seulement savoir cela pour sa sœur, Alice.

— Souvenez-vous, elle a vingt-deux ans et n'est toujours pas mariée. Il est difficile de trouver un époux ces jours-ci.

Tristan refusa de regarder Isobel pour voir sa réaction. Bien sûr que ce n'était pas la raison pour laquelle elle lui avait dit « oui ». Elle aurait pu épouser Andrew Kennedy si c'était simplement un mari qu'elle recherchait.

— Rob et Mairi ressemblent à mon père.

— Et vous ? Vous ressemblez plus à votre mère, c'est ça ?

— À mon oncle en vérité. J'aurais pu être son fils.

Tristan ne se rendit pas compte que le ton qu'il avait emprunté sonnait creux jusqu'à ce qu'Isobel saisisse sa main sous la table. Il se tourna pour lui sourire, mais un petit coup sec à son épaule l'arrêta net. Il se retourna pour découvrir un grand étranger barbu qui tenait une chope dans son gros poing musclé.

— Qu'est-ce qu'on a là ? lança l'inconnu en souriant, exhibant le trou laissé par une dent de devant tombée – signe indéniable d'un homme qui aimait se battre.

Damnation, Tristan n'était pas en état pour ce genre de situations. Quand il remarqua les quatre – ou cinq – colosses qui s'approchaient lentement de leur table, il laissa échapper un juron entre ses mâchoires serrées.

— Un Highlander au *Golden Hillocks* !

La brute posa les yeux sur le plaid de Tristan et secoua la tête, l'air de s'apitoyer.

— Tu as une sacrée paire de couilles de t'asseoir ici et de boire notre vin.

— Il faut que je vous prévienne, commença Tristan, tâchant en vain de s'éclaircir les idées, rendues confuses par le vin. Si vous êtes fiers de ce vinaigre, cela ne fait que prouver que les covenantaires ont aussi peu de goût que de jugeote.

Annie étouffa un éclat de rire derrière sa main et haleta quand l'étranger tira Tristan sur ses pieds.

— Il faut être un bâtard courageux, voire stupide, pour m'insulter dans ma propre ville, espèce de catholique.

L'auberge se mit à tournoyer devant les yeux de Tristan, effet secondaire de sa brutale ascension, mais il esquissa tout de même un sourire en coin qui prévint les autres de ne pas s'approcher de lui.

— Content de connaître ton point de vue. Tu seras deux fois plus impressionné quand je t'aurai mis le cul par terre si tu ne me laisses pas tranquille.

L'étranger décocha un coup de poing. Tristan l'esquiva, se balança sur ses pieds pendant un instant, puis imprima le talon de la paume de sa main sous le menton de l'homme dans un coup vers le haut à la puissance dévastatrice. Le colosse tomba à la renverse, comme Tristan l'avait promis, écrasant une chaise sous lui. L'auberge s'emplit de cris, et l'on commença à bousculer des chaises de toutes parts. Tristan se tourna à temps pour voir qu'un des amis de la brute se ruait en direction de leur table. Il mit Isobel et Annie hors de danger, et cria à Cameron :

— Derrière vous !

Ce dernier para un coup de poing au visage de son bras gauche et du droit, il envoya l'homme chanceler sur la table derrière eux. Tristan prit un instant pour sourire face à ce spectacle. Le garçon avait bien retenu ses leçons. Sa satisfaction fut interrompue par un coup au menton.

— T'as défoncé Willy, espèce de porc !

Le troisième comparse de Willy, qui était tombé dans les pommes, se prépara à assener un autre coup quand Tristan recouvra son équilibre.

— Je suis pas obligé de te faire la même chose, suggéra Tristan en essuyant une goutte de sang au coin de sa bouche. Il est encore temps de battre en retraite.

L'homme lui lança un regard noir de colère. Son poing courroucé passa tout près du nez de Tristan quand ce dernier fit un pas en arrière. Il s'avança ensuite juste assez pour donner un coup de poing explosif dans le ventre de son adversaire, suivi d'un autre à la mâchoire.

Ça ne s'est pas si mal passé que ça, se dit Tristan en rajustant son plaid tout en observant les amis de Willy ramper près de lui. Cameron avait achevé son assaillant de façon propre et nette, et Tamas… Que diable faisait le garçon debout sur la table, un pied de chaise au poing ?

Quelqu'un tapota l'épaule de Tristan. Il se retourna et leva les yeux – puis les leva encore un peu. *Oh là là,* se dit-il, quand un poing assez gros pour dissimuler le corps auquel il appartenait, fonça dans sa direction, *ils étaient cinq*.

Avant de s'étaler au sol, la dernière chose qu'il vit fut Tamas en train de faire voler son pied de chaise comme si c'était une épée. Il perdit connaissance quand des échardes de bois se mirent à voler et lorsque la brute qui l'avait frappé s'effondra sur lui, raide comme un tronc.

Chapitre 33

Tristan ouvrit les yeux et sourit en voyant le visage d'Isobel le surplomber.

— Bonjour, mon rayon de soleil.

Elle lui rendit son sourire et pressa un linge contre sa lèvre. Il tressaillit.

— C'est le soir, lui indiqua-t-elle doucement. Ça fait un quart d'heure que tu es sans connaissance. Cam t'a porté jusqu'au lit. Il raccompagne Annie à sa chambre et revient vite. Il se fait un sang d'encre pour toi.

Ah, la rixe en bas. Tout revint lentement à Tristan. Mais pourquoi diable avait-il bu du vin ? Cela ralentissait ses réflexes et ses pensées.

— Et toi, tu te fais aussi du souci pour moi ?

Elle secoua la tête et porta le linge à son front.

— Tu as déjà pris des coups auparavant – et plus souvent qu'à ton tour, si les histoires que tu racontes sont vraies.

— Elles le sont, l'assura Tristan, plus troublé qu'elle ne semble pas se soucier de lui que par le fait qu'elle mette ses paroles en doute. Mais ça ne veut pas dire que je ne peux pas être gravement blessé par un géant aux poings d'acier.

— Tristan, tu es vexé ?

Elle se tourna pour tremper le linge dans un bol d'eau et esquissa une moue terriblement moqueuse.

— Cet horrible individu t'a-t-il plus blessé que tu ne veux l'avouer ?

Tristan lui adressa un sourire, mais sa mine n'avait rien de joyeux.

— Même s'il m'avait posé une lame sur la gorge, elle n'aurait pas été aussi tranchante que tes propos.

Il pensait entendre le tintement du rire de la jeune femme, mais la voix de Cam à la porte détourna son attention.

— Vous avez repris connaissance ! s'écria-t-il en s'empressant vers le lit, Tamas sur ses talons. J'ai commencé à m'inquiéter quand je me suis aperçu que vous ne vous réveilliez pas immédiatement.

— Non, mais vous avez vu la taille du balourd qui m'a frappé ? rétorqua Tristan, incrédule.

— Il n'a pas été si dur que ça à neutraliser.

Tous les regards se rivèrent sur Tamas avec une admiration mêlée d'inquiétude.

— Allez, fit Isobel en quittant le chevet du Highlander pour pousser ses frères vers la porte. Laissez-le se reposer. Il aura besoin d'être parfaitement rétabli demain, quand on rencontrera les commerçants.

Elle se pencha pour lui donner un dernier baiser avant d'aller dormir, puis resta quelques instants au-dessus de lui.

— J'aurais fracassé la chaise de Tamas sur le crâne de cette brute si elle avait osé te menacer d'autre chose que ses poings.

Ignorant la douleur de sa lèvre fendue, Tristan lui adressa un sourire tandis qu'elle se retirait.

— J'arrive dans un instant, annonça Cam. Il faut que je dise un mot à Tristan.

Isobel acquiesça et prit Tamas par la main pour quitter les lieux.

— Tamas, merci de t'être battu avec moi ce soir, les interrompit Tristan.

Et oh, miracle, le garçon lui sourit puis leva les yeux vers sa sœur.

— J'ai soif, se plaignit-il quand elle referma la porte.

Quand ils furent seuls, Cameron demeura silencieux et pensif pendant que Tristan s'asseyait sur le bord du lit.

— Diantre, je déteste boire.

— Tristan ? Allez-vous tenir parole et l'épouser ?

— Bien sûr. Je tiens toujours parole.

Quand Cameron commença à faire les cent pas devant lui, Tristan détourna le regard pour que la pièce ne se mette pas à tourner devant ses yeux.

— Si ce sont les membres de ma famille qui vous inquiètent, n'ayez crainte, je me charge d'eux, déclara-t-il. Mon père n'est pas aussi impitoyable que tout le monde semble le croire. Vous seriez étonné d'apprendre qui mon frère a ramené au Camlochlin récemment pour en faire son épouse. Ne vous en faites pas, je vais leur parler.

Tristan fut soulagé quand Cam cessa de gesticuler – ce qui stabilisa la chambre. Il se tenait désormais droit comme un piquet et regardait Tristan avec une lueur qui ressemblait à de la crainte dans les yeux.

—Il est une chose que je dois vous dire. Avant que vous épousiez ma sœur, vous devez connaître la vérité.

Tristan se dressa sur ses pieds et s'avança vers lui.

—Qu'est-ce?

—Je ne peux plus garder ça pour moi. Chaque fois qu'on parle de lui, le poids se fait plus lourd pour moi à porter, et maintenant, cela ne concerne plus seulement mon père, mais lui aussi.

—Qui ça?

—Le comte, votre oncle. C'est moi qui l'ai tué. Mon père a payé de sa vie pour ce que j'ai fait.

Tristan se figea, le souffle coupé. En l'espace d'un instant, des images du corps inerte de son oncle étendu près de Fort Campbell gagnèrent son esprit, sa mère et sa tante poussant des cris de détresse, son père jurant de massacrer jusqu'au dernier des Fergusson. Il secoua la tête. Non, Cam ne pouvait être responsable de cela.

—Mon existence a changé du tout au tout ce jour-là, fit remarquer Tristan.

Cameron ferma les paupières, incapable de lui faire face.

— Et la mienne aussi.

Tristan sentit ses sangs se glacer. Il n'avait aucune envie d'entendre cette terrible confession de la bouche d'un garçon qu'il en était venu à aimer comme un frère. Il ne voulait pas penser à la culpabilité que Cameron avait portée pendant une décennie, depuis la mort de son père. En cet instant, il n'éprouvait que sa propre douleur qui venait perturber ses souvenirs de cette funeste nuit. Il avait tant perdu, et l'homme qui lui avait pris tout cela se tenait devant lui en ce moment même.

Il attrapa Cameron par le col et l'approcha de lui.

— Je…

Le frère d'Isobel ne tenta pas d'échapper à la rage qu'il avait vue dans les yeux de Tristan. Il préféra détourner le regard, prêt à accepter son châtiment.

Mais rien ne vint. Tristan était en train de calculer le jeune âge que devait avoir Cam au moment de l'incident. C'était un enfant à l'époque ! Trop jeune pour seulement savoir…

— Oh, bon sang, Cam !

Tristan lâcha la chemise du jeune homme et le serra dans ses bras avant d'implorer :

— Pardonnez-moi.

— Non, mon frère, c'est moi qui devrais vous demander pardon. C'est moi qui vous ai enlevé un homme si bien… à vous et à toute votre famille, déclara Cam.

Tristan s'écarta et retourna sur le lit. Dieu du ciel, si son père apprenait ça…

— Comment cela s'est-il passé ?

— Il faisait sombre, commença Cameron d'une voix tremblante et tourmentée tandis qu'il expulsait la vérité de ses lèvres, mais aussi de son cœur. Mon père était en train de crier. J'avais peur que les hommes venus du Fort ne soient là pour le tuer. J'ai armé mon arc, espérant les effrayer. Je… je n'avais pas l'intention de le tuer. Je n'avais l'intention de tuer personne.

Tristan sut en cet instant que les nobles idéaux que son oncle lui avait enseignés prévalaient. Il avait eu raison à propos des querelles et il ne s'était pas trompé sur le concept de revanche.

— Tu étais un enfant, déclara-t-il calmement. Ce n'était pas ta faute.

— Je comprends que vous deviez le dire à votre père. Mais Isobel… Elle a peur.

Tristan tourna les yeux vers la porte. Elle avait peur qu'il découvre cela et se rue vers son père pour tout lui raconter. Sa prudence avec lui, son manque de confiance en lui… Tout s'expliquait à présent. Elle avait cru que c'était cette vérité-là qu'il recherchait. Isobel avait bien fait de la lui dissimuler. Il aurait encore plus refréné son amour pour elle s'il avait su que la rage de son père contre les Fergusson pouvait être ravivée par un tel secret. Callum MacGregor avait occis sept des Fergusson qu'il avait vus à Fort Campbell ce soir-là. Il les avait tués simplement parce qu'ils avaient été là. Que ferait-il s'il découvrait à qui appartenait en vérité la flèche qui avait transpercé le cœur de son beau-frère, et brisé celui de son épouse ?

La mère de Tristan avait-elle le droit de savoir qui avait tué son frère ?

Tristan avait entamé cette quête pour trouver l'honneur et mettre un terme aux souffrances qu'avaient subies les deux familles. Il avait trouvé bien plus que ça. Il se refusait à perdre quiconque qu'il aimait à cause de ce tragique accident. Le voyage n'était pas encore terminé pour lui, mais il venait de se compliquer sérieusement.

« Si le véritable honneur était facile à atteindre, la plupart des hommes y seraient déjà, Tristan », entendit-il la douce voix de son oncle murmurer dans ses pensées.

Il se tourna vers Cameron au moment précis où la porte de sa chambre s'ouvrit en grand. Tamas se tenait de l'autre côté, sa fronde pendant au bout de ses doigts, les yeux écarquillés sous l'effet de la crainte mêlée à l'excitation.

— Venez vite. Votre père vient d'arriver.

Chapitre 34

— Je vous le demande une nouvelle fois, Miss Fergusson. Où est mon fils ?

Isobel leva les yeux, vit son large torse drapé d'un plaid des Highlands, sa mâchoire ciselée comme si elle avait été sculptée dans le granit le plus brut, pour finir par se retrouver face à son regard bleu aux reflets d'or qui avait hanté ses pensées. Des yeux qui avaient habité tous ses cauchemars de petite fille.

— Est-ce qu'il…, commença le chef du clan MacGregor avant de marquer une pause, serrant les dents pour dire une chose qu'il lui était difficile de prononcer. Est-ce qu'il est encore en vie ?

Isobel faillit trébucher et tomber à la renverse en tentant de s'écarter de lui. La boisson qu'elle tenait encore à la main pour Tamas s'était renversée sur son corsage. Un grand bras en provenance de la droite l'aida à se rétablir, lui épargnant de tomber sur les fesses.

— Gare à vous, mademoiselle.

Son sauveur avait la même voix que Tristan. C'étaient les mêmes mots que Tristan avait prononcés la première fois qu'ils s'étaient rencontrés. Mais cet homme était plus grand, avait de plus larges épaules et semblait moins ravi de la voir que Tristan quand il l'avait découverte à la place de sa sœur dans le jardin du roi ce matin-là.

— Nous ne voulions pas vous surprendre à ce point.

Ses paroles étaient assez gentilles, mais son regard bleu était aussi froid que celui du diable MacGregor qui luisait dans sa direction, derrière une mèche de cheveux de jais.

— On ne s'attendait pas à vous trouver ici. Mon frère est-il avec vous ?

Son frère. Ce devait être Rob MacGregor, l'aîné des fils du diable. Mais qui étaient les deux autres Highlanders qui se levaient de leurs chaises ? Où étaient les autres clients ? Ils avaient sûrement tous pris leurs jambes à leur cou en voyant le chef au regard assassin, se répondit Isobel.

— Miss Fergusson… (Son accent prononcé la transperça comme un roulement de tonnerre.) … je n'ai jamais fait de mal à une jeune fille de toute ma vie. Tout ce que je veux, c'est une réponse.

Isobel n'avait pas l'intention de lui en fournir une, elle en était incapable. Tout raisonnement lucide, logique l'avait abandonnée pour la laisser dans un état de panique froide et brutale. La jeune femme tenta de se défaire de l'emprise de son ravisseur, mais il ne la lâcha pas d'un pouce.

— Père, appela Tristan dans l'escalier. Que diable faites-vous ici ?

Sans attendre de réponse, il contourna son père et lança un regard à son frère.

— Lâche-la.

Ce n'est que lorsque Rob s'exécuta que Tristan se tourna vers le chef.

— Comment m'avez-vous trouvé ?

— On a fait escale chez les Fergusson pour étancher notre soif.

Son père brandit un verre, comme pour prouver qu'il disait vrai.

— La femme de Rob nous a dit que tu pourrais être là quand ta mère a commencé à se demander si tu n'étais pas mort.

Tristan décocha un œil noir à son frère – lequel se contenta de hausser les épaules, l'expression neutre.

— Alors, vous m'avez cherché partout comme si j'étais un enfant perdu ?

— Tu es parti pour les terres ennemies il y a près d'un mois, Tristan, argua son père. Tu pensais que je n'allais pas vouloir savoir ce qui était arrivé à mon fils ?

Tristan eut l'air légèrement contrit.

— Comme vous pouvez le voir, je vais bien.

— Que diantre t'est-il arrivé à la lèvre ?

Un des autres Highlanders se leva de sa chaise et plissa son regard gris pour examiner le visage de Tristan de plus près.

— C'était une simple rixe, indiqua Tristan.

Voyant sa curiosité piquée, le Highlander haussa un sourcil.

— As-tu d'autres blessures ?

— Non, j'ai juste cette entaille à la lèvre.

— Et tu appelles ça une rixe ? railla Will avant de tourner les talons, ne trouvant plus le moindre intérêt à tout cela.

— Fils, reprit son père en attirant de nouveau l'attention de Tristan et Isobel. Pourquoi es-tu venu ici ?

Tristan se tourna vers la jeune femme.

— Pour la voir. Et il faut que je vous dise que...

Il suspendit ses paroles quand Will bondit en direction de l'escalier. Isobel virevolta à temps pour le voir s'emparer de la fronde que Tamas tenait dans sa main et le soulever par le col.

— Il est à vous, celui-là ? demanda-t-il à Isobel pendant que le petit frère de la jeune femme se balançait à deux pouces du sol.

— Diantre, Will, relâche-le, lança Tristan.

— Il était sur le point d'envoyer ce truc sur ton père !

— Relâche-le, répéta Tristan avec plus de force.

Quand la grande brute le libéra, Tamas recula d'un pas et lui assena un coup de pied dans les tibias avant de courir aux côtés de sa sœur.

— Il a de la chance, je ne m'attaque pas aux enfants, déclara Will en claudiquant vers sa chaise.

Isobel poussa un profond soupir de soulagement et tira l'oreille de Tamas assez fort pour le faire crier.

— Rob, grommela le chef en regardant l'escalier, il en reste encore un. Soulage-le de son épée.

Cameron leva les mains quand Rob arriva près de lui.

— Je n'en porte pas.

— Vous devriez, répliqua Rob avant de lui donner un coup sec dans le dos.

Isobel en avait plus qu'assez. Pour qui se prenaient ces MacGregor de toute façon ? Cela lui était bien égal si tous les hommes de Dumfries les craignaient. Elle avait eu peur toute sa vie et elle en avait diablement assez.

Relevant ses jupons sur ses chevilles, elle fonça droit sur Rob et le pinça au bras.

— Enlevez vos sales pattes de mon frère, espèce de sauvage. Je vous préviens, je ne le répéterai pas.

Tristan aurait probablement souri si elle s'était montrée si audacieuse envers lui, mais c'était son frère qu'elle pinçait encore sans ciller.

— Êtes-vous sourd ou simplement très long à la comprenette ?

Elle posa ses poings sur ses hanches et fit tout ce qu'elle put pour maîtriser la sensation d'oppression qu'elle ressentait dans sa poitrine.

— Lent à la comprenette, rit Will sur sa chaise. Voilà un des meilleurs euphémismes que j'aie jamais entendus.

Voyant que Rob ne relâchait toujours pas Cam, Isobel se tourna vers le chef et fit un mouvement de menton dans sa direction, puis le regretta. Son regard était si intense et si puissant qu'il lui coupa le souffle, et mit ses nerfs à fleur de peau. Elle comprenait pourquoi les armées fuyaient face à lui, pourquoi Cromwell en personne ne s'était jamais lancé à sa poursuite.

Elle dut faire appel à tout son courage pour lui adresser la parole, mais elle était déterminée à lui tenir tête – comme elle regrettait de n'avoir pu le faire pour son père.

— Dites-lui de lâcher mon frère à la minute.

Elle sut que Tristan se tenait derrière elle quand le regard de son père se leva dans sa direction. Elle ne voulait pas de sa protection. *Pas dans cette affaire.*

— Je n'ai plus peur de vous, affirma-t-elle.

Le chef MacGregor baissa les yeux sur elle.

— Je suis content pour vous. Rob, lâche le garçon.

Était-ce son imagination, ou son regard s'était-il adouci quand il avait pris la parole ? Si ce fut le cas, cela ne dura pas longtemps.

— Tristan, pourquoi restes-tu planté là ? Récupère tes possessions et rentrons à la maison.

— Je ne la laisserai pas, rétorqua Tristan en la serrant contre lui et en refermant ses doigts autour des siens.

Son père remarqua ce geste avec une inquiétude qui refroidit son regard farouche.

— Tu ne peux pas…

— Si, je peux. Elle sera mon épouse.

Isobel sentit ses jambes se dérober sous elle quand elle entendit l'étonnante confession de Tristan. Elle aurait préféré qu'il ait pris le temps de préparer sa famille, mais Tristan n'était pas du genre à s'embarrasser de précautions. Lentement, elle tourna vers lui des yeux accusateurs, pour avoir été celui qui avait déclenché tout ce chaos. Il lui sourit, tâchant d'apaiser la colère grandissante de la jeune femme.

Son père n'était pas si facile à convaincre. Le chef demeura bouche bée, toutes ses paroles étant suspendues entre incrédulité et colère. Il la dévisagea elle, puis ses frères, et revint à Tristan.

— De toutes les femmes…

Il roula des mâchoires pour trouver ses mots, mais n'y parvint pas.

— Tu t'es réveillé ce matin avec l'envie de trouver de nouvelles façons de me défier ?

Le rire creux de Tristan refroidit l'atmosphère et serra le cœur d'Isobel.

— Bien sûr que non, père. Il y a plein d'autres choses plus intéressantes à faire que de vous décevoir dans vos attentes.

L'auberge était silencieuse, à l'exception du quatrième Highlander, qui était resté coi jusque-là et murmurait, incrédule, que Tristan allait finir par se marier.

— Ce sont tes propres attentes que tu déçois, mon fils.

— Vous avez raison sur ce point, père, lui répondit Tristan de façon encore inattendue. Mais j'ai changé, et c'est grâce à elle. Je ne la laisserai pas.

Son père eut l'air de vouloir ajouter quelque chose, au lieu de quoi il secoua la tête et leva les yeux au ciel.

— Est-ce que ton frère n'en a pas déjà fait assez en choisissant son épouse ?

Étonnamment, Tristan recouvra son humour.

— Au moins, vous n'aurez pas à vous inquiéter qu'une armée néerlandaise vienne attaquer le Camlochlin cette fois-ci.

Son père ne lui rendit pas son sourire.

— Je préfère affronter une armée plutôt que ta mère.

Le sourire de Tristan s'évanouit.

— Je sais.

— Bien, parce que ce n'est pas moi qui irai lui dire que tu t'es entiché d'une Fergusson. C'est toi qui le feras. Tous les deux, rassemblez vos affaires pour quitter ce repaire de coupe-jarrets presbytériens.

— Non, Tristan ! protesta Isobel sur-le-champ.

Il ne pouvait pas vouloir l'emmener avec lui au Camlochlin. Oh, elle qui pensait pouvoir l'épouser ! Elle s'était dit qu'ils pourraient connaître le bonheur à deux, même s'il découvrait la vérité. Elle savait au fond de son cœur qu'il ne ferait jamais aucun mal à Cam. Mais en voyant le père de Tristan devant elle, aussi gigantesque, aussi menaçant que quand elle était encore une petite fille d'une dizaine d'années, elle fut convaincue qu'il n'y aurait plus jamais rien d'autre que de la haine entre leurs familles. Envoyer des provisions chaque année était un geste aimable, mais cela n'avait rien à voir avec le pardon.

— Je ne peux pas partir avec toi !

— Isobel, mon amour…

Tenant toujours sa main, il la porta à son cœur.

— Pardonne-moi, l'implora-t-elle.

Elle ne supportait pas l'idée d'aller chez lui et de regarder la mère de Tristan droit dans les yeux. Qu'y verrait-elle ? *Un air accusateur, encore plus de haine.* Son clan tout entier serait mécontent de voir la jeune femme. Elle n'avait pas songé à tout cela auparavant. Si tel avait été le cas, elle se serait encore figuré qu'elle pourrait leur faire face à tous, pour l'amour de Tristan. Mais maintenant, après avoir entendu à quel point le chef devait maîtriser sa voix pour lui adresser la parole, sans parler de simple courtoisie, elle savait qu'elle en serait incapable.

— Je ne vais pas aller là-bas pour me faire cracher dessus, lui indiqua-t-elle en couvrant leurs doigts entremêlés de son autre main. Je sais bien que les MacGregor ont perdu beaucoup, mais nul d'entre nous n'en est sorti indemne.

— Tu as raison, lui dit-il. Et c'est pourquoi tu dois venir avec moi, pour qu'ils puissent le mesurer eux aussi. C'est juste une façon de repartir de zéro, Isobel, pour nous tous.

Elle secoua la tête, mais sut qu'elle venait juste de perdre la bataille. Car elle comprit en cet instant qui il était vraiment, et pourquoi il avait besoin de réparer les torts. Elle le ferait pour lui, car il le méritait. Elle aimait presque son oncle Robert d'avoir appris à Tristan à être l'homme qu'il était devenu, archaïque ou pas. Elle l'accompagnerait et ferait tout ce qui serait en son pouvoir pour l'aider dans sa quête, mais elle ne pourrait jamais l'épouser. Leur union rassemblerait les membres de leurs familles, comme c'était le cas maintenant, et ce à de nombreuses occasions, peut-être assez pour que les MacGregor découvrent la vérité par eux-mêmes – et elle ne pouvait prendre ce risque.

Elle hocha la tête en signe d'acquiescement et regarda le beau sourire de Tristan se déployer, sachant que leur union ne pourrait jamais vraiment exister. Pas avec le secret de la famille d'Isobel menaçant de détruire tout ce que Tristan avait accompli.

— Je viens aussi.

La jeune femme essuya les larmes qui lui étaient montées aux yeux et dévisagea Cameron.

— Tu ne viendras pas. Rentre à la maison avec…

— Avec la permission du maître des lieux bien sûr, précisa Cameron.

Callum MacGregor cligna des yeux quand il vit le frère de la jeune femme exécuter une légère révérence, puis il acquiesça, serrant ses mâchoires en songeant à cette réponse qu'il ne pouvait plus retirer.

— Cameron, je te l'interdis ! s'écria Isobel en poussant Tristan de son chemin, mais Cam avait déjà gravi la moitié de l'escalier.

— Je vais dire à Annie de ne pas s'en faire. Tout va bien se passer.

Le chef MacGregor l'observa partir, puis échangea un regard entendu avec son fils aîné. Ensemble, ils posèrent les yeux sur Tristan, reconnaissant là son œuvre.

— Tamas, lança Isobel en le poussant vers l'avant, va avec lui et demande aux Kennedy de te ramener à Pat…

— Pour que je rate la visite d'un château ? s'esclaffa Tamas. Non, je viens avec vous.

Quand elle ouvrit la bouche pour le remettre à sa place, il l'interrompit :

— Je ne voulais pas te le dire, mais Roger Kennedy m'a tapé fort sur la tête hier soir. À deux reprises. Je crois qu'il ne m'aime pas beaucoup…

— Mr Fergusson ! tonna la voix du chef à travers toute l'auberge pour appeler Cameron, faisant sursauter Tamas et Isobel. Nous partons sur-le-champ !

Chapitre 35

— Qu'est-ce qu'elle a ?

Tristan lança un regard à Isobel, affaissée contre un arbre à quelques pieds du feu, puis à son père qui la surplombait.

— Elle a des problèmes respiratoires.

Il se tourna vers l'infusion d'héliotrope qui bouillait et se félicita d'avoir pensé à en prendre pour leur voyage à Dumfries. Cette crise n'était pas si terrible – rien à voir avec celle qu'elle avait eue au manoir, le soir où Andrew l'avait contrariée –, mais Tristan voulait lui donner de la tisane tout de suite, avant qu'elle peine encore plus à respirer.

— C'est presque prêt, annonça Cam en s'accroupissant près de lui.

— Alors, elle est souffrante, murmura le père de Tristan en secouant la tête dans la direction de la jeune femme.

Isobel riva ses yeux sur lui.

— Non, rétorqua Tristan en adressant à son père un regard froid. Cela ne survient que par moments.

La journée entière à chevaucher avait dû irriter ses poumons. Et de voir la famille de Tristan à l'auberge ne l'avait sûrement pas aidée non plus.

— Elle va vite se rétablir.

Son père émit un petit grognement, comme s'il parlementait avec sa propre conscience.

— Nous allons camper ici pour la nuit dans ce cas.

Tristan l'observa tandis qu'il retournait vers Rob qui était assis sur une souche d'arbre. Ils échangèrent quelques mots, puis Rob se leva pour défaire les bagages.

— Je suis content qu'on fasse une pause, déclara Cameron en regardant Tristan, sourire aux lèvres. J'ai mal aux cuisses et aux fesses comme si on m'avait battu avec un maillet.

Oui, Tristan savait que les Fergusson n'avaient pas l'habitude de rester longtemps en selle. Cette pauvre Isobel devait avoir souffert sur son cheval depuis Dumbarton, mais elle ne s'en était pas plainte. En vérité, elle n'avait pas dit grand-chose tout au long du trajet.

— Désolé pour tout ça, Cam. Le chariot n'aurait jamais tenu le choc jusqu'au Camlochlin. Je suis content que les Kennedy nous aient laissés utiliser leurs montures.

Cam balaya cette réplique d'un haussement d'épaules.

— C'est mieux comme ça. Henry et Roger vont rapporter nos marchandises à Patrick, et Annie va s'assurer que la maison soit en sécurité. Même si je n'aime pas trop l'idée de voyager aussi loin avec Tamas dans les pattes.

— Je n'aime pas cela non plus, Cam, se plaignit Tamas de l'autre côté du feu. Je veux avoir mon propre cheval.

— Ce petit-là, il va mettre tout le Camlochlin sur le cul, railla Will en désignant Tamas du doigt avant de s'asseoir près de lui. Tu aurais dû le laisser à l'auberge.

— Et j'aurais dû viser votre tête au lieu de celle de votre chef avec ma fronde.

Will se contenta de sourire à Tristan, voyant là la preuve de ce qu'il venait d'affirmer.

Ignorant les autres, Tristan servit la tisane d'Isobel dans un morceau d'écorce creuse, il souffla dessus puis la lui administra.

— Ne le laisse pas lui faire de mal, lança Isobel entre deux gorgées.

— Tu n'as pas à t'en faire pour Will. Il a bon fonds, malgré ses fanfaronnades.

Isobel leva les yeux de son infusion et poussa un soupir.

— Je parlais de Tamas qui pourrait blesser Will, pas l'inverse.

Tristan rit doucement et caressa sa joue pendant qu'elle buvait.

— Tout ira bien, mon amour. Fais-moi confiance, d'accord ?

— D'accord, déclara-t-elle.

Tristan sentit son cœur se serrer.

Il se pencha pour déposer un baiser sur son front, puis se tourna pour découvrir une autre paire d'yeux verts.

— Il faut le voir pour le croire.

— Va-t'en, Finn, fit Tristan en le poussant d'un air enjoué, ce qui fit tomber le Highlander accroupi sur le derrière. Ton devoir consiste à suivre Rob, pas moi.

Finn se redressa et adressa un grand sourire à Isobel.

— Ce n'est pas encore mon devoir, expliqua-t-il, même si elle n'avait pas posé la question. Mais j'espère être un jour le nouveau barde du chef. Je suis Finnlay Grant, fils du commandeur Graham Grant, frère du capitaine Connor…

Tristan le bouscula une seconde fois puis sourit quand Isobel se mit à pouffer. Elle se sentait mieux.

Finn eut la même impression et lui offrit son sourire le plus tendre.

— Vous pouvez m'appeler Finn.

— Finn, cette dame est… mais pourquoi tu me regardes comme ça ?

— Difficile de croire que tu aies confié ton cœur à une seule femme, Tristan. Il y en a qui vont être déçues au Camlochlin. Je parierais que…

Sa voix s'érailla quand il vit que Tristan lui décochait un regard furibond.

— Très bien, reprit-il. Je m'en vais.

Se relevant, Finn épousseta son plaid et adressa à Isobel un autre sourire à couper le souffle.

— D'habitude, il n'est pas si acerbe. Nous pourrons en parler plus tard, à la maison. Ne va pas croire un seul de ses mots sur moi, dit Tristan pendant que Finn rejoignait les autres autour du feu.

— Je sais déjà quel bourreau des cœurs vous êtes, Tristan MacGregor, déclara-t-elle doucement en passant le doigt sur sa fossette.

— Non, ce n'est plus le cas, lui promit-il en tournant la tête pour embrasser ses doigts. Je ne suis plus cet homme-là.

— Je le sais bien.

Diantre, comment était-elle parvenue à régner sur le cœur de ce jeune homme, elle qui était si délicate et si industrieuse ? Bien sûr qu'il avait été un bourreau des cœurs, à cumuler les conquêtes de Skye à Inverness, prenant tout ce que ces dames avaient à offrir sans rien donner en retour, et surtout pas son amour. Comment aurait-il pu leur offrir une chose qu'il ne ressentait pas ? Son cœur avait cessé de battre un moment quand il s'était rendu compte que son oncle ne se relèverait jamais – et que c'était à cause de lui qu'il était mort. Quand les battements reprirent, il s'était senti différent. Il avait changé, tant perdu, et avait sombré sans savoir s'il pourrait éprouver des sentiments un jour. Son père avait attendu de lui qu'il se montre fort – cela avait même été nécessaire, pour le bien de sa mère.

La vie s'était poursuivie dans le Camlochlin, du moins en grande partie. Après la disparition de son frère, Kate MacGregor avait été changée pour toujours. Son rire finit par recommencer à résonner dans les couloirs, mais elle gardait ses sourires les plus chaleureux pour Tristan. Ils n'avaient jamais abordé la question de son choix de vie hors des sentiers battus. Elle savait qu'il était plus facile de faire semblant.

— Grâce à toi, Isobel, j'ai pu sentir de nouveau les battements de mon cœur.

— Tristan, appela son père quand le jeune homme se pencha pour l'embrasser. Emmène-la près du feu et viens manger avec nous. Ta mère et Maggie ont prévu assez de nourriture pour tout un bataillon.

Sa mère. Qu'allait-elle dire au sujet d'Isobel ? Pire encore, la chose qui l'avait tracassé toute la journée : et si son père découvrait d'une façon ou d'une autre le secret des Fergusson ? Jusqu'où Tristan irait-il pour protéger Cam – et Isobel ? Il regarda encore une fois son père. Aurait-il besoin de les protéger ? Il l'ignorait, et ignorait tout de l'homme qui était assis à quelques pieds de lui.

— Viens, suggéra-t-il dans un sourire à Isobel. Sinon, il va renvoyer Finn.

— Est-ce qu'il est loin, votre château ? demanda Tamas avant de planter ses dents dans un morceau de viande séchée, une fois que tout le monde fut installé.

— Oui, il est par-delà les montagnes, les grands lacs, et derrière les falaises brumeuses.

— Des falaises ? fit Tamas, ses yeux rêveurs s'écarquillant sous l'effet de l'excitation.

— Des falaises à pic, lui répondit Will en jetant un trognon de pomme par-dessus son épaule. Du genre de celles où les petits garçons ont du mal à guider leurs chevaux pour éviter de tomber et de connaître une mort terrible.

— Dites ça à Cam plutôt, répliqua Tamas en haussant les épaules, pas plus impressionné que ça. C'est lui qui prendra les rênes.

Tristan hocha la tête quand Will lança au garçon un regard empreint de surprise, d'admiration et de pitié, et déclara :

— On fait ce qu'on peut.

— C'est tout toi, ça, Tristan.

Tous se tournèrent vers Callum MacGregor qui épluchait une poire avec sa dague.

— Qu'est-ce qui est tout moi, père ?

Tristan sentit les yeux brillants de son père le transpercer à travers les flammes quand il finit par les lever de son ouvrage.

— Rester à distance pendant pas loin d'un mois sans jamais penser à ce que tu nous infliges. Je sais que tu es un homme, mais tu es irresponsable. On ne peut s'empêcher d'avoir peur que tu ne te fasses tuer par un mari, un père, voire un frère courroucé. Ou par Patrick Fergusson. Quand Davina a annoncé à Rob où tu avais dû aller, nous avons...

Il ne termina pas sa phrase et tourna la tête pour plonger son regard dans l'obscurité des arbres.

— Pardonnez-moi.

Une brindille fit crépiter le feu – seul son que l'on entendît quand Callum se tourna vers son fils.

Tristan faillit sourire quand son père cligna des paupières dans sa direction, comme s'il ne connaissait pas la véritable nature de l'homme qui était assis de l'autre côté des flammes. Il n'en était rien, et Tristan espérait rectifier cela aussi.

— Avec lui, dit-il en désignant Tamas d'un geste, je sais ce que je vous ai fait subir pendant toutes ces années, et je vous demande de me pardonner.

— D'accord, répondit son père avant de s'éclaircir la voix pour dissimuler la tendresse que l'on pouvait tout de même lire dans ses yeux. Diable, cet avorton doit être insupportable.

— Encore pire que moi, indiqua Tristan en fendant une miche de pain noir en deux avant d'en tendre un morceau à Isobel.

— Pire que quand tu as mis du sumac vénéneux dans le lit de Colin ? s'enquit Rob avant d'éclater de rire avec Will quand leur cousin se souvint de l'incident et rejeta la tête en arrière pour rire de plus belle.

Tristan adressa à Tamas un sourire sinistre.

— Alors, tu croyais que je n'en étais pas capable ?

— Ce ne serait toujours pas au même niveau que ce que je vous ai fait, rétorqua le garçon avec un autre haussement d'épaules dédaigneux.

— Oh là là, ce qu'il est insolent ! s'exclama Will en tapotant l'épaule du garçon, qui manqua d'atterrir sur les genoux de Finn. Raconte-nous un peu ce que tu lui as fait, garçon !

— Eh bien, commença Tamas en se faisant le plaisir d'adresser un sourire triomphant à Tristan avant tout. Je l'ai touché à la tête avec ma fronde, et il est tombé, sans connaissance.

Les quatre Highlander se tournèrent tous en même temps vers Tristan, bouche bée.

— Mais ce n'est pas tout, leur indiqua Tristan qui n'éprouvait aucune honte d'avoir souffert aux mains d'un adversaire si jeune.

Il savait que les guerriers qui l'entouraient ne se mettraient pas en colère contre Tamas, mais apprécieraient plutôt son courage et son impertinence. Bien sûr, il avait raison sur toute la ligne, et il se rapprocha d'Isobel pendant que les siens se riaient de l'épisode des guêpes et de l'anecdote de la canne cassée en deux. Avec ça, il risquait de se faire railler pendant des semaines, mais il sourit et prit Isobel par la main dans la lumière tamisée du feu.

— Ils l'aiment bien, c'est un bon début.

Isobel aurait souhaité être aussi confiante que Tristan, mais chaque fois qu'elle regardait le chef des MacGregor, elle le voyait enfoncer son épée dans le corps de son père – et dans celui de Cam s'il découvrait jamais la vérité. Comment aurait-elle pu lui sourire, rire avec lui ? Elle n'avait pas dit la vérité quand elle avait affirmé n'avoir plus peur de lui. Elle était terrifiée de ce qu'il pourrait encore faire.

Le rire du diable MacGregor attira le regard de la jeune femme sur lui. Dieu du ciel, qu'il était imposant ! Même assis, il surplombait tous les autres, à l'exception de son fils Rob. Là où Tristan semblait être bâti pour la vitesse et l'agilité, son père et son frère paraissaient l'être pour le combat. Leurs jambes nues étaient longues et musclées sous l'ourlet de leurs plaids qui leur arrivaient au genou. Ils avaient de larges épaules, et bombaient le torse de fierté et de confiance en eux.

Comme s'il sentait ses yeux posés sur lui, le chef inclina la tête pour la regarder. Isobel se détourna.

— Vous sentez-vous mal de nouveau ?

Il ne lui avait pas accordé une seule parole de tout le voyage, et Isobel n'avait pas envie de lui parler maintenant. Elle secoua la tête pour répondre :

— Je vais bien.

— Vous êtes aussi pâle que la lune, fit-il remarquer, invitant les autres à l'observer aussi.

Isobel grinça des dents.

— Je suis lasse, voilà tout.

Elle croisa le regard du chef une nouvelle fois, brièvement, voulant afficher son air le plus déterminé. Il lui adressa un sourire qui n'était empreint ni de pitié ni de moquerie. Ce n'était pas non plus cette légère moue rusée qu'ébauchait souvent Tristan pour faire chavirer son cœur, mais cette expression adoucit son visage anguleux, juste assez pour révéler l'existence d'un autre homme sous ses airs bourrus.

— Tu ferais mieux de dormir alors, Bel.

Elle cligna des yeux et se tourna pour découvrir que c'était Tamas qui avait pris la parole.

— Tu sais comme tu es ronchon le matin, quand tu n'as pas assez dormi.

Elle était sur le point de le réprimander quand Will le saisit par l'épaule.

— Ne parle pas comme ça à ta sœur, nabot.

Isobel serra la mâchoire. Heureusement pour lui, il y avait quelque chose qui lui plaisait chez William MacGregor. Il avait le même rire insouciant que Tristan, seulement teinté d'un peu plus de cruauté – comme s'il était capable de rire et de chanter l'hymne des Highlands tout en tranchant la gorge de son ennemi. C'était une raison bien suffisante pour qu'elle tienne Tamas éloigné de cet homme, mais s'il levait encore une fois la main sur son frère, à tort ou à raison, elle allait lui assener des coups de bâton sur la tête.

D'instinct, elle tendit la main pour l'arrêter quand Tamas ramassa un scarabée par terre pour le poser avec soin sur le pain de Will pendant que le Highlander avait tourné le dos pour s'adresser à Rob. Tristan le vit faire et prévint Will quand ce dernier porta le pain à sa bouche, mais il était trop tard. Le scarabée croustilla sous les dents de Will, qui pâlit à vue d'œil, et Tamas roula sur le côté, éclatant d'un rire joyeux.

— C'est ça, rigole bien va, lui lança Will en recrachant une patte de scarabée. Demain, tu vas chevaucher avec moi.

Il se tourna vers Tristan, l'ombre de ses mauvaises intentions assombrissant ses yeux aux reflets scintillants.

— Il voyagera sur mon cheval.

— D'accord, acquiesça Tristan facilement, offrant à Tamas un regard empreint de pitié.

Isobel riva ses prunelles sur lui.

— Comment ça ?

Alors c'était comme ça que ça allait se passer ? Tristan allait toujours céder et laisser sa famille faire ce qu'elle voulait avec les frères d'Isobel ? Elle commençait à sortir de ses gonds. Elle les protégerait elle-même dans ce cas, comme elle l'avait toujours fait.

Se tournant vers Will, elle rassembla tout son courage et prit la parole sur un ton doux, mais éloquent.

— Si vous osez toucher à un seul cheveu de mon frère, je vous jure que je vous empoisonne…

— Peut-être que tu n'es pas si courageux que ça après tout, si tu as besoin de ta sœur pour te protéger, l'interrompit Will en se tournant vers Tamas en plein milieu de la tirade d'Isobel.

Tamas bomba immédiatement son torse.

— Je peux me défendre tout seul. Je vais chevaucher avec vous demain et vous le prouver.

Isobel avait envie de leur crier dessus, surtout sur Will. Les menaces de la jeune femme ne l'avaient impressionné ni intéressé en rien. Et qu'il était malin de sa part d'utiliser son instinct maternel contre elle. Et contre Tamas ! Dieu du ciel, Tristan l'avait prévenue que Tamas filait un mauvais coton. Il provoquait la colère des adultes de façon délibérée, et un jour ou l'autre, cela pourrait bien le faire tuer.

— Il pèche par fierté ! s'exclama-t-elle rapidement et humblement, espérant ainsi faire oublier le marché que son frère avait accepté.

— Trop intrépide pour se préserver, ajouta Tristan promptement.

Isobel laissa échapper un soupir de capitulation. Elle se tourna vers Tristan, sachant qu'il n'essayait pas de sauver Tamas de Will, mais de lui-même. Derrière lui, Cam acquiesça.

— Oui, finit-elle par admettre à haute voix. C'est vrai.

Tristan afficha un sourire et l'attira vers lui, posant son front contre le sien. Puis il parla assez bas pour qu'elle soit la seule à l'entendre :

— Il chevauchera avec Will.

C'était une des choses les plus difficiles qu'elle ait eu à faire, mais elle acquiesça, confiant aveuglément la vie de son frère aux mains de quelqu'un d'autre.

Heureusement, Tristan n'était pas n'importe qui. C'était un homme d'honneur.

Chapitre 36

Ils reprirent la route tôt le lendemain, environ un quart d'heure après que Will eut découvert que sa selle avait été défaite lors des préparatifs. Pour ne pas encourager Tamas, nul ne fit de réflexion sur la chute que Will aurait endurée s'il était monté ainsi.

Isobel leur en fut reconnaissante.

Le terrain était traître sur la côte rocheuse du Firth of Clyde, ou du moins c'est ainsi qu'Isobel le ressentit dans sa chair. Elle avait encore des courbatures de la veille. Sans la douce chaleur de Tristan dans son dos, elle aurait grincé des dents sur tout le trajet. Quand elle s'adossait à lui, il l'enveloppait de ses bras, lui redonnant le sourire malgré ce qui les attendait. Bientôt, elle entrerait dans la tanière des MacGregor, et Cam serait à ses côtés.

— Je n'aime pas quand tu te raidis dans mes bras, fit-il remarquer de sa voix rugueuse tout près de son oreille, déclenchant un frisson de long de sa colonne vertébrale. Je préfère lorsque tu es douce et abandonnée.

— Et tu obtiens toujours ce que tu veux, déclara-t-elle en fermant les paupières et en roucoulant contre lui.

Comment pourrait-elle jamais le quitter ?

— Oui.

Elle entendit un sourire dans sa voix et lui sourit à son tour.

— Serais-tu capable de vaincre des dragons pour moi, chevalier ?

— Oui, si tu me laissais faire, j'y arriverais.

Il y arriverait. Oh, comme elle aimerait qu'ils soient seuls pour qu'elle puisse se retourner sur la selle et l'embrasser. Pendant un fol instant, elle souhaita que le Camlochlin soit plus près, pour qu'ils puissent y parvenir et s'enfermer tous les deux une dernière fois.

Un cheval se mit à trotter à ses côtés. Elle ouvrit les yeux et sourit à Tamas qui les dépassait avec Will.

— Tristan ?

— Oui, mon amour ?

— Quand as-tu commencé à m'aimer ? J'ai envie de m'en souvenir pour toujours.

Le cri aigu de Tamas interrompit la réponse de Tristan et glaça les sangs de la jeune femme. Elle se redressa immédiatement et horrifiée, elle regarda Will qui était descendu de sa monture, Tamas suspendu à son poing, et s'avançait vers l'eau avant de l'y laisser tomber.

— Tristan ! s'étouffa Isobel en agrippant sa chemise. Il ne sait pas nager !

Blêmissant de terreur, le jeune homme sauta de son cheval. Elle le suivit de près, jusqu'à ce qu'il se mette à courir à toute vitesse. Il se rua vers la berge, sautant par-dessus les cailloux et les petits bras de la rivière, laissant Isobel et sa famille haletantes dans l'incapacité de rien faire d'autre que de regarder. Sans ralentir le pas, il plongea dans l'eau à quelques pouces de Tamas qui gesticulait.

Isobel faillit tomber à genoux de soulagement lorsque Tristan empoigna son frère pour le ramener sur la berge à la nage. Elle tenta de réprimer la vague d'émotions qui était en train de la traverser, mais quand elle vit la façon dont les petits bras de Tamas étaient noués autour du cou de Tristan, elle n'eut d'autre choix que de laisser ses larmes couler.

Quelqu'un la bouscula en passant. Elle leva les yeux pour voir le chef MacGregor se pencher sur les rochers et tendre le bras pour séparer le corps dégoulinant de Tamas de celui de son fils. Quand il se releva, il darda son regard d'un bleu glacial sur Will.

— Cela va suffire.

— Oui, mon oncle, répondit Will sans contester.

— Tu m'entends, mon garçon ? reprit le géant en attrapant Tamas par les bras et en le soulevant pour qu'il se trouve sous les yeux de son neveu. Cela suffit !

— Oui, seigneur.

Isobel cligna des paupières. Était-ce la voix de son frère qu'elle entendait, tremblante et obéissante ? Elle tendit les bras pour le récupérer quand le chef s'approcha d'elle, mais il s'écarta d'elle et porta Tamas à son épaule.

— Je le garde, affirma-t-il.

Il ne prononça pas un mot de plus tandis qu'il remontait sur son cheval, posant le frère d'Isobel sur ses genoux, et l'enveloppant de son plaid.

Quand Tristan revint vers elle un instant plus tard, elle l'aida à retirer sa chemise trempée et embrassa son torse. Il avait sauvé la vie de Tamas, tout comme il avait sauvé celles de John et Patrick lorsque les Cunningham les avaient attaqués.

— Merci.

Oh, comme elle aimait cet homme !

— Laisse-moi te passer ton plaid sec, reprit-elle.

Will s'arrêta près d'eux quand ils se redirigèrent vers le cheval de Tristan.

— Je pensais qu'il savait nager, je n'avais pas idée.

— Il y a eu plus de peur que de mal, cousin, s'empressa de le rassurer Tristan en lui tapotant l'épaule. Il va bien.

« Il va bien. » Isobel regarda en direction de Tamas qui était roulé en boule dans les bras d'un des hommes les plus dangereux de toute l'Écosse, et son cœur se serra. Peut-être que l'effroyable chef MacGregor n'était pas si effroyable que cela, après tout.

Ils chevauchèrent encore de nombreuses heures, et au moment où ils s'arrêtèrent pour manger, Isobel se demanda si elle retrouverait un jour le confort d'un lit.

— Tu as ta propre chambre au Camlochlin ? interrogea-t-elle Tristan en massant son dos douloureux avant qu'il la soulève jusqu'à sa selle, dès qu'ils durent reprendre la route.

— Bien sûr. C'est un château. Il y a beaucoup de pièces.

— Tu crois que je pourrais prendre un bain quand on arrivera ? En vérité, je ne me suis jamais sentie aussi crasseuse.

Se voûtant derrière elle, il posa sa bouche sur l'oreille d'Isobel, ce qui déclencha en elle des frissons enfiévrés quand il lui murmura :

— Seulement si je peux y aller avec toi.

— Dans le bain ?

Elle se retourna dans ses bras, et le sourire du jeune homme s'élargit lorsqu'il vit la rougeur qui avait gagné ses joues. Quand il hocha la tête, la couleur de ses yeux était passée du brun doré à l'ambre fumé.

— Dans le bain, par terre, contre le mur… dans tous les coins.

Les muscles d'Isobel lui réclamèrent alors tout autre chose que du repos. La jeune femme avait envie de lui enlever son plaid et de le goûter de sa langue, de ses dents. Elle voulait voir son corps souple et nu, durci et paré pour elle, le sentir se perdre en elle pendant qu'il lui mordillait le cou. Elle se força à prendre une profonde inspiration, pour se surprendre à haleter de plus belle quand il glissa une main derrière sa nuque et se pencha pour poser ses lèvres contre les siennes.

— Bien sûr, il faut qu'on passe devant le prêtre d'abord. J'ai promis à Cam qu'on se marierait rapidement.

Elle ressentit un pincement au cœur et détourna le regard. Comment allait-elle le lui annoncer? Peut-être valait-il mieux ne rien dire du tout. Il ne ferait qu'essayer de la convaincre qu'elle avait tort, et il y parviendrait aisément, car elle voulait trop croire que leur amour pourrait triompher de toutes les embûches, ce qui était impossible, bien évidemment. Tristan ne pourrait jamais être heureux tant que les siens continueraient à la détester. Et s'ils faisaient le moindre mal à Cam…

— Isobel?

Il prononça son nom dans un souffle tranquille et passa les doigts sous son menton pour qu'elle lève les yeux sur lui.

— Je sais ce qui t'effraie. Je…

— C'est une quête monumentale, lui concéda-t-elle. Mais je vais faire tout ce que je peux pour t'aider à y parvenir. Si je dois sourire à un bataillon de MacGregor pour qu'ils commencent à m'apprécier, je le ferai. Je t'aime et je veux que tu sois toujours heureux.

Il ébaucha lentement un sourire qui s'élargit pour éblouir la jeune femme. Il se tourna vers l'homme le plus près de lui pour lui dire:

— Tu as entendu ça?

— Oui, répliqua son père, mais Tristan s'était déjà retourné vers elle.

— Elle m'aime!

— Ça te surprend à ce point? rit-elle doucement contre ses lèvres.

— Oui. Tu es assez têtue dans ton genre. C'était une chose qui m'avait fasciné au départ, mais ensuite, ça m'a fait peur. Certains jours, je pensais que tu me détesterais à jamais.

— Mais tu n'as pas baissé les bras.

Elle embrassa sa bouche, si proche de la sienne, se sentant aimer cet homme plus qu'elle n'aurait jamais pu l'imaginer.

— Même quand je t'ai malmené, précisa-t-elle.

— Comment aurais-je pu abandonner ? Ça aurait été comme si j'abandonnais mon cœur, ma vie. Alors que tout cela t'appartient.

Avec quelle aisance il lui faisait tout oublier. Comme il arrivait à la convaincre qu'elle était tout ce qu'il lui fallait pour être véritablement heureux. Elle avait envie d'y croire. Oh, si seulement il ne ressentait pas ce besoin de réparer les torts qu'il pensait être siens. Si seulement il pouvait se contenter d'elle pour être heureux.

Un autre cavalier les dépassa, la force de sa présence sur son cheval attira le regard d'Isobel vers ses yeux d'un bleu intense. Elle adressa un sourire au futur chef du clan MacGregor.

— Tu as entendu ça ?

Rob regarda d'abord Tristan, puis Isobel.

— Oui. J'ai bien entendu, confirma-t-il en affichant un sourire aussi chaleureux que celui de Tristan.

Il rapprocha sa monture et se pencha vers son frère.

— L'essentiel, ce sera de s'assurer qu'ils l'entendent.

Isobel savait à qui Rob faisait allusion : Callum et Kate MacGregor. N'était-il pas lui-même récemment rentré au Camlochlin avec une épouse qui n'avait pas les faveurs du seigneur du clan ? Soudain, elle le vit sous un tout autre jour.

— Tu as clamé ton amour pour ta femme devant eux ?

— Oui, et elle a fait de même. Notre lien est si fort que tous ceux qui ont connu l'amour l'ont compris.

— Il veut te protéger, dit Isobel tandis que Rob se mit à trotter devant eux sans un mot de plus. Il veut protéger tous ceux qu'il aime, c'est sa passion. Au final, il n'est pas si différent de moi, sourit-elle en se renfonçant contre Tristan.

Elle demeura silencieuse le reste de la journée, oubliant ce qui l'attendait, et profitant des paysages et des sons qui l'entouraient : les intonations rugueuses des voix des Highlanders, leurs rires tonitruants qui résonnaient à travers les arbres, les battements du cœur de Tristan contre son oreille.

Cam sembla s'être pris d'affection pour Finn, passant le plus clair de la journée à son côté. Il se contenta d'écouter quand le jeune Grant lui raconta tout ce qu'il y avait à savoir sur sa famille et les MacGregor de Skye.

Au deuxième jour, c'est surtout Cam qui prit la parole, et comme Finn chevauchait toujours aux côtés de Rob, le frère d'Isobel bénéficia d'un auditeur de plus.

Si elle en jugeait par les bribes qu'elle surprit quand elle pressa Tristan de se rapprocher d'eux, Cam parlait surtout de Patrick.

— Il laboure les terres seul ? entendit-elle Rob lui demander.

— Il fait tout pour s'assurer que l'on soit nourris et bien logés.

— Belle qualité pour un homme, fit remarquer Rob, l'air songeur.

— Oui, belle qualité.

Au bout de leur troisième nuit passée ensemble, ils étaient tous d'assez bonne humeur pour rire au coin du feu en évoquant les blessures qu'ils avaient subies dans telle ou telle bataille. Tristan s'esclaffa des nombreuses fois où il avait frôlé la mort avec le même enthousiasme que les autres, prouvant ainsi à Isobel qu'il avait un tempérament plus guerrier qu'elle ne l'avait pensé.

Elle regarda de l'autre côté du feu, là où le père de Tristan répondait patiemment au tourbillon de questions que Tamas lui lançait. Enhardie par le ton indulgent du chef, Isobel se redressa et s'approcha d'eux. Elle s'assit près de son frère et lui caressa les cheveux.

— Comment ça se passe ?

Tamas soupira et leva les yeux vers le ciel nocturne.

— Bien.

— Ce n'est pas facile pour moi..., commença-t-elle avant de lever les yeux vers MacGregor. ... de le laisser partir.

— Quel âge a-t-il ? s'enquit le chef, ce qui la surprit.

— Il a onze ans.

Sa mine était assez parlante à la lueur du feu, et Isobel la comprit aisément. Elle le regarda calculer les années dans sa tête. Quand il eut terminé, il baissa le regard vers les flammes.

— C'est vous qui l'avez élevé.

— Mon frère et moi l'avons élevé, indiqua-t-elle d'une voix tremblante.

De toute sa vie, elle n'avait jamais pensé qu'elle lui parlerait de ce qu'il avait arraché à sa famille.

— Nous sommes sept, et Patrick est l'aîné.

Elle retomba dans le silence.

Maintenant qu'elle avait eu l'occasion de le lui dire, elle trouva que son venin avait perdu de son intensité. Que pouvait-elle ajouter ? Qu'elle lui en voulait d'avoir tué son père qu'il avait tenu pour responsable de la mort du comte d'Argyll ? Comment pouvait-elle lui faire comprendre que sa perte était pire que celle des MacGregor ? Elle ne le pouvait pas, ne le pouvait plus.

— Tristan m'a tant parlé de Robert Campbell, lança-t-elle calmement, avec courage.

Il y avait d'autres choses qu'elle voulait lui apprendre.

— Tristan l'aimait beaucoup, et l'aime encore.

— Je sais, répondit son père en tournant le regard vers l'endroit où Tamas était assis.

— Quoi qu'on se dise d'autre ce soir, insista Isobel, je voudrais que vous sachiez que mes frères et moi sommes profondément désolés pour ce qui s'est passé.

Il ne leva plus les yeux sur elle quand il prit la parole, sa voix si éraillée et si grave qu'elle se demanda s'il ne s'adressait pas au vent.

— Moi aussi.

Chapitre 37

Tristan avait traversé les pertuis menant à Kylerhea sur la côte occidentale de l'île de Skye une dizaine de fois auparavant, quand il allait rendre visite à des conquêtes sur le continent, mais il n'était jamais rentré chez lui accompagné, et surtout pas par une demoiselle qui risquait de briser le cœur de sa mère. À chaque pas le rapprochant du Camlochlin, tout cela lui pesait un peu plus. Alors qu'ils arrivaient au col abrupt de Bealach Udal, il ne cessait de se répéter que tout irait bien. Les choses tournaient toujours en sa faveur. *Eh bien, quoi, après tout ?* Qu'y avait-il de si terrible à vouloir mettre un terme à une querelle que son oncle n'aurait jamais approuvée ? Tant que ses parents n'apprenaient pas la vérité, sa mère en viendrait à accepter les Fergusson, comme son père l'avait fait. Elle n'aurait pas d'autre choix.

Il posa les yeux sur le chef qui chevauchait non loin, devant lui, avec le petit Tamas toujours bien calé sous son bras. Il savait pourquoi une telle vue l'avait fait sourire chaque fois qu'il les avait observés ces cinq derniers jours : Tamas s'était attiré les faveurs de son père. Et pour Tristan, c'était comme s'il découvrait

Callum MacGregor. Il n'était plus seulement le père donneur de leçons, même s'il était fort en la matière.

Ses enfants en étaient la preuve. Il n'était plus un dirigeant, portant sur ses larges épaules plus de responsabilités que n'importe quel homme ne saurait le faire souffrir. Les MacGregor du Camlochlin pouvaient en attester, eux qui avaient clamé leur nom haut et fort durant leur proscription grâce à lui. En tant que père, il était solide comme un roc, protégeant ses enfants de tous les dangers qui pouvaient les menacer. Tamas n'était pas de lui, mais c'était à cause de lui que cet enfant avait été privé de père. Le diable MacGregor n'avait aucun désir de vengeance, il n'était pas un sauvage incapable de pardonner à quiconque. Les sauvages ne laissaient aucune place à l'honneur, et le père de Tristan était un homme d'honneur.

— Tu dois lui dire.

Tristan baissa les yeux sur Isobel pour la découvrir en train de le dévisager.

— Lui dire quoi ?

— Ce qui a créé cette divergence entre vous, quoi que ce soit. Tu le caches bien sous tes airs joyeux, mais je l'ai vu quand tu lui as parlé. Je le vois quand tu le regardes, derrière l'éclat de tes yeux, tu façonnes tes sourires, mais il reste une trace de quelque chose de plus à vif, comme une blessure qui ne veut pas guérir.

Il avait voulu qu'Isobel sache qui il était, mais elle était allée encore plus loin.

— Je ne sais pas si c'est une bonne idée, lui confessa-t-il.

— Bien sûr que si, mon amour.

Son sourire se fit tendre, tout comme les caresses de la jeune femme.

— Quoi qu'il ait fait…

— Non, cette blessure je me la suis infligée moi-même, l'interrompit-il. Je n'ai pas essayé de la dépasser. Je n'ai pas fait d'efforts pour être son fils. Comment pourrais-je l'être alors que je nous trouve si différents ? J'ignore qui il voulait que je sois, parce que je n'arrivais pas à voir qui lui était. Je désirais ressembler à mon oncle, et il est mort à cause de moi.

— Non, pas à cause de toi.

— Je l'ai pourtant cru, lui répondit-il doucement. Et c'est cette croyance qui m'a blessé en premier lieu.

Elle passa les doigts sur ses lèvres et l'embrassa.

— Dans ce cas, mon beau et noble chevalier, commence par là.

Les périlleuses falaises d'Elgol impressionnèrent grandement Tamas Fergusson. Il fut si ravi par le rugissement des vagues sous l'étroit précipice qu'il se mit à rugir lui-même. C'était déjà assez irritant de l'entendre hurler à pleins poumons, mais quand il se pencha aussi loin qu'il put sur le côté du cheval du chef pour mieux voir en bas, tous ceux qui les suivaient émirent un cri. Soit il avait entièrement confiance en l'homme qui le tenait par le poignet, soit sa témérité allait encore plus loin que quiconque avait pu l'imaginer – surtout Will, qui avait manqué de s'évanouir en jetant un coup d'œil par-dessus le bord du chemin.

Au sommet des falaises, ils parvinrent à une haute corniche qui surplombait un vaste vallon bordé de bruyère, ainsi qu'une grande baie à l'ouest. De petites chaumières parsemaient le paysage tandis que des montagnes aux pics enneigés transperçaient le ciel au nord. Au milieu de tout cela, le château du Camlochlin s'élevait au-dessus d'un mur d'enceinte sombre, telle la forteresse du diable enserrée dans la glorieuse main de Dieu.

Isobel prit une profonde inspiration, et trouva l'air humide et rafraîchissant pour ses poumons. Si seulement elle pouvait calmer les battements de son cœur.

Plusieurs personnes sortaient déjà de leur maison, ainsi que par les grandes portes du château, se hâtant de voir qui étaient les cavaliers qui arrivaient. Rob s'élança vers le vallon en premier, les sabots de sa monture s'enfonçant dans les bruyères tandis qu'il se dirigeait vers une femme qui se détacha de la foule pour aller à sa rencontre. Il bondit de son cheval avant que celui-ci s'arrête complètement, et la souleva dans ses bras.

D'autres dames attendaient, deux en particulier, qui observaient le cortège en silence tandis que les cavaliers trottaient vers elles. La plus grande des deux posa ses yeux noirs sur le chef et Tamas, puis sur Isobel.

— Des Fergusson prisonniers ?

Se tenant un peu voûtée derrière la grande, la plus petite lança un œil noir à Cameron.

— Ce ne sont pas des prisonniers, Maggie.

Passant le bras autour de la taille de Tamas, le chef descendit de cheval et posa le garçon à terre. Maggie et Tamas se toisèrent. La femme s'en offusqua et regarda le garnement prendre ses jambes à son cou.

— Tamas ! cria MacGregor après avoir déposé un baiser sur la bouche de la grande femme. Ne va pas t'attirer d'ennuis.

— Oui, Callum ! répliqua Tamas.

Après avoir lancé un regard bref, mais glacial à son époux, la femme tourna les yeux vers Tristan.

— C'est bon de te voir en vie, mon fils.

Elle n'attendit pas sa réponse, ni des présentations. Tandis que Tristan aidait Isobel à descendre de selle, elle tourna les talons et se dirigea vers le château sans un mot de plus.

En la voyant faire, le père de Tristan passa une main sur sa joue mal rasée.

— Je vais lui parler, murmura-t-il, plus pour lui que pour quiconque, et il s'empressa de la suivre à l'intérieur.

— De quoi ton père va-t-il lui parler ?

Restée seule face à eux, Maggie MacGregor posa ses petits poings sur ses hanches et plissa les yeux en direction d'Isobel et de Cameron.

— Qu'est-ce que tu as encore fait, Tristan ?

Isobel n'avait jamais côtoyé autant de monde au même endroit depuis son séjour au palais de

Whitehall. Le Camlochlin n'était pas aussi grandiose que la demeure du roi, mais il était assez grand pour abriter plus de MacGregor qu'elle ne pensait pouvoir en supporter. Les couloirs étaient caverneux, ornés de grands et épais chandeliers en fer et de torches murales qui éclairaient ce dédale.

Isobel ne sourit pas aux inconnus qui la dévisageaient, mais préféra prendre la main de Cam. Elle n'aurait pas dû le laisser l'accompagner. Elle craignait d'avoir commis une erreur en venant ici, et elle fut confortée dans ce sens lorsque trois énormes Highlanders s'approchèrent d'elle et s'arrêtèrent net quand ils entendirent Maggie prononcer le nom de « Fergusson ».

— Diable, grommela l'un d'eux d'un air profondément dégoûté.

— On les mange au souper, alors ?

Un autre homme, aux cheveux roux et gris arborant une longue cicatrice parcourant son visage de l'oreille au menton, gronda.

— Du calme, Angus, l'avertit Tristan avec un sourire narquois. Ou cette jolie demoiselle risque de te mordre à son tour.

Isobel avait envie de lui sourire, car il lui attribuait plus de courage qu'elle n'en avait probablement, et était venu à son secours malgré tout. Quelle que soit la réputation qu'il s'était faite ici, l'être qu'elle connaissait aurait fait la fierté d'Arthur Pendragon en personne.

— Angus ! Brodie ! interpella brusquement le chef du haut de l'escalier. Veillez à ce que les invités du Camlochlin soient bien traités.

La menace qui sous-tendait cet ordre était assez évidente pour ne pas être prononcée. Les deux grands Highlanders passèrent leur chemin sans un mot ni un regard de plus en direction d'Isobel.

— Jamie ! fit Callum MacGregor à l'intention du troisième Highlander. Mène Cameron à Finn et garde le petit à l'œil, il s'appelle Tamas. Fais en sorte qu'il ne lui arrive aucun mal.

— Oui, chef.

Pour la première fois depuis qu'elle avait mis les pieds dans ce château, Isobel poussa un soupir de soulagement. Et c'était à cet homme qu'elle le devait. Elle leva vers le père de Tristan des yeux emplis de gratitude et non plus de haine. Les souvenirs qu'elle avait gardés de lui, issus de l'horreur dont elle avait été témoin étant enfant, se laissaient lentement remplacer par des regards cléments, et les gestes de ses grandes mains abîmées qui se faisaient plus tendres quand il refermait son plaid autour de la taille du petit frère de la jeune femme. D'une façon ou d'une autre, Tamas avait gagné les faveurs du seigneur. Cela en disait beaucoup sur cet homme.

— Vous deux, reprit-il avec une œillade qui n'avait rien de clément qu'il darda sur Isobel et Tristan. Venez avec moi.

Ils le suivirent le long d'un couloir faiblement éclairé, aux murs couverts d'épaisses tapisseries et encombré d'enfants riants qui couraient vers l'escalier. Quand il atteignit la porte, le père de Tristan ne marqua pas de pause, mais poussa les lourds battants pour s'engouffrer dans la pièce.

— Il est là, parle-lui.

Kate MacGregor foudroya son époux du regard, mais se tourna vers eux quand ils entrèrent dans le grand salon particulier.

— Très bien, dit-elle en dardant ses yeux perçants sur Isobel. Miss Fergusson, je suis sûre que vous êtes une charmante demoiselle, mais vous savez aussi que votre père a froidement ôté la vie à mon frère. Vous et votre famille n'êtes pas les bienvenus ici pour moi.

Isobel hocha la tête, n'ayant rien à répondre. Elle avait l'impression de poser son regard sur un lac, et de regarder son propre reflet. Dans cette femme, elle voyait ses propres yeux emplis de colère, ses lèvres pincées. Elle ne comprenait que trop bien ses paroles impitoyables. Que pouvait-elle dire ?

— Doivent-ils payer pour les crimes de leur père ? lança Tristan pour elle. Peut-être devrions-nous demander à Maggie et écouter sa réponse ?

— Tristan, l'avertit son père. Fais attention à ce que tu dis.

— Je me tairai, mais seulement si j'ai tort, père. Ai-je tort ?

— Non, tu n'as pas tort, admit le chef même si son épouse se détournait de lui. Katie, fit-il sur le ton le plus doux qu'Isobel ait jamais entendu chez lui.

— Non, Callum, opposa-t-elle à sa requête implicite. Tu devrais le comprendre mieux que quiconque. En grandissant, tu as toujours veillé sur ta sœur, tu t'es assuré que tes ennemis ne la tuent pas.

Elle se tourna de nouveau vers Isobel et Tristan, les larmes aux yeux cette fois-ci.

— Nous étions orphelins, avec une poignée de vieux soldats pour nous élever. Robert était le seul qui savait me redonner courage. Il était bien plus que mon frère. C'était mon compagnon de jeux, mon ami le plus proche et l'homme le plus chevaleresque que j'aie jamais connu. Il n'a pas mérité d'être abattu dans la nuit par un fou blessé dans son orgueil.

— Je ne conteste pas cette vérité, repartit Tristan doucement. Tu sais que je l'aimais.

Il posa les yeux sur son père, puis détourna le regard.

— Mais Isobel a beaucoup perdu elle aussi, poursuivit-il. Avec ses frères…

— Je ne veux pas en entendre parler ! l'interrompit sa mère. Ton oncle était un homme bien, juste. Il…

— Tu sais comment il était, mais tu ne veux pas que je sois comme lui, l'accusa Tristan.

— Pas pour les Fergusson !

— Alors c'est bien dommage, répliqua-t-il d'un ton qui en disait long, parce que j'aime cette femme et j'ai l'intention d'en faire mon épouse.

Isobel aspira une petite bouffée d'air et ferma les paupières, ne voulant pas voir ni ressentir la douleur qu'ils étaient en train de provoquer. Quels imbéciles ils avaient été de croire que le passé pourrait si aisément s'oublier ! Cette haine ne cesserait jamais, et Tristan était sur le point de perdre le soutien de sa famille à cause d'elle.

— Tu nous as trahis, Tristan, entendit-elle la mère du jeune homme déclarer.

— Qu'il en soit ainsi, lança-t-il en prenant la main d'Isobel et en la guidant vers la sortie. J'en ai assez de trahir mon cœur.

Cameron observa Isobel et Tristan quitter le salon et disparaître au bout du couloir. Émergeant de l'ombre, il regarda les lourdes portes qui pourraient lui permettre de se libérer de dix ans de culpabilité et de lâcheté. Grâce à Tristan, il ne voulait plus être cet homme. Prenant son courage à deux mains, il leva le poing pour toquer, et la porte s'ouvrit une nouvelle fois.

— J'ai tout entendu, confessa-t-il au grand seigneur qui le surplombait. Votre femme se trompe sur un point. Ce n'est pas un fou qui a tué son frère. C'est moi.

Chapitre 38

Les appartements de Tristan n'étaient pas tels qu'Isobel l'avait pensé. Pour commencer, elle avait imaginé une plus grande couche, couverte de fourrures et de soie pour procurer un meilleur confort aux dames qu'il avait eu l'habitude de recevoir. Elle fut surprise de trouver un lit tout juste un peu plus large que celui d'Alex. Aucune tenture n'était suspendue aux deux grandes fenêtres qui donnaient sur le mur d'enceinte occidental, n'offrant ainsi aucune barrière contre le froid ou le bruit des vagues provenant de la baie de Camas Fhionnairigh en contrebas. Un échiquier usé était posé sans utilité apparente sur une table dans un coin, de nombreuses pièces faisant défaut.

Au premier coup d'œil, on aurait pu croire que l'homme qui occupait cette chambre était insouciant, peu attentif aux détails. Mais en traversant la pièce pour atteindre la cheminée éteinte et maculée de suie, Isobel remarqua les épées anciennes suspendues avec soin sur le manteau, l'étagère en noyer cirée sur la droite, remplie de livres à ras bord. Elle esquissa un sourire : il prenait grand soin des objets qui lui importaient.

— Ce sont les épées de mon oncle, déclara-t-il en s'approchant d'elle.

— C'est ce que je me disais.

Isobel s'éloigna de lui d'un pas et alla à la fenêtre. Elle ne pouvait supporter sa proximité. Sa chaleur, son contact, son odeur, tout la poussait à faire des choses déraisonnables.

— Tristan, je… je ne peux pas te laisser perdre le soutien de ta famille à cause de moi.

Il n'esquissa aucun geste pour se rapprocher d'elle, mais demeura là où il se tenait, au milieu de sa chambre, seul, comme il l'avait été le plus clair de sa vie.

— C'est toi ma famille, Isobel. Toi et tes frères. Vous êtes tout ce que je demande.

— Mais nous ne sommes pas tout ce dont tu as besoin. Tu as pris tant de risques à essayer de nous aider, en raison de ton caractère… de ces qualités que tu as toujours possédées. Mais je crains que tu n'échoues dans cette quête. À la fin, tu n'auras plus que nous…

— Cela me suffira.

— Non, décréta-t-elle en se tournant vers lui, laissant ses larmes couler librement. Ton honneur fait de toi ce que tu es, Tristan. Comment cela pourrait-il te suffire alors que cela te contraint à trahir les tiens. Tu as entendu ce que ta mère t'a dit…

— Cela me suffira parce que ce sont eux qui font ce choix, et pas moi.

Il s'avança vers elle à grandes enjambées.

— Isobel, c'est grâce à toi que j'ai envie d'être moi-même. Je n'ai besoin que de toi.

— Mais il y a autre chose, sanglota-t-elle en se détournant du regard passionné du jeune homme. Quelque chose que je ne t'ai pas dit et qui va tout changer.

— Je sais déjà que c'est Cameron qui a tué mon oncle, Isobel.

Il la prit dans ses bras tandis qu'elle levait les yeux sur lui, abasourdie et terrifiée.

— Il me l'a avoué à l'auberge, et cela m'est égal, reprit-il.

Il recula juste assez pour prendre le visage humide d'Isobel entre ses mains et plonger son regard dans le sien.

— Cela ne change rien à l'amour que je te porte, poursuivit-il. Rien ne pourra jamais changer ça.

Il le savait et ça lui était égal. Elle lui sourit, malgré sa vue brouillée par les larmes, convaincue qu'aucune dame de ses livres n'avait jamais aimé un chevalier avec tant de force. *Mais…*

— Mais si les tiens le découvrent et se retournent contre nous, comment feras-tu ?

— Ils ne le découvriront pas et ils ne se retourneront pas contre toi. Mon père n'est pas l'homme que je croyais. Et même si je me trompe, Isobel, je resterai toujours de ton côté, sachant que j'ai fait le bon choix.

Il lui avait promis de mettre un terme à ses craintes et de transformer les choses qui l'attristaient en sources de bonheur, et il avait tenu parole. Elle finit par se permettre de respirer librement, et de l'aimer sans avoir plus peur de rien. Elle n'allait pas le quitter, et elle combattrait quiconque tenterait de les séparer.

— Je ferai ton bonheur, Tristan.

— C'est déjà le cas.

Il pencha la tête vers elle pour l'embrasser. Elle noua ses bras autour de son cou, l'attirant vers elle.

— Il faut que je fasse chercher ce prêtre, murmura-t-il à son oreille.

— Le prêtre peut bien attendre, répliqua-t-elle.

Il la regarda, creusant sa fossette dans un sourire charmeur, puis l'embrassa de nouveau.

Il avait le souffle chaud contre la bouche de la jeune femme, et son baiser l'était encore plus. Elle s'ouvrit à sa langue exploratrice et gémit de plaisir en sentant son corps contre le sien. Ses baisers lui avaient manqué, mais celui-ci était différent. Tristan se délectait de sa bouche, faisant ce qu'il désirait à son propre rythme, comme s'il mettait le monde extérieur au défi de l'arrêter. Il la rendait folle, mais c'était ce qu'elle aimait en lui. Elle était sienne et il ne laisserait personne les désunir.

— J'ai si hâte..., gémit-elle contre ses dents.

Il se mit à rire, l'enlaça et la souleva dans ses bras. Elle sentit sa respiration s'accélérer, puis afficha un grand sourire quand il la porta vers son lit.

Il la déshabilla lentement, passant la langue sur toutes les parties de sa chair dénudée, murmurant qu'elle était belle, qu'elle avait un goût divin. Les muscles de la jeune femme frémirent sous les caresses expertes de sa bouche. À la faible lueur des bougies, les doigts agiles de Tristan explorèrent le corps d'Isobel jusque dans ses moindres détails, la faisant brûler de désir pour lui. Elle voulait tout lui donner, tout ce qu'il réclamerait, jusqu'à ce qu'il ne lui reste plus rien. Les cheveux du jeune homme effleurèrent sa joue quand il l'embrassa avec avidité, ce qui la fit trembler jusqu'à la pointe de ses orteils. Dieu du ciel, elle avait envie de lui, elle en voulait davantage, le voulait tout à elle. Elle le lui dit, à bout de souffle, dans un soupir qui soutira un grognement viril de sa gorge.

— Combien de temps vas-tu me faire attendre ? implora-t-elle.

Il leva la tête au-dessus d'elle, souriant tel un prince païen prêt à prendre ce qui lui revenait de plein droit.

— Pas si longtemps que ça, promit-il en défaisant sa ceinture.

Elle le regarda se déshabiller et passa les doigts sur les saillies de son ventre musclé. De la paume de sa main, elle frôla son membre gonflé, ce qui la gêna et l'excita en même temps. Elle n'avait jamais touché un homme de façon si intime auparavant. Enhardie par le gémissement rauque de Tristan, elle caressa sa verge de haut en bas. Il ferma les paupières et se pencha en arrière, s'appuyant sur ses cuisses et ses mains posées à plat derrière lui. Sous cet angle, son érection ressemblait à une lance, invitant Isobel à en tirer profit. Elle se vit en train de grimper et d'onduler sur lui comme une bête sauvage, et cela contracta les muscles de ses jambes. Elle referma ses doigts autour de son dard, ébahie de trouver un tel mélange de satin et d'acier, constatant tout l'espace qu'il prenait. Il était trop épais pour une seule main, et elle usa donc de ses deux paumes pour le caresser doucement.

Il la regarda de ses yeux voilés par une passion intense, et couvrit sa main de la sienne pour la guider vers les zones où il désirait plus de pression. Quand un filet soyeux et humide coula sur la main d'Isobel, il étendit ses longues jambes et se coucha sur le dos.

— Viens par ici, lança-t-il d'une voix éraillée de désir, tandis qu'elle grimpait sur lui.

— Où ça, mon amour ?

— Juste là, répliqua-t-il en écartant les jambes pour la blottir entre ses cuisses.

Isobel baissa les yeux lorsqu'il guida son ardente virilité en elle. Elle s'agrippa à son torse quand il s'empara de ses hanches pour la pénétrer plus en profondeur. Isobel se délecta de sentir ses tétons se durcir, et adora comment de sa bouche avide il les aspirait à tour de rôle. Il passa sa langue sur ses seins et frotta ses dents contre sa peau embrasée pendant qu'il la guidait de haut en bas sur sa verge. Quand il s'étira sous elle, elle parcourut du regard ses muscles souples et saillants, puis elle se mit à le chevaucher. Le corps de Tristan frémit de plaisir, et Isobel fut traversée d'un spasme de satisfaction en constatant qu'il était tout à elle, et qu'elle était libre de suivre son désir. Et elle suivit aussi celui de Tristan. Quand elle lécha ses tétons, il sourit et passa la main dans les cheveux de la jeune femme. Il l'attira à sa bouche et l'embrassa passionnément. Il la serra tout contre lui, la regardant droit dans les yeux, et faisant glisser sa main sur les fesses d'Isobel tout en fléchissant les genoux pour la prendre plus avant.

De violentes vagues d'extase gagnèrent la jeune femme qui sentait tous ses nerfs à fleur de peau, jusqu'à ce qu'elle halète au-dessus de lui, leurs souffles courts s'entremêlant. Il poursuivit son va-et-vient encore plus fort, plus loin, plaquant ses hanches contre les siennes, et la regardant avec ardeur jusqu'à ce qu'il trouve la délivrance en criant son prénom.

— Je t'aime, murmura-t-elle quand il rejeta sa tête en arrière en serrant les mâchoires.

Il répandit sa semence en elle, en plusieurs salves, jusqu'à ce qu'il n'y ait plus entre eux que son souffle court et son sourire sensuel comblé.

Plus tard, Tristan ordonna qu'on prépare un bain pour eux dans sa chambre. Comme il l'avait promis, il s'installa derrière elle, la calant entre ses jambes.

Elle posa sa tête sur son torse et passa les doigts sur le galbe de ses mollets, se rappelant le moment où elle avait dû couper sa botte pour retirer la flèche que John avait fichée là. La blessure avait bien cicatrisé.

— Tu as rêvé de moi une fois, lui dit-elle, se souvenant qu'il avait appelé son nom quand il se remettait de sa… enfin, de ses blessures à la tête.

— Je rêve souvent de toi.

Il souleva la chevelure de la jeune femme pour dégager sa nuque et le souffle de sa voix rauque contre sa peau lui donna des frissons dans le dos.

— Dis-moi, pourquoi as-tu pris tant de risques pour venir chez moi ? s'enquit-elle.

— C'est à cause de tes chevilles.

— Mes chevilles ? répéta-t-elle en levant une jambe hors de l'eau pour les observer.

— Oui.

Il referma ses bras autour d'elle et embrassa son cou.

— Chaque fois qu'on parlait, tu finissais par partir en trombe, soulevant tes jupons pour exposer tes chevilles à mon regard admiratif, expliqua-t-il.

Isobel demeura songeuse un instant, puis se tourna dans le bain pour se retrouver sur lui, ses seins pressés contre son torse.

— T'arrive-t-il d'être sérieux de temps en temps ?

— Seulement quand il est question de t'aimer, Isobel.

— Je t'aime, Tristan.

Il se leva et l'emporta dans ses bras, ses grandes mains soutenant les fesses trempées de la jeune femme tandis qu'il l'emmenait en direction du lit. Ils ne parvinrent jamais à destination. Quand elle enroula ses jambes autour de sa taille, il la suréleva sur son ventre musclé et dur, et lui fit l'amour là, sur-le-champ.

Isobel s'éveilla quelque temps plus tard, seule dans le lit de Tristan. Elle vit par la fenêtre que le soleil s'était couché. Elle s'assit, se demandant où Tristan était et espérant qu'il était parti chercher quelque chose à manger. La jeune femme avait une faim de loup, mais l'idée de quitter la chambre et de risquer de croiser la famille de Tristan seule – surtout sa mère – lui donnait des palpitations.

Elle laissa passer un quart d'heure sans qu'il donne signe de vie, puis elle se couvrit légèrement et descendit du lit. Isobel n'avait aucune envie de remettre son corsage plein de poussière, mais quand elle commença à le chercher, elle découvrit qu'il avait disparu.

À sa place, soigneusement posée au pied du lit, se trouvait une robe en laine d'agneau ainsi que des chaussures assorties. Elle prit la robe, admirant immédiatement la souplesse et le moelleux des fibres. La jeune femme la rapprocha de la dizaine de bougies que Tristan avait dû allumer avant de partir. Les coutures étaient d'une finesse imparable, faites d'un fil du même doré que la ceinture tressée. Qui avait bien pu lui laisser cela ? Peu importait. Elle n'avait jamais rien possédé d'aussi raffiné et le revêtit rapidement. La robe voleta, s'ajustant parfaitement à la taille d'Isobel. La laine lui procurait une douce sensation de chaleur sur la peau, et son humeur s'en vit nettement améliorée. Elle passa les doigts dans ses boucles auburn, se chaussa et sortit de la chambre.

— Oh, bonsoir, milady.

Une femme assise sur une grande chaise devant sa porte se leva.

— Je ne savais pas que vous étiez réveillée. Je suis Alice. Je vais vous mener à la grande salle.

La grande salle. Ils seraient tous là. Des dizaines, peut-être des centaines de MacGregor. Elle le ferait, pour Tristan, elle était prête à tout – et au moins elle avait une tenue propre.

— Merci, Alice. C'est vous qui avez déposé cette tenue pour moi ?

— Non, milady, c'est Maggie. Elle a indiqué qu'elle vous irait bien, et elle ne s'est pas trompée.

Isobel ignorait quoi faire de cette information. Pourquoi la tante de Tristan lui avait-elle offert cette robe ? C'était une aimable attention, et elle se ferait un devoir de la remercier plus tard. Elle suivit Alice dans l'escalier, mais s'arrêta net quand elle aperçut Tristan qui se tenait au bout du long couloir en compagnie de son père.

— Oui, rit Alice doucement à côté d'elle. Il est à couper le souffle.

Isobel sourit et acquiesça. Qu'il porte une tenue anglaise ou le plaid des Highlands et de simples bottes, comme maintenant, il émanait de Tristan une virilité ensorcelante.

— Tous les enfants du chef sont époustouflants, poursuivit Alice, la voix légèrement tremblante. Tout comme leur père.

Se reprenant, la bonne entre deux âges détourna avec peine le regard du chef et sourit en direction de Tristan.

— Lui, il en est juste plus conscient que les autres, conclut-elle.

Une fois de plus, Isobel ne pouvait qu'acquiescer. Elle était encore en train de songer à demander à Alice combien de jeunes femmes du Camlochlin avaient envie de lui arracher les yeux quand Tristan et son père s'étreignirent.

— Qu'est-ce que c'est que ça ? s'écria la voix enjouée de Will provenant de derrière elle, brisant ainsi cet instant de tendresse.

Isobel cligna des paupières pour chasser les quelques larmes qui avaient envahi ses yeux quand Callum se tourna vers elle.

— Tu prends un homme dans tes bras alors que ta moitié se tient là, belle comme le jour.

Les yeux de Tristan se posèrent sur Isobel, ce qui fit oublier à la jeune femme toutes les autres personnes présentes dans le couloir. Ils se dévisagèrent dans le silence qui venait subitement de s'abattre, perdus dans les souvenirs des moments qu'ils avaient partagés un peu plus tôt, enfermés dans sa chambre. Le sourire du jeune homme s'étira quand son regard teinté de désir s'attarda sur les formes d'Isobel, si bien mises en valeur par sa nouvelle robe.

— Mon fils est revenu, Will, lança le chef en posant son bras autour des épaules de Tristan. Alice, demandez à la cuisinière d'ouvrir un autre fût de bière. On a deux fois plus de choses à fêter.

Prenant Isobel par le bras, Will la guida vers Tristan avant de la lui remettre avec un clin d'œil entendu.

— Le jour est bien gris et morne comparé à toi, mon amour.

Tristan leva la main de la jeune femme et déposa un tendre baiser à l'intérieur de son poignet.

Elle rougit sous ses cils, craignant de le regarder, ayant peur de se surprendre à sauter dans ses bras, au mépris de tous les convives qui les observaient.

— J'ai l'impression d'être habillée pour une fête, déclara-t-elle, s'efforçant de ne pas trembler malgré la proximité du jeune homme.

— Oui, la fête de nos fiançailles. Le père O'Donnell sera là demain.

Elle leva les yeux sur lui.

— Mais ta mère…

— Elle attend à notre table.

C'était le chef qui avait pris la parole.

— Après avoir parlé avec votre frère, nous…

— Mon frère ? s'étonna Isobel en lui souriant. Quoi que Tamas ait pu dire pour…

— C'était Cameron, pas Tamas, rectifia Callum. Il nous a raconté ce qui s'était passé cette nuit-là, Miss Fergusson. Katie a pleuré, mais…

Il poursuivit, mais ses paroles furent effacées par le vacarme des battements du cœur d'Isobel dans ses propres oreilles. Elle en avait le souffle coupé. Cam leur avait révélé la vérité ? Il leur avait avoué ce qu'il avait fait ? Était-il encore en vie ? Elle se tourna brièvement vers Tristan avant de s'évanouir.

Chapitre 39

Isobel revint à elle dans le lit de Tristan, avec le souvenir effroyable de la confession de Cameron dans la tête. Il leur avait tout dit ! Non ! C'était impossible ! Elle ouvrit les paupières et poussa les mains qui tentaient de la maîtriser.

— Tout va bien, mon amour, l'apaisa la voix de Tristan au-dessus d'elle.

Était-il devenu fou ? Comment les choses pourraient-elles s'arranger maintenant ? Pendant dix longues années, elle avait préservé le secret de ses frères au péril de sa vie, elle avait eu peur – tellement peur – que les MacGregor viennent assassiner Cam si jamais ils l'apprenaient.

— Où est-il ? s'écria-t-elle. Où est Cameron ?

— Laisse-moi lui parler, entonna une voix de femme quelque part derrière Tristan. Laisse-nous.

Dans un sanglot étouffé, Isobel regarda Tristan sortir de la pièce. Elle voulut l'appeler et le supplier de la ramener au manoir avec ses frères. Quand la porte se referma derrière lui, elle posa ses yeux larmoyants sur la mère de Tristan, assise au pied du lit, puis se couvrit la figure des mains.

— C'était un enfant, cria-t-elle. Il essayait de protéger mon père. Il ne savait même pas sur quoi ou sur qui il était en train de tirer une flèche.

— Je sais.

— Je vous en supplie, ne lui faites aucun mal. J'en mourrais si…

— Du calme, ma chérie, répondit Kate MacGregor en tirant ses mains de son visage et en lui adressant un sourire tendre. Il ne lui sera fait aucun mal.

Isobel voulait la croire plus que tout au monde. Mais comment ? Comment pourrait-elle la croire alors qu'il y avait tout juste quelques heures, cette femme lui avait quasiment craché à la figure toute la haine qu'elle éprouvait à son égard ?

— Votre frère nous a dit que vous avez tous les deux vu Callum assassiner votre père, commença l'épouse du chef, le regard perdu dans ses souvenirs. Vous aviez dix ans, et vous êtes devenus orphelins encore plus jeunes que je ne l'ai été.

— Cam n'avait que huit ans, lui précisa Isobel, priant pour que son âge suffise à le faire pardonner.

— Je peux comprendre ce que vous pensez de mon mari, mais ce n'est pas un monstre. Il ne se vengera pas d'un garçon pour quelque chose qu'il a fait étant enfant, même si cela a été une véritable tragédie. Et je ne l'aurais jamais laissé faire.

Isobel avait envie de crier de joie. Était-ce vrai ? Ils savaient que c'était Cam et ils ne lui feraient aucun mal ? Elle se mit à pleurer, son cœur libéré du poids d'une décennie d'inquiétude.

— Cela n'amoindrit pas la douleur ressentie pour la perte de mon frère, poursuivit Kate, des larmes coulant aussi le long de ses joues. Mais cela me soulage de savoir qu'il n'a pas été tué dans de mauvaises intentions. Vous comprendriez l'importance de ce détail si vous aviez connu Robert.

— J'ai l'impression de le connaître, lui dit Isobel doucement en s'asseyant sur le lit. Et de ce que l'on m'a raconté, Tristan lui ressemble beaucoup.

— Je sais, acquiesça sa mère. Je l'ai toujours su. Le problème, c'est que lui l'ignorait.

Kate prit ses deux mains dans les siennes et les serra.

— Pardonnez-moi de m'être montrée si cruelle auparavant et de vous avoir empêchée de vous sentir bienvenue. Vous devez être une demoiselle extraordinaire pour avoir conquis le cœur de mon fils. Elles sont nombreuses à avoir essayé, et échoué.

— Je n'ai pas cherché à le conquérir, lui indiqua Isobel en toute sincérité. C'est lui qui m'a conquise. Il s'est donné du mal et s'est montré très déterminé à balayer toutes les craintes, toute la colère et toute la méfiance qui hantaient mon cœur, et il m'a séduite par son humilité, son humour et son honnêteté. Madame, votre fils est l'homme le plus chevaleresque que j'aie jamais rencontré.

Kate la dévisagea un instant et essuya une larme.

— Beaucoup vous diront le contraire.

— Dans ce cas, cela signifie qu'ils ne le connaissent pas vraiment, et c'est dommage pour eux.

— Oui, c'est vrai, acquiesça sa mère.

La porte s'ouvrit en grand et elles tournèrent toutes deux leurs sourires vers Maggie qui entra dans la pièce suivie d'une petite femme qui ressemblait à une fée.

— Alors vous êtes réveillée, constata Maggie en la jaugeant de son regard perspicace tout en s'approchant du lit. Tristan avait peur que ce soit un problème respiratoire, mais je lui ai assuré que vous vous étiez seulement évanouie. La robe vous plaît-elle ?

— Oui, c'est vous qui l'avez faite ?

— C'est seulement un projet sur lequel j'ai travaillé à mes heures perdues. J'ai fait cette tenue pour Davina, que je vous présente, mais elle voulait vous l'offrir.

Isobel leva les yeux pour sourire à la femme la plus jolie et la plus douce qu'elle ait jamais vue. Ses cheveux étaient d'une teinte peu commune, d'un blond cendré, ce qui évoqua tout de suite à Isobel un ange avec son auréole. Elle avait de grands yeux, presque trop grands pour son petit visage. Si Isobel n'avait pas vu Rob, le frère de Tristan, la prendre dans ses bras quand ils étaient rentrés au château, elle aurait eu du mal à croire que ce petit bout de femme puisse lui appartenir.

— J'espère que vous pourrez vous joindre à nous dans la grande salle ce soir, que je puisse voir comme la robe vous va bien.

— C'est très gentil…

— Davina, ma chérie, où es-tu ? appela Rob du rez-de-chaussée.

Davina poussa un petit cri réjoui et se mit à rire avant de partir en toute hâte.

— Ne lui dites pas que vous m'avez vue, précisa-t-elle avant de se volatiliser.

Kate sourit et lui fit « au revoir » d'un geste de la main. Maggie haussa les yeux au ciel.

— Elle est tellement… enjouée, expliqua Kate à Isobel. C'est une qualité dont mon fils aîné avait grandement besoin dans sa vie depuis longtemps.

— Elle est adorable, commenta Isobel.

— Tout comme vous, ma fille. Maintenant, venez rejoindre les autres pour nos festivités.

Isobel prit la main de Kate MacGregor et se laissa guider hors de la chambre. Cela faisait dix ans que personne ne l'avait appelée « ma fille ».

La grande salle était emplie de bruit. C'est la première chose dont Isobel se souviendrait de ce lieu… et aussi ce qu'elle finirait par apprécier le plus au Camlochlin. Le pavillon des banquets de Whitehall avait peut-être une plus grande capacité, mais la plupart des gens le fréquentant n'étaient pas des Highlanders friands de whisky et de chants. La plupart des hommes assis ou debout à proximité des tables se tenaient bien, sauf si un de leurs interlocuteurs avait le malheur de faire une remarque déplacée.

Le vin, le whisky et la bière coulaient à flots, tout comme les conversations suivaient leur libre cours – même s'il fallait crier pour se faire entendre.

Isobel s'assit avec Tristan à la table du chef et fut heureuse de constater que ses frères étaient aussi là. Elle ne fut pas étonnée de voir Tamas se fondre si bien parmi les MacGregor. Il était comme eux : rebelle, coriace et téméraire. Mais Cam semblait également être à son aise : même s'il peinait toujours à lever le regard quand Callum le présenta à son clan tonitruant, le sourire de Cam s'élargit et son rire se fit plus sincère à mesure que l'heure tournait. Il avait été pardonné. C'était ce dont il avait toujours eu besoin. Isobel serait éternellement reconnaissante aux MacGregor d'avoir fait preuve de tant de gentillesse.

Son repas fut interrompu à deux reprises : une fois par Maggie qui voulait lui présenter certains de ses amis les plus proches, et ensuite par Davina qui souhaitait qu'elle rencontre la couturière du château. Tandis qu'elle écoutait les cinquante différentes couleurs dont on pouvait teindre la plupart des laines, Isobel regarda Tristan se frayer un chemin vers une jolie fille aux cheveux bruns et à la moue boudeuse.

— C'est Caitlin MacKinnon, lui indiqua Davina qui avait suivi son regard. Vous n'avez pas à vous faire de souci. Tristan a tout juste échangé quelques mots avec elle depuis son retour d'Angleterre. Il ne parlait que de vous.

— De moi ?

— Oui, il m'a parlé de vous et m'a déclaré qu'il préférait les fleurs sauvages à celles qui sont plus délicates.

Isobel éclata de rire. C'était bien lui, de dire de telles choses. Elle posa les yeux sur Caitlin une nouvelle fois et se sentit désolée pour elle – de le perdre ainsi…

— Avait-elle des sentiments pour lui ?

— Je le crois, lui répondit Davina en toute franchise.

— Alors, c'est une bonne chose qu'il lui explique tout maintenant.

Elle se retourna vers la couturière.

— Le vert émeraude m'a l'air parfait.

Tristan s'éloigna de Caitlin et Isobel se dirigea vers sa table. Ils se croisèrent au milieu de la salle. Il arborait un grand sourire et ses yeux luisaient, tel un loup sur le point de bondir.

— À combien d'entre elles dois-tu présenter des excuses ?

Il rejeta la tête en arrière et rit, puis se rapprocha d'elle avec grâce pour déposer un baiser dans son cou.

— Je me contente de m'occuper de celles que je soupçonne de vouloir te pousser dans la cheminée.

— Ah, mon chevalier blanc.

Plaçant sa main derrière son dos, le jeune homme s'inclina.

— Je ne vis que pour vous servir, milady.

Comme elle reprit sa marche, il accéléra le pas et glissa un bras dans le dos de la jeune femme, l'attirant vers lui pour lui susurrer à l'oreille :

— Et si je puis vous servir, avec ma langue, ou autre chose de plus ferme…

— Tristan !

Elle pinça son flanc et se mit à rougir en souriant quand Kate croisa son regard de la table.

— Ta famille n'est qu'à quelques pieds de nous.

— Alors, allons nous coucher, parce que j'ai trop hâte de t'avoir toute à moi.

Isobel s'éclaircit la gorge et ses yeux se posèrent sur Davina qui se tenait non loin d'eux.

— Et qu'en est-il de ta parole donnée à Cameron au sujet du prêtre ?

— Je lui ai promis de trouver un prêtre aussi vite que possible. Et j'ai tenu parole, affirma-t-il avec un sourire malicieux. J'ai bien essayé d'attendre que le prêtre arrive, mais toi, ma toute belle, tu n'en as fait qu'à ta tête.

Elle rougit, car elle savait qu'il disait vrai. Elle se retourna pour découvrir que sa bouche se trouvait encore plus près de la sienne.

— Eh bien, c'est toi qui vas devoir attendre, maintenant, décréta-t-elle.

— Avoue que tu aimes me torturer comme ça.

— Juste un petit peu, admit-elle avec un sourire enjoué et un clin d'œil provocateur. Pas trop longtemps quand même.

Il aspira la lèvre inférieure d'Isobel entre ses dents et lui donna une tape sur les fesses quand elle s'éloigna de lui.

Tristan observa le déhanché discret de la jeune femme tandis qu'elle poursuivait son chemin. Il sourit, ayant hâte de pouvoir poser les mains sur ce corps si désirable. Et diable, qu'elle était belle dans cette robe. Sa couleur pâle lui allait parfaitement au teint, et la coupe près du corps mettait en valeur ses formes. Si belle soit-elle, il n'avait qu'une envie : lui enlever cette robe et savourer son corps nu tout entier.

Émoustillé par le désir de se trouver près d'elle, il se dirigea vers la table de ses parents avant de s'asseoir à ses côtés. Il se pencha plus avant pour humer la délicieuse courbe de son cou tandis qu'elle échangeait quelques mots avec Finn. Elle sentait encore le propre de leur bain, avec une touche de l'odeur de Tristan qui était restée sur sa peau depuis leurs ébats. Il se redressa, faisant tout son possible pour ne pas la soulever dans ses bras et l'emmener à l'étage, dans son lit.

La fête finit par arriver à son terme, et dans la salle, beaucoup d'hommes étaient trop soûls pour rien faire d'autre que de se vautrer dans leur fauteuil. Mais à la table de Tristan, sa famille ne semblait pas se lasser des rires et des boissons. Bien sûr, Angus et Brodie MacGregor auraient pu boire jusqu'à la dernière goutte des réserves d'alcool du Camlochlin sans que cela les empêche de remporter une victoire sur le champ de bataille.

Comme la salle devenait plus calme, les femmes de la tablée, y compris Isobel, éprouvèrent plus de facilité à parler de choses et d'autres, couture, enfants…, alors que les hommes se retrouvaient inévitablement à évoquer des combats. Tristan s'agitait sur sa chaise, n'étant pas le moins du monde intéressé par toutes ces sujets, n'ayant qu'un désir : emmener sa fiancée dans son lit le plus rapidement possible, et personne ne semblait vouloir aborder ce point.

— Isobel, parlez-nous de vous.

Tristan décocha un regard sombre à sa mère, ce qui échappa totalement à cette dernière, et il tendit le bras vers le verre d'Angus pour en vider le contenu avant que la brute ait le temps de l'en empêcher.

— Alors, vous n'êtes que vous sept, et vous vous occupez de tous les travaux ? s'enquit son père. Vous n'avez pas de métayers pour vous aider ?

Tristan le regarda, les yeux larmoyants. La boisson d'Angus était si forte qu'il ne pouvait s'empêcher de sourire à Tamas, le plus jeune des guerriers de cette table, lequel avait posé sa tête contre le puissant avant-bras de son père, s'efforçant de rester éveillé.

— Ils sont tous partis..., indiqua Isobel sans terminer sa phrase.

Ce n'était pas nécessaire. Tout le monde se doutait de la raison pour laquelle ils étaient partis, et le silence s'imposa.

— Patrick aurait bien besoin d'aide, père, lui dit Tristan. Maintenant qu'on est de la même famille...

— Bien sûr, acquiesça Callum sans difficulté. Emmène autant d'hommes que tu le veux.

Isobel se tourna pour offrir à Tristan un sourire des plus radieux et des plus reconnaissants. Il se pencha pour l'embrasser, mais elle tourna la tête vers son père.

— C'est très gentil de votre part. Et il faut aussi que je vous remercie pour les marchandises que vous nous avez envoyées au fil des ans. J'ignorais qu'elles venaient de vous, mais elles nous ont été bien utiles dans les moments difficiles.

Le chef hocha la tête, quelque peu mal à l'aise, comme si l'on venait de le surprendre à montrer un visage plus doux qu'à l'accoutumée. La plupart des membres de sa famille le savaient, mais nul n'oserait accuser le diable MacGregor d'avoir un cœur tendre. Tristan était heureux de le voir maintenant. Il était content d'avoir enfin pu parler de choses qui avaient été passées sous silence pendant si longtemps. En définitive, il était heureux d'avoir assez de place dans son cœur pour aimer avec autant d'intensité les deux hommes qui l'avaient élevé. Il avait joué un rôle pendant si longtemps, à toujours avoir peur de ne jamais devenir aussi honorable que son oncle l'avait été, et à craindre sans cesse de ne jamais devenir le guerrier qu'il pensait que son père voulait qu'il soit.

Mais les guerriers aussi avaient de l'honneur.

Sa blessure était maintenant guérie, et c'était à Isobel qu'il le devait.

— Tamas est en train de dormir, fit-il remarquer avec assez d'enthousiasme dans la voix pour trahir son état d'ébriété – du moins aux oreilles d'Isobel. Nous allons le coucher, avec Isobel.

La jeune femme se mit à rougir pendant que Tristan se dressait, et l'aidait à se lever à son tour. Cela attira l'attention d'un des convives.

— Depuis quand avez-vous besoin d'une excuse pour vous retirer et faire autre chose ? s'enquit Will en fronçant les sourcils d'un air taquin quand Tristan contourna la table pour prendre Tamas dans ses bras.

L'air de défi qui étincelait dans les yeux de Tristan tira un sourire contrit à Rob, qui ne savait que trop bien ce qui allait ensuite se passer. Tristan avait peut-être décidé de suivre la voie de l'honneur, mais il s'agissait toujours de Tristan.

— Peut-être que tu ferais mieux de te demander quelle est cette autre chose que je fais, Will, au lieu de rester à caresser ton verre d'alcool en lieu et place d'une fille.

Il adressa à son cousin un petit sourire narquois et exécuta une brève révérence.

— Ne t'en fais pas, maintenant que je ne suis plus sur le marché, tu auras un peu plus de chances de ton côté, tout ce que je délaisse ici est à toi.

— Tu es diabolique ! lui dit Isobel quand ils sortirent du salon.

— Mais non, je ne suis que le fils du diable.

Il baissa les yeux sur Tamas, endormi entre ses bras, et embrassa le front du garçon.

— Et si la fortune me sourit encore, nous allons nous faire un plaisir d'essayer d'en faire un nous-mêmes.

Chapitre 40

Après avoir couché Tamas, Tristan attendit dans l'entrebâillement de la porte qu'Isobel finisse de border son frère. Il tendit la main quand elle eut terminé, et lorsqu'elle la saisit, il l'entraîna dans le couloir et passa son autre bras autour de sa taille, la guidant vers sa chambre.

— Quelle galanterie ! s'exclama Isobel en lui décochant un regard entendu.

— Est-ce que c'est aussi galant, d'avouer que tout ce que je désire en cet instant, commença-t-il en la faisant pivoter sur ses talons pour se retrouver derrière elle, c'est de t'admirer sous cet angle.

Il laissa son corps se durcir à la vue des rondeurs parfaites de ses fesses. Ce n'était pas une bonne idée de se tenir comme ça, dans le couloir, où tout le monde pouvait le voir, avec son plaid, mais sans culottes. Et il ne fut guère aidé par sa vision de lui-même en train de se pencher sur elle dans son lit et de la prendre par-derrière. Elle se retourna pour le regarder au moment précis où il tentait de dissimuler son érection sous sa ceinture.

— Crois-moi, ma belle, il n'y a rien de galant à ce que j'ai envie de te faire, déclara-t-il en lui lançant un regard enflammé qui croisa les yeux de la jeune femme tandis qu'elle levait la tête.

— Alors, je devrais peut-être presser le pas, répliqua-t-elle d'un air boudeur qui résonna comme un coup de fouet.

Il s'avança brusquement vers elle pour la pousser dans la pièce la plus proche. Tristan en avait assez d'attendre.

— Mais c'est le salon particulier ! Tristan ! haleta-t-elle tandis qu'il actionnait le verrou de la porte.

— Que fais-tu ?

— Je t'enferme, décréta-t-il en la contournant.

Elle ricana, mais il perçut une pointe de crainte dans sa voix.

— Mais quelqu'un pourrait venir.

Il la poursuivit jusqu'à une chaise.

— Ce danger ajoute du piment, n'est-ce pas ? C'est un peu plus excitant, non ?

— Devrais-je avoir peur de toi dans ce cas ?

— Oui, déclara-t-il en jetant sa ceinture au sol avant d'enlever son plaid. Tu ferais mieux.

Elle se précipita à l'autre bout du salon, mais il la rattrapa et la plaqua contre le mur.

— Je vais te prendre ici, Isobel.

D'une main, il immobilisa les poignets de la jeune femme au-dessus de sa tête.

— Tout de suite, poursuivit-il.

— Tu vas me forcer à crier.

Elle ferma les yeux, exposant sa gorge à ses sensuelles morsures. Sa poitrine se soulevait à un rythme effréné contre son torse.

— C'est bien mon intention, tu vas crier comme jamais.

Il se baissa pour appuyer ses cuisses au creux des jambes d'Isobel. Il pressa son corps ostensiblement durci contre elle et abaissa le décolleté de sa robe pour exposer la plénitude de ses seins. Il fléchit les genoux, veillant à maintenir tout son poids contre elle et se fraya un chemin jusqu'à son téton à coups de langue. Mais il ne s'attarda guère, pressé qu'il était de la prendre.

Il agrippa sa robe à pleines mains et souleva la laine au-dessus de ses hanches, se relevant en même temps pour la pénétrer là, contre le mur.

Il marqua une brève pause pour se délecter de la rapide capitulation de la jeune femme, puis il entra en elle avec une telle puissance qu'il souleva ses pieds du sol.

— Qui a dit que tu n'étais pas un guerrier ? gémit-elle tandis qu'il se fondait en elle.

— Diable, tu me rends fou, ma beauté.

Il la repoussa contre le mur à force de baisers et du vigoureux va-et-vient de son corps, soulevant les jambes d'Isobel pour les enrouler autour de sa taille afin d'aller encore plus loin.

— Je voulais te prendre dans l'autre sens, souffla-t-il dans sa bouche avant de rire doucement contre elle.

— Plus tard.

Il la combla et répandit sa semence en elle, puis poursuivit ses mouvements enflammés jusqu'à ce qu'elle hurle son nom et se mette à trembler dans ses bras sous l'effet de l'extase.

Un cri en provenance de l'extérieur tira Isobel de son sommeil le lendemain. Elle ouvrit les paupières, éprouvant une sensation de bien-être dans tout son corps. Quand Tristan eut terminé dans le salon particulier, il l'avait menée à son lit et lui avait fait l'amour toute la nuit jusqu'à ce qu'ils finissent par s'endormir dans les bras l'un de l'autre, trop épuisés pour esquisser le moindre mouvement. Elle étendit la paume de sa main sur l'oreiller de Tristan et se demanda où il était. Les rayons du soleil traversant la fenêtre lui indiquèrent que c'était le milieu de la matinée.

Le milieu de la matinée ? Elle se redressa brusquement. Dieu du ciel, elle devait se marier aujourd'hui ! Elle s'assit au bord du lit, et chercha son corsage et sa jupe. Elle écarquilla les yeux à la vue de la robe émeraude soigneusement posée sur la chaise dans un coin de la pièce. Elle se leva et s'en approcha lentement. C'était la plus jolie robe qu'elle ait jamais vue. Elle tendit la main vers le vêtement, mais quelqu'un toqua à la porte et la fit sursauter.

— Isobel ! appela Cameron de l'autre côté.

— Un instant !

Elle se rua vers le lit et s'habilla aussi vite qu'elle put.

— Tu peux entrer, Cam !

La porte s'ouvrit en grand et le visage de son frère se fendit en un large sourire.

— Isobel, un bateau est en approche. Ce sont nos frères ! Dépêche-toi ! Ils étaient sur le point d'accoster quand j'ai pensé à venir te chercher.

Il se rua hors de la chambre, la laissant plantée là, abasourdie.

Patrick était là ? Lachlan et John aussi ? Oh, comme ils lui avaient manqué !

Sans se donner la peine d'enfiler ses chaussures, elle remonta ses jupons et sortit de la chambre en courant pour dévaler l'escalier.

Elle atteignit les rives de la baie au moment précis où la petite embarcation accostait.

— C'est John MacGregor de Stronachlacher qui est à la barre, indiqua Angus au chef à côté de lui.

— Cet imbécile devrait savoir qu'il ne faut pas naviguer dans les environs sans bannière.

Isobel n'entendit pas le reste de la conversation, mais suivit Tamas dans l'eau et sauta dans les bras de Patrick dès qu'il descendit du bateau. Oh, qu'il était bon de les revoir ! Lachlan et John avaient l'air un peu pâles, peut-être à cause de la rangée de Highlanders qui les dévisageaient, tous armés, mais leurs craintes disparurent quand ils virent que leur sœur se trouvait bien là. Alex était avec eux, et Isobel l'étreignit.

— Depuis quand es-tu rentré d'Angleterre ? lui demanda-t-elle.

Il ne répondit pas, mais lança un coup d'œil par-dessus son épaule.

— Patrick ! s'exclama Tristan avec un grand sourire avant de le prendre dans ses bras. Que faites-vous ici ?

— La question qui nous intéresse, c'est plutôt de savoir ce qu'elle fait ici, railla Alex.

Isobel fut heureuse de voir que Tristan ne se départait pas de son sourire quand il étreignit John.

— Je t'ai manqué, alors, John ?

Le garçon souriait tellement que même les imperturbables guerriers esquissèrent un petit sourire.

— Isobel, lui lança Alex. Il faut que je te parle en privé.

— Dans le salon particulier, peut-être ? suggéra Tristan avec désinvolture.

Bonté divine, il la faisait vraiment rougir aux pires moments !

— Bien sûr, Alex, acquiesça-t-elle en tendant la main à son frère. Nous avons tant de choses à nous dire. Allons dans la grande salle.

— Comment se porte mon frère Colin ? s'enquit Tristan quand Alex passa devant lui.

— Il m'a fendu la lèvre.

— J'en avais bien peur. Je n'avais pas vraiment envie de vous laisser avec lui.

Isobel tira sur le bras de son frère quand il s'avança vers Tristan.

— Mais tu es un véritable idiot ou quoi ? siffla-t-elle. Regarde un peu où tu es. Si tu lèves la main sur lui, tu vas te faire massacrer.

Alex la laissa le guider vers le château, regardant par-dessus son épaule à plusieurs reprises.

— Que diable as-tu fait, Isobel ?

— Chut, Alex. Aie la patience d'attendre au moins qu'on soit à l'intérieur. Tu es irresponsable et tu vas finir par te faire tuer un de ces jours. Et tout ça par notre faute : Patrick et moi avons été trop indulgents avec toi.

— Patrick se fait un sang d'encre pour toi.

— Comme tu peux le voir, je vais bien.

— Ils t'ont forcé à venir ici avec eux ?

— Non, répondit-elle en le faisant entrer dans la forteresse. Cam, Tamas et moi sommes venus de notre plein gré.

— T'ont-ils maltraitée ?

— Ils m'ont traitée comme une reine.

— Ce sont eux qui ont assassiné notre père, Isobel. L'aurais-tu oublié ?

Elle s'arrêta et le regarda en secouant la tête.

— Non, mais j'ai tiré un trait sur le passé, tout comme eux. Tu dois faire de même.

— Jamais, jura-t-il avant de se tourner vers les hommes qui pénétraient dans le château.

Son regard se durcit quand il se posa sur Tristan. Les yeux du chef MacGregor se figèrent sur Alex en retour.

—Quelle chance! s'exclama Tristan, illuminant les couloirs de son sourire radieux. Vous êtes tous arrivés à temps pour notre mariage. Où diantre est le père O'Donnell?

John, juché sur ses épaules, éclata de rire dans sa main en entendant le juron de Tristan.

—Votre mariage? répéta Alex en dévisageant Tristan, puis Isobel. Comment pouvez-vous...

Ses paroles s'interrompirent brusquement quand Callum MacGregor apparut à son côté.

—Alex Fergusson, commença le chef, calmement, d'une voix teintée de menace.

Alex déglutit bruyamment et leva la tête pour croiser le regard assassin de Callum. Patrick tenta de faire un pas en avant, mais Tristan l'en empêcha.

—Vous avez besoin de quelques éclaircissements, et vous allez rester ici.

—Quoi? s'étonna Alex qui semblait se trouver mal.

—Avec lui, indiqua le chef en désignant Tamas du doigt. Vous allez demeurer tous les deux au Camlochlin sous mes ordres.

Tamas afficha un grand sourire, mais Alex regimba.

—Je ne suis pas un enfant qu'on...

—Vous vous comportez pourtant comme tel.

La puissance brute qui émanait de la voix de Callum contraignit toute l'assemblée au silence.

— Il est temps de devenir un homme, et je vous guiderai dans cette voie, sans quoi, n'espérez même pas partir d'ici en vie.

Il lança un regard à Isobel quand celle-ci émit un halètement effrayé.

— Me les confiez-vous, alors ? Je ne me suis pas si mal débrouillé avec mes fils, n'est-ce pas ?

— Oui, acquiesça-t-elle doucement.

Il se tourna ensuite vers Patrick, et quand lui aussi acquiesça, Callum prit Tamas dans ses bras et appela par-dessus son épaule :

— Venez donc, Patrick, nous avons beaucoup de choses à nous dire sur vos terres, et la quantité d'hommes dont vous pensez avoir besoin pour vous aider. Brodie, poursuivit-il en pénétrant dans la grande salle, Alex est maintenant sous ta responsabilité.

Tristan épargna à Alex un sourire empreint de pitié quand le guerrier le plus impitoyable du Camlochlin le fit entrer dans la grande salle à la suite des autres.

— J'aime toutes ces montagnes, affirma John en levant les yeux sur Tristan une fois qu'il fut descendu de ses épaules.

— Vraiment ? s'étonna Tristan en souriant avant d'ébouriffer sa tignasse rousse. Dans ce cas, on ira en escalader une.

John écarquilla les yeux.

— On peut faire ça ?

— Bien sûr, c'est pour ça que vous êtes là. Seulement, il faudra attendre un peu. Maintenant, va voir les autres et laisse-moi dire un mot à ta sœur.

Quand ils furent seuls, Tristan prit la main d'Isobel et l'embrassa.

— Vous ai-je remerciée, gente damoiselle ?

— Remerciée de quoi, vaillant chevalier ? répliqua-t-elle en lui adressant un regard enamouré.

— De m'avoir sauvé la vie.

Elle lui décocha un sourire.

— C'est ce que je sais faire de mieux.

Il se mit à rire, et regarda la grande salle peuplée des membres de leurs deux familles qui partageaient des boissons et discutaient de leur avenir. Diantre, quel bon moment c'était là ! Une belle journée, qui serait suivie de beaucoup d'autres s'il parvenait à ses fins. Et comme tout le monde le savait, Tristan MacGregor parvenait presque toujours à ses fins.

— Et maintenant, commença-t-il en prenant Isobel dans ses bras avant de l'embrasser. Où diable est ce prêtre ?

Achevé d'imprimer en juillet 2014
Par CPI Brodard & Taupin - La Flèche (France)
N° d'impression : 3005821
Dépôt légal : août 2014
Imprimé en France
81121272-1